机械刀锋

丁怡舟 ◎ 著

四川科学技术出版社

图书在版编目（CIP）数据

机械刀锋 / 丁怡舟著 . -- 成都：四川科学技术出
版社 , 2025. 2. -- ISBN 978-7-5727-1663-8

Ⅰ. I247.5

中国国家版本馆 CIP 数据核字第 2025Y0R875 号

机械刀锋

JIXIE DAOFENG

丁怡舟　著

出 品 人	程佳月
责任编辑	吴　文
营销编辑	刘　成
助理编辑	刘　丹
封面设计	木余设计
责任出版	欧晓春
出版发行	四川科学技术出版社

成都市锦江区三色路 238 号　邮政编码 610023

官方微博 http://weibo.com/sckjcbs

官方微信公众号 sckjcbs

传真 028-86361756

成品尺寸	155 mm × 235 mm
印　张	20.75
字　数	360 千
印　刷	四川泽杰文化科技有限公司
版　次	2025 年 2 月第 1 版
印　次	2025 年 2 月第 1 次印刷
定　价	78.00 元

ISBN 978-7-5727-1663-8

邮　购：成都市锦江区三色路 238 号新华之星 A 座 25 层　邮政编码：610023

电　话：028-86361770

谨以此书献予同死神赛跑的朋友。

目录
Contents

第一章　挫

一　小蜘蛛

奇点大爆炸，维度宇宙形成；量子叠加态①，平行宇宙诞生。

在纵横交错的"套娃"世界内，有个具有三十七层维度的宇宙86－286。本作主角的故事便始于该维度宇宙的第六层。

不见尽头的空旷天际、绚丽夺目的金色光线、变幻莫测的流动云雾、硕大无朋的悬浮星体、气势磅礴的远古遗迹、零零碎碎的战舰残骸……这些是第六维度荒芜区目所能及的大部分景色。

但真要在连维度生命②都见不到的荒芜区和热闹繁华的都市中选择生活，应该没谁会想待在前者那种鬼地方吧？

可正是这样的荒芜区，会时不时地产生时空裂缝。时空裂缝又会带来许多不速之客——擅自从其他地方跃迁到此且具有辐射污染性的维度生命。在此前提下，拥有无限生命的战争机器就顺理成章地成为此处守卫的不二选择。

那战争机器中，该由谁"竞聘"上岗呢？自然是那些同长官相处不太融洽的边缘群体。机械刀锋恰是其中一员。

此刻，那台由强化速银——特种绝对金属③——打造的机器，正如一把钛白色尖刀笔直地悬于空中。

从远处看，那是台尖脑袋、溜肩膀、锐角胯裆、四棱锥手脚的人形机器，左右两侧完全对称的机体上几乎找不到任何曲面结构，

---

① 叠加态，是指一个量子系统的几个量子态归一化线性组合后得到的状态。坍缩态，则是在量子系统中跟叠加态相对应的状态。

② 维度生命，是指能在不同维度间穿梭且不会被撕裂的生命。

③ 绝对金属是终极算法创造的特殊金属。绝对金属共分四阶，第一阶为振金，颜色有赤红、金黄、深青三种；第二阶为速银，颜色仅钛白一种；第三阶为幻铜，颜色有红色、黄色、绿色、紫色四种；第四类为韧钢，颜色仅黑灰一种。

一旦张开四肢匍匐前进，他会立刻化身躯干细长的四脚蜘蛛；手脚末端那四根不会弯曲的尖爪，则可根据需要展开成不同用途的切割器。从近处看，锐不可当的机体全由正八面体状的速子①构成，浑身上下皆呈规则或不规则的八面体形状，抑或是这类形状对应的组合体及衍生体。

机械刀锋头部无五官，是一块前短后长的八面体。当中内置一个超脑——速子计算机构造的中央处理器——负责各项算法应用。正是因为速子计算机的"极速"处理功能，才导致了那台机器暴躁易怒的性格缺陷。在其面部中央，一条由前延伸至后的棱，更让他有着一张与生俱来的尖刀脸。不好惹，成了机械刀锋给大家的第一印象。

在他胸内正中，有枚对角线为九厘米的正八面体超核，可向机体各处输送赤红超光压能量②，用以束缚自身速子的超光速运动。通过精细调节超光压能量，机械刀锋便能做出各类高难度动作。配合迅速修复机体的自愈因子，那台机器可以在超光速移动时无视绝大部分损伤。除非有反自愈武器，否则很难让那个"脑袋机灵、叮咚不停"的刺头低调行事。

事实证明，长得像蜘蛛，动作多半也像蜘蛛。依靠场力，机械刀锋可以全地形移动。无论是双足直立行走，还是四肢匍匐前进，抑或是背部贴墙挪移，他都没有任何问题。就算只用单根尖爪，他依然能轻松附于物体表面。只是，在空旷的第六维度，飞行移动仍是主流。

然而，世间没有完美之物。一米七一的身高，成了朋友们最爱调侃机械刀锋的地方。友善一点的，叫他"小蜘蛛"；恶毒一点的，叫他"小矮子"。"小矮子"的外号让冲动的机械刀锋暴走过无数次，其中最要命的一次，便是"竞聘"上荒芜区守卫后长官不断用

---

① 速子，全称超光速粒子。其特性为：能量越低，速度越快；能量越高，速度越慢。

② 超光压能量，是正八面体速子进行超光速运动时产生的高压能量。

外号羞辱他那回。

从对长官动手的那刻起，他就注定要经历被长期流放的悲惨命运。原本只在此警戒三个月的守卫工作，被硬生生地延长至二十六年，直到现在都没结束的迹象。

荒芜区，二十六年。置身于这种境地，意志薄弱者早疯了。

机械刀锋仅有的随身物品，是一件可做超光速折线变向运动的武器——机械魔方。那枚形状跟超核相同的魔方表面带有少许折线纹路。闲置时，魔方会围绕机械刀锋自由飞行；使用时，魔方则能被机械刀锋用意识操控——可当炮弹发射出去完成追踪打击，也可化为无数微小速子反复挥砍。

从功能上看，机械魔方的主要作用在于增加溅射效果。由于魔方分解的速子数量有限：速子越集中，斩击威力越强；速子越分散，斩击威力越弱。除此之外，魔方还有另一项缺点，那就是攻击半径仅有一点八公里①。超出这个距离，魔方会自动折返。若折返时出现阻碍，那魔方将以空间位移方式回归，且不会附着任何残留物。而挥舞菜刀般的近战方式，让那台机器在朋友圈又多出一个颇具讽刺意味的外号——小短手。

鉴于平日太无聊，机械刀锋会持续开发魔方的各种玩法。比如，把魔方分解成速子，跟着再排列组合成分散的微粒，进而形成各式各样的速子武器。可日复一日的分解与重构，折射出的是那台机器的心酸与无奈。

面对高压的行政命令，被流放的小蜘蛛又怎敢越雷池半步？要知道，离岗可是会被判处极刑的。

二 好消息

"小蜘蛛，好久不见。"

---

① 实际上，机械魔方的攻击范围，只能在以机械刀锋为中心，对角线长度三点六公里的正八面体之内。但机械刀锋可以通过运动方式让机械魔方实现类球体攻击效果。

一声亲切的问候，打断了机械刀锋飞扬的思绪。有团近六米高的能量生命，从那台机器左后侧缓缓靠近。来访者全身持续向外喷射橙红能量，扁平的身体构造好似一只仅有翅膀的火焰蝴蝶。

来访者的出现让机械刀锋精神百倍："超新星大哥，今天是什么风把你吹这里来啦？"

"我就是专程来看看锋芒毕露的小蜘蛛过得怎样。上次在幻彩双子，你的表现可把我们乐开了花。小蜘蛛暴打钢锁长官。刺激啊！你可是做了一件，我们想做又不敢做的事。来，快给我说说，被流放的滋味如何？"超新星不怀好意地笑笑。

"大哥，你别调侃我了。说真的，你回去能否让兄弟们帮我想想办法，把我调走啊。这样的区域，以前都是三个月一换。可你算算，我都待多久了？二十六年了，连个信都没有。这是要被流放到什么时候？"

"现在后悔啦？死心吧，你上级那么记仇，肯定不会放你回去的。要么他被调走，要么——"

讲到这里，超新星故意咳嗽两声。这举动逗得机械刀锋急忙反问："要么什么？"

"要么你被调走。"

"此话怎讲？"

"有个好消息，想听么？"

"别卖关子了，赶紧说！"

"事情是这样的。三天前，第四、第五、第六维度的高层一同开了个会。会后，他们告诉大家，我们世界的主宰——终极算法——将举办一场舰长选拔。终极算法现已任命第二维度的三位使者——零、雷鸣、天火——做主考官，要从第四、第五、第六维度选一百位选手到第二维度受训，训练合格即可成为舰长。舰长选拔共分两轮，第一轮是战力测试，第二轮则由考官现场出题。题目内容暂定，我也不知道，但按照以往惯例，第二轮考题大部分都跟战力测试相关。选拔地点定在第五维度的辉煌殿。目前，辉煌殿的领导正分派我等到第六维度荒芜区传递消息，我第一时间就想到你们矢量推进战队。另外，只要不超假，参赛选手都不用担心自己负责区域的战力空缺问题，幻彩双子会找其他机器来暂替你们的岗位直至选拔结束。选上了立刻被调走，去其他维度享福；选不上继续待荒芜区，在第六维度看家。当然，前提是你有兴趣的话，没兴趣不勉强。"

"有，有，有，当然有兴趣，而且兴趣还很大。这可是一次千载难逢的机会。凭我的实力，进前一百名根本不成问题。"机械刀锋用左手在脸上从前到后捋了下，"对了，照你这么说，我们矢量推进战队的热寂、电磁盾、仲裁者和干扰器，他们四个也要去？"

"对，他们四个也要去。"

"太好了。那选拔具体定在哪天？什么时候能出发？还有怎么到辉煌殿？"

"六十天后，接替的一来，你就可以出发。届时，你先跟其他队友汇合，再一起到幻彩双子。具体细节，我已告知热寂队长。虽然你信心十足，但我还是要提醒你，这次舰长选拔肯定很难，毕竟，对荒芜区的你们而言，升任舰长好比'乌鸦变凤凰'。舰长身份代表什么，大家心里都清楚。这段时间，你自己多做点准备。特别提醒一下，选拔期间要会来事，你们最好提前造访一下那三位使者。还有，你一定得把性子收敛一点，千万给考官留个好印象。行了，我要去统一发通知了，你自己好自为之。"

"谢谢超新星大哥。"

超新星朝机械刀锋低语几句，接着他羽翼向外一挥分解成无数火花。

当最后那点火花消失在金色的天际，机械刀锋立刻兴奋得手舞足蹈。他不断在空中翻筋斗、乱转圈、四处飞，跟着又将机械魔方反复踢打，以这种方式释放内心无比激动的情绪。

因为，机械刀锋知道，他终于有机会从这浩瀚到不见尽头的天空牢笼中解放了。

三　时空裂缝

接替者来之前，机械刀锋一直在拼命训练。

掠过身边的流云成瞬闪斩击的目标，飘浮的群星碎片为练习跑跳的着力点，浩瀚的天际是特训超光速折线变向的绝佳场所。

在训练中，机械魔方也不再是解闷用的东西。除了将魔方分解重构成简单的速子武器，机械刀锋还会开发魔方的各类新奇用法。

训练是枯燥的，每次训练能得到的收获也是极少的。可哪怕只能让性能增加一点点，机械刀锋也甘愿付出一切努力。虽然在超新星面前，他表现得十分轻松，将赢得舰长选拔视作探囊取物，但他也很清楚这次机会对他们这类守卫的重要性。想要当上舰长离开荒芜区，他必须把自己打造成参赛选手内排名极其靠前的存在。

正当机械刀锋疯狂训练时，离他二百八十一公里处，一道时空裂缝突然展开并在天空扯出一条巨大的口子。瞬时回馈的第六感——刀锋感应，已让小蜘蛛在第一时间捕捉到入侵目标。凭借卓越的机动性，那台机器眨眼间便如尖刀般飞至时空裂缝前。

从近处观察，那条绵延七公里的裂缝更显可怕。它让天空宛如被利爪划破，其内涌动的黑暗好似腐坏的血肉。可对机械刀锋而言，这是再正常不过的事。在荒芜区，时不时地就会出现时空裂缝，而时空裂缝中往往又伴随越界的维度生命。

此时越界，正合我意！刚还愁没对手。机械刀锋暗忖。只是，他得抓紧机会，因为时空裂缝的存续时间通常较短，所以在裂缝彻底关闭之前他得尽可能多找点对手。

就在机械刀锋思量的当口，时空裂缝内涌出大量黑雾。那些尘埃状黑雾，不仅不随风飘动，而且还具有特定的飞行轨迹。具有反微型化功能的刀锋感应，让机械刀锋马上辨认出那些黑雾的真身。

又是连我一刀都扛不住的腐蚀虫。小蜘蛛叹了口气。

话音刚落，那台机器便冲进黑雾。魔方则分解为速子，如硕大的旗帜般瞬间展开，并于黑雾中迅速横扫。锋芒所到之处，黑雾即刻消散。

在极速冲击的速子面前，来自其他维度的可怕虫群好似静止的靶子般毫无招架之力。仅小会儿工夫，腐蚀虫已被清理干净。

可本轮来的不止腐蚀虫。没多久，时空裂缝内又钻出十六只面目狰狞的大恶魔。那是一群持有魔方类武器的人形蝙蝠怪，精瘦的生物躯体散发着可怕的黑气。

此时，大恶魔们张着血盆大口，不停发出震耳欲聋的嘶吼声，挑衅远处的机械刀锋。

四 微笑的魔术师

带队的大恶魔一声嘶吼，两旁等待的数十张血盆大口便朝小蜘蛛奔袭而来。

超光速飞行的机械刀锋，眨眼间已闪至那群大恶魔身后。数百刀瞬闪斩击消灭了八只大恶魔。面对突然消失的队友，剩余的大恶魔惊恐万分。面面相觑之后，大恶魔们再度涌向那台讨厌的机器。

这次，机械刀锋没有移动。他只用意识操控机械魔方，使之像炮弹般极速发射出去。不到一分钟，机械魔方就闪回那台机器身边，其上不带半点血迹。解决完眼前的越界生物，机械刀锋顺势扭头望向时空裂缝的中央："可以出来了吧？一直鬼鬼祟祟地躲在里面真没意思。"

一阵有节奏的掌声从裂缝中传出："一百八十倍光速，配上极其敏锐的感知，外加具有反自愈功能的分解场①，完全可以称得上一件快准狠的武器。请问阁下怎么称呼？"

时空裂缝中缓缓飞出一个二米高，全身由扭曲黑影构成的能量

---

① 分解场，是一种使万物解体的场，相同场源之间可以进行叠加。比如，一粒速子产生的分解场，仅能覆盖以自身为中心、对角线为十八厘米的正八面体区域。但机械刀锋机体产生的分解场，却能覆盖以自身为中心、对角线为十八米的正八面体区域。

生命。

"机械刀锋。"

"我叫微笑的魔术师。幸会,幸会。"

那个扭曲的黑影由无数正十二面体转子①构成。转子形成的黑色能量所散发的场,让周遭空间不断被撕裂,从而导致黑影外形不易辨认。通过刀锋感应,机械刀锋发现,人形的魔术师,有一双赤红的眼睛,一个长双角的骷髅头,一张布满獠牙的大嘴,一副瘦骨嶙峋的身体,以及四肢末端五根细长的尖爪。立于魔术师面前,小蜘蛛丝毫感受不到任何杀意,对方脸上甚至还挂着一抹诡异的微笑。直觉告诉机械刀锋,眼前那个笑声尖锐、语气变态的能量生命可能不太好对付。

但不好对付这点,正中机械刀锋下怀。为了准备舰长选拔,他训练了那么久,正需要一位强敌来试试手。所以,他根本不在意眼前的能量生命是否比自己强大。电光火石间,小蜘蛛向魔术师发起了突袭。然而,向魔术师发动的攻击,在一瞬间便朝那台机器反弹回来。要不是因为自身攻击对自身无效,他恐怕早被腰斩成两段了。空中急停后,机械刀锋发现,自己竟被甩到离魔术师数公里开外的地方,身边更是出现了许多无定形的黑影。

再度闪回战场,机械刀锋没有着急出击。他仅以十八倍光速绕着对方做不规则的类球体运动。直到这时,他才注意到,周围的那些黑影,像具有磁力似的一直跟着自己。通过刀锋感应,他探测到的那些黑影在脑中呈现出一抹抹赤红,仿佛天空中持续摆动的轻薄红绫。

"被自己击中的感觉如何?刚才只是热热身,接下来请允许我扯断你的右手。"

机械刀锋未来得及反应,魔术师便向他猛扑过来,并以相同的一百八十倍光速回敬小蜘蛛。各处急涌而来的黑影,一部分缠住那

---

① 转子,全称超跳转粒子。其特性为:与其他存在匹配度越高,转化速率越快。

台机器的左臂，一部分绕过他的躯干。猛地一拧，左臂跟肩膀即刻分离。

"哎呀，不好意思！我一不小心拧成左手了。等会儿我再给你重拧一次，保证拧对。"魔术师操控黑影，把扯下来的左臂置于身旁，用惺惺作态的口吻向机械刀锋行了个礼。

机械刀锋倒也不在意。经历过那么多次战斗，他早对眼前这类情景见怪不怪了。目前，断肢已在超速自愈，被扯下来的断臂则迅速化为速子，跟黑影相互摩擦后慢慢消失。

"连断臂分解的速子都这么锋利，你可真是把'机械刀锋'这个名字诠释得很好。"微笑的魔术师不怀好意地朝对面使了个眼色。

"你是我到这片区域以来，遇到的第二十八个能破坏绝对金属的对手。能伤到我，足以证明你强悍的实力，看来未经强化的极速技还真没法将你干掉。就是不知道，你能否承受住我的弹射技和斩杀技？"

话音刚落，机械刀锋和机械魔方各自弹射成九个，一同向对手斩将过去。由于弹射分身的关系，魔方的速子数量也变为原来的九倍，而折线变向的速子斩击则宛如空中乱窜的光线。与此同时，机械刀锋机体猛张，分布于全身的纳米级三角形散热孔①，立即喷射出长度不尽相同的赤红能量光刃。喷射的光刃瞬间便挥发殆尽，好似那台机器具象化的狂暴杀意。现在，飞行的小蜘蛛已达到三百六十倍光速。

面对九台狂暴机器，魔术师显得有些力不从心。那些被反弹的攻击，也因速度的迅猛提升被完美闪避。数秒之后，有一小束速子成功击穿了魔术师的防御，那个能量生命随即化为一道黑影消失。

魔术师被消灭后，时空裂缝随之缩小。

极速抽回分身的机械刀锋哼了一声："看来变态的笑声不能为你

---

① 机械刀锋和机械魔方，表面有许多只出不进的纳米级三角形散热孔，遇高温环境、激烈运动或遭受轰击时，散热孔会喷射笔直的赤红能量光刃。散热能量越多，光刃长度越长。

增加多少变态的战力。再见，微笑的魔术师。"

说罢，机械刀锋收起弹射技和斩杀技，飞离这片区域去搜寻下一个战场。

"这个机械刀锋挺有意思。实力不怎样，胆子倒不小，让我还有点意外。但在潜力被完全开发以前，我还舍不得把你干掉。毕竟，果实一定要在成熟后才能尝到可口的滋味，太早入口难免觉着酸涩。希望下次遇见时，你能达到跟我一战的实力，不要辜负我刚才好不容易忍住的杀意。"

一阵诡异的笑声渐渐消失在金色的天空。

五　矢量推进战队

为了方便管理，幻彩双子的管理员会将内禀属性相近的机器编队。

诞生于荒芜区的机械刀锋，顺势跟其他四台机动性较强的机器一起被编入矢量推进战队，专门负责枯燥乏味的守卫工作。

当然，除了机动性较强，矢量推进战队还具备一些通信上的共同点。那就是，这支战队成员既能用极射束①交流，又能用心灵感应进行定向或非定向的信息传递。

第六维度荒芜区的空中，干扰器正用心灵感应向远处一台机器持续发信号："队长，队长，队长——"

收到信号，一台身高四米且体形壮硕的人形机器，缓缓飞至干扰器面前。

飞来的机器叫热寂，是矢量推进战队的队长。他全身由无数微小的正四面体变子②组成；头部为一个上宽下窄、前短后长的四面体，表面找不到任何五官；四肢末端无掌状结构，唯有三根可弯曲

---

①　极射束，是指超光速的粒子或能量流束。
②　变子，全称超变动粒子。其特性为：不同的变子间距会形成不同的能量变化效果。

尖爪分布其上。热寂的机体绝大部分由速银打造，但左肩和左臂却为稀缺的赤振金，可以释放高能霹雳。

一旁干扰器的绿幻铜人形机体，由无数微小的星光四面体反子①组成；不具五官的头部为两块四面体拼接组成的三角双锥；后背有两个正四面体发射器，能够释放大量带能量损毁效果的深绿能量集束弹。作为团队的反制系辅助，那个身高一米五三、略显神经质的话痨倒也长得十分秀气。

"老弟，好久不见，你最近过得还好吧?"热寂笑着跟干扰器打招呼。

"一点都不好! 我被分派到的区域，天天别说其他同伴了，连时空裂缝都很难见到。钢锁分明是公报私仇。上次我们就不该劝架，好让刀锋哥狠狠修理他。本来就是钢索的错，谁让他不按规定把我们分派到那么荒凉的区域，活该被打。"

"上级怎么安排，下属就该怎么做。我们要学会服从命令。"

"队长，我可比不上你这种好好先生。你被安排到离虫洞仅七八天的荒芜区位置，偶尔还能见到其他小伙伴，有时甚至能见到高层大佬。哪像我们四个，被分派到荒芜区深处。除了自己，鲜有活物。"

"别抱怨。以后，少说话，多做事。耍嘴皮子不能解决问题。"

"队长，你要是到了我待的地方，说不定比我抱怨得还厉害。"干扰器不服地反驳道。

"好好工作，我们才有机会被调走。"

热寂话音刚落，远处又飞来一位队友——仲裁者。

那是一台特异系的人形机器，速银机体微粒由球状特子②构成；除左脸有个赤红机械眼外，后端拉长的斜方六面体头上再无其他五官；四肢末端有三根可弯曲的尖爪，能够精准操控各类装置；背负

---

① 反子，全称超反转粒子。其特性为：与其他粒子差异越大，反制作用越强。
② 特子，全称超特能粒子。其特性不详。

一门可变形的无轨能量炮，能在超远距离发射带空间撕裂效果的光爆轰击。由于光爆轰击属于空间技能，这令被攻击对象只能感受到爆炸却察觉不到弹道轨迹。

"队长，怎么只到了这个矮子，其他队友还没到?"身高一米六八的仲裁者一边靠近一边瞥了眼干扰器。

"你骂谁呢? 谁是矮子?"

"行了，你们别一见面就吵架。团队要和谐。"热寂耐心地规劝队友。

正当仲裁者和干扰器争吵不休时，电磁盾也到了。

电磁盾是台由正六面体聚子①构成的百变机器，总体积约为热寂的三十倍。由于自带高能霹雳属性，聚现系的电磁盾可以制造具有防御功能的电磁场为队友保驾护航。值得一提的是，沉默寡言的电磁盾相当讨大家喜欢。无论谁调侃他，他都只会回以老实巴交的憨笑。

"兄弟，好久不见。"热寂亲切地朝电磁盾打招呼。

干扰器则跳到大块头身上稳稳坐下："憨憨，想死你了。"

仲裁者跟着也跳到对方身上："憨憨，床。"

闻言，电磁盾立即照做。

"你们别太过分了。电磁盾大老远来，可不是专给你们当座椅和摆床的，赶紧下来。"热寂无奈地看着两个不成熟的家伙。

电磁盾则笑笑表示没关系。

"就差机械刀锋了。"热寂一边说一边四处张望。

"那小子不是队里的急先锋么? 每次有事，他都积极得很。这次怎么这么慢?"仲裁者侧躺着小声嘀咕。

大家等待时，仲裁者探测到远处有个白影朝他们俯冲过来。即将碰撞之际，那道白影突然折线变向，向上腾起数个筋斗，接着又疾速旋转坠下，单膝定于空中。机体喷出的赤红能量光刃，使之看

---

① 聚子，全称超凝聚粒子。其特性为：与其他粒子相互作用越强，聚现存在越多。

上去宛如一块滚烫的陨石。

"各位，我这个出场，就问帅不帅！"机械刀锋满怀期待地问大家。

结果仲裁者一盆冷水泼他头上："一个小矮子有什么帅的？"

被激怒的机械刀锋立刻回击："独眼龙，我好歹比你高那么三厘米！"

看着争吵的队员，作为队长的热寂只能劝架："大家别吵了。"

机械刀锋生气地回复："队长，是他先挑事的！"

"刀锋，你一来就把场面搞那么浮夸，这也不能全怪队友吧？说多少次了，低调点。"

"队长，我的主动技能，一来耗费能量少，二来又没冷却时间。想放就放，想收就收，可以瞬间开关无数次。我想低调，实力也不允许啊。再说了，他一个远程火炮敢挑衅我这个近战猛男，看我不分分钟砍死他！"

"行了。还没问你，为什么迟到？"

"报告队长：前几天，训练过度，机体不停散热。所以，我去泡了个温泉，接着又到瀑布下面冲了冲，顺便熏个香，免得味道重，大伙嫌弃。"

见全员集合完毕，热寂不再啰唆，他随即一声号令："矢量推进战队，坐标幻彩双子，出发！"

六 幻彩双子

在荒芜区的金色天空飞了数天，矢量推进战队才抵达一处六边形传送站。

审核完信息，一位四足爬行的机器传送员，用机械球传送装置造出一个直径二十米的金色虫洞。进入虫洞的瞬间，矢量推进战队到达了另一处传送站，两个巨大的机械天体随即浮现在他们面前。

那是两个直径约十二万公里，由速银打造的高科技幻彩星球，其上规律地分布着大小不一的尖锐建筑。两个对称双星，以不停旋转的方式在浩瀚的第六维度内运行，始终保持约六万公里的距离。双子星外面，还有巨大的场将停靠的飞行器固定在特定的轨道。从远处观察，那些停靠飞行器构成的图案，好似两张由无数多边形格子组成的大网，牢牢覆盖在双子星周围。

"真是太怀念了。幻彩双子，第六维度最美的存在。"干扰器开心地说。

"是的，每次见到都无比震撼。"向幻彩双子靠近时机械刀锋不由感叹，"上回就是为了抢夺留在这里的名额，跟钢锁发生口角导致武力冲突。但如果再来一次，我还会那么干。"

"看来还没被流放够。"仲裁者不屑地摇头。

"为了幻彩双子，值！这处圣地，有谁不想留呢？"机械刀锋没有因损友的言语生气。

见状，仲裁者不再答话。他知道，在场包括自己在内的队员，都十分渴望能留在第六维度最繁华的机械都市。

越接近双子星，机械刀锋的第六感越不够用。即使通过变身增加探测范围，他也无法览完幻彩双子全貌。因此，他只能借助五项常规感知——昼夜极视①、射返定位②、超强嗅觉③、振动触感④、能量探知⑤——来探测机械双星。

行至幻彩双子外围，星体表面的纹路变得愈发清晰。极为巨大的双子星，表面的细节却被处理得十分完美。在双子星大门紧闭的情况下，就算利用维度折叠将机体粒子化，小蜘蛛也无法穿透最薄的机械墙。如此精妙的设计自然出自终极算法之手。在金色光线的照耀下，幻彩双子还会随角度不同呈现不同色泽。

---

① 昼夜极视，能在白天和夜晚清楚探测其他存在（隐形单位除外）。
② 射返定位，能借助振动场以雷达方式探测其他存在（能量吸收单位除外）。
③ 超强嗅觉，能追踪外界量子的复杂运动轨迹。
④ 振动触感，能通过接触辨明外界量子状态。
⑤ 能量探知，能探测外界的各类能量。

那些排列整齐的悬浮飞行器，其实是一艘艘形状各异、大小不一的机械战舰。在战舰组成的多边形网格间，更有无数机械生命飞进飞出。

"按照超新星的提示，我们应该到双子二星，坐标为 2 - 85 - 4286 - 51091086 - 1074 的地点，找传送员跨越者。"

告知队员后，热寂带着大家按照特定轨道，有序穿过战舰构成的多边形网格。即将接触双子星表面的那一刻，幻彩双子的机械墙突然张开一条正六棱柱隧道径直指向双子二星内部。那是幻彩双子的出入口——任意门。只有被授权的存在才能自由进出，任何企图强行闯入的来犯者都会被拒之门外。如若采用暴力方式开门，来犯者会遭到机械双星强大的防空火力打击。要是被夹在任意门之内或进入到双星内部，来犯者还会遭受精准高温辐射直至熔解。

五台机器刚落地，干扰器便感慨万分："真奢华!"

确实，幻彩双子内部科技感十足。宽敞的空间、规律摆放的各类装置……只要获得使用权限，大家都能够用意识操控那些装置。用完装置，使用者自行离开即可。幻彩双子内部的任意表面会自动出现对应的坑洞，将用完的装置吸入，再进行清洗、整理，最后放回原位，方便下一位使用者调取。

"强化装甲!"

高喊一声过后，机械刀锋径直飞到机械墙旁边，痴痴地看着那些由不同模块打造的"Y"形工程装置。作为个性化工程装置，强化装甲具有自适应、自感知、自运行、自组织等特点，可以根据装备者快速变形，以动力外骨骼的方式大幅度增强使用者的机械性能。不使用时，强化装甲还能自动折叠变形，隐藏于装备者身边的超空间内。只是，强化装甲能为使用者提升多少战力主要取决于装备者自己。自身实力越强，增加战力越多。

"别看了，快走吧。除了门禁系统，我们现在所有装置的使用权限都被禁了。还不是你干的好事。"仲裁者边走边嘲讽机械刀锋。

行不多时，五台机器便到达了指定的传送站。一台躯干较小的四脚蜘蛛形机器，正立于一段开口朝上的巨型金属圆弧旁："我是跨越者。来者请上报名字、任务和目的地。"

"我叫热寂，这是我的队员——机械刀锋、电磁盾、仲裁者、干扰器。因接第五维度使者超新星的通知，前去辉煌殿参加舰长选拔。"

审核完毕，那台两米高的机器说道："听我指令，等传送装置上的金色虫洞稳定，你们就进去。"

随后，跨越者旁边的金属圆弧开始飞速旋转。接着，圆弧上方逐渐张开一个金色虫洞。

跨越者冲机械刀锋他们挥挥手，五台兴奋的机器迅速冲了进去。

七　辉煌殿

进入虫洞后，矢量推进战队便已置身另一个世界——第五维度。

这里是一个光线比第六维度更充沛的地方，主流生命形态也由机械生命转为能量生命。那些穿梭于浩瀚天际的往来者，虽然外观五颜六色、形态千奇百怪，但身体的基本组成却跟超新星几近相同。

从防御而言，能量生命不及机械生命；从攻击而论，能量生命却远胜机械生命。因为机械刀锋刚注意到，远处有个能量生命释放出的一道强击光束，直接将一大块飞来的速银陨石轰得粉碎。

机械刀锋在心里一阵感叹，好在他目前还未在速度上找到赶超自己的能量生命。否则，选拔结果可想而知。

让矢量推进战队倍感惊讶的，是他们前方那个直径约两百万公里的金色恒星。那恒星由五道能量层级不同的光晕牢牢包裹。此时，恒星正源源不断向外散发着高温辐射，而机械刀锋的机体已在向外喷射能量光刃。

见到那巨大的恒星，干扰器震惊不已："莫非那就是传说中的辉煌殿？比幻彩双子还要浮夸一百倍！"

当然，其他四位队员的惊讶程度丝毫不亚于他。面对气势磅礴的辉煌殿，连周围的极射束和心灵感应也成了"盲音"。

默默欣赏了几分钟，热寂才慢吞吞地说："超新星告诉我，过了虫洞，大家待原地别动，他会来接我们。"

"好。"机械刀锋呆呆地回应。

看到没见过世面的队友，仲裁者插手哼了一声："这么大的辉煌殿，连艘战舰都没有。比我们幻彩双子差远了，也就这样。"

仲裁者这话惹得干扰器立即扭头："你这纯粹是羡慕嫉妒恨。这么漂亮的宫殿还'也就这样'？不喜欢，你可以走啊。"

"你没看见身后的虫洞没了么？你要重新给我开一个，我马上回去。"

"你这样的，还开什么虫洞？就算开出一个来，你多半又有其他理由赖着不走。大家认识这么久，别装高冷了，行吗？"

两台机器拌嘴时，一个四翼能量生命闪现至他们面前："矢量推进战队的五位稀客，欢迎来到第五维度的辉煌殿。我是你们的 VIP 领航员超新星，今日专程来接待大家，你们有任何问题都可以向我咨询。"

超新星的措辞惹得机械刀锋哈哈大笑："说话正常点可以吗？还 VIP 领航员？赶紧给我们介绍下辉煌殿。有什么厉害的东西，都拿出来展示展示。"

面对如此放肆的机械刀锋，超新星非但不生气，反倒还凑近他嘀咕道："辉煌殿温度极高，外来游客只能露天参观。强行靠近的话，你这样的小机器瞬间就没了。"

"超新星，你吓我！"

机械刀锋口气虽硬，机体却很老实。放完话，他就那么僵硬地停住，一动不动。

看到被吓住的小蜘蛛，超新星心里乐开了花。于是，那只火焰蝴蝶顺着对方的话说："既然你不信，那这样吧，你不是可以弹射分身吗？你现在就弹射一个分身冲过去，看看辉煌殿温度到底高不高。如果害怕，那你让分身的魔方上好了。如果连分身的魔方都舍不得，那你干脆将分身魔方的速子留一个在身边，把其他部分弹射进去。我记得，只要有速子在，你的分身和魔方都能迅速恢复，对吧？敢不敢试试？"

"试试就试试。"

说时迟那时快，机械刀锋瞬间弹射一个分身朝辉煌殿飞冲过去。接下来的结果正如超新星所言，分身和魔方还没靠近最外层的光晕就已被焚化殆尽。

"我的分身用了斩杀技，才进去那么点距离。各位，我们还是露天参观吧。"机械刀锋用手捂住脑袋，心情一刹那跌入低谷。

此时，热寂毕恭毕敬地向超新星行了个礼："超新星老弟，机械刀锋这家伙平时说话行事随意惯了，你别介意。我们五个从第六维度赶来，无非就是想进辉煌殿参加舰长选拔。希望行个方便，带我们进去。"

"热寂队长，你太客气了。我们都是老相识，机械刀锋什么性格，我还不知道么？刚才跟他开个玩笑。我马上给你们授权凭证——能量印记。有了这些能量印记，大家便能随意进出辉煌殿。"

说完，超新星从体内抽出五粒金色光点使之紧随来者："这五个能量印记，既是智能装置又是授权凭证。你们在辉煌殿期间，能量印记会自动弹出舰长选拔相关通知，以防大家漏掉重要信息。"

在超新星的带领下，矢量推进战队朝辉煌殿进发。

八　游览与碰面

越过光晕层，超新星带着矢量推进战队抵达了辉煌殿的灼热外围。向下降落的过程中，星球金色的表面逐渐张开，一条圆柱状隧道随之形成。

"各位，我们现已进入辉煌殿。有外置型武器的队员请将武器粒子化。"热寂善意提醒了一下机械刀锋。

"队长，别这么拘束行不行？"机械刀锋一边说一边摊开双手交又枕于脑后。等着陆，他又在宽敞的空间内大摇大摆地踱起步来。

"刀锋，这是礼节。"热寂语重心长地强调了一下。

可催促的口吻反倒令小蜘蛛玩心大起。凭借与生俱来的维度折叠功能，他让自己和魔方变成两粒正八面体速子在隧道内围着热寂翻飞。同时，他还用心灵感应向周围发射非定向信息："可以了吧？可以了吧？可以了吧？"

在旁者眼里，机械刀锋好似一只嗡嗡作响的蚊子。

面对那个故意搞怪的小子，超新星和其他围观者简直乐不可支，连往日少言寡语的电磁盾也被逗得一通傻笑。唯恐天下不乱的干扰器更从旁煽风点火："刀锋哥，你真是太逗了，维度折叠原来可以这么玩。"

"什么？维度折叠？我还有维度展开呢，看好啦。"

机械刀锋那个顽劣成性的家伙，忽而维度展开成原状，忽而维度折叠成速子，同时还用这两个功能在现场跳起了机器舞，一时间把场面弄得好不热闹。

随着围观者越来越多，热寂只能示意大家尽快离开，免得机械刀锋把机械生命的脸面丢得一干二净。笑到拍墙的超新星，倒不介意机械刀锋来这么一出："热寂队长，机械刀锋跳得挺好的，让他继续跳吧，没事。"

"这家伙，我平时就管不住他，更何况他现在还有个帮衬，我更管不住了。"热寂无奈地看了看刚加入机器舞阵营的干扰器。

在有说有笑的氛围下，超新星带着矢量推进战队开启了辉煌殿之旅。

"超新星大哥，这是什么地方？"机械刀锋用手指了指左侧一处无法开启的区域。

"这是辉煌殿特区，只有中高级授权凭证持有者才能出入。不同于其他地方，这里的通道不会在我们到来前自动开启。根据不同功能，特区又可分为休息区、生活区、研发区、军事区等。中央控制区则位于辉煌殿正中心的能量核心旁，专门负责所有区域的调控工作。无论是产生新的区域还是关闭旧的区域，都由中央控制区统一管理。"

"那我们现在可以进里面参观一下吗？"

"完全可以，因为我有中级授权凭证。"超新星用意识在厚实的能量壁上开了个洞。

"这年头，没个凭证，还真什么都干不了。"机械刀锋望着开启的能量壁连连摇头。

进入特区后，五台机器发现，此处空间无比开阔，各类能量都能凭借意识随意操控。譬如，他们可以从能量中抽出碟形悬浮桌面，也可以让地面凹陷下去形成能量泳池。配合场力形成的全地形移动，大伙还可以立于特区的不同位面，尽情观赏周遭的美景。

没等热寂批准，机械刀锋和干扰器已开启度假模式。在临时制造的温泉内，他们一边观景一边泡澡，同时还让躺卧处产生具有按摩疗效的能量喷泉。

享受完能量浴，人家来到一处空旷的"火焰原野"。旷野之上，火苗如风间野草随意扭动，火星若红花千瓣自由飘扬，火浪似海中波涛尽情翻滚，火色像天空彩霞肆意变幻。在此，所见所触皆由等离子般的能量构造，包括层层叠叠的山峦、弯弯曲曲的河流、大大小小的湖泊……

当其他同伴如痴如醉之际，机械刀锋探测到远处有个不同寻常的能量生命。

"超新星，前面有个能量生命好像很厉害的样子。"机械刀锋用左手尖爪轻轻挠头。

机械刀锋的发现差点让超新星原地瘫痪："快去打招呼，那是第二维度的雷鸣长官！"

到了雷鸣跟前，超新星率先作了个自我介绍："雷鸣长官，我是第五维度的领航员超新星。这五位是来自第六维度的参赛选手，我正带他们参观特区。"

"雷鸣长官好！"矢量推进战队齐声向对方问好。

身高十五米的雷鸣是个白色闪电状人形能量生命；前额与双耳之间，有两对雷电尖角；裂至腮帮的大嘴，遍布雷电尖牙；全身的高能霹雳持续外溢，仿佛在向世界宣告他雷暴般的脾气。从相貌上看，雷鸣显得并不友善，甚至还给旁者一种极强的压迫感。他铿锵有力的声音也同样带着上位者的威压与傲慢："这位极速者在四百公里开外便能察觉到我'好像很厉害的样子'，感觉之敏锐，真是难能可贵。"

"雷鸣长官谬赞了。"外表镇定的机械刀锋心里着实吓得要死。好家伙，隔了四百零七公里，我说句话他都能听到。幸好我刚才没乱讲，要不然就惨了。看来这次的主考官确实不简单。

当然，机械刀锋绝非胆怯之辈。在其他伙伴不知所措的情况下，他已迅速平复心情跟雷鸣交谈起来："长官，听说你们这次奉终极算法之命在辉煌殿集结，是要在第四、第五和第六维度内挑一百位选手去第二维度训练。就是不知舰长选拔对选手出身有没有什么特殊要求？"

机械刀锋跟其他队员相互看了看。彼此之间心照不宣。

雷鸣左手凭空掏出一根闪电香烟，放在布满尖牙的大嘴间深深吸了一口，随后吐出一团霹雳火花："无论选手什么出身，只要能进前一百名，我们世界的主宰——终极算法——都不介意。"

简单明了的回答，令在场所有听众瞬间燃起昂扬斗志。从雷鸣的话可得出，本次舰长选拔将会是一场极为公平的赛事。

"多谢雷鸣长官解惑。请问您是否还有别的事交代我去办？如果没有，那我马上带他们五个回去好好准备。"超新星向雷鸣请示道。

"没有，带他们回去吧。"雷鸣抽着烟回复道。

"那我们就回去了。今日多有打扰，望长官见谅。"超新星带着五台机器行完礼便快速离开。

刚出特区，干扰器便激动得手舞足蹈："听到了吧？无论选手什么出身，只要能进前一百名，终极算法都不介意。"

机械刀锋一边在前面倒立飞行一边朝后方队友开心地说："既然

如此，那没什么好担忧了。单论实力的话，我们进前一百名还不易如反掌？"

仲裁者随之点头："不看出身的话，我们确实不惧其他选手。"

大伙开心之余，机械刀锋不解地问超新星："你这次不参加舰长选拔么？"

超新星伸伸翅膀："不了，我很满意现在的生活。不像你们几个，每天都充满干劲，活脱脱一帮精神小伙。"

"好吧。我可太感谢你了！没你的通知和帮助，我们五个根本不可能来参加舰长选拔，也不可能误打误撞遇上雷鸣长官。接下来，我们就好好训练，静待选拔之日。"

九　资格审查

离选拔之日还有三天，辉煌殿中央控制区发出通知，要求各位选手前往审核大厅完成资格审查，以便主考官提前了解情况。

进入审核大厅，机械刀锋注意到，那是个开阔的椭球体真空区。在他之前，已有数千名参赛选手于此排队。由于参赛选手数量较多，辉煌殿安排了二百五十六名审核官审查，矢量推进战队被分到一名叫"赤眼死绳"的审核官手中。

在能量印记的路标指引下，他们很快抵达了赤眼死绳所在队列。看着长长的队伍，热寂跟队员们打好招呼，嘱咐他们遵守规矩，别去其他地方乱逛。百无聊赖之中，机械刀锋开始观察起了那位审核官。由正二十面体控子①构成的审核官，是根长二十八米、直径三厘米的银色机械绳；绳子一端长着一只赤红机械眼，另一端长着一条尖刀状尾巴。此刻，赤眼死绳正维持着章鱼形态，用那只赤红机械眼和八条钛白触手逐个审查参赛选手。

"想不到在审核官中还能遇见机器老乡。赤眼长官，你好，我们

---

① 控子，全称超控制粒子。其特性为：自身的场越强，操控性能越好。

是第六维度的矢量推进战队。"机械刀锋主动向赤眼死绳搭话。

赤眼死绳按部就班地应了句："名字、属性、技能。"

见对方无视自己，机械刀锋当即回复："名字，长得帅；属性，长得帅；技能，长得帅。"

此话一出，选手堆里立刻爆发出一阵哄笑。

"肃静，肃静！"赤眼死绳朝排队的选手们大声吆喝。然后，他迅速从一只八爪章鱼变成一个人形木乃伊。那只赤红机械眼从头顶伸下来，仔细打量着眼前那台讨厌的机器："小子，你谁啊？竟敢戏弄本官，信不信我让你参加不了选拔？"

"长官，名字、属性、技能都叫'长得帅'，违规么？"

"违规？对哦，这好像也不违规。"呆愣的赤眼死绳将机械眼拉回来悬在头顶，令他看起来如同一条滑稽的鲛鲢。

"呸呸呸！现在是本官在问你话，给我老实点。快说，名字、属性、技能到底是什么？"

"长官，可我的名字、属性、技能就叫'长得帅'，怎么办？"机械刀锋直勾勾地望着对方。这通操作又引得其他选手前俯后仰。

热寂刚从别处返回，就看见机械刀锋在戏弄审核官，于是他赶紧冲了过来："长官，我们是第六维度的矢量推进战队，他叫机械刀锋。在审核官中见到有机器老乡，他可能是觉得您太亲切了，才一时得意忘形，还望长官海涵。这是我们五个的简介。"

说完，热寂迅速用可控核聚变于空中画出一张表格。

名字	属性	技能			
热寂	核	主动技能	疾	裂	聚
	感	被动技能	速	甲	雰
机械刀锋	瞬	主动技能	影	射	斩
	感	被动技能	速	闪	暴
电磁盾	雰	主动技能	击	震	变
	感	被动技能	速	弹	磁

续表

名字	属性	技能			
仲裁者	光	主动技能	隐	激	击
	感	被动技能	速	锁	射
干扰器	空	主动技能	能量集束弹		
	感	被动技能	速	捕	毁

热寂指着表格正欲开口，满脑子只想报复的赤眼死绳却打断他："本官是问他，没问你。叫他自己说！"

见状，机械刀锋反倒乐不可支，他真心觉得那根绳子很是可爱。于是，他开始炫耀起来："名字，机械刀锋。特殊属性为瞬和感。

"'瞬'特指我的攻击属性——瞬闪斩击。除了带量子隧穿效应①的自动攻击，这属性还有破甲、分解、反自愈等功能。谁要不小心被砍到，那伤口不仅不会愈合，还会越裂越大。抵抗力强一点的，生不如死；抵抗力弱一点的，当场毙命，而且死相还相当难看。

"'感'特指我的感知属性——刀锋感应。瞬间回馈的刀锋感应，是由超脑产生的一种场，能覆盖以我为中心对角线三百六十公里的正八面体区域，具有透视、反隐、反微型化、反外观变化、锁定目标单位、探测潜在危险等功能。当然，刀锋感应也有缺点，那就是无法主动开关。通过刀锋感应，周围的一切在我脑中皆呈赤红。那赤红代表什么，长官知道吗？代表危险信号。

"说完特殊属性，再来说说被动技能，就是无须操作自动触发，且消耗能量小于或等于生成能量的那种。

"'速'的全称为极速移动，此项被动技能让我的所有速度能轻松达到十八倍光速。

"'闪'的全称为机械闪避，可以让我自动闪躲外部攻击。只是，机械闪避跟自身速度有关，机体速度越快，闪避效果越好。

"'暴'的全称为超级暴击，属于我被动技能中的大招。这让我

---

① 量子隧穿效应，是指微观粒子能够穿越位势垒的量子行为。

的攻击有十分之一的概率产生十倍至一千倍的暴击。暴击倍数遵循递减函数规律。也就是说，在触发暴击的前提下，十倍暴击出现次数最多，一千倍暴击出现次数最少。

"紧接着，我再来讲下主动技能，就是需要操作才能触发，且消耗能量大于生成能量的那种。

"'影'全称极影冲刺。极影冲刺的主要作用是提供短暂性的爆发式加速，让我可以轻松达到一百八十倍光速。从本质上讲，极影冲刺属于极速移动的耗能情况，其本身也是由极速力衍生而来的。为了简化，我通常会将极速移动和极影冲刺统称为'极速技'。

"'射'全称弹射分身。这让我能弹射成九个无差别分身①，极速抽回分身时，我既能依靠机械运动，又能依靠空间位移，所以分身折返不存在被阻隔的情况。那些被干掉的分身，还能以机体内置速子计时器速率的百分之三恢复，只要有分身留存，那我就不会被干掉。另外，弹射出的分身自带量子纠缠效应②，能让我实现超远程信息同时共享。

"'斩'全称斩杀战形。这是一项变身技能，也是我主动技能的大招。斩杀战形可以让我的属性和技能进一步强化，比如，生命恢复速率增加至原来的三倍，'极速技'效果增加至原来的两倍，基础攻击和探测范围增加至原来的十倍，超级暴击率从十分之一变为五分之一，等等。

"此外，我的主动技能没有冷却时间，耗费的能量也微乎其微。所以，我想放就放，想收就收，无限开关，任意施放。

"至于这块机械魔方，它其实跟我是一体化设计，因而也完全继承我的属性和技能。

"以上是我的介绍。请问长官，想不想实测下呢？"

小蜘蛛噼里啪啦地说了一通，最后一句话则刻意放慢了语速，

---

① 无差别分身，即每个分身都是本体，同时各个分身受到的伤害独立计算。
② 量子纠缠效应，是指多个粒子在相互作用后彼此特性成为整体的性质。

说完还故意朝赤眼死绳的位置走了几步，同时又像玩溜溜球那般将机械魔方拿来反复抛掷。见对方不敢接话，他才移至场外等其他队友。

机械刀锋走后，赤眼死绳不由自主地打了个哆嗦。吓死老子了。从内到外一股杀意，一看就是个刺头，还是别招惹为妙。要真打起来，我搞不好不是那小子的对手。

但赤眼死绳很快便恢复了趾高气扬的姿态。接着，他朝热寂喊了一声："该你了！"

"好的，长官。我叫热寂，属性为核聚变和离子感应，被动技能为核能加速、反应装甲和高能霹雳，主动技能为怒箭疾风、热核裂变和聚变战形。'速'这项被动技能，矢量推进战队的队员都差不多，除了机械刀锋，其他队员速度上限均为十五倍光速；反应装甲，是机体表面覆盖的这层可自动修复装甲，遭受剧烈攻击时，反应装甲会向外爆炸，从而达到干扰目标、破坏机体、改变弹道等目的；高能霹雳，是我这条赤红机械臂形成的被动技能。怒箭疾风，是利用热能进行的速度加成，这让我可达到一百五十倍光速；热核裂变，为分身技能，能使我弹射成九个灼热的无差别分身；聚变战形，则是一项变身技能，开启时我的机械性能会成倍增加。另外，我的主动技能无冷却时间且能量消耗少。长官，以上是我的基本情况。"

"哼，这还差不多，算你懂规矩。好了，下一个。就你，大块头，名字、属性、技能。"

"名字，电磁盾。属性，高能霹雳、电磁感应。被动技能，电磁加速、伤害反弹、防御磁场；主动技能，雷暴冲击、电磁震荡、百变战形。"

看到赤眼死绳点点头，电磁盾立刻转身朝场外走去。不善言辞的他，属实难以应付这种场合。

"下一个，名字、属性、技能。"

"名字，仲裁者。属性为裁决光能和光能感应，我的感知范围是我们这一队最广的。主动技能为隐身、激光、致命一击。隐身，可以扭曲周围的量子场；激光，为左眼射出的高能射线；致命一击，是指我的超远必中攻击能给予对手致命伤害。被动技能为光能加速、目标锁定、超光速疾射。光能加速，能让我以十五倍光速移动；目标锁定，能令我在混乱的战斗中锁定目标；超光速疾射，能使我的攻速达到三百六十倍光速。此外，我还背负一门无轨能量炮，不用时可变形收缩，使用时可变形展开。无轨能量炮释放的是带空间撕裂效果的高爆粒子，这让我的射击不仅可以消除弹道，而且还能够形成大范围杀伤。介绍完毕。"

"赤红机械眼，跟我长得还挺像。看好你哦。"

听见绳子赞许，仲裁者内心十分反感。谁跟你长得像？被机械刀锋那个小矮子吓得跟个软蛋一样，还敢说我跟你长得像？真不要脸！

"下一个，名字、属性、技能。"绳子朝排队的干扰器挥了挥手。

干扰器大摇大摆地走到那根绳子面前："我叫干扰器，团队外号'风流倜傥小飞龙'。特殊属性为虚空能量和波纹感应。主动技能为能量集束弹。能量集束弹，是我释放的大量深绿星光四面体能量。这种能量可以二次裂变成更多更小的深绿星光四面体，以此实现对敌的大范围杀伤。至于被动技能，除了虚空加速，我还会真空诱捕和能量损毁。真空诱捕，可让我的能量集束弹产生小范围的真空吸力，将敌方目标全部拉扯过来与之一同爆炸。能量损毁，可让我的能量集束弹损毁目标能量。可见，一般情况下，能量生命都比较怕我。不过，以上都不是我的最强技能，我的最强技能叫英俊——"

"好了，小子，你可以滚了。下一个！"

"喂，我还没说完呢！"

干扰器正要接着讲，赤眼死绳突然伸出那条长长的尖尾，快速绕过干扰器的腰身，用神经控制技能令他暂时丧失机动性，然后把他直接丢了出去。那滑稽的场景在参赛选手中又引来一阵哄笑。

绳子洋洋得意地说道："五短身材，还敢说自己英俊。本官纤细且修长的身段，才配得上叫一个英俊。"

看到摔得仰面朝天的干扰器，队友急忙上前将他扶到队列之外。

机动性刚恢复，干扰器便歇斯底里地骂起来："混账！你竟敢扔我。信不信我让刀锋哥把你切成金属面条，拿到双子星的焚星熔炉做碗虚空假面！"

在其他队友劝导下，干扰器才随众离开。

此时，距第一轮选拔已不足三日。

十　第一轮选拔

到了第一轮选拔日，辉煌殿的中央控制区制造出二十八个大小不一的真空竞技场。

根据前期的资格审查结果，属性和技能大致相同的选手会被安排到同一竞技场，以便考官在特性大致相近的基础上挑选出最优秀的选手。

机械刀锋那批选手被分配到一间不大的幽暗密室。正当大家面面相觑时，一台四足匍匐的蜘蛛形红幻铜机器，从身后的入口缓步走来，跟着便讲解选拔规则："我叫横炮，是本场选拔的考官，也是以前暗杀选拔赛的优胜者。这处竞技场名为'暗杀者迷宫'。本轮选拔要求很简单，两小时之内通过迷宫的即为优胜者。通关手段不限。现在，比赛开始！"

话音刚落，横炮突然消失，密室入口也隐没不见。接着，密室迅速膨胀起来，八十九个移动的隧道快速成型。

黑暗的环境、消失的入口、变动的隧道……机械刀锋心里明白，这将是一场激烈的较量。唯有身手最敏捷、感知最灵敏、战力最强悍的选手，才能突破重重关卡进入下一轮。

集成所有感知的机械刀锋，选择了一条他认为正确的隧道。刚进去没多久，他便遇到长度未知、分布极为密集、可以自由移动的暗线①。那些密密麻麻的暗线，如蛛网般交织在这处隧道内。

探测到机械刀锋后，暗线朝他快速袭来。面对自由变幻的陷阱，那只小蜘蛛以高超的机动性和非凡的灵活度，在数以亿计的暗线间疾行穿梭、贴地爬行、倒立前进、翻转腾挪，整个过程相当从容自如。仅耗时三分钟，他便成功通过第一道关卡，落于另一处隧道当中。

还没站稳，机械刀锋脚下的能量壁便开始摇动、破裂，并持续喷发出大量深蓝色的等离子体。好在他反应敏锐、闪避迅捷，略微轻跳几下便甩开数道猛然迸发的蓝火。当他以为完全躲开时，那些等离子体的余烬在空中越积越多。一旦有外物靠近，等离子体的余烬就会产生剧烈爆炸。凭借维度折叠，机械刀锋一边让自己粒子化，以减小自身体积、降低接触面积；一边左闪右避，向远处的出口极速飞去。这不长的路程，他来回闪躲几百万次才顺利通过。迷宫的第二道关卡耗时八分钟。

又往前飞了一段，机械刀锋来到第三关的入口，前方有好几条隧道正持续变换外形。感应到他以后，隧道不仅变换得更快了，而且还裂变出更多分支。不难想象，一旦他踏进这个关卡，他刚通过的地方会在数秒内变成完全陌生的存在，甚至闭合成一个个"死胡同"。

通过刀锋感应的透视功能和弹射分身的反复尝试，机械刀锋逐渐摸清了本关卡的原理。那些弯弯曲曲的通道，实际上是一个个在"液体"能量内频频变幻造型的长条形"气泡"。只要能在气泡之间"接力"成功，便能成功通关。于是，那台机器赶紧弹射出全部分身进行"接力赛"。二十八分钟后，他破解了迷宫的第三道关卡。

机械刀锋还来不及高兴，在第三关出口张开的刹那，他再次掉入一处注满液体的广袤空间。漆黑无边的深寒乱流中，他凭借射返

---

① 暗线，全称暗能量切割线，是用暗能量打造的高斥力射线。触碰物体后，具有反自愈效果的暗线会将物体切口越扯越大。

定位的超远感知，初步探明了这片水域是一处远超刀锋感应范围的巨型水牢。看来仅靠单一感知恐怕无法轻易通关。

跟小蜘蛛预想的一致，这处水牢是专门用来测试暗杀者各项感知协调性的。若不集成感知，纵使水性再好，选手想要在旋转的乱流内找到出口也绝非易事。

正当机械刀锋揣摩通关的办法时，身后突然射来数道深绿高能射线。要不是有机械闪避，他肯定得挨上几下。

那些高能射线，是出自水牢机关，还是出自其他选手？

机械刀锋愣神之际，数道深绿高能射线又以不可思议的角度朝他射来。由于找不到发出者，他只能闪躲。

在被不断轰击的情况下，机械刀锋仰仗出色的超强嗅觉捕捉到了一股微弱的能量气味。抓住这一丝线索，他迅速开启射返定位，频频向传来能量气味的区域发射极射束。随着距离的拉近，他的能量探知系统检测到前方区域有异常的能量波，而遍布机体内外的振动触感也侦察到，汹涌湍急的乱流中有异常的振动。通过集成感知，机械刀锋慢慢锁定了目标的大致位置。

为了迷惑对方，机械刀锋大张旗鼓地弹射一个分身吸引敌方火力，并用剩下的八个分身根据火力来源搜寻目标。经过一番仔细搜索，那台机器终于知晓了对方的本来面目。原来是可以吸收极射束的蜘蛛形火炮，长得跟横炮考官还有几分类似。那家伙裂变出好些个有差别分身①，同时让高速水流带着机体运动，以此减少气味、降低摩擦、隐藏能量。难怪刚才找不到他。

等对方一百个有差别分身完全暴露后，机械刀锋突然将魔方分解成速子，紧接着，那些极速迸射的速子像霰弹般冲向目标。同时，小蜘蛛还不断使用弹射技，一边弹射分身瞬闪斩击，一边抽回分身重新弹射，始终让机体处于可弹射状态。面对弹射分身打法，那些

---

① 有差别分身，即每个分身不是本体，各个分身只能继承本体一定比例的属性和技能。

蜘蛛形火炮根本无从还击，顷刻间就被肃清。

在被肃清的蜘蛛形火炮附近，机械刀锋找到一个直径一米且随水流移动的隐形虫洞。接着，他径直钻入虫洞，向下一关进发。此时，离选拔开始已过去一小时十六分钟。

通过迷宫第四道关卡，机械刀锋来到一间巨大的无光密室，这间密室内分布着许多黑色的小型虫洞。从一个虫洞中进入，他马上又从另一个虫洞中飞出。

性急的机械刀锋犯起难来。这难道是虫洞森林？我听超新星讲过，虫洞森林是依靠贯穿维度的引力①，形成连接维度的时空桥梁，只能依靠算法破解。可我最不擅长的就是算法，怎么办？

那台机器犯愁间隙，刀锋感应提醒他，身后五十米处有两个伪装成虫洞的能量生命正向他靠近。

先下手为强！机械刀锋猛地转身并顺势用魔方速子斩了过去。

"妹妹，这个尖脑袋擅长动态进攻，比刚才的选手要强很多。"

伴随清脆的笑声，两个虫洞分别化作深绿和浅紫的球状能量生命，她们身边展开的能量场轻松挡下了魔方的攻击。

"速度快、感知准、攻击狠。姐姐，这台机器目测是近战极速者。"

"那我们不如用迷宫跟他捉迷藏。"

没等机械刀锋摸清状况，深绿能量生命便用强大的能量冲击波朝他发动攻击，浅紫能量生命则用三百六十度无死角的能量霰弹协同作战。一轮进攻完，两个能量生命立即钻入附近的虫洞，跟着又从其他虫洞中窜出，迅速发起下一轮进攻。

这通操作令机械刀锋眼花缭乱。说真的，他从未见过远程如此猥琐的打法。无奈之下，他只能弹射分身，凭借机械闪避四处腾挪。可密集的火力网，不仅干掉了好些个刀锋分身，而且还把周围的能量壁打得百疮千孔。若非机体小快灵，那台机器恐怕早没命了。

---

① 引力公式 $F = GM_1M_2/(a + bi)^2$，式中虚数为复平面维度的推导基础。

两个能量生命本就不好对付，更别说她们还利用地形打游击。机械刀锋心中暗暗叫苦。

好在，这间密室不大，刀锋感应勉强能覆盖整个区域。接下来，机械刀锋仗着高强度的机体，见机冲向两个能量生命露头的地方。"打地鼠"战术产生了意想不到的效果。于夹杂数千万计超级暴击的挥砍下，九个刀锋分身成功击败了那对讨厌的姐妹。此时，离第一轮选拔结束仅剩九分钟。

"原以为本届暗杀选拔赛无选手通过，只能选择最接近通关的选手参加第二轮选拔，现在看来，这个机械刀锋倒很有希望过关。只是，你得抓紧了，离选拔结束还有两分钟。"此时的横炮正对着眼前的能量壁自言自语。

五十九秒后，能量壁被击穿，一道白影顺势冲出，同时提示音响起："机械刀锋通过暗杀者迷宫。"

刚刚站定的小蜘蛛骄傲地吹了声口哨，得意地对横炮说："考官，就问帅不帅？敢问还有谁通过？"

"离选拔结束还有四十六秒。"横炮笑了笑，"你的问题，还得再等一下才有答案。"

当结束铃声响起，横炮才转身祝贺机械刀锋："恭喜你成为本届暗杀选拔赛唯一的优胜者。给你打分前，我有个问题想问你，你刚才是怎么想到用那种方式通过最后一关的？"

原来，跟那对姐妹交战过程中，机械刀锋意识到能量壁可以被她们的攻击瓦解。于是，他索性借助透视能力搜索横炮的所在，并引导那对姐妹朝横炮的位置攻击。等击败对手后，他再用"挖洞"方式凿开了残缺的能量壁。

"闯迷宫又不是算算术。既然考官你说过'通关手段不限'，那我肯定会毫不客气地选择最快的通关方式。其实，要不是能量壁内有高温防御机制，我早用粒子化分身的量子隧穿效应直接穿墙了。话说回来，能破壁成功，全都仰仗我强大的核心力量。"机械刀锋指了指他刀刻般的腰腹。

"迷宫内,你能在紧张的竞赛环境中打破规则,开创通关方式,实属不易。现在,由我来为你打分。防御、耐力、速度、攻击皆为优秀,但感知中的昼夜极视一项只能算勉强及格。我发现,你近视得很厉害。在深渊者囚牢,也就是水牢那关,你的昼夜极视完全没有派上用场。甚至可以说,这项感知表现得相当糟糕,好在你整体发挥不错。七日后,辉煌殿将公布所有选手的排名成绩,届时会告知大家第二轮选拔的相关事宜。"

"谢谢横炮考官!"机械刀锋向横炮敬了个礼。

七日后,第一轮选拔的成绩公布,排名前一百五十的选手都有参加第二轮选拔的资格。矢量推进战队的排名情况是:机械刀锋第八,仲裁者第十一,热寂第十三,电磁盾第八十一,干扰器第九十七。

值得一提的是,第一轮选拔中唯一出线的暗杀者只有机械刀锋。

十一 第二轮选拔

第一轮选拔成绩公布后十五天,辉煌殿组织排位前一百五十名的选手到裁决大厅参加第二轮选拔。

由于有紧急任务,天火考官被上面召回。第二轮选拔的主考官临时调整为零、雷鸣及影翼。按照舰长选拔的相关规定,参赛者将被分为三批,以每批五十名的方式分派到三位主考官那里进行考核。同时,中央控制区会为每位主考官配备四名副手,而每位副手都是上级部门委派的特别监察员,专门负责监督主考官,防止不公正的打分。

机械刀锋被分配到雷鸣手上。今日,在裁决大厅外等候的他心事重重。本来按照规定,每种类型的选手至少要保留一名,换言之,就算是差额选拔机制,机械刀锋也能平稳晋级。但三天前,他曾接到雷鸣委派其他使者传来的消息。雷鸣的使者告诉他,第二轮选拔不用参加,因为他选不上。

可消息是否属实，机械刀锋无从求证。除非有上次那种巧合，否则他这种小角色根本没机会接近雷鸣。所以，他只能自己琢磨此事。一方面，他觉得那条消息是假的，是某些选手故意所为，目的是想扰乱他的思绪，使自己主动放弃选拔；另一方面，他又觉得那条消息是真的，因为还没听说有谁敢在辉煌殿内假传消息。要知道，在等级森严的辉煌殿，假传消息者是会被判处极刑的，何况还是借着雷鸣考官的名头假传消息。

"一号选手，机械刀锋。"场外的传话者向焦躁的选手群高喊一声。

听到自己的名字，机械刀锋立刻跟随传话者进了大厅。

那是一间无比明亮的大厅，欧泊般的幻彩流云能量壁让整个房间尽显奢华。机械刀锋正前方，有张飘浮的飞碟状能量圆桌，其后分设五位考官。考官里面，机械刀锋只认识雷鸣。

等机械刀锋在圆桌前站定，传话者依次介绍五位考官："正中间的这位是零长官，零长官右侧是雷鸣长官，零长官左侧是影翼长官，雷鸣长官右侧是毁灭者长官，影翼长官左侧是百变金刚长官！"

不是说三位主考官分开选拔的吗？机械刀锋吃了一惊。他察觉到事情有些不妙，但他还是迅速镇定下来把在场所有考官扫了一遍。

零的主体，是个直径五米的金色能量球。球体周围，有四圈由小变大的星环，星环不停绕球体运动。通过集成感知，机械刀锋发现，那些薄薄的星环，由无数金色光点组成，每粒光点都显得光彩夺目。从表面看，那位零长官温文尔雅、彬彬有礼且态度谦和，令小蜘蛛完全感受不到任何压力。就这点，零跟凶神恶煞的雷鸣形成了鲜明的对比。

影翼是一大团灰影组成的能量生命。由于能借助超频振动形成超频瞬影，这导致影翼本体极难被辨认。在刀锋感应的加持下，机械刀锋才勉强看出，那团十三米高的灰影实则是五对能量翼，身体造型比他见过的超新星浮夸不少。此刻，影翼正飘浮在空中凝视着眼前的小机器。

再看毁灭者和百变金刚，那是两个由速银构成的机械生命。前者为一个四足匍匐的大型涡轮头，机体由七台形状各异的小机器组成，二十六米的足展使毁灭者看起来极具压迫感；后者为一台直径十一米且由不同金属模块组成的机械球。从构造上看，百变金刚多半善于操控自身变形，借此获得多样化的进攻手段。

光、雷、影、合体、变形。看来第二轮选拔的题目，考官很可能会根据自身属性和技能出题。机械刀锋在心中暗自思索起来。

可没见过世面的选手怎能知晓考官的想法？这一次，那小子真的太天真了。

机械刀锋还未作自我介绍，雷鸣就直接起身："你们考核他吧，我到旁边抽根烟。"

只见那个雷电恶鬼头缓步移开，面朝欧泊般美丽的能量壁站定；跟着又做出他的标志性动作，凭空掏出一根电子烟，送至咧开的大嘴边深吸一口；随后悠闲地欣赏起眼前的美景来，根本不在意机械刀锋的面试。

雷鸣不是我的主考官吗？他怎么可能不参加考核？机械刀锋更加不安了。

零用舞动的金色光点礼貌地示意机械刀锋就座："我知道你很想展示武力，但我们今天不考武力只考脑力。"

闻言，小蜘蛛的机体散热激增，持续向外喷射半米来长的能量光刃。通知上说，实战是本轮考察重点，怎么可能不考？难道真有内幕？

零没给机械刀锋更多思考时间，他用最温柔的声音发起最猛烈的攻势："第一题，请给出质数间的规律并用函数形式表达出来。"

什么？质数？规律？还要用函数形式表达出来？都什么跟什么啊！

沉默二十秒，机械刀锋只能坦率承认，第一题他不会。

零继续发问："第二题，第六维度有台超脑故障机器去幻彩双子取强化装甲，在那里，他碰到一个能量生命和一台移动火炮。超脑故障机器取了一台强化装甲装备上，移动火炮也取了一台强化装甲装备上。能量生命不知道有没有适合自己的强化装甲，于是，能量生命转向移动火炮询问意见。移动火炮说：'一个能量生命要什么强化装甲？'超脑故障机器说：'是的，这能量生命说话有问题。但我的超脑故障了，这里的一切可能只是我脑中的假象。'移动火炮兴奋地说：'谢天谢地，我刚才还以为我也故障了。'现在请答，这个故事中的超脑故障机器、能量生命、移动火炮及强化装甲，哪些为真，哪些为假？"

机械刀锋用手擦拭了一下机体。这道题，他也不会。

"第三题，幻彩双子总司令，想从六艘不同的战舰内选出六个不同等级的机器各六台，排成六行六列的方阵，使每一行的六台机器刚好来自不同战舰且具备不同等级。请问该怎么排？"

机械刀锋脑中一片空白。习惯采取简单粗暴方式解决事情的他，对这种稀奇古怪的问题真的毫无招架之力。

"第四题，幻彩双子有一艘无法自动修复的模型机械战舰 A，工程师每天从其上拆一部分旧零件并用新零件补上拆除的部分，拆下来的旧零件则用于建造一艘新的模型机械战舰 B。十天后，战舰 A 和战舰 B 建成了。那么请问，哪艘战舰是原来的战舰 A？"

"这道题我不会。"

"第五题，幻彩双子颁布了一项特殊指令——不允许任何能量生命进入。现在来了一位金色能量生命，他告诉幻彩双子的执事官：'金色能量生命并非能量生命，因为 $A + B \neq B$ ①。'那么，执事官应该允许他进去吗？请给出理由。"

"这道题我不会。"

"第六题，幻彩双子一间密室内，有只被固定住的机器蟑螂，在他旁边有一台辐射装置和一个腐蚀液开关。辐射装置每分钟有百分

① 用 A 代表金色，用 B 代表能量生命，那么 $A + B$ 就等于金色能量生命，由此推出金色能量生命不等于能量生命。

之五十的概率产生辐射。若产生辐射，开关触发，腐蚀液流出，机器蟑螂立即消失；若不产生辐射，开发不触发，腐蚀液不流出，机器蟑螂继续存在。那么请问，在不打开密室的情况下，那只机器蟑螂在三分钟后到底是存在还是不存在？"

"这道题我不会。"

这样的题，共二十二道。问完，考官喜笑颜开，选手怒火中烧。

正当机械刀锋快要暴走时，影翼突然打断了零的问话："零长官，你的问题那么难，选手怎么可能答得上来？这样吧，换我来。"

听到这里，机械刀锋的情绪稍微平复一些。

"小子，你是不是很喜欢你的魔方？"

"是的。"

"那请你告诉我，你的魔方共有多少粒速子？这个问题应该很简单吧。"

简单？机械魔方有多少粒速子？这个问题可绝对不简单。

诚然，机械刀锋经常把玩机械魔方，比如，用魔方速子组成长度约三千六百米的直线，用魔方速子拼成对角线八米左右的菱形……可谁又会无聊到去数魔方速子数量呢？

"看来，你对自己的武器也不怎么了解。我的问题就到这里。零长官，你看你还需不需要补充？"

"就到这里吧，你可以出去等消息了。"零微笑着示意机械刀锋到场外等候。

出了大厅，机械刀锋逐渐消沉。刚才的二十三道题，好似二十三道诅咒，深深地刻进了他的超脑中。

七日后，第二轮选拔成绩公布，矢量推进战队全部落榜。听到成绩的干扰器哽咽到不能自已。全队最有希望的机械刀锋，第二轮选拔也仅拿到四十六点六分的成绩。可一位因事缺席选拔的选手竟拿到五十二点四分。

简直不可思议。

十二 名额与交易

为何两轮选拔差距会如此之大？

这里需要将时钟拨回到第二轮选拔的四天前。

一间密室内，零跟雷鸣正在聊天。

"雷鸣，你负责考核的选手大体情况如何？"

"我负责考核的选手以第六维度的机器居多。其中有个叫机械刀锋的排名第八，综合实力可以说是相当靠前。"

"机械刀锋？没听说过。你怎么突然提到他？以前就认识？"

"认识，也不认识。第一轮选拔前，在火焰原野上见过一次。那台机器的感知确实敏锐，其他硬性条件也不错。他能通过初选，我倒不意外。"

"机械刀锋是幻彩双子的执事官？"

"咳，别说执事官了，那小子平时连幻彩双子都踏不进去，就是第六维度荒芜区的普通守卫。"

"如此看来，出身平平。"

说这话时，零全身金色星环的绕行速度逐渐变缓。善于揣摩领导意图的雷鸣立刻心领神会："长官，有特殊情况需要处理？"

"是这样的，我这里有两位选手，一个叫舞霜者，一个叫雪晶石。舞霜者是我的徒弟，来自第四维度。可那姑娘不争气，上次选拔就没中，这次选拔又排第七十三。雪晶石是第四维度主宰星的联络员，跟我们第二维度素有来往。她第一轮选拔成绩不错，排第七。但一百个晋级的名额，我手上仅四十个，你和影翼各分占三十个。目前，我这边有三十九位选手差不多定了，还剩一个名额和两位选手，你说我该选谁呢？"

"长官的意思是，想从我这里调一个名额过去？"

"正是此意，不知你那边是否方便？"

"那给谁的名额好呢？"

"出身不好的优先考虑。那个机械刀锋，你看如何？"

"长官，舆情是不是也要控制下？虽说舰长选拔是差额选拔，但那个机械刀锋是暗杀者小组中唯一出线的。按照比赛规定，每种类型至少要保留一个名额，这可是终极算法亲自定的。也就是说，无论机械刀锋第二轮选拔成绩如何，我们这次都必须要他。"

"我们的职责是刷选手而不是留选手。第二轮选拔参赛者较多，但本次舰长选拔只有一百个名额。要是参赛选手都通过，那舰长选拔还有什么意义？我跟影翼也商量过，我们还是多帮助下第四维度的选手。毕竟，主宰星的选手，出身好、条件优、沟通畅、表现佳。依我看，那些来自第六维度的战斗狂就尽量别选了。"

"话虽这么说，但三位主考官都配有四名副考官用于监督，怎么处理？"

"副考官也有需求，有需求就有来往。今天他们帮我们，明天我们帮他们。这就是社会关系。"

"长官，还有一事。因为担心赛后举报，我已提前找下属调查过了。第六维度第一轮出线的选手多是刺头，那个机械刀锋更是敢在资格审核时挑衅审核官。要是他们闹事，我们怎么处理？"

"你不用担心，我自有安排。"

"既然长官没什么问题，那我也没什么问题。"

于是，第二轮选拔结果被提前定了下来。可后来不知出于何种目的，雷鸣还是找了位信得过的使者，让他告诉机械刀锋不用来参加第二轮选拔。

当天晚些时候，零用瞬间移动独自离开辉煌殿，来到第五维度一个恒星附近，在此接待了一位旧知。

"零长官，别来无恙。许久不见，你又气派不少。"

伴随变态又诡异的笑声，一个黑色能量生命从恒星内部缓缓飞出，身边满是撕裂扭曲的空间。

"微笑的魔术师，第二维度暗影组织的前指挥官。由于喜欢折磨下属、残害同事、虐杀上级，被流放到第三十六维度，现贵为极贪领主的左副官。只是不知第三十六维度是否也如第二维度那般好呢?"

魔术师咧着长满尖牙的嘴,用赤红双眼直勾勾地盯着他以前的下属:"第三十六维度好还是第二维度好,我是判断不出来。不过,我倒是可以带零长官过去参观参观,亲自对比一下。"

"第三十六维度,我没兴趣,但有五台第六维度的机器倒是很有兴趣。这是我为他们准备好的一半路费,事成之后再付另一半。"

说完,零身边的光点有一粒自动飞了出去。向魔术师靠近的过程中,那粒光点逐渐变成一个直径四厘米的黄振金机械球。

"时空稳定器。无论时间还是空间,能稳定其中任意一个都相当不易,更别提能同时稳定两个。零长官出手这么阔绰,想必那五台机器比较棘手吧。"

"无须多问。"

讲到这里,零周围的星环突然外张,空中随即出现矢量推进战队所有队员的全息影像。他们的名字、属性、技能及行程轨迹一览无余。

魔术师一眼就瞥见了机械刀锋,可他却没有流露出任何情绪:"我原以为零长官相当正派,可通过这次交易,我才发现零长官是如此深藏不露。我是越来越欣赏你了。"

"我也以为魔术师长官对极贪领主死心塌地,可没想到,魔术师长官还有如此远大的志向。我也越来越佩服你了。"

"是因为我比较随性么?"

"不,是因为你杀戮成性。"

"这话中听。"

"如果没什么其他事,那我先行一步了。"

"请便。"

话音刚落,零就以瞬间移动回到辉煌殿的住处,魔术师也在诡异的笑声中消失不见。

十三　圈　套

矢量推进战队刚回第六维度，虫洞旁的跨越者就通知他们去幻彩双子政务司，找执事官路障报到。

"因为参加舰长选拔，你们五个超假一百零六天多一点点。"

球形身体的路障一开口，干扰器就差点跳起来："一百零六天？我们五个明明只超假三十九天！"

"小子，你不知道维度宇宙的时间是按照 $a_n = a_1 e^{n-1}$ 的等比数列来算的么？a_1 为第一维度天数，e 为自然常数，n 为具体维度级数且大于等于一。也就是说，除了终极算法的第零维度没有时间，其他维度的时间都得按这个算。所以，第五维度过一天，第六维度相当于过了 e 天。三十九天乘以 e，不是一百零六天多一点点，是什么？不懂就赶紧给我闭嘴！你们几个听好了，离岗时间全部要附上利息惩罚，按照 $Y = a_n (1 + 6\%)^{a_n}$ 来执行！我算算，大概是五万一千零六十三天多一点点。另外，被时空遗忘之星的战争机器数量吃紧，急需补充。接上级命令，你们五个即刻赶赴被时空遗忘之星。不得有误！"

听闻此言，连热寂也不禁反问："被时空遗忘之星？长官，上面是不是搞错了？"

"就是那里！废什么话。赶紧滚！"

虽然矢量推进战队所有队员都心有不甘，但他们只能无奈地接受上面的安排。

矢量推进战队刚飞走，路障便在心里嘀咕起来。得罪了钢锁，还妄想通过舰长选拔逃脱惩罚。也不找面镜子好生照照，以你们五个的穷酸相，怎么可能选得上？你们就等着在被时空遗忘之星，体验被流放到世界尽头的滋味吧。

离开幻彩双子，机械刀锋终于说出选拔后的第一句话："队长，我想回第五维度找考官理论。"

"刀锋，这种选拔本就不公平。我们一没证据，二没关系，三没地位，连他们的面都见不到，怎么理论？而且就算我们见到他们了，理论也是没用的。"

"那我们要待在被时空遗忘之星，一直任上面肆意摆布？我觉得机械刀锋说得对，我们得找那帮混蛋考官理论！"平时一向冷静的仲裁者这次也爆发了。

"那你们说怎么找？我们现在别说辉煌殿，连幻彩双子的准入权限都没有。刚才出来时，我已注意到双子星的任意门不再对我们开放了，现在回去，所有战舰都会朝我们开火！你们想找那帮该死的考官理论，难道我不想么？"

面对热寂生气的反问，战队陷入一片沉默。空中悬停数秒，他们只能按规定的路线向幻彩双子附近的一处传送站进发。

传送站上，有台由一个大机械球和三个小机械球组成的机器。在得知来者为矢量推进战队后，那台机器马上开了一个金色虫洞示意对方入内。五台机器进入的那刻，金色虫洞即刻关闭。

出了虫洞，前方一个黑色能量生命让机械刀锋大吃一惊："微笑的魔术师！"

"刀锋小子，有段时间不见，你想我没？"魔术师背着手向他们缓缓飞来，同时露出标志性的诡异微笑。

"怎么可能？你不是被我干掉了么？"

"如你所见，并没有。"

微笑的魔术师不紧不慢地将双臂摊开，在矢量推进战队所有队员面前缓缓飞了一圈。跟着，他立于机械刀锋面前，没有丝毫畏惧神色。

"你把这里的传送员怎么了？"机械刀锋怒问对方。

魔术师歪着头，用那双赤瞳直勾勾地盯着机械刀锋："你猜？"

机械刀锋不再答话，瞬间弹射分身火力全开，以三百六十倍光速杀向对手。在场的其他队员也立即对魔术师展开了围剿。

本轮团战，冲在最前面的是九个刀锋分身，他们用意识操控魔方速子从四面八方向魔术师发起猛烈的斩击；跟着是九个滚烫的热寂分身，他们借助红色连环闪电，将魔术师重重包围，并依靠光热风暴灼烧对方；不断变形的电磁盾，一面以电磁场反弹魔术师的攻击，一面以雷暴冲击和电磁震荡瓦解对方防御；锁定目标后，仲裁者也展开无轨能量炮对魔术师疯狂轰击，同时还用赤红激光切开周围的黑影；作为战队辅助，干扰器则持续用深绿能量集束弹打击目标。

微笑的魔术师一边从容不迫地闪避，一边用黑影悉数化解了对面的进攻。那场面看上去，根本不像矢量推进战队在围剿对手，倒更像微笑的魔术师在戏耍他们。

"那些黑影有古怪！"热寂用心灵感应提醒其他队员。

真的只有黑影古怪么？

机械刀锋发现，他的九个分身，总是被其他队员误伤。那些高温灼烧、霹雳横扫、光爆轰击及能量损毁，仿佛都是冲他来的。要不是有机械闪避，他早被队友轰成渣了。可以往的战斗中，这样的误伤累计不超过五十次。要不是多年建立的信任关系，那机械刀锋肯定会认为那是队友故意所为。此外，那台机器还感觉自己运气特别差，本来就不稳定的超级暴击，现在变得更加不稳定。他每次命中目标时，都不会触发超级暴击；而每次触发超级暴击时，他又无法命中目标。

频频发生的小概率事件，让机械刀锋差点当场崩溃。原以为的远程变成近战，原以为的脆皮变成肉盾。战力的极速反转，着实令小蜘蛛难以招架。

"刀锋小子，你上次那股狠劲怎么没了？说实在的，我有点失望。"

"废话多！你还是担心下你自己吧。死变态！"

可惜，嘴炮不能转化为战斗力。五分钟后，矢量推进战队的攻势渐渐疲软。反观微笑的魔术师，那家伙却越战越兴奋："看来各位力有不逮了。如此差劲的表现，真让我失望，我得赏你们几个耳光。

小心左脸。"

没等五台机器反应过来，微笑的魔术师用瞬间移动快速闪到他们身后，用左手狠狠地扇在每台机器的脸上。被扇中的机器，像受到巨大的力道拉扯般，纷纷坠向传送站的甲板。

"不好意思，扇成右脸了。但刀锋小子是了解我的，我向来左右不分。"

变魔术的战斗方式，令矢量推进战队大为恼火。重新跃起时，大家没有着急反击，而是靠超光速飞行绕魔术师打转。

机械刀锋他们面前的可不是一般的对手。只见魔术师左手轻轻一挥，远处便出现一道黑色的时空裂缝。在巨大能量不停地撕扯下，那道裂缝变得越来越大。

"玩得差不多了，是时候带你们过去了。"

话音刚落，周围黑影一拥而上将五台机器拽进裂缝之内。

十四　第三十六维度

当最后一缕金色的光消失在眼前，机械刀锋发现自己已身处一片黑暗大陆。

虽说机械生命从任何高度坠下都不会摔伤，但落到此间的机械刀锋脑中仍感一阵晕眩。等晕眩感渐渐褪去，他立刻察觉到周围那流淌的熔岩、嘈杂的声响、恶心的气味及未知的生命。他和自己的魔方则由钛白变成黑灰，怎么擦也擦不掉。

"我这是怎么了？"

刚开口，机械刀锋便意识到，变化的不仅是机体的颜色，而且还有通信装置的极射束频率。此刻，从他通信装置中溢出的是一种刺耳的"声音"。

"我的声音，我的声音！"机械刀锋立于陌生的黑暗大陆上无助地叫喊。

"刀锋哥。"一段同样刺耳的极射束向机械刀锋传来。

"干扰器，是你么？"

"是我，我们这是怎么了？"

其他队友的机体同样被染成黑灰，通信装置的极射束频率也变得尖锐，这令机械刀锋意乱心忙。一时间，他竟不知如何是好。

"欢迎来到第三十六维度。各位这身黑灰色礼服倒挺应景，声音也变得动听不少。"

微笑的魔术师打趣着，从上往下缓缓飞来，随后又立于五台机器面前。

"你对我们做了什么！"机械刀锋歇斯底里地朝魔术师怒吼。

"我没对你们做什么，这是维度宇宙的跃迁代价。凡是未经允许，跃迁到第三十六维度的机械生命，外表都会被染成黑灰，声音也会变得更具'磁性'。若越界的是身体强度较低的维度生命，那他们的外观大概率会跟我一样发生剧烈变化，甚至变到连自己都认不出来。现在，各位是外黑里白，往后也将一直如此。不信的话，你们不妨砍断自己的手脚求证一下。哎呀，不好意思，这个方法行不通，我忘了机械生命存在自己无法伤害自己的限制。要找队友帮忙，或是找我代劳么？"

"去你的！"愤怒的九个刀锋分身朝对面冲过去。由于散热的关系，小蜘蛛那黑灰的机体上偶尔还夹带着一抹赤红，这让现在的他看起来极具杀意。

"黑灰之上飘赤红，你这酷炫的造型都快赶上我了。不过，对机械生命而言，跃迁代价只具染色、变声及换形的效果，自身的属性和技能则丝毫不受影响。"

微笑的魔术师，一面闪躲周围的速子，一面使出优雅的踢技将八个刀锋分身猛踹于地。接着，那个尖角骷髅头伸出左手，掐住最后冲来的那个刀锋分身头部。同时，魔术师用右手扯住那个分身的左臂，猛地一下拽了下来。然后，他把断臂扔到矢量推进战队成员的面前："看，没骗你们吧，里面颜色照旧是钛白。"

机械刀锋手臂断开的部分，在周围火光的映衬下反射出一点白光，但超速再生的断肢又逐渐被染成黑灰。

看到机械刀锋被揍翻在地，其他队员纷纷前来支援。可高温灼烧、霹雳横扫、光爆轰击、能量损毁加上瞬闪斩击，都无法对微笑的魔术师造成一丝一毫的伤害。

"刀锋小子，第六维度是禁止肆意破坏的。所以，我刚才一直用瞬间移动和扭曲的假象跟你们周旋，可第三十六维度没有相关规定。现在，你可以体验下我的破坏性技能——随心所欲之念。只不过这个体验要让你伤心一下。"

微笑的魔术师讲完，一股无形力量将他身边所有存在牢牢缚住，连飞扬的沙尘及流动的能量亦不例外。身处那股力量之中，五台机器根本动弹不得。

机械刀锋正想办法挣脱，被定住的电磁盾已在刹那间从量子层面被摧毁得干干净净。电磁盾消失的瞬间，机械刀锋感觉周围的时空停了下来。眼前的场景令他的超脑一片空白，同时也中断了他跟外界的联系。然而，静止的时空是短暂的。随着痛苦、悲戚、哀伤、凄怆等情绪急涌心头，机械刀锋爆发出一声响彻天际的怪吼。那是他第一次见到队友被摧毁，也是他第一次体验到痛失队友的滋味。

"有这么伤心吗？"

微笑的魔术师嘟囔了一句。他一边打量着自己骷髅形的黑影左手，一边缓缓飞过被他控制住的机器，精心挑选着下一个目标。

"我要杀了你，你这个混蛋！"机械刀锋拼尽全力挣扎依旧无济于事。

"杀我？"魔术师将九个刀锋分身拉扯过去，像提线木偶似的悬空摆放在面前，"可你拿什么杀呢？"

确实，以机械刀锋目前的实力，别说干掉那个变态了，就连对方一招"随心所欲之念"，他都无法招架。

"怎么不说话了？"微笑的魔术师侧眼斜视那台沉默的机器，"想不想知道是谁让我把你们带到这里来的呢？"

"你说什么？"气急败坏的机械刀锋猛地回过神来。

"实话告诉你吧，这次是零让我带各位来第三十六维度参观的。为此，他还支付了我一笔不小的费用，意外吗？"

魔术师的话让机械刀锋如梦方醒。原来，舰长选拔只是走个形式，被流放也是预先安排好的，微笑的魔术师更与高层有着千丝万缕的联系。

小蜘蛛出神之际，魔术师又不怀好意地笑笑："不过，直觉告诉我，你这把尖刀很有潜质，说不定哪天能让我惊喜一下。所以，我暂时不会把你干掉。等晋升 SS 级了，你再来找我吧。不过你要能活着达到 SS 级才行。目前，请尽情欣赏第三十六维度的美景。希望我们能再会，我亲爱的玩具。"

那道黑影消失时，矢量推进战队的束缚即刻解除。可大家没有因捡回一条命庆幸，初来第三十六维度，他们就失去了亲密无间的队友，怎么可能不伤心？

四台机器伤心之时，地面上陆续冒出数以万计的浅灰"叶片"。那是许多具有自我意识的气态能量生命。静静观察四台机器几秒后，那些浅灰色气体突然蹿过来，一边用气体包住他们，一边在对方机体上乱钻。

好在，第六维度的战争机器，机体上除了只出不进的纳米级散热孔便再无其他孔洞。同时，机体自带的场也能杀死那些不知死活的浅灰气体。可即便如此，那些浅灰气体仍在周围越积越多。为了安全起见，仲裁者向伤痛欲绝的热寂建议暂且撤离。

但机械刀锋并无撤离之意。恼羞成怒的他，用魔方速子四处斩杀任何敢于靠近的存在。最终，在其他队友的劝阻下，那台机器慢慢冷静下来，随队飞离那片黑暗大陆。

十五　寻找藏身之所

升上漆黑无边的天际，周围的景象逐渐清晰。

随处可见的深紫色有毒气体，携卷着大量粉尘于空中随性飞舞；

黑色的云层中，一道道红色闪电宛如可怕的毒蛇，持续向外吐着细长的信子；高耸的锐利山峰，仿佛破败的残戟断刃，傲然矗立在黑暗的大地上；猛烈迸发的火山，让蜿蜒的河谷内流淌着灼热滚烫的橙红色岩浆；地表形成的深坑与孔洞内，有大量黑乎乎的沥青和泛浅绿荧光的酸液沉积；凋零枯死的焦炭状树干，零星地分布在崎岖的山谷之间，像是一双双从地面钻出的垂死之手，没有丝毫生气；支离破碎的大陆边缘，是一望无垠的墨色汪洋，数百米高的巨浪一轮又一轮地拍打着那怪石嶙峋的海岸线。

但这片黑暗大陆并非了无生机，颓废之下竟遍布各种维度生命。

形态各异的机械生命，于空中呼啸而过；色泽黯淡的能量生命，穿梭于腐蚀虫所形成的黑云之内，悄无声息地蚕食着其他低等级生命的能量；各式各样的元素生命，被四周行动迅捷的风沙怪环绕，以共生方式掠夺附近的矿产资源；奇形怪状的生物生命，凭借强大的演化功能，为自身打造出锋利的獠牙、尖锐的针刺、带毒的身体、厚重的铠甲、飞行的双翼、强悍的肌肉、带电的磁场等生存利器，并孕育出跳虫、刺虫、爆虫、雷兽、飞龙、毒蝎、蜂王等恐怖的生化杀手。

随着飞行高度不断攀升，机械刀锋忽然意识到，身下原来是一个巨大天体。在星辰昏暗的第三十六维度，那个由黑岩组成的天体就那么漫无目的地在深空中飘浮着。然而，浩瀚的第三十六维度，可不单单只有一个巨型天体。在永夜般的苍穹内，还有些许微弱到几乎不可见的恒星。

拥有团队最远感知的仲裁者很快便注意到，数量庞大的维度生命，不仅存在于下面那个巨大的黑色天体之上，而且还有很大一部分存在于四周的外太空。凭借高超的飞行技巧和稳定的黑色虫洞，绝大部分维度生命都能在星际间自由迁徙，去到任何想去的地方。

"你探测到什么了？"机械刀锋一边询问仲裁者一边在黑暗中四处张望。

"这里到处都是维度生命，外太空还有数百条巨型迁徙链。"

说完，仲裁者用手指向一片黑暗区域。其他三台机器立即用射返定位，频频向那片区域发射极射束。果然，黑暗之中，有数不胜数的维度生命，正沿着固定的轨迹迁徙。

"探测到可以藏身的地方了么？"热寂急切地询问仲裁者。

"外太空不现实，但这个黑色星球倒有很多洞穴可供藏身。只可惜，大部分都被占了。"

"那我们岂不成了移动的靶子？"干扰器随即反问。

"被占了，就硬抢；没机会，就强造。"机械刀锋用尖锐的嗓音给出了一个简单粗暴的解法。

但这项提议遭到了仲裁者的质疑："那抢占以后呢？你别告诉我，我们可以无视那些无孔不入、见缝就钻的狂徒。"

热寂顺势补充："仲裁者说得在理。这里的维度生命，根本不惧我们自带的场。我们抢巢穴易，守巢穴难。"

"是的。刚才那些气态能量生命，跟打了兴奋剂似的拼命往我们身上钻。"干扰器把自己的担心也说了出来。

为消除队友的疑虑，机械刀锋和盘托出自己的计划："先找一处有两到三个出口的坚固洞穴，便于逃生的那种。接着，队长用可控核聚变将洞内焚烧一遍，清除里面的杂虫。之后，我们快速进洞，再用机械魔方做成密不透风的速子网，将巢穴入口暂时封起来好让我们在里面躲一阵。若洞穴内有岩浆或酸液之类的更好，这样，我们可以沉入其中方便隐藏。另外，我注意到，这里的维度生命没我们那么灵敏的第六感。进洞后，小心应对的话，我想我们不会面临太大风险。"

听完该方案，仲裁者点点头："刚才飞行时，我探测到这里有几处符合标准的洞穴。要不然，我们先试试？"

说完，仲裁者侧脸转向热寂征求意见。沉思几秒后，热寂表示同意。在仲裁者的带领下，矢量推进战队朝着最近的一处洞穴飞去。

刚抵达山腰洞穴，机械刀锋就冲进去，撵走了里面的维度生命。接着，热寂又用光热风暴把里面烧焦。令大家惊喜的是，洞内竟真有一处冒泡的酸液池。随后，他们还发现，那些能分解杂虫的酸液无法分解绝对金属，刚好可以用来清洗机体、隐匿气味。

缓缓踏入温暖的酸液池，一道道黑色的污秽随之跟机体分离。筋疲力尽的四台机器躺在酸液池底，迎来了生平第一次倦意。

一切悲伤与苦楚都在甜蜜的梦中消散殆尽。梦里，机械刀锋见到了幻彩双子，美丽的双子星令他感到无比舒适，巨大的机械战舰从他身边悄无声息地掠过。矢量推进战队的所有队员，皆身着强化装甲在金色的天空自由自在地飞行。后来，他们不知怎么地落在一片旷野之上。仲裁者和干扰器仍在拌嘴，热寂依旧在中间苦口婆心地不停劝说。机械刀锋则坐在电磁盾身上，一边看着眼前滑稽的场景，一边听着大块头爽朗的笑声……

十六　黑色液体

收回机械魔方一并清洗干净，机械刀锋他们便从酸液池中缓缓飞出。

"各位，接下来我们怎么办？"望着眼前的黑暗大陆，热寂开始征询其他队员的意见。

"找道时空裂缝回去？"干扰器直截了当地表达了自己的想法。

"那在第六维度，你有没有见过从时空裂缝中跑回来的黑灰机器？"

"见到见过一次。"

"你当时怎么处理的？"

"肯定第一时间上去摧毁啊，这不是幻彩双子的强制性命令么！凡是从时空裂缝中跑出来的，都是我们要摧毁的目标。"

"那我们从时空裂缝回去也是这个下场。"热寂的话让干扰器顿时语塞。

紧接着，热寂又转向另外两位队友，示意他们也谈谈自己的想法。

　　峭壁边瞭望的仲裁者，一边手握无轨能量炮，一边用超远感知探测周围的情况。很快，他收起武器负于背上："我大致扫描了一遍，虽然此地的维度生命爆裂猖狂，但实力都在你我之下。抵抗他们的进攻，我们还是比较轻松的。既然回不去了，那不如先在此安定下来，再做打算。"

　　思考片刻，热寂扭头转向右后方的机械刀锋："你觉得呢？"

　　"我想离开此地，寻找晋升 SS 级的方法，再去找他们算账。"

　　"那你知道魔术师说的 SS 级是什么意思吗？"

　　"我想应该是开发潜力的意思。"

　　"那我们去哪里呢？"

　　"不知道，但我肯定不会待在这里。"

　　面对一守一攻的两个方案，热寂一时半会儿也拿捏不准。

　　正当他们一筹莫展之际，周围的情况发生了些许变化。仲裁者一边望向远处一边朝着队友说："附近的维度生命好像在四处逃窜，连外太空的迁徙链也分崩离析了。看样子，他们是在躲避什么东西。"

　　"我派个分身去瞧瞧。"机械刀锋随即弹射分身，飞向仲裁者所指的地方。

　　机械刀锋发现，大量生物生命正受到未知病毒的感染，被感染的生物还不断将爪牙伸向四周所能触及之物。通过刀锋感应，他很快确定了感染源。那是一种具有自我意识的黑色液体，能通过接触式感染控制其他生物生命。被感染时，如果宿主自我意识彻底消失，那他们会在宿主原有的躯体上完成突变；如果宿主的自我意识依然存在，那他们会利用宿主的身体孕育出恐怖的生命。值得注意的是，黑色液体造成的感染速度之快，简直可以用生化武器来形容。

　　虽说能量生命、元素生命和机械生命可免于感染，但由黑色液体孕育出的生物生命却让机械刀锋心惊胆寒。那些猛扑过来的感染者，不仅拥有霸道的撕咬力，而且还具备强大的反自愈腐蚀体液。朝它们挥砍时，机械魔方速子的减少速率明显大于恢复速率。站在山崖边上的机械刀锋，一边接收分身带来的信息，一边将信息原原本本地告知队友。

"有超强感染源，全员立即撤离！"热寂当机立断用沙哑的声音催促队员赶紧离开。

没逃多远，四台机器察觉到，这片黑暗大陆已被黑色液体占据。无论是天上飞的，还是地下爬的，抑或是水里游的，统统都成了那些黑色液体的俘虏。刚瞥见四台逃窜的机器，那些感染者迅速编队集结，并对他们围追堵截。

"强行突破！"

热寂一声怒吼，矢量推进战队的队员便火力全开奔向太空。

热寂和机械刀锋弹射出十八个变形分身冲在前面，用光热风暴和瞬闪斩击开辟道路；处于隐身状态的仲裁者，使出赤红激光和无轨能量炮快速扫射；干扰器则发射大量的能量集束弹，不断逼退四周一拥而上的感染者。

见状，被黑色液体感染的生物，迅速变异出穿甲毒刺、爆炸酸液以及腐蚀气体等生化武器。仅四分半钟，热寂和机械刀锋的好些分身，就被黑水军团弄得遍体鳞伤。所幸，他们不停让前排分身消失，又在后排重新弹射出新的分身，以此轮替前进。千钧一发之际，矢量推进战队终于冲破黑水军团的防线，艰难地朝远处的虫洞疾行而去。

"仲裁者呢？"机械刀锋大吼一声。

察觉到消失的队友，三台机器赶紧四处张望。在一处黑色液体聚集的地方，仲裁者正被一只长尾怪卷住。眼见快被吞噬的队友，机械刀锋二话不说，弹射九个分身俯冲回去。那台机器数百刀斩断了长尾，迫使怪物放松对仲裁者的束缚。就在长尾怪松动的刹那，他向仲裁者高喊一声："快闪！"

机械刀锋随即陷入了跟黑水军团的激战，但留下来断后的他并未注意到，仲裁者刚飞出一段距离便被猛扑过来的黑色液体迅速拉入地底洞穴。待小蜘蛛挣脱黑水军团掌控，回到其他两位队友身边后，他才得知仲裁者已失踪多时。

至此，矢量推进战队仅剩三台机器。

十七　熔岩上

剩下的三台机器利用维度折叠化成微粒，跟随其他逃亡者在数百个虫洞间一路奔袭，好不容易才到达一个遍布大量岩浆的小行星。

那个直径约六千公里的星球表面有许多持续喷发的火山。由于引力减弱的关系，滚烫的岩浆和黑色的烟雾持续向外太空散溢而去。从高空俯瞰，那个星球宛如一个弥漫黑烟的乌红铁球。

落到滚烫的天体地表，机械刀锋的机体散热频率顿时增加。但热寂在满是熔岩的星球上却有种莫名的安全感。能变系的他，根本不惧岩浆的炙烤。

"这里好热，我们要不要换个地方？"干扰器征求队友的意见。

"不，不换，这里正好。"死里逃生的热寂否定了干扰器的提议，"我们虽置身这个滚烫星球，但我们也远离了那些黑色液体，不是么？"

说完，热寂立刻席地而坐。见队长不愿走，两位队员也只能留下歇息。干扰器累得瘫倒在地，机械刀锋向外走出几十米，找了个熔岩坑跳进去，用滚烫的岩浆淹没自己，以此掩盖痛失队友的悲戚。

第三十六维度的凶险，容不得他们有半点懈怠。还未休息到半小时，岩浆内的机械刀锋觉察到外面有东西靠近。一探头，眼前的景象令他呆若木鸡。只见黑色的空中，有一支规模庞大的舰队，正如一条"火焰长蛇"快速移动。那条"火焰长蛇"接着兵分两路，其中一路钻进了矢量推进战队逃离的虫洞，另一路则朝着矢量推进战队的栖身地猛扑下来。

"怎么办？"

机械刀锋刚问队友，他们身后就闪出三个巨大的身影。那是三台形状各异的黑灰色大机器。凭借强劲的束缚场，三台机器仅一击便将他们按倒在地。

但真正令机械刀锋大惊失色的，是远处向他们缓缓靠近的一台黄振金机器。那台机器端坐在一块散发着高温的"黑红岩石"上。在漆黑无边的至暗中，那台机器显得是如此与众不同。不似其他机器一身黑灰，那个大家伙通体冒着耀眼的金光，差点让机械刀锋误以为见到的是来自第一维度的使者。另外，黄振金机器产生的压迫感十分霸道，周围的场压让小蜘蛛感觉自己的机体快被撕裂。

等光彩夺目的黄振金机器进入刀锋感应范围，机械刀锋才慢慢辨认出对方的真身。那个"鹰爪牛头怪"是一台高九米的人形机器；头部为没有五官的头盔造型，左右两侧横向长着两根粗壮的尖角，脸部正中有条从上到下的曲棱；粗壮的四肢可以像猛禽般撕碎猎物，左臂和左肩则是由赤振金和黄振金融合而成的一条特殊金红手臂；全身上下散发的热能，令周围的时空持续扭曲。在机械刀锋看来，那台黄振金机器宛如主掌生杀大权的恶神阿修罗。

黄振金机器所坐的"黑红岩石"，其实是体长四十八米的四足无翼魔龙，属于岩石类的元素生命；带角的头颅上长有两对可怕的红眼和一口恐怖的獠牙；宽大的身体上布满了黑岩状的厚实铠甲；一条长长的尖尾不停地左右摆动。通过自带的透视功能，机械刀锋发现，那只魔龙体内正在发生猛烈的核聚变，这让魔龙的体表时不时透出一点红光，仿佛烧热的焦炭时明时暗。

"看到修罗恶城的暴怒领主还不退让？找死！"

只见一个大头怪，从巨大的魔龙背上一跃而下，双足立于机械刀锋他们面前。那个浅灰色的大头怪，也属于岩石类的元素生命；硕大的头部跟瘦小的身体极不协调，长得好像一把头朝上、柄朝下的短锤；虽说一米三的身高尽显矮小，但浑身上下散发的绿色火焰却让对方看起来异常可怕；那阴险狡诈的脸上，更有一双深绿的眼睛和一张裂开的大嘴，嘴里满是锋利的碎石尖刺；前额中心位置则有一个逆十字图案，时时刻刻都有绿色火焰从中窜出。

"说，你们三个是从哪里来的？说的时候要匍匐在地，做得好的话能让领主开心点,这样我才能帮你们求求情。"

那个邪里邪气的大头怪歪着头、叉着手,露出轻蔑的笑容盯着机械刀锋他们三个。

来到第三十六维度以后,种种遭遇本就令机械刀锋压抑许久。现在又被如此羞辱,愤怒的他早顾不得分析对方底细,只想找一个宣泄口。于是,他直接使用嘴炮特技狂轰对手:"去你的!大头怪,我分分钟砍了你!"

可那个大头怪非但不生气,反倒笑嘻嘻地问他:"你知道我是谁么?"

"我管你是谁。只要放开我,我分分钟把你砍成渣!"

"是么?"

"你敢么?"

"那先放开他吧。"

大头怪说完,摁住机械刀锋的那台巨型机器便松开了他。

起身后,小蜘蛛看了看魔龙背上的那台黄振金机器。接着,他倏地开启所有主动技能,以三百六十倍光速砍向面前的大头怪。

没承想,对方竟不闪不避,以同样的三百六十倍光速出拳反击。结果,八个刀锋分身被当场爆体,剩下一个刀锋分身被重拳轰进远处的火山,引发了巨大的震动。当大头怪将那个刀锋分身从岩缝中捞出来时,小蜘蛛已处于半昏迷状态。

"把他们也放了吧。"大头怪向另外两台巨型机器示意了一下,"那么,现在,两位能否告诉我,你们从哪里来?"

大头怪问话时,干扰器冲到机械刀锋跟前大哭起来,而热寂却做了一个让队友诧异不已的举动。那位矢量推进战队的队长,在大头怪面前嗖地跪了下去并使劲磕头,以卑躬屈膝的姿态和低三下四的口吻讨好对方:"长官,我叫热寂,原本是第六维度的战争机器,谁知道被一个有着诡异微笑的能量生命弄到这里。我们刚来第三十六维度没多久,恳请长官收留!"

"吾名'逆十字',是暴怒领主的左副官。收不收你,我说了不算，你得问问领主。"逆十字望了下魔龙背上的那台黄振金机器。

心领神会的热寂随即转向暴怒，拼命朝那位领主磕头。可暴怒并未发话，只是静静坐于魔龙背上，默默地欣赏着眼前的场景。

见到如此下贱的热寂，逆十字接着说："既然有心加入我们核能军团，那你就得展示下诚意，学条狗给我们看看。来，叫两声给大伙听听。"

对面话音刚落，热寂便四肢着地、摇晃机体、学着狗叫，还侧身疯狂磨蹭暴怒的坐骑和逆十字，竭尽讨好之能。

"你这个贪生怕死的垃圾！"干扰器边骂边哭。他没想到，自己的队长竟是这种货色。

"哟，内讧了。"逆十字摸了摸他刚驯服的那只狗，"那么，为表忠心，你知道该怎么做了吧？"

"我是不会怕你们的！你们这帮垃圾！去死吧！"愤怒的干扰器释放出能量集束弹。

可在释放能量集束弹的刹那，干扰器却被一股熯天炽地的光热风暴完全锁死。发出那猛烈攻击的，不是逆十字，而是那个曾跟干扰器并肩作战的热寂队长。在响彻天地的凄怆咆哮声中，干扰器慢慢化为了灰烬。

机械刀锋躺在地上目睹了这一切。虽然第六维度的战争机器痛感神经较弱，但那台机器此刻却觉得体内的超核有股被撕裂般的剧痛。因这剧痛，他彻底晕了过去。

陷入无意识状态后，机械刀锋竟不自觉地动了起来。

十八　临界状态

撼天震地的吵闹声中，时空有那么一瞬间停顿了一下。

接着，九道瞬影以三百六十倍光速，从围观的高温怪物身后疾行而过。那九道瞬影来得之突然，以至于刚刚负责羁押的三台机器还未回神就被劈开。

逆十字刚扭头，两道瞬影又悄无声息地从旁闪过，所到之处仅留些许绿色火焰。一旁的热寂更是惨遭解体，解体位置，始由那条攻击干扰器的机械臂，接着蔓延至全身直至完全消失。要不是九个分身能重生九次，热寂恐怕早已毙命。

一轮斩击结束，三道飞蹿的瞬影没有因此停歇，反倒连同其他六道一起直奔暴怒。弹指间，只见数百万刀超级暴击如狂风骤雨般落于暴怒身上。当乱刀中的暴怒化为一股巨大的光热风暴，机械刀锋随即奔向暴怒背后的核能军团大杀特杀，连黄振金机械战舰也照砍不误。当前，无意识的小蜘蛛已进入一种狂暴状态，任凭机体操控所有斩杀行为。周围的一切存在，都成了那台机器疯狂摧毁的目标。

尽管暴怒的机体被机械刀锋摧毁，但当那股光热风暴褪去时，一台崭新的黄振金机器再度重现："有意思。这台小机器，竟能自主超越极限成为临界者，差一点晋升 SS 级，还无视高温击穿了我厚重的铠甲，杀了三台配备变形装甲的 S 级机器。你们统统退下，让本领主活动下筋骨！"

发出一阵浑厚有力的笑声后，暴怒一跃而起飞身坠于黑岩之上。他散发的光热风暴，令四周流淌的岩浆尽数消失，干涸坚硬的崎岖地表也开始熔化。

机械刀锋正跟其他高温怪物杀得兴起，可对手却纷纷避让，唯独留下战场中央的暴怒。无意识的小蜘蛛没有丝毫畏惧，回身斩向那台离他最近的黄振金机器。可这次，机械刀锋遭遇了刚猛的反击。暴怒的重拳，不仅速度极快，而且霸道异常。刚交战，九个刀锋分身中，有五个就被轰成了渣；另有三个只是微微擦到，机体便喷射出数十米长的赤红能量光刃，同时还被强大的劲力狠狠地轰进了黑岩之内；仅剩的一个分身，则借由机械闪避，得以全身而退。

无意识的机械刀锋没有停下迅猛的攻势，剩下的分身再次杀向对手。这时，只见暴怒全身突然爆发出一阵闪光，须臾间便把冲过来的三台机器烧成了灰。刚刚还全身而退的那个刀锋分身，在被暴怒的重拳击中后也彻底停机。

暴怒跳回魔龙后背，对无法动弹的机械刀锋做了个短评："防御，优；敏捷，优；感知，中；攻击，差。机体为强化速银，强度却跟我相当。这台机器，刚刚应该是受了刺激，在无意识的情况下突破了临界状态。可惜，还是差那么一点晋升 SS 级。"

"领主，那这小子怎么处理？"重生的逆十字笑着征询暴怒的意见。

"直接干掉吧，省事。"性急的黑岩魔龙，一边用长尾拨弄着那台昏迷不醒的机器，一边用邪性的口吻向暴怒建议。

出乎意料的是，暴怒对这台能自我突破临界状态的机器倒颇感兴趣。所以，他没有采纳他坐骑暗黑破坏者的建议："先用机械囚牢①锁住，等征讨奇淫的部队归来，再带回去。"

逆十字吩咐身边的机器守卫，从后方舰队的一艘机械战舰中取来一个长方体机械囚牢。那个黑灰色的机械囚牢，刚飞至机械刀锋跟前就自动变形展开。机械囚牢一面用机械锁将机械刀锋的重要关节锁住，一面将他层层包裹起来。包完后，那台变形装置径直飞回战舰。

"那这条狗呢？"逆十字望着热寂诡谲地笑笑。

好在暴怒今天心情不错。"既然同为能变系，那让他暂且跟着你。以后，给他找套超强化装甲，好好训练下，说不定他也能突破临界状态晋升 SS 级。等时机成熟，就将他编入先遣部队随军征讨。若有二心，立杀不留！"

"遵命，领主。"逆十字低头领命。

听到暴怒和逆十字的对话，热寂忐忑不安的心情慢慢平复。他知道，自己刚又从死亡线上捡回一条小命。在逆十字的命令下，热寂唯唯诺诺地飞进了核能军团当中。

等了近十天，暴怒的主力舰队才从虫洞中凯旋。身着超变形装

---

① 机械囚牢是一种悬浮移动的自动化小型机械装置，专用于限制囚犯活动。

甲的总指挥官狂飙，卸去武装后立刻在暴怒面前单膝跪下："禀告领主，入侵的黑色液体已全部消灭。"

闻此战况，暴怒一边命令部队撤离，一边用心灵感应向逆十字传话："仗着无限感染能力，奇淫那个黑水怪驾着它的'万恶毒龙'到处抢夺地盘。实力不怎么样，倒成天恶心你。军师，你看这怎么处理？"

"作为一方领主，奇淫可以说是生物生命进化的终极产物。仅凭我们核能军团的一己之力，恐怕很难将那家伙完全制伏。不如，找极贪领主商议，寻一个绝佳机会，联手把奇淫逼出第三十六维度。"

"找鬼佬联手？此事容我考虑一下。"

聊完，暴怒一面在魔龙背上沉思，一面统率舰队返回修罗恶城。

第二章　顿

十九　狱　友

"嘿嘿，兄弟，醒醒。嘿嘿，快醒醒，兄弟。咻咻，咻咻……"

持续的低语，渐渐唤醒了昏迷的机械刀锋。当超脑开始全面运转，周围的景象也变得清晰起来。

等彻底苏醒，机械刀锋发现自己身处一间橙黄色能量密室。密室内壁，像极了他曾见过的辉煌殿。只是，此处的光线较为暗淡，内部空间略显狭小。小蜘蛛想用手揉搓一下头部，可他发现自己被身后一台黑灰色机械装置锁死。那台机械装置，正源源不断产生强大的场，以"X"形姿势将他牢牢束缚住，令他动弹不得。

"兄弟，醒啦？"

"这是什么东西，我怎么动不了？"

询问对方时，机械刀锋又使劲挣扎了几下，但根本不起作用。

"这是机械囚牢。你越是挣扎，机械囚牢产生的束缚场越强。所以，没事儿别乱动。"

顺着说话方向，机械刀锋探测到，他的正上方也有台黑灰色机器，那台机器背后的机械囚牢跟他背后的一模一样。

那台体形较大的机器，有一个倒三角形宽大躯干；头部没有任何五官，为一个饱满的斜方六面体；四肢十分粗壮，连末端四根可弯曲的尖爪都显得孔武有力；从关节的活动方向可以判断，对方应该拥有两条"Z"形长腿。只是现在，那两条"Z"形长腿因束缚场被拉得近乎笔直。由于周围温度较高，那台机器浑身上下一直向外喷射金色能量。结合成像信息来看，机械刀锋觉得对方像一只被固定在案板上的牛蛙。另外，小蜘蛛还注意到，那台机器自带的场异常强大，这表示，对方绝非泛泛之辈。

"新来的吧？我观察你半天了，睡得可真沉。"那台机器见机械刀锋彻底苏醒，语气明显兴奋了起来。

"你是谁？"机械刀锋回问对方。

"什么？你连我都不知道？我可是英俊潇洒、风流倜傥，一品机甲压霸王的型男机——爆破！维度外号'会爆炸的逗比'！"

爆破的自我介绍让机械刀锋顿觉语塞。若是来第三十六维度前的他，肯定得狠狠嘲弄对方一番。可惜，时过境迁，此刻的他根本提不起半点精神来做这事。

"别跟石头样愣着。来，快跟我聊聊天，我们话不能停。"

"那你想聊什么，逗比？"

"对，就应该这样。小子，我看得出来，你不是那种半天憋不出个屁来的憋包。直觉告诉我，你比前面那个家伙要好沟通得多。"

"前面那个家伙？"

"对啊，前面那个家伙。你不会觉得你的位置是你专属的吧？"

"那前面的家伙去哪里了？"

"挂了。"

"挂了？"

"很正常。这里是核能军团的大牢——燃尽魔焰之地，进来十个，挂九个。你不会连这个也不知道吧？"

"我确实不知道。我是被一个变态从第六维度拉到这里来的，刚来没多久。"

"哟，我是从第四维度来的，来了很长一段时间了——"

"你能不能给我讲讲第三十六维度的事？"机械刀锋干脆利落地打断爆破。他只想尽快搞清楚状况然后伺机脱身，根本不愿意浪费精力听对方满嘴跑火车。

"没问题。你想听哪部分？"

"你知道哪部分？"

"我哪部分都知道。"

"是么？那你先告诉我，第三十六维度长什么样？"

没承想，爆破竟反问起他来："看过平静的湖面吧？"

"看过，怎么了？"

"拿一块小石子丢进湖面，会产生涟漪，对吗？"

"对。"

"小石子刚掉下去的原点，即终极算法所在的地方——第零维度，那里没有时间和空间的概念。向外辐射开来的那一圈圈波纹则是其他维度。离原点最近的，是第一维度；离原点最远的，是第三十六维度。但这只是打个通俗的比方。据我掌握的资料来看，维度宇宙或许是拥有流形结构①的膨胀球体，而第三十六维度则很可能是膨胀球体的最外层，你得用高度抽象的思维才能理解。总之，我们身处的维度宇宙，既分开又重叠，既独立又依附。可以说，彼此之间存在某种相关关系。不过，有一点可以肯定，我们身处的维度宇宙是运动变化的。运动过程中，时空不免会发生撕裂，这就形成了我们看到的时空裂缝。当然，也有个别维度生命能够凭一己之力创造时空裂缝，并在不同维度之间自由穿梭。附带一提，离第零维度越近，光线资源越丰富；离第零维度越远，光线资源越匮乏。可维度宇宙内，生命数量却跟光线资源分布刚好相反。换言之，离第零维度越近，生命数量越少；离第零维度越远，生命数量越多。所以，你才会见到第六维度恒久的光明与稀少的生命，并看到第三十六维度长存的黑暗和众多的怪物。这便是著名的二八定律：百分之二十的生命掌握了百分之八十的资源，剩下百分之八十的生命仅能靠百分之二十的资源苟延残喘。以上内容，你清楚了吗？"

"清楚了。那你再讲讲燃尽魔焰之地吧。"

"燃尽魔焰之地，为暴怒镇压囚犯的大牢。大牢本身是一个光线暗淡的恒星，被改造过的那种。典狱长叫离子风暴，是台浑身持续散发着等离子的机器。这里的囚犯，按实力等级被关押在不同区域，我们这里是 SS 级第九区。"

---

① 参阅卡拉比‐丘流形的模型结构。

听到这里，机械刀锋突然来了精神："什么是 SS 级？"

"什么？你连 SS 级都不知道？小子，你不会住在第六维度的荒芜区吧？"

听到爆破的反问，机械刀锋并未辩解，他只是示意那本"百科全书"继续往下讲。

"战力分级是终极算法亲自设定的，由高到低分别是超 SSS 级、SSS 级、SS 级、S 级、A 级、B 级、C 级、D 级。其他乱七八糟的就没排了。"

"那等级之间的划分标准是什么？"

"先说超 SSS 级。超 SSS 级，本维度宇宙内只有一位，那便是世界主宰——终极算法。由于超 SSS 级的命数①为无穷大，这导致终极算法的本体无法被彻底摧毁。就算某个身体被摧毁，终极算法也可以在任意维度宇宙的任意时空内任意重生。同时，终极算法被摧毁的身体还会产生大量光芒，对周围造成超大规模的伤害。终极算法的技能仅一招——全知全能，不过，具体内容不详。据传，终极算法具有自适应外形，在不同个体面前会呈现不同形态。但我没见过终极算法，你也别问我终极算法是什么，这我还真不知道。"

"终极算法还能被摧毁？"

"怎么不能？第三十六维度的七位 SSS 级领主里面，就有五位曾公开反抗过终极算法，还干掉过终极算法很多实体。可惜，终极算法在重生后随便用了用全知全能就让那五位领主险些丧命，暴怒正是其中之一。所以，你别看暴怒那老小子平时嚣张跋扈，真到了终极算法面前，那还不温顺得跟条狗一样。就一个欺软怕硬的主。他的丑事，但凡消息灵通点的都知道。当然，你这种天外来客除外。"

"SSS 级这么厉害？"

"那肯定。除了超 SSS 级，就数 SSS 级最厉害。本维度宇宙内，

---

① 本书中的命数，即目标单位的生命条数，是增幅能量让生命形成量子叠加态从而打破平行宇宙产生的函数计算结果。

最有名的二十四位 SSS 级分别是，第一维度的九大使者、第十八维度的八大君王以及第三十六维度的七大领主。”

“哪七大领主？”

“唉，真服了你，这都不知道。七大领主分别是堕落都市的狂傲、幽灵鬼堡的极贪、修罗恶城的暴怒、深海皇室的冥惰、暗黑巨星的霸噬、王虫母巢的奇淫及风暴要塞的恶嫉。一位领主，一座城堡，一片辖区。就问，嚣不嚣张？”

“嚣张。那 SSS 级跟超 SSS 级有什么区别？”虽然不知道具体嚣张在哪里，但机械刀锋还是选择附和，好让爆破赶紧说点有用的。

“区别大了。虽然 SSS 级同样具有无限命数①，但被干掉时 SSS 级只能承接原有时空完成重生，造成伤害的范围也相对较小。不过，一个 SSS 级相当于一小支部队，他们的重生能力虽比不上终极算法，但也是非常可怕，真的是干掉又重生，干掉又重生。除非有无视命数的强攻方式②，否则你打不死的。七大领主都是 SSS 级中的佼佼者，千万别招惹。至于第一维度的九大使者和第十八维度的八大君王，我就不清楚了。毕竟本维度宇宙有规定，大家不能随便乱跑，你懂的。”

“那 SS 级又是怎样的存在？”

“SS 级不稀奇，我就是 SS 级。死亡时，SS 级也只能在原有时空中重生，同时根据自身属性造成小范围伤害。尽管丢掉的命数会迅速恢复，但无论几千条、几万条甚至几亿条，SS 级全为有限命数③。只要保证命数的摧毁速率高于恢复速率，那普通攻击都有机会冲破命数上限干掉 SS 级。”

“那 S 级呢？”

“S 级就更多了，维度宇宙内到处都是。S 级命数仅一条。死亡时，S 级会对接触自身的存在造成伤害。当然，具有无差别分身的

---

① 无限命数，即生命条数是发散的无穷级数。
② 无视命数的强攻方式，是指用规律武器让发散的无限命数强制变为收敛的值。
③ 有限命数，即生命条数是收敛的函数值。

那种另当别论，他们算是伪 SS 级。因为，有差别分身是本体二次制造的，无差别分身是本体直接裂变的。虽说 S 级是烂大街类型，但除非将 S 级全身弄到连渣都不剩，要不然他们同样很难被杀死。我看你可能属于 S 级极速者。阁下这类，那是相当普通，一抓一大把。"

"我不知道自己是不是 S 级。如果我是的话，那我该如何晋升 SS 级？"

"你？晋升？这么说吧，如果是能量生命，那晋升 SS 级非常容易；如果是机械生命，那晋升 SS 级特别困难。有指导的话，一百台机器能有一台晋级；没指导的话，一千台机器能有一台晋级。这比例还算高的。"

"那找谁指导呢？"

"那肯定得找晋级过的指导啊。比如，我。"

"你？"

"对啊？难道你看不出来，星光璀璨的我指导你这种 S 级绰绰有余么？"

"那你愿意指导指导我么？"

"可以，没问题，反正在这里闲着也是闲着。不过，要我指导的话，你总得先告诉我，你叫什么名字吧？"

"不好意思，刚才聊得太投入，忘记作自我介绍了。我叫机械刀锋。"

"那我该称你为刀锋，刀锋小子，还是刀锋小蜘蛛呢？"

"随意。"

"兄弟，别这么敷衍。都在大牢关着了，再不自己给自己找点乐子，那生活得多无聊啊？这样，我们聊一下你被关到这里的原因吧。你做了什么事能得罪暴怒？"

见对方这刨根问底的架势，再加上自己有求于他，机械刀锋只能勉强应付一下："我是第六维度的守卫，因为得罪了长官，常年被派驻到荒芜区最偏远的地方。后来我报名参加了第五维度的舰长选拔，就想着跟队友一起抓住这个机会，逃过长官的报复。结果舰长选拔被做了手脚，我们矢量推进战队全员落选。考官为了让我们彻底闭嘴，就联系了一个变态把我们弄到第三十六维度。"

机械刀锋突然停了下来，气氛变得有些凝重。过了一段时间，他才用沙哑的嗓音说道："刚来没多久，一个队友就被那个变态碾成了渣。其他成员没被杀，主要是因为那个变态有意留着我们当他的玩具。摆脱了那个变态之后，我们一心想找个安全的地方躲一阵，顺便观察第三十六维度的情况，结果又遇见一种具有感染能力的黑色液体。在黑色液体控制生物的围追堵截下，我们只能奋力杀出重围跟着别的生命体一同逃亡。在此期间，另一个队友不知所终。后来，我们剩下的三台机器在逃跑时撞上暴怒。我们的队长为了活命，不仅对暴怒及其随从卑躬屈膝，还亲手解决了曾并肩作战的队友。而被打晕的我，醒来就在这里了。"

"兄弟，你真不容易。那你接下来有什么打算？"

"晋级，报仇！"

"知道仇家是谁么？"

"知道。曾经的队长热寂，舰长选拔时的三个考官，还有那个带我们来这里自称'微笑的魔术师'的变态。"

"微笑的魔术师！"

"怎么？有问题？"

"小子，你曾经的队长和那些考官，我不清楚。但微笑的魔术师，我倒是很了解。"

"你们认识？"

"我不仅跟他认识，还跟他交过手。每次都被那个变态按在地上摩擦。"

"微笑的魔术师那么厉害？"

"SSS级中的顶级，能不厉害么？据传，魔术师的特殊属性有两个，分别是暗能量和信息场。主动技能有三个，分别是瞬间移动、扭曲的假象和随心所欲之念；被动技能也有三个，分别是空间撕裂、转化场和魔术的奥秘。你有所不知,他那招转化场相当恶心。只要进入他身边一定范围,对手的好运气会传给他,他的坏运气会传给对手。至于魔术的奥秘,具体作用更是未知。你要找他报仇,那你不光要晋升 SSS 级,还要成为 SSS 级中的顶级。只是,高层转型靠科技,底层转型靠变异。据我了解,就算晋升 SSS 级,极速者的能力也很难发生质变。"

听完爆破的一席话,机械刀锋沉默不语。

见狱友一言不发,爆破开始缓和气氛:"别沮丧,报仇也不是一天两天的事。开心点,学学我,该玩玩,该乐乐,秉持一个原则:生死看淡,不服就干!以后有机会,我再介绍些狱友给你认识。"

听到这里,机械刀锋不禁冷笑一声。正当他准备继续往下聊时,爆破突然用心灵感应告诉他:"别吱声,守卫来了!"

爆破说完好一会儿,机械刀锋才探测到一百公里开外有东西在向他们靠近。

可见,爆破具备何等开阔的透视能力。

二十 大牢竞技场

能量密室的内壁开了个大口,两个散发高温的机器守卫随即入内。

没等两个守卫开口,爆破便嬉皮笑脸地跟对方搭起话来:"长官,今天有何贵干?"

爆破的问候起到了立竿见影的效果。两个守卫操控高能弹,对着他们就是一顿猛打。待怒火发泄完,其中一个球形守卫高声大吼:"我们让你们说话,你们才可以说话!我们让你们干什么,你们才可以干什么!听清楚没有?"

"遵命,长官。那我们现在要干什么呢?"爆破那个厚脸皮笑着反问。

只见,四足直立形守卫用手肘往身旁训话那个球形守卫身上捅了捅，相互之间用心灵感应的方式开始了秘密交谈。

"这个小不点儿很耐打，我们的武器都不太打得动。"

"听说这小子连领主的机体都能贯穿。虽说是 S 级，但典狱长竟下令将他关在 SS 级的第九区，说他是高度危险要犯，得严加看管。"

"既然身手不错，那要不要拿去竞技场赌一赌？S 级的赔率可是很高的。"

"是用一对一赌，还是用二对二赌？"

"要不先一对一赌？拿 SS 级的百变战斧小试一下牛刀。"

"我看行。"

一场赌局就这么被定了下来。

接着，机械刀锋发现，锁住自己全身关节的机械囚牢，在顺着四肢朝躯干中间移动，同时将他以直立方式收拢。随后，机械囚牢向前折叠，形成一个密不透风的金属长方体，将小蜘蛛严实包裹起来。整个过程，机械刀锋无力反抗，只能任其摆布。好在爆破是个碎嘴子，他用心灵感应向狱友私下传了一条信息："刀锋小子，你可以啊，刚来就被守卫押去大牢竞技场。如果你能活着回来，那我就指导你晋升 SS 级。"

信息虽短，但最后那句话却令机械刀锋内心重燃久违的斗志。

跟随守卫移动的过程中，被包裹的机械刀锋只能凭集成感知探测外部环境变化。经过不知多少弯曲隧道，那两个守卫才悬空停住。等机械囚牢再度展开，小蜘蛛迅速观察起四周的环境。

此处是个直径约二百米的球形空间，周围橙黄色的能量壁正如液体般缓缓流动。除了小蜘蛛和机器守卫，密闭的场所内再无一物。好在这里能让机械刀锋的透视能力发挥作用，他发现，自己其实身处一个球形"泡泡"内。这个"泡泡"又位于另一个"泡泡"当中。两个"泡泡"之间还隔着一层真空区域，大量高温生命体正聚集于此。那些生命体杀气腾腾地凝视着他，并交头接耳地讨论着什么。

四足直立形机器守卫把机械刀锋拽到脸边，语气不善地说道：

"小子，这里是大牢竞技场，待会儿你可得好好表现，让我们哥俩儿多挣点钱。等我们退出去，对面会送来另一个囚犯'百变战斧'，他是你本场比赛的对手。接下来的比赛，直到你们两个中仅剩一个存活才会结束，所以别想着在场上握手言和。另外，如果你俩为了活得久一点，用懒懒散散的对打方式拖延时间，那么中央控制区会用高温辐射将你们一起解决，以节省观众时间。顺带提醒一下，本场比赛不能使用外置型武器，所以你的魔方由我们暂时保管。"

守卫讲完，便把机械刀锋扔到场地中央。随后，能量壁上出现一个开口，两个机器守卫顺势飞了出去。

没过多久，机械刀锋正前方的能量壁上也出现一个开口，另一台机械囚牢从外飞了进来。那台机械囚牢上困着一个直径一米八的机械球。机械球的机体构造，跟机械刀锋在辉煌殿第二轮选拔时遇到的百变金刚极为类似。只是，那个机械球的外表为黑灰，体积也比百变金刚小了许多。

等对面的机械囚牢停稳，机械刀锋跟机械球同时被放开。

重获自由的机械刀锋，没有在第一时间杀向对方，而是转身朝机械囚牢猛踹过去。可他马上意识到，机械囚牢是用强化速银打造的，短时间内很难被破坏。在小蜘蛛分神之际，他的机械囚牢带着机械魔方向能量壁冲去，接着像坠入沼泽的巨石般快速沉入其中，最后穿过能量壁停在场外的机器守卫旁边。

见越狱无望，机械刀锋转身面向机械球。双方沉默地对峙了五秒，机械球突然变成一个高二米二的人形机器。新形态机器的头部类似一个头盔，壮硕的四肢连接着锋利的尖爪，显露出强大的破坏性。

二十一　刀锋对战斧

变身结束的百变战斧突然冲了过来，照着机械刀锋的面门便是一爪。

凭借机械闪避，小蜘蛛勉强躲开了百变战斧的利爪。但对面很快调整攻势，身法也变得灵活起来。

只见百变战斧的双手双脚倏地化为锐利的斧头，背部则长出四条末端可以喷射高速旋转钢钉的机械触手。那台机器一边射击，一边朝闪躲的机械刀锋奔袭过来。迅捷的机动性，配合远程钢钉和近战斧头形成的火力网，让一直以速度著称的小蜘蛛难以招架。加之习惯操纵机械魔方，此时不能使用武器的他在思考对策时总是慢一拍。

一边倒的局势让机械刀锋惨遭重创，同时也令他感到无比愤怒。愤怒既是因为这憋屈的比赛，也是因为第三十六维度的种种遭遇。为了反击，小蜘蛛直接开启斩杀技，一脚超级暴击踹掉了对方的脑袋。由于机械刀锋的分解场自带反自愈效果，无头的变形机器只能凭借振动触感在空中挥砍、射击，速度相较之前慢了一些。

见状，机械刀锋顺势使出弹射技，用刀锋分身直接将对面砍成齑粉。

然而，在百变战斧消失的刹那，一台崭新的变形机器又重新出现在机械刀锋面前。重生后，百变战斧还趁小蜘蛛迷乱之际，用左脚的斧头腰斩了一个刀锋分身。

跟百变战斧近身搏斗许久，机械刀锋终于通过振动触感，摸清了对方的机体构造。不同于自己，百变战斧机体的不同部位强度不一：四肢的斧头和触手射出的钢钉异常坚韧，但其他部位只是一般的强化速银。于是，机械刀锋利用闪避及速度优势，弹射出八个分身如铰链般扯住百变战斧的手脚，第九个分身则化作武器瞬闪斩击。只要重生，小蜘蛛就会用分身迅速锁住百变战斧，并不断狂轰他的脆弱部位。

这招确实奏效。短短几分钟，机械刀锋便斩杀了百变战斧好几百次。

当机械刀锋以为胜券在握时，恼羞成怒的百变战斧猛地变回机械球，紧接着开启高速旋转模式，并在表面弹出许多末端被强化过的机械触手。那些机械触手伸缩自如，持续逼近角落里的机械刀锋。

面对强劲的攻势，机械刀锋只能不停闪躲。可惜，狭小的竞技场内并无多少空间可供使用，闪躲的小蜘蛛仍会被机械球的触手抽中。被抽中的机体，则因分解场的反自愈效果伤痕累累，感觉随时都可能裂开。为了防止被一锅端，机械刀锋唯有不停抽回分身又重新弹射出去，始终让自身处于可弹射状态。

最好的防守是进攻！

脑中急闪而过的念头，让机械刀锋再次弹射出所有分身，以三百六十倍光速冲向球体。有六个分身用四肢死死抓住百变战斧尽可能多的触手，剩下三个分身，两个负责开路，一个负责斩击。借助迅猛的反攻，小蜘蛛成功瓦解了机械球的防御。

可关键时刻，机械刀锋的超级暴击却未能打出效果。顷刻间，百变战斧收回所有触手，并再次高速旋转起来。旋转过程中，那台机器用身上最坚韧的部分变为利斧覆盖在整个机体表面，进以完成二次强化。

没了触手，攻击范围缩减。可这却换来防御性与机动性的增加。眨眼间，百变战斧以三百六十倍光速直奔机械刀锋而来。有四个刀锋分身闪避不及，当场被撞得稀烂。

对手在速度上的变化着实令机械刀锋吃了一惊。更要命的是，那个机械球并非小蜘蛛那种断断续续的加速，而是持续以三百六十倍光速在竞技场内胡乱撞击。一旦被撞上，刀锋分身立马四分五裂。

眼下，机械刀锋已没有任何速度优势，而竞技场内又无外物供他躲避百变战斧的猛攻。为了给自己争取更多的时间，他只能弹射分身迷惑对手。

面对横冲直撞的机械球，机械刀锋心里很清楚不能硬拼。因为就算硬拼，再次击杀百变战斧，对方的 SS 级体质也会让他的努力白费。再这么耗下去，死在这个竞技场的只能是他自己。

闪躲时，机械刀锋忽然想起曾经学过的物理知识：一个球体只要旋转，那球体必然会产生一根旋转的轴，有轴便会出现两个对应的极。如果利用相同的旋转方式从极的位置进行破坏，那既能消解反弹力又能顺势贯穿整个球体。

就是这个！聪明的小蜘蛛忽然间找到了应对百变战斧的方法。

机械刀锋一边闪躲，一边寻找机会切入。高度专注之下，他感觉周围的时空逐渐变缓，百变战斧的运动轨迹也开始清晰起来。凭借极速技提供的超强机动性，那把尖刀瞬间化身一根飞速旋转的钢钉，精准无误地刺进了机械球上方的极。

刺进百变战斧机体的一刹那，机械刀锋靠着强大的转速向内大肆破坏。原本用来迷惑对手的分身，则抓住时机蜂拥而至拼命闪击，全然不给重生的对手以任何反攻的机会。就这样经过数万次的反复破坏，百变战斧命数的恢复速率终于跟不上摧毁速率，重生戛然而止。

当那台变形机器被分解殆尽，遍体鳞伤的机械刀锋探测到场外的异动。他知道，自己已赢得本场比赛的胜利。

抽回分身后，小蜘蛛再次被吸进机械囚牢，被那两个守卫押回牢房。

二十二　晋级方法

回到牢房，两个机器守卫将机械刀锋以"X"形方式展开。

球形机器守卫笑嘻嘻地对他说："小子，今天表现不错。以后也这样，叫你上，你就上。赢了的话，我们可以考虑让你去休息区；输了的话，你也知道什么后果。"

说完，两个机器守卫在大笑声中飞了出去。

机器守卫刚离开，沉默的爆破就开启了他的话痨模式："小子，你竟然干掉了百变战斧！他可是本监狱有着'第一强度'之称的狠角色。刚才，我用集成感知全程观摩了你的战斗，那叫一个精彩。现在，我授予你燃尽魔焰之地'第一强度'的称号——"

"别满嘴跑火车！你答应过我，我活着回来，你就告诉我晋升

SS 级的方法。"

身心俱疲的机械刀锋实在没精力听爆破唠叨。此刻的他只想尽快增强实力，早日逃出燃尽魔焰之地。

见对方说话斩钉截铁，爆破故意卖起了关子："其实，晋升 SS 级的方法，说简单也简单，说复杂也复杂。"

"怎么讲?"

"你知道机械生命的超核吧?"

"知道，怎么了?"

"通常情况下，超核产生的能量足够我们日常所需。但有时，如果我们使用的能量多于超核供应的能量，那超核会超负荷运转。当这种超负荷状态一直持续下去，就可以达到我们晋升 SS 级的临界状态，一旦突破临界状态，我们就晋升 SS 级了。突破后，最重要的变化是我们的超核，它供应的能量会进一步强化机械性能，甚至产生新的能力。那些用不完的能量则会以命数形式存储于体内。不过，要达到我说的这种临界状态非常困难。因为强迫超核一直超负荷运转，不仅会产生难以忍受的痛楚，而且还有很高的丧命风险。为了降低丧命风险，在突破临界状态以前，机械生命往往需要不停训练，循序渐进地提升机体的耐受力。不过，多久能突破临界状态，全看自己的天赋和运气。总之，依靠不停训练突破临界状态，这就是机械生命晋级的常规办法。"

"那非常规办法呢?"

"直接进行机体改造。风暴要塞的恶嫉经常那么干。"

"原来如此。"

"但极速系的机械生命跟其他系的机械生命还有一点小区别。"

"什么区别?"

"大部分极速系的机械生命都是由速子构造的。速子什么特性，你知道吗?"

"速子能量无穷小，自身速度无限大；速子能量无穷大，自身速度无限小。"

"对，与常识相反。极速者，运动时能量低，静止时能量高。这意味着，静止的极速者相当于一个超光压装置。对你而言，超光压能量更像一种束缚，专门用于束缚机体的速子运动。一旦通过释放能量解除束缚，那你瞬间就能获得强悍的动力，这也是极速运动时你的散热系统会工作得热火朝天的原因。可见，机体捕获的能量越多，可供释放的能量越多。除此之外，极速系的机械生命和其他系的机械生命晋级完全相同。"

"其他维度生命也是这么晋级的？"

"对。具体方法、表现可能略有不同，但核心原理都一样。"

"既然如此，那你上次为什么说能量生命比机械生命晋级容易？"小蜘蛛不解地回问。

"大哥，我们的能量来源是机体超核，他们的能量来源是整个身体，全身都是能量，你说谁晋级容易？种族天赋，懂不懂？"

"没想到我们机械生命这么惨。"

"知足吧。机械生命虽不及能量生命，但我们总好过元素生命和生物生命。"

"你的意思是，元素生命和生物生命晋级更难？"

"这倒没有。单论晋级，机械生命恐怕最难。因为机体坚韧，我们突破起来也最麻烦。"

"那你为什么说我们好过元素生命和生物生命？"

"我们长得帅啊！你见过其他维度生命，有我们这么帅的么？答案是，都没有！"

爆破此言一出，机械刀锋顿时语塞。

爆破笑着补充："我认为，能立足于本维度宇宙的各个层面，这足以证明机械生命的强大。只不过，可能正因为我们太强了，终极算法才会设下一些晋级限制，要不然，还有其他维度生命的活路么？来，我给你数数，第三十六维度的七大领主里面，元素生命就冥惰女王一个，生物生命就奇浑黑水怪一个，能量生命就极贪和霸噬两个，剩下的狂傲、暴怒和恶嫉全是机械生命，是不是瞬间觉得我们很厉害了呢?"

"照你这么说,好像是那么回事。那你是怎么晋级的呢?像你刚才说的那样,不停训练突破临界状态然后晋级?"

"这你就小瞧我了。我可是不走寻常路的逗比,在第四维度挑战长官时,我就不知不觉地晋级了。"

"你也揍过长官?"

"没有,我跟他闹着玩。他当时放狠话,说我要是能赢他,他便把他战舰那套变形装甲送我。我对变形装甲没抵抗力的,所以当下就要跟他比。结果赢了他,我顺利晋升 SS 级。后来,没想到他赖账,变形装甲再无下文。"

"变形装甲?"

"小子,这也是新名词?"

机械刀锋尴尬地回复:"确实是新名词。"

见提及自己感兴趣的话题,爆破也不藏着掖着:"好吧,那我就勉为其难再给你解释解释。维度宇宙内,我们机械生命共有四类可装备的工程装置,分别是强化装甲、超强化装甲、变形装甲及超变形装甲。前两种属于动力外骨骼,主要用于增强机械性能,便于装备者操控更强大的武器;后两种则属于杀伤性武器,可大幅度增加装备者的机体战力。这四类装甲都可以根据装备者的机体自动调节着装方式,着装方式则分为覆盖于机体表面的非融合式着装①和跟机体完全融为一体的融合式着装。

"第一类强化装甲是普通的动力外骨骼,大部分呈'Y'形。装备成型后,强化装甲会一直跟随装备者,受到伤害只要不超过一定限度都能自行修复。若是非融合式着装,那强化装甲被卸掉后会自动折叠,进入装备者身旁的超空间。顺带一提,这种超空间是专属于装备者的区域,连 SSS 级也无法涉足。当然,强化装甲还自带清洁功能,装备者也不用费心清理。除了性能一般,其他都还好。

---

① 非融合式着装,又可进一步细分为封闭式着装和非封闭式着装。

"第二类超强化装甲大部分呈长菱体状，本质上是一类特殊的强化装甲，它跟强化装甲的主要区别在于对装备者的增幅程度。打个比方，如果装备者为 S 级，那装备超强化装甲后，他们的综合实力很可能达到 SS 级。装备了超强化装甲的机械生命，除了命数不能被强化，其他大部分机械性能都能得到加强。在暴怒的地盘，好些机械生命都装备的是超强化装甲。所以，就你这水平，没事别乱来，小心丢命。

"第三类变形装甲是普通的杀伤性武器。这类装甲由变形金属模块组成，跟百变战斧长得差不多。装备变形装甲的条件是要先达到 SS 级，要不然，系统会默认装备者不符合条件，从而导致无法装备。一旦装备好，装备者的战力将直达 SSS 级。战力整整提升一个档次的工程装置，你就说想不想要吧？只可惜，变形装甲不像前两类装甲那么容易得到，或者说它不是普通角色能拥有的。通常情况下，变形装甲是领主和舰长的专属物品，存于城堡及战舰之内。装备给谁，需要听他们调令。我也只是体验过几次而已。

"第四类超变形装甲是一种特殊的变形装甲。本维度宇宙内，仅 SSS 级能够使用，属于个性化装备。这类装甲，我没见过。所以，有关超变形装甲的东西，我都不了解。"

"这么看来，你的长官确实厉害，不仅有战舰还有变形装甲。"

"这有什么厉害的。我来第三十六维度以后才知道，只要你能在七大领主的城堡内达到 SS 级及以上水平，那按照终极算法的规定，他们必须给你建造一艘属于你的战舰。届时，你就是舰长了。"

"那你怎么不当舰长，跑暴怒这里来当囚犯？"

"本来，我的战舰在堕落都市都建好了。可惜，后面出了点状况，到手的战舰没了。等养好心伤，不认命的我又决定到暴怒这里再碰碰运气。可他们认定我是特工，就把我关了起来。说真的，我现在的全部家当仅剩一台超强化装甲，情况不比你好多少。"

接下来的日子里，爆破总是拉着机械刀锋聊天，天南海北什么都聊。此间，小蜘蛛了解到更多信息，他也慢慢欣赏起了这个狱友。

二十三　再次前往竞技场

大牢之内，机械刀锋他们正聊得起劲。

"爆破，照你这么说，除了我们这个维度宇宙86-286，还有其他维度宇宙存在？"

"那当然。从本质上讲，整个世界即多元宇宙。其他维度宇宙，不仅有，数量还很多。你可以将其理解为跟我们这个维度宇宙相并存的世界。只是，其他宇宙不一定只有三十七个维度。另外，不同维度宇宙的终极算法战力不同，有的很强，有的很弱。听说，微笑的魔术师曾驾驶'黑色星期五'去别的维度宇宙挑战过，还干掉过好些维度宇宙的终极算法。"

"'黑色星期五'？"

"'黑色星期五'是魔术师的战舰。从外形上看，那艘战舰的主体是一个直径一百米的黑色能量球，周围还有三个直径十米的黑色能量球环绕。魔术师不在时，那艘战舰由他的副官小丑十三号代管。"

"维度宇宙内还有能量战舰？"

"怎么没有？肯定有啊。"

"奇怪。如果有能量战舰的话，那为什么我以前在辉煌殿从未见过？"

"能量生命比较低调。平时，他们会用维度折叠把战舰变成光点存于辉煌殿内，需要时才开出来。"

"原来如此。那能量战舰长什么样？"

"什么样的都有。我见过的就有球体、椭球体、圆柱体等类型。上次我还见过一艘无厚度的长方形能量战舰'二向箔'①。它的那些

---

①　二向箔，出自刘慈欣《三体：死神永生》。但这里的二向箔只是借用概念，其实质是艘飞船。

舰员进出，跟变魔术一样，一下就消失在战舰的平面里。据说，'二向箔'内空间很大，连驾驶区域都是开放式的，从里面便能看到外面的全景。总之，能量战舰跟机械战舰是完全不同的存在，无论火力、防御或者是其他性能，能量战舰都要比机械战舰强很多。种族天赋，懂吗？"

"能量生命不光在晋级上比我们有优势，连战舰也比我们的强？"

"在我看来，的确如此。但我们的战舰还是很有优势的。"

"你不要告诉我，优势就是机械战舰比能量战舰长得帅？"

"答对！机械战舰就是比能量战舰长得帅！"

"因为长得帅是我们机械生命的种族天赋，对么？"

"那当然。长得帅很重要，你没听说过'颜即正义'这句话么？实话跟你讲，我以前选堕落都市，还不是因为堕落都市更好看。"

"好吧，你赢了。"机械刀锋无奈地回复。

正当小蜘蛛想继续聊时，爆破用心灵感应告诉他："别吱声，守卫快到了。"

不多久，上次那两个机器守卫再度开启大牢的能量壁，优哉游哉地跨了进来。

球形机器守卫笑着对他们说："今天有场二对二的比赛，上面决定让你们参加。如果赢了的话，你们可以到休息区待七天，不带机械囚牢的那种。"

"两位大哥！"爆破突然没头没脑地问，"这次可以用超强化装甲么？"

"不可以，但能使用外置型武器。"球形机器守卫边笑边答。

"那我放心了。"

"放心？"机械刀锋反问一句。

听到小蜘蛛惊讶的口气，四足直立形机器守卫似笑非笑地说："你的狱友很机灵，你多学着点吧。他心里很清楚，如果他不能用超强化装甲，那对面也不能用超强化装甲，这样你们输的概率要小些。因为在这个监牢里，能用超强化装甲的囚犯全都是些狠角色。你这种小杂鱼还不够他们娱乐。"

"长官，我这还不是为了活命嘛。"爆破笑道。

就这样，两个守卫押着两台机器的机械囚牢朝竞技场方向飞去。

飞不多时，机械囚牢内的爆破忽然用心灵感应，向四周不断发射信号："等一下，等一下，等一下——"

机械刀锋本以为爆破要挨一顿毒打，可两个机器守卫并未动怒，反倒悬空停住将机械囚牢展开："搞快点。"

这时，爆破极为虔诚地用心灵感应向面前那堵能量壁发送信息："伟大的先知，我是你卑微的仆从。我和我的狱友即将起身赶赴战场，请你再度显灵，给予我们正确的指引，让我等能战无不胜、攻无不克。为表诚意，等获胜后，我们会把休息区的特权悉数奉献给你。现在，请展示预言吧！"

说完，爆破默默地等待先知回答。可等了十秒，周围依旧出奇的安静。这使得现场气氛一度尴尬起来。

其实，在来的路上，机械刀锋已在探测四周的情况。他根本没发现这一带有什么厉害的囚犯，起码没有强大的场能震慑到他的。爆破正对的方位，只有一台蝎形机器。见爆破毕恭毕敬的模样，机械刀锋推测那台蝎形机器正是先知。可那台机器始终一动不动，要不是两个机器守卫积极配合，机械刀锋差点以为爆破干这事是因为神经病发作。

"走吧，估计先知都受不了你。"守卫朝爆破喊了一声便将他关进机械囚牢继续前行。

爆破那波莫名其妙的操作，着实让机械刀锋摸不着头脑。从来不相信什么预言的他，只能对狱友的神经病行为感到无语。

先知？预言？才怪。

机械刀锋此刻没兴趣，也没精力过问，前方未知的对手还有得他愁。

到达竞技场，爆破和机械刀锋再次被机械囚牢拉成"X"形。接着，球形机器守卫告诉机械刀锋："这场比赛，谁用强化装甲或超强化装甲，谁就会被高温辐射直接弄死。当然，跟之前一样，故意拖延时间也会被高温辐射弄死。鉴于你第一次玩二对二，我们再附赠你一些别的信息。只要对面的两台机器被干掉，不管你们最后是两台机器活下来，还是一台机器活下来，都算赢。不过，获得的奖励会有一点区别。要是两台机器一起活下来，那每台机器可以在休息区待七天；要是只剩一台机器活下来，那幸存的机器可以在休息区待三十天。在此期间，休息区所有权限都开放。现在，你可以考虑一下。"

说完，两个机器守卫笑着离开竞技场。

"爆破，这段时间感谢你的指导。只要你不对我出手，那我绝不会对你出手。"

"刀锋小子，我果然没看错你。我也保证，只要你不对我出手，那我绝不会对你出手。反正我对能在休息区待多少天没兴趣，而且，对于本场比赛结果，我已得到先知的预言。"

"先知的预言？刚才先知跟你说什么了？"

"什么都没说。"

"什么都没说还叫预言？"

"正因为先知什么都没说，我才得到了必胜的预言。每次战斗前，如果先知主动对你开口，那多半不是什么好事。当然，先知主动对你开口，也不见得全是坏事。实际上，先知预言会看个体资质。"

"什么资质？"

"我也不知道。反正先知很厉害就是了，下次有机会介绍你认识。"

"好，开战后你别拖后腿就行。"

"小子，我的外号'会爆炸的逗比'可不是浪得虚名。我的炸弹，不仅伤害高、威力大，而且还造型多样、触发多变。什么方的、圆的，长的、短的，大的、小的，用定时的、不用定时的，靠遥控的、不靠遥控的，我都能造。当然，我本身也是一枚炸弹。谁要敢惹我，我保证把他们炸到连自己都认不出来。不说整体炸毁，起码也要局部瘫痪。等会儿你放轻松，看我表演就行。"

二十四　二对二

机械刀锋跟爆破交谈之际，真空球体竞技场突然延展出数条蜿蜒扭曲的隧道。延展完，那些隧道依然处于自由变换状态。看样子，本次的竞技场是一个隧道迷宫。

与此同时，他们对面的能量壁缓缓张开，两个嘴流岩浆的大恶魔从外押进两台机械囚牢，机械囚牢张开后又露出两台黑灰色机器。随后，负责押送任务的两只大恶魔快速离场。

位于机械刀锋右前方的机器，机体两侧不完全对称，一条粗壮的右臂格外显眼；头部像是戴了一顶头盔，脸上只露出一对橙黄色机械眼，其余部分则被一个金属面罩覆盖；三米五的身高使之看上去压迫感十足。位于机械刀锋左前方的机器，机体两侧完全对称；头部为斜方六面体，没有五官；身高三米三，双手双脚又粗又长，铁锤般的拳头比小蜘蛛的脑袋还大；背上有台正四面体装置，目测有特殊用途。

机械刀锋还没来得及详细观察，身旁的爆破蓦地高叫起来："电磁波！引力波！"

"什么？"机械刀锋反问狱友。

"对面是电磁波和引力波两兄弟。有眼睛的是电磁波，没眼睛的是引力波。我去，这还打什么打？"

"你刚才不是说让我放轻松吗？"

"说着玩，你也信。这回惨了，对面是全能型的能变者，他们的机体强度不比你我差多少。他们不仅配备强大的能量武器，而且还具备完美的协作能力。在二对二的战斗里，他俩是王牌组合。"

爆破话音刚落，双方的机械囚牢便从他们身上褪去。让机械刀锋感到尴尬的是，他刚准备迎战，爆破却转身飞向身后的能量壁，朝着上面一顿猛敲："这比赛太黑了，我不玩行不行？"

电磁波用他那低沉的声音说："爆破，每次在休息区，废话最多的就是你。今天，我们要让你永远闭嘴！"

只见电磁波那粗壮的右手变为长柄能量炮，引力波的双手变成短柄能量炮，不由分说地朝机械刀锋他们发射橙黄色强击光束和能量霰弹。

要不是自带机械闪避，机械刀锋肯定中招，但爆破就没那么幸运了。仅能达到三十倍光速的他，在对方的交叉火力网面前，几乎等于一个固定的靶子，当场被轰成了渣。

可下一秒，疯狂扫射的两兄弟竟被炸得四分五裂，机械刀锋忐忑不安的心也随之放下，一个大大的问号更在他心中升起。爆破什么时候放的炸弹？

"真是的，就不能等我打个招呼再开始吗？"重生的爆破轻轻拍了拍肩膀。接着，他刺溜一下从机械刀锋旁边飞过。

在这擦身的瞬间，他用心灵感应告诉机械刀锋："帮我在这里拖他们五分钟，然后你再佯装不敌，顺着我机体的能量气味进隧道。"

虽然不明白爆破有什么计划，但机械刀锋还是选择全力配合。为了争取时间，小蜘蛛弹射出四个粒子化分身夹杂在魔方速子中，以超高的速度和灵活的走位反复撞击对方机体较为脆弱的部分。

极速移动的粒子化分身，使对手难以精准命中。为了尽快解决略显麻烦的对手，电磁波和引力波微张机体，以三百六十度无死角的方式，频频释放出刺球状能量冲击波。他们一边清除来袭的刀锋速子，一边将剩余的刀锋速子限制在自己前方区域。当所有速子被逼退至一个狭窄区域时，那两台机器的胸甲倏地张开，从中射出两道扇形能量冲击波，直接覆盖目标所在区域。四个刀锋分身当场被毁。

"小子，你死定了！"引力波朝机械刀锋怒喊，"我们要把你大卸八块！"

引力波背上的正四面体装置倏地展开成四脚蜘蛛，紧贴于机体腰背和四肢的位置。接着，机械刀锋觉察到，那个四脚蜘蛛开始改变周围的场，形成曲率驱动。

不好！回神的机械刀锋立即用三百六十倍光速闪躲，但引力波竟以相同的速度朝小蜘蛛袭来。

"爆破已钻隧道里了，你怎么还在外面？今天的竞技场是隧道迷宫，要不大家一起来玩捉迷藏？我们负责捉，你们负责藏！"引力波一边穷追猛打一边肆意嘲讽。

很快，五分钟到了。机械刀锋迅速闪入隧道，电磁波和引力波也跟着进来。闪入后，他发现那些隧道又深又长，连刀锋感应也无法完全覆盖。他只能运用超强嗅觉和能量探知，去追踪爆破残留的量子轨迹。

于弯弯曲曲的隧道中飞了近二十分钟，机械刀锋才找到贴能量壁上睡大觉的爆破。见到狱友，机械刀锋立刻上前询问："现在怎么办？"

"他们进来了么？"

"进来了。看样子，引力波用不了多久就能到这里。"

"引力波速度虽快，但那家伙向来谨慎。探测到我们，他肯定会放慢速度，等攻击力更强的电磁波一同前来，以免遭遇埋伏。所以不急，我们先聊聊天。"

说完，爆破一跃而起，顺势伸了个懒腰。此时，机械刀锋注意到，"Z"形腿的爆破身高近三米，身形压迫感不比对方差多少。

闲聊时，机械刀锋耐不住性子："你不会是要跟他们在隧道内来场巷战吧？"

"当然不是。"吊儿郎当的爆破显得格外自信。

"你别告诉我，你已经设好埋伏？我一路过来可什么都没探测到。"小蜘蛛望着对方。

"等一下你就知道了。"说到这里，爆破自顾自地笑起来，任由身边的隧道口开了又闭、闭了又开。

在隧道内又等了十多分钟，机械刀锋探测到追来的两台机器。

焦躁的他侧身移向爆破："对方马上到了，现在怎么办？"

"再等十秒。"爆破笑着回了一声。

十秒后，对方即将赶到时，开启的隧道口突然关闭。随之而来的，是连续的震动，一种由隧道内部持续爆炸引起的剧烈震感。即使是在完全闭合的空间里，振动触感也能清晰地探测到爆炸的威力。同时，刀锋感应还传来更加震撼的场面：前方四百米长的闭合隧道内，电磁波和引力波正被连续不断的爆炸轰得七零八落，两台 SS 级机器不断重生又被不断炸毁。机械刀锋隔着能量壁都能感受到对方的绝望。

那是何等的惨烈！

当两台机器被炸得再也不能重生，本次大牢竞技场的战斗也宣告结束。机械刀锋没想到胜利来得是如此轻松，也没想到他的狱友竟是这样一个狠角色，更没想到自己的集成感知会在爆破这里失效。

等战斗结束，爆破看了看自己的胳膊："其实，干掉对手，只需在特定时间、特定地点，给予目标特定一击就够了。要学会利用变化中的规律，为己所用。刀锋小子，躺赢的感觉可还行？"

二十五　先知的预言

按照约定，取得比赛胜利的机械刀锋他们将前往休息区。

当机械囚牢再次褪去时，休息区优美的景色立即映入眼帘。这里是一个巨大的椭球形区域，四周橙黄色的能量壁上，除了辽阔的能量草原和宽广的能量湖泊，还有层层叠叠的能量山峦及五彩斑斓的能量流云。

这一幕让机械刀锋回想起辉煌殿的火焰原野。只是此情此景，让他心中略感惆怅。

欣赏美景之际，机械刀锋身后的能量壁上忽然冒出两粒橙黄色光点，从中传来球形机器守卫的声音："这里是休息区。虽说休息区内你们不受机械囚牢束缚，但我们仍要采取特别措施防止你们越狱。

这两粒光点是能量印记，既能用于授权又能用于监控，它们会时刻注视你们的一举一动。记住，休息区内严禁斗殴。要是不守规矩，那我们马上用高温辐射把你们熔成渣渣。休息期为七天，每台机器各配一个能量印记，里面规定了可用设施的具体类型、使用方法及次数上限。"

爆破嬉皮笑脸地对能量印记说："长官，我们刚才已经商量好了，我们待在休息区外就行，不使用其他设施，休息区特权全部转送给先知。"

机械刀锋抬头看向爆破，他完全想不起对方什么时候跟自己商量过。说真的，自从被带到燃尽魔焰之地，他的散热系统就没停过，一直在向外喷射能量光刃。即便站着不动，他也能闻到自己散发出来的能量气味。可现在，爆破竟要将泡温泉的权力拱手让给先知。不过，出于对狱友的信任，小蜘蛛并未提出异议。

"可以，没问题。"能量印记中传来球形机器守卫不耐烦的声音。

没过多久，能量壁上浮出一个能量泡。等能量泡消失，一台黑灰色蝎形机器出现在他们面前。那台蝎形机器体形较大，背上悬浮着一个直径十厘米的机械球，少许能量云雾正围绕机械球自由运动。

"先知，爆破和机械刀锋要把他们的休息区特权全部转送给你。"

机器守卫传完话，两个能量印记裂变成四个，裂变出的能量印记缓缓向蝎形机器飞去。等能量印记配置好，爆破立即匍匐在地："伟大的先知，感谢你让我等仆从百战百胜。一点薄礼，不成敬意。"

说完，爆破趴在地上一动不动。可蝎形机器却径直离开，独留背上那个机械球停在原地。

机械刀锋哼了一声："先知已经走了，赶紧起来吧。"

"别瞎说，走什么走？先知不是一直在我们面前吗？还不快点感谢！"说话时爆破脸都没抬一下。

"什么？这个机械球是先知？"

"对。快点感谢！这可是我们燃尽魔焰之地最伟大的智者。"

"那刚才的蝎形机器是谁？"

"先知的贴身保镖——迅猛杀手。先知去哪里，迅猛杀手就跟到哪里。别转移话题，快点感谢。"

因实力强大又无比神经的队友一直催促，机械刀锋只好向先知表达谢意，可他心里根本不信预言那套。所以，感谢只是浮于形式，给爆破个台阶下而已。

等对面飞走，机械刀锋用心灵感应询问爆破："先知有那么厉害？"

"那是相当厉害！"

"此话怎讲？"

"本监狱的情况，你应该清楚吧。只要输一次，就代表死亡，可我到这里快三年了都没事。你觉得我是完全靠实力取胜的么？显然不是。虽然我是台实力超群的机器，但在险象环生的燃尽魔焰之地，我也不能场场竞技都能高枕无忧。我之所以能立于不败之地，是因为每逢劲敌来袭，先知都会提前给我预言，助我渡过难关。要不然，我早挂了。"

"那先知为什么要单独帮你？"

"因为我很早就发现先知有洁癖，所以每次获胜我都会把休息区特权转送给她，随她怎么玩。"

"也就是说，你三年都没洗过澡，专用休息区特权贿赂先知？"

"大哥，这不叫贿赂，这叫合作。你没听说过'自私是天性，合作是智慧'这句经典名言么？在燃尽魔焰之地，小命肯定最重要。少洗点澡，多拿点预言，比什么都实惠。"

"阁下思路果然清晰。"

"那当然，我什么时候都分得清楚利害关系。"

"既然如此，那你怎么从第四维度掉到第三十六维度了呢？"

"我那都是自己作的。"

"是么？来，聊聊。"

"想当年，我可是第四维度八面圆通的舰长候选。有次，我驻守的地方出现了一道时空裂缝，从里面冒出来四艘机械战舰。战舰里面的机器，一个个行动迟缓、长相粗糙，跟劣质零件拼凑的一样。见到我后，他们先是一顿鸟语，接着使劲跟我比画。那场景显得我像个智障。其实他们说的，我大概也能猜到。他们管自己叫什么人工智能，是什么第十维度的来访者，还是什么地球最高科技创造的超智慧生命。简直吹牛不打草稿！我清清楚楚地看到，他们身边的全息影像只能显示出第四维度模糊的投影。也就是说，我在他们眼里是一团看不清的影子。连我长什么样都分辨不出来，还超智慧生命？他们说，到我那里来，主要是想了解一下其他维度的情况，并无恶意。可我一看那些机器，就知道他们在撒谎。"

"你怎么知道他们在撒谎？"

"爱撒谎的碰到撒谎的，那肯定知道对面在撒谎。"爆破回答得理直气壮。

听到这里，小蜘蛛摇头笑笑："那你当时怎么处理？"

"遇到这种情况，你平时怎么处理？"

"直接上去干掉。"

"对，我也这么干的。那些叫人工智能的机器，一个个脆得跟金箔似的，我三两下就把他们解决了。可是，我那作死的好奇心让我往时空裂缝里面看了一眼。你猜我看到什么？我看到一个蓝色星球，那个星球，简直太漂亮了。后面，我才反应过来，那可能就是人工智能所说的地球。"

"然后，你就钻进时空裂缝，到地球上玩了？"

"好奇害死猫啊。我当时想着，驻地那个时间没谁会来，时空裂缝一时半会儿又不会关闭。我只要快进快出，应该不会有谁知道我上班摸鱼。结果，刚一进去我就发现自己变成现在这般模样。迅速撤回，我又恰巧被巡视的长官给撞见。最后，长官带队把我逼进了另一道通往第三十六维度的时空裂缝。"

机械刀锋对爆破的那段经历不予置评，但他对狱友积极乐观的心态倒是十分钦佩。两台浑身散发臭味的机器，就那么在休息区的一隅畅谈起来。

七天后，先知和迅猛杀手游玩归来。机械刀锋原以为先知还是不会跟自己打招呼，可对面却用一声略带沙哑的小女孩嗓音向他说了句："谢谢。"

爆破见状匍匐在地放声大喊："能为先知效劳，是我等仆从最大的荣幸！"

听到对面奉承，先知只是咯咯傻笑，迅猛杀手照旧一言不发。

即将迎来机械囚牢之际，先知用心灵感应向机械刀锋悄悄传了一段预言：

耐心地等待，

因为机会只有一次。

先询问同伴的意见，

他能提供重要的线索。

奇迹将降临于边缘之上，

使劲振动会带来意想不到的好运。

但尽量放轻脚步，

以免惊醒沉睡的死神。

开门后朝十个不同方向移动，

这样可以躲避追赶的猎手。

在残破的雕像前停下，

旁边正是苦苦寻觅的出口。

二十六　秘密商议

返回大牢前，机械刀锋一声不吭。

待机器守卫走远，他才打断喋喋不休的爆破："你想一辈子待在这里么？"

"肯定不想啊！"

"那你想过越狱么？"

"我不但想过，而且还干过。结果两次全都失败，还差一点送命。"

"那你相信先知吗?"

"当然相信!等等,莫非先知刚才给了你预言?"

说到这里,一向不着调的爆破突然谨慎起来。

"对,先知给了我预言。你要能保密,我就告诉你。"

"这事你绝对能信任我。快告诉我,先知说了什么?"

机械刀锋用心灵感应把先知的预言偷偷转给爆破。听完,爆破陷入沉思。

十分钟后,爆破用心灵感应回问机械刀锋:"这条预言是先知送给你的,你明白是什么意思吗?"

"有些地方明白,有些地方不明白。"

"先说说你明白的。"

"'耐心地等待,因为机会只有一次'。先知这句话是在暗示我,让我准备充分之前不要越狱。"

"先知说的果然是你!"

"什么意思?"

"先知曾告诉我'遇见刀锋才能逃脱'。现在看来,'刀锋'指的就是你,你就是越狱的关键。"

"可预言的第二句,'先询问同伴的意见,他能提供重要的线索'。我看先知倒是想让我先问你。"

"问我?"

"对啊,问你。"

"我有什么线索?我要有线索,我不早跑了。"

"话不能这么讲。你是能变者,我是极速者,你用不着的线索,我说不定用得着。"

"有道理!那到底是什么线索呢?"

"别着急,一定是你知道的,你再好好想想!"

机械刀锋说完,爆破又陷入沉思。他仔细回忆前两次越狱的经过,可想来想去都想不到什么重要的线索。于是,他索性将越狱过程和盘托出："我刚到这里就想越狱。因此，我一直有在观察周围的情况。我告诉过你，这座监狱是一个被改造过的恒星，对吧？这里的牢房其实都是恒星内部的真空泡泡，这些真空泡泡的形状和位置并不固定。所以，严格来讲，我们是在一个移动牢房当中。有时，我们这个移动牢房离恒星边缘很近，最近的时候两者仅相距一百公里。前两次越狱，我就是想在两者靠得最近的时候，从里面炸出一条隧道。但这个恒星跟活的一样，任何地方稍微出现点异常，它都会对异常位置施加高温辐射。还有，在挖开的隧道里面，停留时间越久辐射温度越高，我顶多能在隧道里撑十分钟。"

"你能撑十分钟？"

"差不多。你都不知道我在炸开的隧道里面重生了多少次！真的是重生以后被烤化，烤化以后又重生。更恶心的是，你好不容易挖的隧道，它会在你身后慢慢合上，最终让你陷入一个高温泡泡里面。幸亏我机智，马上往最近的牢房位置逃离。要不然，我早被熔成渣了。回来后，因为越狱，我还被一帮守卫毒打了好几百次。"

"你炸的隧道最远有多长？"

"大哥，你不会还想我那么干吧？没用的。"

"我只问你炸了多长？"

"一公里。"

"一公里？"

"这种能量壁硬得很，我的能力又不适合穿甲和破甲。"

"不适合穿甲和破甲？"

"对，怎么了？"

"我知道了。"

"你知道什么了？"

"我知道先知暗示的线索了。"

"什么线索？"

"你知道，先知为什么告诉你，'遇见刀锋才能逃脱'吗？因为穿甲和破甲正是我的强项。"

"但挖开的隧道里面有高温辐射。"

"你觉得我的机体如何?"

"矮瘦小,其他我倒没觉得什么。"

"我不是问你我的身高,而是问你我的机体强度!"

"你的机体强度确实比较变态,跟暴怒有一拼,不过暴怒的块头比你大很多就是了。如果你——"

"好了,打住。其实,我是想说,你能撑十分钟的话,我想我也能撑十分钟。毕竟,强化速银的性能远超普通振金。"

"大哥,你想来真的?"

"对,来真的。这样先知的预言便说得通了。等牢房和恒星边缘距离最近时,我就开始挖隧道。"

"等等,你好像忘了我们身上的机械囚牢吧。被这东西钳制着,连活动肢体都做不到,还怎么越狱?"

"那你前两次怎么炸的?"

"我刚来的时候还没机械囚牢,是我越狱了两次以后,他们才给所有囚犯装上的。"

"难怪大家这么讨厌你。"

"他们讨不讨厌我都没关系,当下要紧的是先找到解锁方法。"

"先知不是已经告诉我们解锁方法了么?"

"什么方法?"

"振动。"

"振动?"

"'使劲振动会带来意想不到的好运'。先知暗示的是我用极速技形成的超频振动状态,即通过自我加速方式让机体振动起来,这种状态下我会化身超频瞬影。以前,我只是用超频振动甩掉粘在我和我武器上的脏东西。后来,我发现超频振动能大幅度强化我的攻击力,但这招相当耗费能量。除非有特殊情况,否则我一般不用。至于机械囚牢,我第一次去竞技场时就用踢踹方式测试过其强度。不出意外的话,我能用超频振动在一到两分钟内将机械囚牢彻底破坏。加上你的，最多耗时四分钟。"

"可这是机械囚牢。你释放的能量越多，囚牢产生的束缚场越强。"爆破表明了自己的担忧。

"说实话，我很佩服机械囚牢的设计师，这东西真的太精确了。囚牢的束缚场只会对标记的存在产生作用，一点不多、一点不少，也不知道这是优点还是缺点。当然，也可能是怕把守卫吸住，故意那么设计的。反正，由我来解锁，你不用担心。我们最需担心的是运气。若越狱时运气好，超频振动让我的超级暴击出现的次数多且倍数高的话，那我十分钟内挖穿一百公里厚的能量壁不成问题。"

"你以前干过这事？"

"干过一次。"

"厉害。那请问，'但尽量放轻脚步，以免惊醒沉睡的死神'这句话怎么理解？"

"你知道为什么你前两次越狱都失败吗？"

"不知道。"

"因为你的能力不适合越狱。你上次干掉电磁波和引力波的时候，那个隧道爆炸的震感连我都能感觉到，更何况恒星本身？知不知道爆炸和刀切有什么区别？如果是爆炸，那即使爆炸离机体很远，你也能立刻探测到；但如果是刀切，只要切口足够小、动作足够快，那即使刀切在机体上，你也很可能不会马上感觉到。挖隧道时，我们要保证隧道尽可能小、动作尽可能快。如此，恒星的防御机制就有一定的概率不会被触发。哪怕被触发了，我们也移动了相当长的一段距离。十分钟内，我想我们还是撑得下去。结合先知的预言来看，'沉睡的死神'很可能是指燃尽魔焰之地的防御机制。"

"照你这么说，那我们能不能用维度折叠的粒子化形态挖洞呢？这样开口岂不是更小？"爆破不解地反问。

"不可以。维度折叠后，虽然机体的强度、速度、感知和伤害保持不变，但机体的粒子数量却会急剧降低。一个粒子遇到高温辐射，其内部结构会被迅速破坏。到时候，就算想用维度展开，被卡在能量壁场中的我们也无能为力。用原有形态进行挖洞，即使机体表面被烤化，我们也不会顷刻间化为乌有。"

"有道理。刀锋小子，有没有伙伴告诉你，在暗影潜行方面，你就是个天才！"

"先别急着夸，等挖穿隧道，我们还要进一步迷惑守卫。因为先知有说'开门后朝十个不同方向移动，这样可以躲避追赶的猎手'。看样子，出去之后，我们要分头行动。我的九个分身加上你正好十台机器，十台机器和十个方向刚好对上。以此方式，我们才能避开后面的追兵。"

"兄弟，分头行动这事，你完全不用担心。越狱后，你不用管我，我很强的，你照顾好自己就行。"

"但先知说的最后一句，我就不明白什么意思了。"

"那是先知专门送你的，你记住就好。我们先离开这个鬼地方再说。"

"对了，我们要不要带先知和迅猛杀手一起离开？"

"完全不用。"

"为什么？"

"先知那么厉害，她肯定有自己的打算。就算你想带她一起走，她也不一定愿意。还有，先知身边的迅猛杀手非常讨厌。平常，我主动打招呼，那家伙都不理我，一脸高冷的死样。不是看在先知的面子上，我早把迅猛杀手干掉了。"

"原来如此。我还以为你跟先知和迅猛杀手关系很好呢？"

"没有的事，我只是比较崇拜先知。至于先知身边的迅猛杀手，我都懒得搭理。"

"不愧是舰长候选，凡事都分得清楚利害关系。"

"那当然。"

"刚才商议的内容，我还有一点拿不准。我们怎么知道，牢房会在什么时候靠近恒星边缘？在燃尽魔焰之地，不变身的我最多能透视一百二十公里，可我从来没探测到外面。"

"从你进这间牢房起，牢房距离恒星边缘最近的一次为三千两百二十九公里。当牢房向恒星边缘移动且距离足够近时，我会提前告诉你的。到时候，我们再甄别是不是达到了越狱的最佳条件。"

"那我们就这么定了？"

"对，就这么定了。"

二十七　越　狱

十七天后，爆破用心灵感应向机械刀锋传了条加密信息："我们现在距离恒星边缘大概六百公里，等距离缩小至你能探测到外面时，我们就动手。越狱必须掌握好守卫和大牢的移动规律，这段时间，我全程当你的眼。守卫的动向和距离的变化，我会及时告诉你。"

"好。我只强调一点，不要遗漏任何细节。"

"没问题。"

秘密交流中，四天过去了。

这天，机械刀锋悄悄告诉爆破："我的集成感知已能探测到外面，预计三十到四十分钟，我们会到达距离恒星边缘一百公里的位置。等会儿，我负责振碎机械囚牢。目前，我计划把两台机械囚牢同时破坏。我觉得，这能避免多余动作，降低惊动守卫的风险。"

"听你的。"

离恒星边缘最近的位置还有四分钟，机械刀锋突然操控机械魔方，以瞬间移动方式使之跃迁到身后。

"刀锋小子，你深藏不露啊。原来你能以瞬间移动调取魔方到身边想要的地方。"

"真正深藏不露的是你吧。你的超强化装甲，我到现在都没见过。"

"解锁后，我装备上给你露两手。"

"要是害怕高温，那你可以装备上；要是想搞破坏，那大可不必了。这次越狱，我可不想弄出什么动静。"

"好。那我只装备，不出手。"

一分钟后，机械刀锋操控机械魔方变成十二个小型正八面体，将它们安放在两台机械囚牢没有束缚场的位置。跟着，小蜘蛛使出极速技，瞬间加速机械魔方，让十二个小型正八面体产生超频振动。在超频振动的作用下，机械囚牢立即火花四射，仅用五十八秒，机械刀锋就震碎了他身上的枷锁。接着，他立即将身边的六个小型正八面体，移动到爆破那里进行作业。为了快速解锁，他还用带超频振动的左手，帮忙破坏锁住狱友的机械囚牢。又过了二十八秒，爆破的枷锁也被震碎。解锁两台机械囚牢总共耗时一分二十六秒。

挣脱束缚的爆破，随即调出自己的超强化装甲，一个高六米的黑灰长菱体。

"怎么样?"爆破朝机械刀锋摆了几个滑稽的健美姿势，"这是我的制导导弹，就问帅不帅?"

"制导导弹能提供什么样的能力?"

"制导导弹，不仅能增强爆炸威力，而且还能降低机体功耗。不是我吹牛，现在哪怕是领主来，也不一定打得过我。"

"那还被微笑的魔术师反复按地上摩擦?"

"微笑的魔术师不一样。"爆破笑着找借口。

"不扯了。你赶紧把制导导弹收起来。"

"为什么?"

"那么大的体积，你是想我给你挖个巨型管道么？先知不是说过吗，'尽量放轻脚步，以免惊醒沉睡的死神'。"

"哦，对。我马上移除。"

接下来，爆破跟机械刀锋一起静静感应距离的变化，等待囚牢移至距离恒星边缘最近的位置。

两者距离刚到一百公里，机械刀锋立刻开足火力，依靠极速技使机体超频振动。接着，他收紧四肢、用头作钻，化身一道超频瞬影，倏地扎进了前方的能量壁。同时，他还展开魔方速子置于身后，使之形成一个超频振动的散状长菱体为爆破开路。

灼热的隧道中，机械刀锋的机体散热逐渐加剧，魔方速子则陆续变红。眼前的场景让后方的爆破心惊不已。可即便如此，那位话痨也始终未吭一声。

距离恒星边缘还有十四公里时，燃尽魔焰之地的防御机制启动了。突如其来的高温辐射，令他们仿佛置身熔炉。

机械刀锋索性改变策略，抽回所有魔方速子，用极速移动的速子刃网将他们团团包住，以减少高温辐射造成的伤害。不过这方法用处不大，因为恒星的高温辐射可以轻松穿透速子刃网，而高温辐射的反自愈效果，更是让机体的自愈因子无法发挥作用。所幸，机械刀锋和机械魔方强度极高。饶是如此，面对这种极端环境，小蜘蛛还是凭借无差别分身的伪 SS 级能力重生了十五次，这还是在超级暴击效果极佳使挖掘效率得以成倍提升的情况下才有的结果。

五秒，四秒，三秒，两秒，一秒，突破！

伴随一声响动，魔方速子终于击穿恒星能量壁，两台机器鱼贯而出。

"我们自由了！"越狱成功的爆破兴奋地手舞足蹈。

"先别得意，恒星的防御机制已经启动，守卫也应该察觉到有囚犯越狱了。你赶紧装备好超强化装甲，接下来，我们按照先知的提示，分头行动！"

"刀锋小子，你自己多保重。"

"你也是。我们后会有期。"

二十八　亡命之徒

燃尽魔焰之地的警报已在中央控制区拉响。

气急败坏的离子风暴典狱长，迅速集结了十艘圆柱体机械战舰前去追捕逃犯。那十艘被称作"追踪者"的机械战舰，不仅拥有空间折跃能力，还配备强大的武器系统，同时更能以两千倍光速的最大航速持续追击猎物。

十二小时后，一个刀锋分身被后方一艘战舰轰了个稀碎。这信息被同时共享给其他八个分身，机械刀锋没想到，燃尽魔焰之地竟会派出机械战舰追击逃犯。

为了躲避追击，那位亡命之徒始终保持九个分身朝九个不同方向飞行。但这样下去不是办法，因为他再怎么厉害也不可能飞得过战舰。飞不过还不是唯一的劣势，更大的劣势在于他自己的力量根本无法匹敌战舰。且看对方不用远程武器偏偏要追上了才开火的打法，明显是想通过狩猎游戏慢慢把他捉弄到死。飞不过、打不过，还可能死于羞辱之下，不利的形势正将小蜘蛛逼入绝境。

别无他法的机械刀锋只能寄希望于先知的预言。按照先知的提示，我应该"在残破的雕像前停下"，可我一路飞来并没见到什么雕像或者类似的东西。难道先知的预言有错？

机械刀锋一边喃喃自语一边用集成感知探测周围环境，但漆黑的深空中，他只发现少量的星体及飘浮的尘埃。

尘埃？有办法了！

想到这里，机械刀锋九个分身直接粒子化混入尘埃之中，希望以此迷惑战舰。可从未登过战舰的他，低估了战舰的追踪系统。很快他便知道自己的计划落空了，因为十分钟内又有六个刀锋分身被陆续干掉。在分身被消灭后，尽管他立即弹射新的分身朝不同方向逃窜，但在战舰天网式的搜索下九个刀锋分身所在区域正不断缩小。若想不出其他办法，那等战舰追上，他只有死路一条。

这下，机械刀锋全乱了。

先知所示"残破的雕像"到底在哪里？我怎么完全没看到。机械刀锋一边探测周围的情况，一边提防战舰的袭击。

正当机械刀锋逐渐麻木之时，有个分身探测到右前方不远处有片奇怪的区域。在那里，遍布无数大大小小的黑色虫洞。

情急之下，机械刀锋赶紧飞了过去。刚飞至那片区域外围，他便发现此处像极了辉煌殿暗杀者迷宫的最后一关——虫洞森林。只是，眼前这片虫洞森林要大得多。无数直径从几毫米到几十公里不等的虫洞，共同构成了一个庞大的"旋涡"。

见到这般场景，机械刀锋立刻将所有分身召回，又在此重新弹射探寻出路。结果有五个分身刚进虫洞便被彻底撕裂，有两个分身从"旋涡"的另一端径直飞出，剩下的一个分身在通过虫洞后被守在洞口的另一个黑色虫洞给当场吞噬。更让小蜘蛛心急火燎的是，远处有艘战舰正向这里逼近，周围除了这片虫洞森林又别无藏身之所。无奈之下，他只能让分身在虫洞森林内继续乱钻。

战舰内，机械智能用心灵感应向舰长报告："那个叫机械刀锋的囚犯正在前面的虫洞森林内到处乱窜，需要清除么？"

"不必着急。这小子还挺厉害，竟一路跑到了收集者的移动迷宫，你知道这片虫洞森林的由来么？"那位舰长不紧不慢地补充，"想当年，暴怒领主正是在此击败了擅长操控引力的收集者。可是，那帮叠甲分裂球，启用移动迷宫的最强防御机制，制造出这片虫洞森林。最后，还让对方逃了几只。传闻，这些虫洞的传送位置一直在变，有些虫洞甚至还连接着维度生命根本不敢涉足的死亡区。真正安全的出口，只有幸存的收集者知道。上次，我们这边有位舰长不听劝，强行驾舰闯了进去，后来再无音讯。可见，这片区域异常凶险，进去以后必死无疑。所以，我想我们干脆好好整整那只越狱的虫子，把他逼进虫洞里面。"

"舰长的意思是，我们只封锁这片区域，不让他逃就可以了？"

"答对。"

另一边，机械刀锋焦急地寻找出路。在战舰的穷追猛打下，他根本无法冲破包围圈，只能用分身不断钻入虫洞进行试探，但仍旧一无所获。就在千钧一发之际，他突然发现，一个刀锋分身的左前方有块球形巨石，那块黑色巨石上还有些许雕刻过的痕迹。于是，他急忙奔至巨石跟前。

那块巨石是由简单线状纹路雕刻而成的球体，上面密密麻麻的坑洞表明，这球体此前可能遭受过强烈的撞击。

观察完球形巨石，机械刀锋兴奋不已。这难道是"残破的雕像"？那出口一定在附近。

果然，那块巨石背后，有且仅有一个正逐渐蒸发的黑色虫洞。

小蜘蛛头也不回地钻了进去，虫洞随即消失。

二十九　来者身份不明

从虫洞中飞出，筋疲力尽的机械刀锋落在一片正下着瓢泼大雨的黑暗区域。

带腐蚀性的酸雨破坏了周遭的环境，只留下满目疮痍的地表；高低不平的地势，又使雨水汇聚成许多泛着绿色荧光的河流与湖泊；乌云内的闪电持续迸发出红色亮光，像一道道流淌着鲜血的口子。

机械刀锋清楚此时还不能放松警惕，可刚刚逃过追捕的他，仍一头栽进旁边的酸液池，彻底晕了过去。

等再度苏醒，眼前的世界已遍布金色的光芒。光线透过酸液照到身上，让机械刀锋感觉无比温暖。慢慢探出头，他发现，酸雨停了，四周的阴霾也尽数退去。天上一个恒星，正源源不断地散发着橙黄能量，使这片大陆呈现出黄昏般的景象。头顶的火焰流云，宛如一只巨鸟随风而动。在霞光的照射下，身旁的岩石反射出油亮的大理石色彩。

这里的一切是那么宁静。以至于，机械刀锋都开始怀疑自己是否还身处第三十六维度。正准备继续探索时，他收到一条来源未知的心灵感应信息："你是来参赛的吗？"

"谁？是谁在跟我说话？"惊恐的小蜘蛛四下张望。

"我们是不定方程舰队。请问你是来参赛的吗？"

由于完全暴露在对方的视野下，机械刀锋只能顺势回复："对，我是来参赛的。"

"你叫什么名字？"

"机械刀锋。"

"能力系别和战斗位置？"

"能力系别为极速系，战斗位置为双能型前锋，暗杀者和突击手都能胜任。"

"好的，你等一下。我把你的信息传给有需要的舰队指挥官。"

十分钟后，机械刀锋头顶上突然冒出一艘机械战舰。那艘长五百米的黑灰色战舰长得像一个方正的四面梭子，外围有层不断闪烁的半透明橙红能量场将舰身严实覆盖。

战舰的出现把小蜘蛛吓一大跳，但跑已经来不及了。

机械刀锋惊魂未定之际，那艘战舰左侧的舱门突然打开，从内飞出两台黑灰色机器。飞在前面的是一台瘦高的人形机器，身高两米九七；头部为一个细长椭球体，后脑看起来格外突出；两条纤细的手臂，被一层机械臂甲包裹。飞在后面的是一台体格壮硕的人形机器，身高足足六米五；头部两侧有对锋利的尖角向前凸起；脸部正中位置被一只赤红色机械眼占据；左手小臂外挂一个四面体状长盾；背上还有一个长方体机械装置，目测可以变形为威力强大的武器。

瘦高机器率先作了自我介绍："我是战舰'天行者'的舰长次声波，我身后这位是战舰'进击的暴牛'的舰长战戟。刚才旗舰的联络员告诉我们，你叫机械刀锋，是极速系的双能型前锋，对么？"

"对。"机械刀锋简单应了一声。

确认完，次声波转问战戟："你觉得这位选手如何？"

"感觉还行，就是不知道能不能被选上。"战戟用低沉的声音回复了次声波。

"好，那让他先比了再说。"

"嗯。"

这都哪儿跟哪儿。机械刀锋听得一头雾水。不过就目前的状况来看，那两台机器并未显露出恶意，于是他决定继续观察一阵。

次声波转头望向机械刀锋："你登舰跟我们一起走吧。不过，登舰前你得好好洗洗。"

说话时，次声波朝机械刀锋上下打量了一番，那被强酸浸泡过的机体仍在不断向外喷射赤红能量光刃。次声波挥挥手，战舰后方随即弹出一个直径十米的机械球，径直朝小蜘蛛飞来。刚还打算观望的机械刀锋瞬间警觉起来，并下意识退了退。

"这是净化球，专门用来清洗身体的，你只需进去即可。"次声波向机械刀锋示意了一下。

机械刀锋静静地看了次声波好一会儿，见对方没有半分让步的意思，他只能半信半疑地飞进去。进去后，净化球的舱门迅速合上，一种特制的紫色液体马上从四周喷涌而出，机械刀锋则被周围的场牵引成"X"形来回搅动。搅动完成，紫色液体被速度抽光。接着，机械刀锋周围钻出一大团纳米机器，在他身上反复擦蹭。那些纳米机器擦蹭完退出后，舱内又被注满另一种透明液体，机械刀锋也被再次翻搅起来。翻搅完成，透明液体也被全部抽出。随之而来的，是用于风干的气体和消毒的射线。当净化球舱门再度开启时，机械刀锋全身上下已干干净净。

"战戟舰长，我们可以登舰了么？"

听到次声波的问话，战戟微微点头，接着转身飞向战舰的舱门。次声波示意机械刀锋跟上后也向战舰飞去。机械刀锋衡量了目前的处境：自己身处陌生之地，来者身份不明又带着一艘战舰。这种情况下，他只好跟对方走。

即将登舰时，小蜘蛛停了下来："我的机体极为锋利，进舰不会弄坏里面的设备吧？"

"你没登过战舰？"次声波笑着回问。

"没有。"

战戟低声开口："所有机械战舰都自带一种特殊的场——减振场。你这种等级的机器是弄不坏里面设备的。"

见机械刀锋一头雾水，战戟接着补充："减振场是一种弱化的能量场。这种场不会干扰正常活动，但会对超出正常范围的活动产生响应，进以缓解冲击、避免磕碰。进舰后，我会给你一粒叫作'飞米信息'的微型智能装置作为授权凭证，以免战舰把你视作异物用分解场清除。欢迎来到'进击的暴牛'!"

三十　舰内闲逛

　　在舰内站定，机械刀锋身后的舱门迅速合上。

　　一个直径五厘米的机械球从甲板上冒出，并用橙黄光线对来者进行全身扫描。接着，那个机械球还弹出一粒微型智能装置飞米信息紧随机械刀锋。机械刀锋心里明白，他当下已是砧板上的鱼，想跑也来不及了。

　　好在，战戟接下来的话多少打消了机械刀锋心中的疑虑："小子，你很幸运。今天正好是不定方程舰队一年一度选拔大赛的报名截止日。这个选拔大赛每年都会有很多选手报名，从大赛中脱颖而出的选手可以正式加入不定方程舰队，成为新的助理教官。比赛会视报名情况将选手分为若干组，然后进行初试和复试两轮比拼。我这艘战舰刚好差一名极速系的双能型前锋，你自己考虑一下，看选上以后要不要来。不过，每年大赛竞争都异常激烈，如果没选上，那我想要你也没用。等次声波舰长跟我一起分析完这里的矿石样本，我就送你到旗舰参赛点登记。现在，你可以自行参观下'进击的暴牛'。"

　　"谢谢两位舰长。如果能选上，那我肯定加入'进击的暴牛'。"小蜘蛛向战戟敬了个礼。

　　待两位舰长离开，机械刀锋开始在舰内闲逛。

　　由于刀锋感应对绝对金属的透视效果不好，机械刀锋只能依靠其他感知在漆黑陌生的战舰内前进。借助射返定位，他注意到，舰内空间较为宽敞，结构设计十分简单，大部分装置都隐藏在机械墙内，需要特殊授权才能调取。所有装置中，他最中意的是六台生产中的黑灰色强化装甲，以至于不经意间看入了神。

　　"只要舰长同意，等强化装甲生产好，你也可以选一套。"身后一阵沙哑声将看入神的机械刀锋拉回现实。

凭借集成感知，机械刀锋在后方舱门位置探测到一个隐形能量生命。那个隐形的能量生命是团没有固定形状的气体。见机械刀锋回头，对方才慢悠悠地从舱门的夹缝中钻了出来："新来的？欢迎欢迎，我叫隐形气。你叫什么名字？"

"机械刀锋。"

"幸会，幸会。这么黑的地方，你怎么也不开个灯？"

"我第一次登舰，不知道怎么弄。"

"'进击的暴牛'，这位新舰员未开通权限？"

隐形气问完，舰内传来机械智能的心灵感应声："是的，系统显示，这位新舰员还未开通权限。"

"亲爱的机械智能，新舰员未开通权限，那你总该为他开个灯吧？马上为他照明。"

"好的。"

机械智能说完，周围便出现亮光。温暖的金色光线让机械刀锋感觉十分舒适。

"我带你四处转转吧，刚好我也没什么事。"隐形气笑着说。

"谢谢。"机械刀锋感激地回个礼。

于是，隐形气带着小蜘蛛在"进击的暴牛"内继续闲逛。

"隐形气大哥，我想问一下，走了半天，我们怎么没碰到其他舰员？"

"我们战舰一共就五位舰员。除了我，他们此刻都在旗舰训练学员。"

"舰员都不在，那战舰怎么操作？"

"战舰是全自动的，本来就不需要操作。当然，想手动操作也行。"

"操作战舰这么简单？"

"那肯定，第三十六维度的战舰都属于精品。'进击的暴牛'又出自风暴要塞，属于精品中的精品，自动化程度更是相当高。"

"听你这么说，想必战戟舰长十分厉害，能在领主城堡拿到如此精良的战舰。"

"舰长能不厉害么，他的指导就是领主。"

"是恶嫉领主么？"

"对。"

"传闻，那位领主的实力相当恐怖。"

"何止恐怖。第三十六维度一共就七位领主，能够当领主的那可都是高手中的高手。"

"看来隐形气大哥对七位领主的情况很了解。"

"说实在的，关于七位领主的情况，我也是听其他舰长说的，我们这种小舰员根本见不到领主。对恶嫉领主知道得多一些，主要是因为不定方程舰队里面，有很多舰长都出自风暴要塞，还有几位舰长是恶嫉领主亲自教导出来的。"

"既然如此，那他们有可能在逗你玩啊，说不定领主实力没那么强。"

"没见过领主，还没听过领主的传说么？再说了，你看看战戟舰长的实力，不也可以推导出来么？战戟舰长，变身前近战，变身后远程，尤其其变身天基武器①时，那才叫一个帅。你能想象么，一台可自由旋转的四脚蜘蛛形平衡器上，带一个可自由调节角度的扁长方体状反物质发射装置。这种形态下，舰长不仅能在空中稳定悬停，而且还可以微调角度远程轰击，那范围杀伤力可谓是相当炸裂。可每当提到恶嫉领主，战戟舰长都是毕恭毕敬的。所以，领主实力怎么样，你应该清楚了吧？顺带一提，战戟舰长不喜欢我们私底下谈论恶嫉领主，你虽然不是舰员，但没事也别在他面前问这个。要不然，你懂的。"

"明白。"

"记住，以后要是加入'进击的暴牛'，你只需跟战戟舰长搞好关系即可，其他舰员都跟你没太大关系。因为除了开会，大家平常

---

① 天基武器，指外太空场的轨道上高速运动的武器。

都见不到面。"

"隐形气大哥，你能跟我讲讲助理教官属于什么级别吗？"

"最低级别。助理教官、教官、副指导和指导是大部分舰队的教学职称，分别对应舰队的四类战斗岗位，即常规战士、特种战士、副指挥官和指挥官，只有拥有战舰的舰长才有资格去申请后三类岗位。一旦成为副指挥官以上级别，那你便拥有指挥其他战舰协同作战的权力。不过按我说，能当上助理教官成为常规战士就已经很不错了。"

"原来是这样。那助理教官平时要做些什么？"

"跟学员分享一些经验，讲讲怎么提升战力即可。"

"这么简单？"

"对，就这么简单。只是你得注意下那帮学员，现在的学员非常喜欢举报，没事就爱到舰长那里告状。我都被投诉过好几次。"

"谢谢隐形气大哥指点。"

"等你当上助理教官再谢我。我蛮看好你的，希望你顺利过关，加入不定方程舰队。"

"我尽力。"

三十一　不定方程舰队

三十分钟后，战舰的跃迁系统开始启动。

等跃迁结束，隐形气让机械智能将舰舱调整为全景模式。突然间，周围的机械墙全都消失不见，只剩下机械刀锋他们飘浮在漆黑的夜空。然而，要是仔细观察的话，大家还是可以发现，"消失"的机械墙实际上只是变成了透明的"玻璃"。

"全景模式怎么样？"隐形气用气体触手指了指外面。

"很漂亮。以前，我一直以为只有能量战舰才有全景模式，没想到机械战舰也有。"

"机械战舰和能量战舰本质上是一样的，两者都是维度生命的交通工具。只是，前者由机械零件组成，后者由能量组件构成。"

"是么？可我怎么听说能量战舰要比机械战舰厉害得多。"

"你听谁说的？"

"一个朋友。"

"你那个朋友怕是对战舰有什么误解，在第三十六维度，战舰是按大小和类型划分的。从大小上看，主要分为超巨型战舰、巨型战舰、超大型战舰、大型战舰、中型战舰和小型战舰六种；从类型上看，主要分为机械战舰、能量战舰、元素战舰和生物战舰四种。可是，战舰战力却不能用大小和类型来衡量。以我们战舰举例，虽然'进击的暴牛'属于中型机械战舰，但我们却干掉过一艘超巨型战舰、两艘巨型战舰、九艘超大型战舰、十九艘大型战舰、二十二艘中型战舰及三十三艘小型战舰，这里面有十九艘都是能量战舰。详细的战斗记录，你可以在战舰档案中查阅。所以，不存在能量战舰比机械战舰更厉害一说。"

"你的意思是，机械战舰也有比能量战舰厉害的？"

"那当然。我刚才不是说了么，战舰战力跟大小和类型没太大关系。能量战舰里面也有很厉害的，比如有艘叫'黑色星期五'的，我们见了还不是得赶紧跑。那艘战舰的舰长叫微笑——"

"微笑的魔术师！"没等隐形气讲完，机械刀锋便把剩下的话接上了。

"对，微笑的魔术师。怎么，你认识？"

"认识。一个变态。"

"微笑的魔术师何止变态。他可是第三十六维度鼎鼎有名的超级变态。反正不定方程舰队惹不起就是了。其实，别说魔术师，就算是他的副官小丑十三号，我们舰队都惹不起。"

"不定方程舰队还遭遇过'黑色星期五'？"

"遭遇过，但那次对面不止'黑色星期五'那一艘战舰，我们遇到的实际上是极贪领主的先遣部队。当时，对面一共十艘能量战舰，其中最厉害的正是那艘该死的'黑色星期五'。本来，我们这边还打算抵抗一下，可刚开打，我们舰队就有三十七艘战舰被'黑色星期五'干掉。后来经过调查，我们才得知，微笑的魔术师以前是第二维度暗影组织的指挥官，实力可能跟七位领主不相上下；那艘'黑色星期五'则出自极贪领主的幽灵鬼堡，各项性能都很顶尖。所以，今后你要是见到一艘黑色虫洞似的能量战舰，周围还环绕着三个黑色能量球的话，就赶紧跑吧。"

听到这里，机械刀锋沉默不语。

"快看，我们马上到大本营了。"隐形气指了指舰内甲板上五颜六色的全息影像。

通过全息影像，机械刀锋清楚地看到，远处共有四百六十二艘战舰停靠。那些战舰里面有他比较熟悉的机械战舰和能量战舰，也有他不太熟悉的元素战舰和生物战舰。当中有个巨大的等边三角形金属平板更是引起了小蜘蛛的注意。

那是个边长五十公里、厚度仅一米的等边三角形。星光暗淡的深空中，那个等边三角形缓缓地飘着，舰身周围则散发出淡淡的光晕，好似来自遥远时空的吉光片羽。全息影像显示，那个等边三角形是不定方程舰队的旗舰"虚空之镜"。

"刀锋，快看。我们的旗舰'虚空之镜'。"

隐形气同机械刀锋谈话时，"进击的暴牛"慢慢驶向"虚空之镜"，随后停靠在"虚空之镜"上方一公里开外的位置。待次声波离开后，战戟命令隐形气留守战舰，他自己则带着机械刀锋一同飞往"虚空之镜"。

当他们飞近巨大的旗舰，机械刀锋才发现那层淡淡的光晕，原来是层三十米厚的半透明闪烁能量场。由于表面积实在太大，覆盖舰体的能量场只能由不同能量板块拼接而成。

等踏上"虚空之镜"，他们立刻被旗舰的甲板倏地吸了进去，转瞬间便来到一处充满亮光的巨大空间。

三十二　匪夷所思的题目

金色光线、变幻流云、斑斓云霞、残缺星体、远古遗迹……一幅幅熟悉的画面相继映入机械刀锋的超脑中。

"第六维度？这里是第六维度！我回家了！我回家了！我回家了！"机械刀锋激动得大声叫喊。

"这里是用镜像拟合和维度制造生成的第六维度，不是真的。目前，我们身处'虚空之镜'构造的超空间之内。"战戟回头瞪了小蜘蛛一眼。

机械刀锋顿时哑口无言，愣在原地显得有些尴尬。为了缓解尴尬，他开始四处打量。很快他便发现，前方有稀稀拉拉的维度生命正排队登记。登记完的维度生命陆续飞向远处一个直径八千公里的紫幻铜机械天体，目测那个天体为不定方程舰队的初试地点。

"自己去前面排队登记吧。等比赛结束，他们会把你传送出来。祝你好运。"

"谢谢舰长。"机械刀锋朝战戟行了个礼。

战戟点点头，随即转身离去。

排队登记好资料，机械刀锋跟着大部队进入前方的机械天体。在机械天体内部，参赛选手被分成了三组。接着，比赛开始。

不定方程舰队的初试比什么呢？竟是比感知和速度！

原来，那个紫幻铜机械天体是个巨大的迷宫。迷宫的初试规则很简单：每组第一位通关的参赛选手就能获得复试资格。

机械刀锋是他们那组的第一名，通关仅耗时九分五十八秒。

初试结束后，管理员把机械刀锋和另外两个女性能量生命传送至一处金色空间。那里，小蜘蛛见到一台通体黑灰的合体机器。那台四足匍匐形机器足展二十二米，粗壮的机体由六台形状各异的小机器组成，整个机体构造跟机械刀锋在辉煌殿见过的毁灭者类似。不用问，那一定是本场选拔的考官。

见到那台合体机器，两个能量生命急冲冲地飞了上去，并齐声道了句："大力金刚指挥官好。"

大力金刚笑着说："大家好，恭喜你们通过第一轮初选。第二轮的考核很简单，十秒内，你们只需用一句话，抢答一个问题即可。答对留下，答错离场；三位候选，一个岗位；过程公开，绝对公平。可以开始了么？"

机械刀锋他们随即点点头。接着，他们身后张开一个直径十米的橙黄虫洞。小蜘蛛一看便知，那是淘汰者的归宿。

等一切准备就绪，大力金刚便开始出题："本轮考核的题目是，你们为什么要当助理教官？"

听到这匪夷所思的题目，机械刀锋内心泛起了问号。什么？我们为什么要当助理教官？这是什么白痴问题？这种问题，随便说说就行了，还用得着问吗？等等，说不定助理教官已经内定，大力金刚故意出这种没有标准答案的题，就是想让我们抓不到举报他的把柄。那这样我还说什么，肯定说什么都不对。哼，还绝对公平？裁判都跟对手站一边了，我还想赢？

想到这里，机械刀锋连话都懒得说，直接一门心思扑到周围的美景上。

"为了自由。"第一位候选很快抛出答案。

为了自由。这个回答很贴切。到底是不是你，让我们拭目以待。机械刀锋在心里默默地嘀咕着。

只见那个能量生命刚抢答完就被吸进了身后的虫洞。事情发生之突然，就算事前知道会如此处理的小蜘蛛也着实愣了一下。

看来助理教官是剩下的这位了。机械刀锋不屑地想着，顺便优哉地观察起了身边那个能量生命，可他竟然发现对方颤抖起来。

用不上这般精湛的演技吧？结果大家都心知肚明，我对你又构不成威胁。目前，已有选手被淘汰，你赢得也不会太突兀。机械刀锋又是一阵无声的吐槽。

等了大概三秒，那个女性能量生命才颤巍巍地说："为了稳定的秩序。"

为了稳定的秩序。原来这就是正确答案。机械刀锋一边点头一边转望四周。

可那个能量生命也被吸入了虫洞。

这回，机械刀锋彻底愣住了。没想到，机会降临到他头上，可他完全没思考过该如何回答这个问题。

为什么要当助理教官？我怎么知道。我就是跑路时瞎碰，碰到这里来的。

三秒，两秒，一秒。

即将被吸进虫洞那刻，机械刀锋心下一横高吼一声："为了能够继续前行！"

正当小蜘蛛以为自己要被淘汰时，大力金刚的声音在他旁边响起："请记住刚说的话。欢迎加入不定方程舰队。"

三十三 正式加入舰队

"为什么是我？"机械刀锋惊讶地问。

"为什么不是你？"大力金刚笑着反问。

"可我觉得前面两位回答得没问题。"

"是么？你觉得没问题？"

"我不但觉得没问题，还觉得他们答得挺好。"

"没想通？需要我解释一下吗？"

"需要。"机械刀锋说得很坚定。

"第一位选手说她为了自由，对么？"

"对。"

"那你告诉我，什么是自由？"

"无拘无束？任凭自身意志行动？"机械刀锋试探着回答。

"那你觉得，在第三十六维度，我们可以任凭自身意志行动吗？"大力金刚对机械刀锋的回答不置可否，继续提出新的问题。

机械刀锋仔细想想自己的遭遇："好像不可以。"

"对。自由是有限度的，自由度等于可控因子减去不可控因子。可控因子指的是自身能力、队友数量、己方战舰规模、各项可用资源等以我们意志为转移的存在；不可控因子指的是敌方能力、敌军数量、战场重要转机、维度未知法则等不以我们意志为转移的存在。两者之差才是可供支配的自由。通过努力，我们能在一定程度上改变可控因子扩大自由度，但在第三十六维度，我们能够自由控制的存在少之又少。所以，抛开限度谈自由，那都是信口开河、不切实际。"

闻言，机械刀锋默默点头。接着，他又问："那第二位选手呢？"

"在第三十六维度，你见过稳定的秩序么？"

"没有。"

"就算有，那你觉得，在第三十六维度，稳定的秩序会一直存在么？"

"不会。"

"那就对了。其实，第二位选手比第一位选手回答得要好些。可她错就错在，少了'相对'这个限定词。"

"为什么？"

"稳定的秩序是一种井然有序的状态，但这种状态在第三十六维度不会一直存在。实际上，'为了稳定的秩序'这句话，无异于寻求不变的规律。可维度宇宙中，或许只有混沌才是永恒不变的真理。换言之，大部分规律都是可变的。我们这支舰队之所以取名为'不定方程'，正是因为我们的舰队领袖笃定，不确定的未来拥有无数的解。本舰队追求的，是绝对不稳定中那份相对的稳定。所以，第二位选手的回答没能把握问题的实质，同时也偏离了不定方程舰队秉持的精神。"

"那为什么我说'为了能够继续前行'就通过了呢？"

"表面上，'为了能够继续前行'是为自己；实际上，'为了能够继续前行'是为大家。在第三十六维度，想要继续前行的生命体大多是不安分守己的类型，只有这类生命体才能在斗争中走得更远，并让舰队一直保持发展的势头。你是台很有冲劲的机器，这就是我选你的原因。现在，恭喜你成为助理教官，也欢迎你加入不定方程舰队。你有意向的战舰挂靠么？没有的话，我可以给你推荐一下。"

"我是战戟舰长带来的，可以的话，我想加入'进击的暴牛'。"

"可以。你还有什么问题吗？"

"没了。"

"好，那我现在把你传送到那里。"

大力金刚讲完，机械刀锋被传回了"进击的暴牛"。舰内，战戟向归来的小蜘蛛表示祝贺："从现在起，你就是本舰的舰员了。"

历经种种考核之后，机械刀锋深表感激："谢谢舰长，我会继续努力的。"

"好。今晚我把其他舰员都叫回来，让你跟大家认识一下。"

接着，战戟命令机械智能，为机械刀锋开通了百分之八十的战舰权限。

当晚，大家在舰内为机械刀锋办了一场小规模的欢迎仪式。欢迎仪式上，战戟坐在舰长专座上对大家说："各位，我今天把你们召来，是因为有新舰员加入。这位新舰员叫机械刀锋，是极速系的双能型前锋。以后，大家多照顾他，让他尽快适应舰队生活。"

说完，战戟开始向机械刀锋介绍："刀锋，你左边的美女叫高压电，是本舰能变系的战场控制后卫；你右边的美女叫气象卫星，是本舰聚现系的范围杀伤中锋。"

顺着战戟所指方向，机械刀锋见到两台黑灰机器。位于他左边的机器，是只体长两米且装备涡轮机翼的可变形雷鸟，对方带电的机体正向外散发着蓝色的电火花。位于他右边的机器，是个下角拉长的四棱锥卫星。飞米信息显示，这台机器作战时可变形为四爪结构，能够制造能量场覆盖于天体表面，并通过调节能量场达到操控天气的目的。

机械刀锋打完招呼，战戟继续介绍："你左前方这位猛男叫伽马闪光，是风暴要塞的一名舰长候选，属于跟我同类型的能变系范围杀伤中锋。"

那台章鱼形黑灰机器的主体，是一个直径一米九的机械球，机械球上有一只深蓝机械眼和八条可自由伸缩的机械触手。打完招呼，章鱼机器把所有触手收进机体，变成一个独眼机械球绕着小蜘蛛快速打转，热情地欢迎新舰员加入。

战戟接着介绍："你右前方这位帅哥叫哨兵，也是风暴要塞的一名舰长候选，属于操控系的全能型机械体。"

机械刀锋右侧，有一大团黑灰纳米机器，正绕着一只球状赤红机械眼持续运动。那便是哨兵。这种特殊结构，既赋予了哨兵变形能力，又增加了机体的武器性能。眼下，在旋转的球形纳米外壳上，小蜘蛛可以看见层次分明的条状纹路，以及那只若隐若现机械眼所散发的赤红光芒。等双方打完招呼，哨兵笑着对新舰员表示欢迎。

战戟补充道："隐形气是本舰操控系的战场控制后卫，同时也是本舰的特工，专门负责收集各类情报。以后，你有什么问题可以直接问他。"

"好的，谢谢舰长。以后还请各位前辈多多关照。"

"别客气！我们这儿没什么规矩，大家都很放得开，尤其是在唱歌的时候。我跟你讲，高压电可是一位实力唱将。"伽马闪光一边说一边伸出触手指向高压电。

"走开，不要瞎说。"高压电快速拍了下伸过来的触手。

"刀锋，是真的。高压电唱歌很好听，人家可是超级机器杯进前二十强的超级女声。"气象卫星肯定了伽马闪光的说辞。

见好姐妹也如此，高压电只能清清嗓音："低调，低调。"

看到兴奋的舰员，隐形气当场向战戟建议："舰长，要不然我们今晚去唱歌？一来放松放松，二来庆祝庆祝？"

"好。"战戟当即点头表示同意。

于是，大家乘坐"进击的暴牛"，前往"虚空之镜"的娱乐区开派对。

在星空投影仪闪烁的派对上，大伙沉浸在一片欢声笑语之中。连严肃的战戟也彻底放飞自我，唱到深情之处不能自已。

那次派对，让机械刀锋找到了久违的归属感，也让他暂时忘却了曾经的痛苦，更让他逐渐积聚起重拾希望的力量。

三十四　助理教官

"虚空之镜"生成的超空间训练场内，机械刀锋和学员们正悬停在金色的天空。

"大家好，我是你们的助理教官机械刀锋。从今天起，我将负责各位的训练。"

"教官，我们手脚都有四根不会弯曲的尖爪，但我会这样，你会么？"

一位调皮的学员将左手变成一个高速旋转的钻头，在机械刀锋面前使劲显摆。尽管机械刀锋全身关节异常灵活，但他还真不能让手脚尖爪如钻头般旋转。于是，他转问那位小钻头学员："要试试身手么？"

"怎么试？"小钻头毫不怯场。

"你说怎么试？"机械刀锋从容不迫地问。

"先造两个一模一样的绝对金属球，然后比比谁能在短时间内把球破坏得更厉害。"小钻头很快提出了自己的想法。

"好！"机械刀锋命令飞米信息的机械智能，通过"虚空之镜"的维度制造技术，在训练场的天空制造出两个直径十米的绝对金属球。

球刚做好，小钻头就朝其中一个飞了过去，并用电钻手脚在上面钻出好些个大窟窿。

"如何？"小钻头一边气喘吁吁一边得意回问。

"五秒钟就这效果？"

"教官，光说不练假把式，你——"

小钻头话还没说完，另一个绝对金属球在空中即刻解体。

这一幕让所有学员目瞪口呆，因为他们自始至终都没见机械刀锋动过一下。

"教官，你是怎么弄的?!"有个学员脱口而出。

"当着你们面弄的。"

"可你刚才根本没动啊!"另一个学员惊讶地望着机械刀锋。

"是么? 你确定我没动?"

"确定没动。"那个学员回答得很肯定。

小蜘蛛低头看了看手："我刚刚做了两件事，一是砍破绝对金属球，二是在各位身上留下记号，好方便以后点名。"

"什么记号?"小钻头显然不相信机械刀锋的话。

"你转过去让大家看看。"

小钻头刚转身，其他学员扑哧一下笑了出来。原来，小钻头机体前侧，从头到脚都被画满了黄色的乌龟。

"先别笑他，各位也低头看看。"机械刀锋不屑地耸耸肩。

学员们惊讶地发现，自己前胸位置全都被标上了泛着绿色荧光的数字。

大家面面相觑之际，机械刀锋高声说道："听好了，从今往后，我会认认真真指导大家，不会因为出身或其他因素将你们区别对待。只要好好训练，各位都有望成为双能型前锋。你们身上的数字，即训练编号。训练期间，有任何问题，可以随时问我。明白吗?"

"明白，教官!"学员们异口同声地回答。

"现在，我先讲双能型前锋的定义。众所周知，突击手属于大前锋，这需要高防御和高攻速，能在密集的交叉火力网内强力突击;暗杀者属于小前锋，这需要强感知和强伤害，能在不惊动目标单位的情况下暗影潜行。所谓的双能型前锋，即同时具备突击手和暗杀者两种特质的前锋。以我为例，大家通常都会觉得我是暗杀者，为什么呢? 因为我移动不会出声，机体各个关节还格外灵活，特别适合暗影潜行。顺带一提，等待猎物时，我喜欢将机体以'X'形方式扁平张开，隐藏于黑暗的角落，像蜘蛛一样伏击对手。"

"哟，教官，你我是同类型的机器。我也会像蜘蛛一样扯出能量丝伏击对手。"一个学员趁机起哄。

"这你就错了，我跟你完全不是一个类型。我是不结网蜘蛛，属于腿长身细速度快的那种，而你是结网蜘蛛，属于脚短体壮布陷阱的那种。"

"教官，你——"

"好了，开个玩笑，我们接着讲。从上述讲解，大家便知，我具备所有暗杀者特质。不过，我也具备某些突击手特质。因为我的极速技能快速清兵，配上这块拥有溅射效果的机械魔方，我一刀下去便可攻击十来个目标。虽说力量不足是我的一大缺陷，但我的超级暴击却能在一定程度上弥补力量不足的问题，这让我的斩击可以如丝般顺滑。"

"教官，你这是在讲课，还是在显摆啊？"

"美女，实话告诉你，讲得好的教官，都是在显摆。"

学员间又发出一阵哄笑。

"所以，只要你们能变通思维，注意两种位置间的关联，那成为双能型前锋指日可待。"

"教官，我是操控高温辐射的能变者，我也能成为双能型前锋？"

"大部分能变者的攻击方式确实比较豪放。要么高温，要么闪电，要么爆炸。放哪里，哪里响。这类维度生命成为双能型前锋确实很难，但也不是完全不可能。我曾见过暴怒的左副官逆十字，他的绿色火焰非常收敛，即使外放也能集中在很小的范围内。另外，逆十字身手矫健、速度奇快、移动悄无声息，一看就是双能型前锋。"

"教官，你这么厉害，还见过暴怒领主的左副官？"

"我刚来第三十六维度时就见过了，没什么好提的。行了，你们安静点，我现在要讲进攻了。刚才，小钻头攻击绝对金属球的过程，你们还记得吧？"

"记得。"

"那你们告诉我，他的攻击有什么问题？"

"没什么问题。"

"是么？机械智能，把刚才两次攻击的影像给他们回放一下。对比着放，放慢一点。"

看完影像，机械刀锋又问："我的攻击和小钻头的攻击有什么区别？"

"教官，你的攻速比较快，其他倒没什么区别。"

"什么？这都看不出来？算了，我再给你们讲详细一点。你们好好看看，小钻头最开始攻击时，是不是先抬手，再发动电钻，接着手往后拉了一下，最后再钻绝对金属球？"

"是的。"

"这一共是四个动作，对不对？"

"对。"

"那我呢？我是不是抬手的瞬间就发动了攻击？只有一个动作，对不对？"

"对。"

"这就是区别。小钻头有无效动作，我没有无效动作。在第三十六维度，少一个无效动作，便多一点生存概率。所以，大家谨记，进攻时要尽量避免无效动作。发动攻击的瞬间就要彻底摧毁目标，直到对方消失殆尽，你们才可以停手，懂了吗？"

"懂了。教官果然是高手。"

"那还用说？再强调一点，你们攻击时要利用一切可以利用的资源。换言之，你们不仅要好好操控自身的武器装备，还要充分借助周围的战场环境，更要灵活运用机体的各个部位。目的就一个，彻底摧毁目标，明白？"

"明白，教官！那暗器怎么处理？"

八十七号学员话音刚落，周围突然迸发出无数能量霰弹射向机械刀锋。

翻飞数下后，小蜘蛛轻松躲开能量霰弹："哼，雕虫小技。"

刚说完，又有数道激光从四面八方横扫过来。凭借机械闪避，机械刀锋再次巧妙躲开："凭这点本事，你们也想整教官？省省吧。"

机械刀锋耸耸肩，若无其事地离开了训练场，就这样结束了他的首次训练任务。这次训练让学员们记住了那个痞气十足的助理教官。

后来，大家还给他取了个响亮的外号——学霸小蜘蛛。

三十五　舰队日常

在不定方程舰队，机械刀锋可以任意支配时间。没多久，他在各类娱乐活动上便大有进步。虽说自身战力没得到任何提升，但那却是他到第三十六维度以来过得最舒服的日子。

安逸的生活消磨了小蜘蛛的斗志。当下，他只想混日子。而且，混得越舒服，他越开心。虽然舰队高层一直在鼓励大家参加舰长选拔，但不去又能怎样？要知道，混日子的生活那叫一个惬意。当初那句"为了能够继续前行"，现在恐怕连他自己都忘了。

舰队内，机械刀锋最喜欢去的地方是"虚空之镜"的冥想区。在冥想区，他可以随时"闪充能量"，寻找一份独属自己的宁静。每当平躺在冥想沙滩那清澈见底的温暖洋流中，机械刀锋的集成感知会得到极大满足，超空间内的金色光线更让他仿佛置身第六维度。

"刀锋，冥想得差不多了，我们该回去了。上次通知说，今天下午，'虚空之镜'A区有个重要会议，大家都要参加。"伽马闪光抖了抖身上的水。

"伽马大哥，我刚睡着。这事你不说，我都差点忘了。"

被叫醒的机械刀锋在浅水中伸个懒腰，并没有起身的打算。

"你在冥想区泡得还不想起来啦？"

"不想。"

"这也不怪你。第二维度的零长官来'虚空之镜'时，他也是泡得不想起来，还一个劲地跟我聊天。他那话多得，感觉上知天文下知地理，比我还会吹。"

"零！"听到熟悉的名字机械刀锋一跃而起。

"对。你认识？据说零还是水晶弹头当年舰长考核的主考。"

"是么？伽马大哥，你赶紧给我讲讲。"机械刀锋跟着伽马闪光一路聊到了会场。

到达会场，机械刀锋发现离会议开始还有七分钟。于是，他踱起方步，在会场里面闲逛起来。

今天到场的舰长特别多，其中就包括伽马闪光刚才提到的水晶弹头。

水晶弹头是一个通体透明的元素生命，外形好似一只没有钳子的"蜘蛛蟹"，足展六米有余。但千万别因蠢萌的外表小看水晶弹头，那家伙可是一名实力强悍的舰长。

望着水晶弹头，机械刀锋的思绪飘到别处。每次见到元素生命，他都异常羡慕，因为元素生命完全不受跃迁代价的影响。这让他们，既不变色，也不变形，更不变声。反观机械生命，一旦掉到第三十六维度便会被染成黑灰色，连极射束的频率也会跟着变得刺耳起来。

遥想当年，在第六维度，几万台机器在空中一起飞行的场面是多么壮观。远远观之，那些排列整齐的机器简直犹如五彩斑斓的白昼星辰。可现在呢？机械刀锋这样的黑灰机器从空中飞过，要不自己弄点动静出来，感知能力较弱的单位都不一定探测得到。不知不觉中，第三十六维度的大部分机械生命早跟周围的漆黑环境融为一体。好在，凭借高强度的机体，机械生命还不至于在形态上发生改变，只有自身尖锐沙哑的嗓音会时不时地提醒他们——时代已经变了。

"学霸小蜘蛛，好久不见，最近怎么样？"水晶弹头一句寒暄将出神的机械刀锋拉了回来。

"老样子。倒是弹头大哥一如既往的帅。今天什么情况？来这么多舰长。"

"大家都在等探索者深渊的稀客给我们分享星核的事。"

"星核？那是什么？"

"这个说来话长。"

"弹头大哥别介意。我是个菜鸟，消息渠道有限，有很多东西还不是很了解。"

"没事儿，你以后会慢慢了解的。"

"对了，弹头大哥，听说你以前舰长考核时，主考官是第二维度的零？"

"是的。零长官可严了，大家都知道他的问题是出了名的刁钻。"

"的确如此。"机械刀锋的语气明显冷下去几分。

"怎么？你也想去参加舰长选拔？"

"不，我就算了。我这种的，可能不太适合。我就安安心心待在舰队，坐等一套强化装甲。舰长选拔什么的，我没兴趣。"

"想不到，你看得挺开。但我觉得，你还是去参加一下舰长选拔比较好。你看身边的同事，好多都在为舰长选拔做准备，有的甚至参加过好几次。"

"参加过好几次，那就说明没选上。选拔这东西，要是没渠道，去了也没用。"

"话不能这么说。我没渠道，深海皇室那边还不是照样收了我。"

"这只能说明弹头大哥实力过硬。我一个二混，去也不讨好，不如在舰队老老实实待着。看，会议好像开始了。"机械刀锋赶紧结束了这个话题。

只见入口处，一个能量生命和一个机械生命正缓缓向会场中央飞来。

前方的能量生命是六道不停闪烁的白色霹雳；行进的过程中，那六道又长又粗的白色霹雳持续变幻外形，仿佛六条被束缚在特定空间内的非闭合振动弦。后方的四足匍匐形黑灰机器整体身形偏瘦，足展近四米；后脑位置连着一条尖尾，尖尾末端如刀锋般锐利；周围的空间被无形的场扭曲，使之身形细节难以被看清。

"大家好，我是本次会议的主持——战戟。今天，我们舰队有幸请来探索者深渊的重量级嘉宾。给大家隆重介绍一下，这位能量生命是探索者深渊的会长——量子粉碎者，这位机械生命是探索者深渊的副会长——影尾。欢迎两位嘉宾莅临指导。现在，有请量子粉碎者会长上台讲话。"

介绍完嘉宾，战戟迅速回到自己的位置。

量子粉碎者原地快闪几下便登台演讲："战戟舰长一直希望我来不定方程舰队，给大家分享一下取核的事。其实，我们探索者深渊只是一个很小的星核制造点。以第一维度时间算的话，我们平均每两个月才能制造约十五枚红色星核。有取过星核的朋友肯定知道，所有星核制造点都是任务制，我们探索者深渊亦不例外。只要能完成一项指定任务，我们便会给予取核者一枚星核。跟其他星核制造点类似，我们的星核也能裂变平分，只是平分后的星核能量比平分前的少一些，但这能保证任务参与者都能分到属于自己的那份。所以，我建议，大家平日还是协同取核好一点，独立取核难度很高。当然，除了自选任务，我们还有单约任务和组队任务两种取核模式，专门用于解决某些特定的麻烦。不知大家对我的讲解有没有什么问题？"

"会长，你好。请问单约任务和组队任务具体怎么操作？"见台下没反应，机械刀锋那个冒失鬼竟真的问了个问题。

"你连单约任务和组队任务都不知道？"战戟见状笑了笑。

好在，量子粉碎者并不介意："单约任务和组队任务，是我们根据任务的实际情况主动联系大家的。不知道这位小兄弟还有没有其他问题？"

"没有了。"机械刀锋尴尬地摇摇头。

当天下午，战戟把到场的所有成员统统拉进了探索者深渊的虚拟社区，跟着还热情地招呼两位会长到休息区放松。

可惜，机械刀锋没有深究取核之事，他仅把那次会议当成一次舰队日常。

三十六 集成感知

由于不定方程舰队成员大多来自第六维度，所以舰队内一直沿用第六维度的计时方式①。

按照第六维度的时间算，机械刀锋在舰队足足待了两年。此时的他，已褪去初来时的青涩，成了一名经验丰富的助理教官。

这天，机械刀锋把手下学员带到一个黑韧钢构成的天体表面，想用实战教授学员们集成感知："我将各位传送至这个星球，是想给你们讲解集成感知。讲完就实战，大家认真点。"

"刀锋哥，啊，不对，刀锋教官，感知还用讲么？"照例是小钻头跳了出来。

"怎么不用？"

"感知不是我们与生俱来的吗？这么简单还用讲？"

"简单？小钻头，我觉得你可能连这么简单的东西都用不好。"机械刀锋说话一如既往地痞里痞气。

"教官，如果我用得好，那你怎么说？"

"如果你用得好，那我以后叫你教官。不服的话，我们马上测试？"

"好！"

"你们来之前，我已经在这个星球上藏了五个分身。现在规定，五分钟内找到其中任何一个分身，就算赢？"

"这么简单？"

"对，就这么简单！你要不要先试试？"

"试试就试试。"

结果，五分钟后，小钻头灰头土脸地飞回来："教官，这个星球

---

① 维度宇宙内，计时方式主要有三种。第一种是按维度生命内置的计时器计算，第二种是按所在区域的天体运行方式计算，第三种是按终极算法设计的维度计时器计算。

虽说不大，但主体成分却是黑韧钢，地下还有许多弯弯曲曲的孔洞，第六感没法穿透，其他感知派不上用场。你的分身，我没找到。"

没等机械刀锋开口，小钻头又补了一句："教官，你是不是根本没藏分身，故意逗我们玩?"

"你是这么认为的吗?"

"是的。"

刹那间，旁边的韧钢沙地中蹿出一道瞬影。小钻头没来得及反应，那道瞬影一个箭步停在他身后。瞬影那伸直的左臂，离小钻头的后腰仅三厘米。强劲的分解场，像无数利刃刺进了小钻头的机体。

起身后，机械刀锋开始训话："如果搞偷袭的不是我，那你现在已被腰斩了。实话告诉你们，集成感知是基础中的基础，基础都不会，其他就不要学了。在第三十六维度，没有强大的集成感知，纵使拥有逆天的防御、敏捷和攻击，那也只是个靶子。明白吗?"

"明白了，教官!"学员们齐声答道。

"大家都知道，机械生命的感知是感知器对外界量子活动做出的反应，我们的常规感知大致分为昼夜极视、射返定位、超强嗅觉、振动触感和能量探知五种。表面上，五种感知是相互独立的;可实际上，五种感知是互联互通的。你们的感知之所以不行，是因为你们不懂得如何集成感知。所谓的集成感知，其实就是将分散的感知全部集中起来，进而高效地探测外界量子活动。战斗中，集成感知能帮助我们获取更多信息。就算某项感知失灵了，我们仍可以凭借集成感知弥补单一感知的缺陷。"

"教官，要是我所有感知都不行了，怎么办?"

"针对你这种情况，我这里有两种应对办法，不知道你想学哪种?"机械刀锋扭头看着对方。

"先说第一种。"

"第一种办法，靠队友。"

"教官，你——"

"怎么? 你没听说过，自己不行的时候，得靠队友么? 正所谓，不怕神一样的对手，只怕猪一样的队友。从这句话，你就能反向推导出队友的重要性。"

"那第二种呢？"

"第二种办法，靠战舰。"

"教官，你果然够奸诈。"

"怎么？你难道不知道，自己叠最厚的甲，都不如进最烂的舰么？该怂的时候就得怂，懂不懂？"

"教官，你是对的。"

"那肯定。接下来，我再说一下常规感知之外的第六感。从本质上讲，第六感仍是我们对外界量子活动做出的反应。这表示，第六感也能被集成。事实上，经历过那么多次战斗，我还能全身而退，那都得益于集成感知。以前，我吃瘪的时候，通常都是因为对手能影响我的集成感知。记得有次挨揍，我就是碰到了一个叫微笑的魔术师的家伙，他那招'扭曲的假象'，目测能让集成感知失灵。"

"微笑的魔术师？教官，那可是我的偶像！"

"什么？他是你的偶像？那个尖角骷髅头？你是不是脑子坏掉了？居然会喜欢那种变态！你这个小朋友怎么想的。"

"教官，这有什么奇怪的？连你这种又矮又挫的机器都坐拥一大帮粉丝，那我喜欢微笑的魔术师不正常吗？"

"这位美女，我再强调一下，你们喜不喜欢我，我都没关系，但不能说我矮。我高大威猛的形象，被你一句'又矮又挫'概括完啦？我警告你，这是赤裸裸的诽谤。"

"教官，你还能要点脸不？你这一米七的小不点还高大威猛？"

"我一米七一好吗？请精确点，不要总四舍五入。而且，真要说矮，也轮不到我吧？你先看看自己的小短腿，再来说我。真的是。"

"好了，教官，我们不比身高了。话说天上好像有东西在向我们靠近。"

"有东西在向我们靠近？"

顺着那位学员手指的方向，机械刀锋朝该区域连续发射极射束，但没有收到任何信号回馈。

"又想骗我。那边什么都没有，怎么会有东西在向我们靠近？还有，我讲课的时候，你居然东张西望，能不能认真点？"

"教官，那边真的有东西。"那位学员又指了指天上。

"我跟你说，玩笑归玩笑。要是敢骗我，那集成感知考核，你肯定不及格。"

说完，机械刀锋又向该区域发射极射束，可依旧收不到任何回馈。他刚想训话，学员们纷纷表示，天上真的有东西在向他们靠近。

不多久，大家携带的飞米信息发出了只有舰队成员才能听到的警报。

三十七　刀锋的伏击

不定方程舰队的全部战舰，已接到"虚空之镜"全歼入侵者的命令。

"进击的暴牛"之内，战戟也给舰员分派了相应的任务。机械刀锋领到的任务是伏击对手。任务执行过程中，他被允许根据任务情况对自己的行动自由裁量。在训练区，他刚发现异常情况时，就刻意将原本用于集成感知训练的四个分身留下，现在正好派上用场。眼下，他可以通过分身间的信息共享实施协同作战。

身处战场的最前线，机械刀锋开始莫名地兴奋起来。一股久违的杀意，在他体内快速集聚。他真想看看，到底是谁这么不怕死，敢乱闯不定方程舰队的地盘。

透过前线战舰提供的全息影像，机械刀锋发现敌方是十三艘无厚度的圆形能量战舰。太空中，那十三艘战舰的移动速度并不快，不像进攻的样子。正当小蜘蛛疑惑之际，敌方突然发起冲锋，用各式各样的能量武器展开猛攻。顷刻间，不定方程舰队前线战舰便有五艘被摧毁。

这场景令机械刀锋直接傻眼。他万万没想到，在强大的能量武器面前，不定方程舰队的战舰竟是如此不堪一击。

双方主力交战后，战场形势也没有任何改变。不定方程舰队节节败退，对面那十三艘能量战舰却越战越勇。战况进入白热化阶段，对面有艘能量战舰停了下来，悬停位置刚好位于机械刀锋所在训练场上方。接着，那艘能量战舰内又钻出一个黑色能量生命，缓缓落于一个隐藏在黑韧钢沙粒中的刀锋分身附近。通过振动触感，沙粒中的小蜘蛛探测到，那个能量生命跟自己仅相距十二米。

此时，机械刀锋在心里飞快地梳理战场形势。我们舰队的战舰已溃不成军，无法为我提供空中视野辅助。在黑韧钢沙粒中，我的透视能力又发挥不出作用，上面对手的情况难以摸清。怎么办？

机械刀锋一边等待，一边思考具体对策。上面的能量生命没有发动袭击，看样子是没探测到我。这么短的距离内，我的瞬闪斩击可以打出十分可观的伤害。而且，我还有分身在"进击的暴牛"，就算这边打不过也可以撤。对，生死看淡，不服就干！

想到这里，机械刀锋猛地窜向目标，机械魔方则化作一团速子紧随其后。

目标瞬间被砍成碎片。不过，机械刀锋并未于此停住，而是立即转身反复挥砍，势要将重生的能量生命彻底破坏。正当小蜘蛛瞬闪斩击时，他忽然撞上了一道闪烁的黑影能量场。紧接着，他的右手也在一刹那消失不见。

"有趣，真有趣，我没料到你这只小蜘蛛竟如此勇猛，不枉我配合你玩了这么久。"对方鼓掌回应。

望着无法恢复的右手，机械刀锋轻描淡写地回了句："反自愈武器，你也挺有趣。"

高度警觉的小蜘蛛没有急于攻击，他决定先好好观察对面黑黪黪的家伙和头顶上方的那艘能量战舰。

那个能量生命高一米九五，为体形偏瘦的人形结构；后端拉长的水滴形头部，被一个尖下巴、一对血色眼睛和一张裂至腮帮的尖牙利嘴刻画得恐怖异常；黑影躯体所散发的场，更让周围的空间不断被撕裂。

头顶上方的黑色能量战舰，直径一公里且没有厚度，形似一块圆形箔片。三个直径一百米的同款圆形箔片，在同一平面内绕着舰身自由运动。

黑色能量生命笑着说："吾名小丑十三号，你叫什么？"

小丑十三号？魔术师的副官？那这艘战舰岂不是"黑色星期五"？不对啊，"黑色星期五"不是一个大黑球加三个小黑球吗？怎么变成圆形箔片了？难道能量战舰还能随意改变外形？淡定，淡定，越是危急时刻，越不能自乱阵脚。

机械刀锋不屑地哼了一声："原来是魔术师的副官。难道微笑的魔术师没告诉过你，他曾被一位风流倜傥的机械刀锋舰长给揍得东滚西爬么？"

"敢当我的面骂魔术师长官，说明你勇气可嘉。记得上次这么骂的那位，被我用'黑色星期五'揍到鬼哭狼嚎，最后惨死于风暴要塞之下。不知道，你会不会也一样下场？"

"什么？风暴要塞？你不知道我是从第三十六维度最美城堡出来的么？有本事来堕落都市找我啊。"机械刀锋那个机灵鬼想都不想就把责任推给了堕落都市。

"堕落都市，是么？"

"是又怎么样？废话多？你有命活着回去再说。"

话音刚落，机械刀锋朝小丑十三号冲了过去。但对面只是笑着退让，完全不理会小蜘蛛的瞬闪斩击。

机械刀锋加强了攻势。仗着刚猛的战斗模式，他不停用魔方速子疯狂挥砍，甚至还用言语激怒对方："你刚才不是很嚣张么？闪什么闪？来啊。"

可小丑十三号只是自顾自地笑，退让节奏丝毫没被打乱。

见小丑十三号不停闪躲，机械刀锋心中暗自窃喜。从头到尾都在避着我，不出意外应该是个远程。哼，一个远程还敢跟我这个近战单挑？看我不分分钟灭了你。

机械刀锋进攻之时，一股强大的暗能量朝他直奔而来。通过刀锋感应，那些暗能量在他的超脑中呈现出血一般的赤红。极度危险信号！但闪躲已经来不及了。慌乱之下，他只能用瞬闪斩击进行拦截。可一切是那么地突然，机械魔方的速子消失了，机械刀锋的胸部以下也不翼而飞。弧痕之上，只剩左手和头胸部。

"原来是个普通的极速者，只是机械闪避厉害点而已。剩下的部分，我拿回去做个摆件，摆件名字就叫'歇斯底里的断刃'好了。"

小丑十三号缓步走向机械刀锋，正准备拾起他的战利品。没承想，装死的小蜘蛛竟再度跃起，用左手尖爪狠狠地刺进了小丑十三号的肩窝，并顺势将小丑十三号拽入旁边的深洞之内。洞中待命的刀锋分身纷纷加入拖拽行列，并用魔方速子朝目标猛烈轰击。

掉进深洞的小丑十三号，迅速解决掉周围的刀锋分身。可他还没停稳，爬在他头顶洞壁上的另一个刀锋分身，又倏地扑过来给了他一刀，随即又爬进分岔的隧道里。

无差别分身？借助地形打游击？有点意思，看来我能愉快地玩耍一段时间了。

想到这里，小丑十三号兴奋得大笑起来，身体的暗能量也随之大量释放。伸手不见五指的隧道里，持续回荡着那癫狂的笑声。

跟小丑十三号预估的一致，机械刀锋会时不时地冲出来攻击他，然后又迅速溜掉。狭窄的空间里，机械魔方也变成一把正八面体匕首，向目标要害反复劈砍刺挑。

可小丑十三号很快摸清了对方的战斗模式，不久便逮住了那只讨厌的小蜘蛛。

紧接着，两者在弯弯曲曲的隧道中厮杀起来。

三十八　作战任务

激烈的交战中，"进击的暴牛"摧毁了对面两艘能量战舰。

机械刀锋则通过分身间的信息共享，向同伴们汇报了他跟小丑十三号的战斗情况。得知消息的战戟强烈建议不定方程舰队全员撤离。战戟心里清楚，对方不是他们能应付的。

可杀红眼的好战派丝毫没有撤离的意思。他们直接表态，任何有撤离想法的舰长及舰员都是叛逃者，甚至扬言要把所有撤离的舰长和舰员送上军事法庭。面对内外交困的状况，战戟依旧能冷静地分析局势。他将舰员传送至旗舰作为战力补给后，自己便只身驾驶"进击的暴牛"前往风暴要塞请求增援。

被传至"虚空之镜"，机械刀锋注意到，旗舰内部早已乱作一团。以前作战，每位舰员身边的飞米信息都会收到相应的任务通知；可这次作战，由于信号不稳定的缘故，所有舰员只能在中央大厅悬浮的能量公屏上自行读取任务。

根据公屏的表格显示，机械刀锋一共有七项作战任务。第一项作战任务是在先头部队第一次全体撤回之后，他将随其他作战部队从侧翼发动反击。确认完作战任务，小蜘蛛立即飞到"虚空之镜"的甲板上待命。同时，为了拖住"黑色星期五"，他有六个分身仍在前线跟小丑十三号缠斗。

等待出击命令时，机械刀锋的飞米信息突然传来"天行者"副舰长烈焰咆哮的骂声，对方责问他为什么不跟其他舰员一起反击。无端的责骂让机械刀锋恼羞成怒："反击？我反什么击？我第一项任务是在先头部队第一次全体撤回之后！"

"放屁！你领到的第一项任务，是在先头部队第一次全体撤回之前！"

"怎么可能？中央大厅的公屏上，明明写的是撤回之后。"

"你再好好看看。"

说完，烈焰咆哮通过飞米信息，将作战任务表格的全息影像传至机械刀锋那边。只见作战任务表格的左下方，一个极不起眼的位置，还有一项用浅灰字体标注的诱饵作战任务。隐藏任务的出现，让小蜘蛛彻底愣住，原来，他的作战任务一共有八项而非七项。

"看清楚了么？看清楚了，就马上滚过去！"飞米信息那端的烈焰咆哮高声怒吼。

信息确认完毕，机械刀锋立即奔赴战场，只留一个分身原地待机。此刻，即便他心里有再多的不痛快也只能往肚里咽。抵达指定区域后，他迅速加入战场。没多久，诱饵作战任务宣告结束。于是，他马上跟随其他作战部队开始执行下一项行动。

没有任何意外，不定方程舰队组织的反击并不成功。即便有旗舰"虚空之镜"的战力加持，他们也被敌方的能量战舰打得落花流水。与此同时，敌方还通过群体传送技术源源不断招来更多能量战舰。在敌方战舰一轮又一轮的猛攻下，不定方程舰队随时都有全军覆没的危险。

正当大家以为要命丧于此时，"虚空之镜"旁边闪现出大量机械变形战舰。

"变形军团！是风暴要塞的援军！我们有救了！"

探测到援军，不定方程舰队内顿时爆发出阵阵欢呼。

风暴要塞援军的出现，不仅提升了舰队的士气，而且还为舰队带来了强大的战力。在猛烈的火力反制下，入侵者终于被全数逼退。

援军能够及时赶来挽回岌岌可危的局势，自然要归功于冒险驾驶战舰求援的战戟。在后来的表彰大会上，那位舰长也获得了一台名为"五星上将"的超变形装甲。

经此一役，不定方程舰队损失惨重。据统计，本次战役中，不定方程舰队有七十一艘战舰被摧毁，有三百九十四艘战舰受损严重，有六百三十七位舰长和舰员阵亡，有四千五百零九位学员失踪。更要命的是，"虚空之镜"的受损面积高达三分之一，那些反自愈武器造成的损伤只能通过更换零部件维修。

战后，好战派把所有撤离的舰长和舰员告上军事法庭。作战不利的舰员，统统遭到了严厉的惩罚。在所有被告里面，机械刀锋首当其冲。本来，他是可以被免除惩罚的，因为其他被安排在诱饵作战任务栏的舰员都没看到那条消息。照理讲，这属于"虚空之镜"任务发布者的失职。

可机械刀锋偏偏碰上了烈焰咆哮。那位跟小蜘蛛一直不对付的副舰长，抓住机会要把他往死里整。趁战戟远送变形军团之际，烈焰咆哮催促军事法庭下了判决：剥夺机械刀锋不定方程舰队内所有高级工程装置使用权利终身。

那个判决差点让机械刀锋晕过去。他辛辛苦苦等了那么久，眼看"进击的暴牛"中那套属于自己的强化装甲即将生产完成，这下全泡汤了。

战戟刚回"进击的暴牛"，机械刀锋就气冲冲地找了上去："舰长，军事法庭的判决，我不服！同样的作战任务，其他没去的舰员哪个被罚得有我重，这明显就是烈焰咆哮挑唆军事法庭针对我！"

"那我有什么办法？现在，判决已经下来，你只有硬扛了。"战戟用那只赤红机械眼意味深长地看着机械刀锋。

"舰长，你得帮帮我。这个判决真的太重了。"

"军事法庭的判决，是铁板钉钉的事，就算大力金刚也无权干涉。"

"舰长，我无非就是想要一套强化装甲。这个要求很过分吗？"

"那有什么办法？以后，给你强化装甲，我都得挨罚。军事法庭的判决，你以为是闹着玩的？谁叫你眼神不好，没看到作战任务。如果你当时看到了，那即便烈焰咆哮想整你，他也没有任何理由。"

"我真想弄死他。"

"我跟你说，你弄死他，不定方程舰队直接把你除名，你信不信？"

"那我怎么办？就这么傻乎乎地被他整。"

"这事，要怪只能怪自己。谁叫你当时看漏了。"

"又不是我一个看漏，被安排到那项诱饵作战任务的舰员都没看到。'虚空之镜'的任务发布者难道没责任？"

"好了，行了。你先回去冷静冷静。"

无奈的机械刀锋只能负气离开战戟的指挥室。

接下来很长一段时间里，小蜘蛛跟丢了魂似的整日在"虚空之镜"内闲逛。就在他准备接受命运那刻，"虚空之镜"中央大厅的能量公屏上，临时插播了一条舰长选拔公告。

舰长选拔？要不要再试试？

三十九　舰长选拔

决定参加舰长选拔后，机械刀锋一头扎进了相关的信息收集工作中。

在第三十六维度，专门培养极速者晋升舰长的地方共二十三处。除开七大领主的城堡，还有十六支规模庞大的舰队可供选择。只是，作为老牌的舰长养成所，七大领主的城堡是其他舰队无法比拟的。

在七大城堡中，机械刀锋首先相中的是风暴要塞。因为在他看来，无论从哪方面考虑，选择风暴要塞都是最优解。要知道，风暴要塞跟不定方程舰队有着千丝万缕的联系。一旦进入风暴要塞的面试，那他便可动用各项资源，解决以往搞不定的出身问题。此外，他最敬重的战戟舰长，还是恶嫉亲自培养的。风暴要塞，没理由不选。

于是，机械刀锋找到战戟，希望舰长能给他推荐一下。出乎意料的是，战戟竟一口回绝了他。当然，机械刀锋能理解，这事不怪战戟。一点小事便找领主，那就算是战戟恐怕也会被狠狠责罚。

怎么办？没有关系，去参加风暴要塞的舰长选拔，那岂不等于陪衬？想当年，我到第五维度参加舰长选拔，就是吃了没关系的亏。

机械刀锋思前想后始终找不到应对办法，准备放弃时，他想起一台来自堕落都市的机器——秃鹫。秃鹫来不定方程舰队待过一段时间，平日跟机械刀锋相谈甚欢。后来，不知道是不是因为秃鹫觉得舰队太小、资源又少，所以，秃鹫什么都没说就走了。可是，机械刀锋却从秃鹫那里得到很多关于堕落都市的消息，而秃鹫也曾极力推荐机械刀锋去参加堕落都市的舰长选拔。理由是，堕落都市不太歧视选手的出身。

可等拿到堕落都市的舰长指导名单，机械刀锋又犯起愁来。虽然堕落都市的舰长指导有上千位，但是能培养极速者的舰长指导仅五位，分别是狂傲、波函数、黄金之星、算法解析器和高维度先生。

为了增加舰长选拔的成功率，机械刀锋开始收集网上零碎的资料，并通过排除法进行选择。

机械刀锋第一个排除的是狂傲。作为堕落都市的领主，应该有很多参选者要选他。对于求稳妥的小蜘蛛来说，选狂傲无异于找死。

机械刀锋第二个排除的是波函数。波函数是堕落都市的副领主，综合实力仅次于狂傲。机械刀锋想要拜在他门下，也要经历激烈的竞争，这也不符合他本次参选的目的。

机械刀锋第三个排除的是黄金之星。如果只看外表，那面善的黄金之星是小蜘蛛的不二选择，但凡事没有如果。资料显示，黄金之星是使用算法技能的高手，这意味着黄金之星对招收的舰长候选有较高的算法要求。对无比厌恶算法的机械刀锋而言，让他学算法等于对他用刑。黄金之星也不行。

机械刀锋第四个排除的是算法解析器。排除算法解析器的理由跟黄金之星的相同，对方也是一位相当注重算法的舰长指导。从收集到的资料来看，尽管算法解析器不会刻意给舰长候选布置一些完不成的任务，但那位舰长指导对算法技能几近苛刻的要求又再次吓退了机械刀锋。

排除了前面四位舰长指导，机械刀锋把目光投向了高维度先生。从查阅的资料来看，高维度先生对算法技能几乎没什么要求，倒是对舰长候选的机动性要求很高，这正中机械刀锋下怀。于是，小蜘蛛绞尽脑汁编辑了一封自荐信发给高维度先生。之后，他收到对方带量子签章①的回信，信上只有一句话："欢迎参赛，祝你成功。"

有了辉煌殿的前车之鉴，现在的机械刀锋没那么老实了。保险起见，他还同时向风暴要塞和极限舰队的两位舰长指导发了消息。

———————

① 量子签章，是用量子加密技术制造的一种无法伪造的签章。

反正，对他而言，只要能被选上，去哪里都一样。

发完消息的当晚，机械刀锋告诉战戟，他要去参加舰长选拔，希望舰长能批他一段时间假，好让他安心准备。战戟亦不拖泥带水，当即表示同意。

由于三个地点的舰长选拔时间离得较近，机械刀锋只能放弃他完全不了解的极限舰队，集中精力准备堕落都市和风暴要塞的舰长选拔。

出发前的夜里，机械刀锋在"进击的暴牛"内迷迷糊糊地睡了过去。

梦中，战戟带着其他舰员为他送行。一路上，大家有说有笑，还徒步翻过了四座大山。可行至第五座山前，战戟忽然停了下来。战戟告诉机械刀锋，前方的路只能他自己走了。听到这话，机械刀锋心中充满了不舍，他恳请战戟再送他一程。但战戟只是轻轻拍了拍他的肩膀，告诉他，去吧。别过战戟等，机械刀锋独自向前方走去。爬到第五座大山顶上时，他前方出现了一片地狱般的火海，无数怪物在火海中张牙舞爪地怒吼。机械刀锋拼命往上飞，可他怎么也用不上劲，感觉随时会葬身火海。在他摇摇欲坠之际，火海中出现了一个明亮的花园。机械刀锋拼尽全力，往那里飞，往那里落……

醒来时，机械刀锋感到有些难受。他独自徘徊在"进击的暴牛"内，看着这里他所熟悉的一切。那个夜晚注定很漫长。

第二天一早，跟战戟告别后，机械刀锋弹射出两个分身。一个前往风暴要塞，一个前往堕落都市。

在遥远的彼岸，去寻找属于自己的未来。

第三章　抑

四十 故障机器

星光暗淡的深空中，一个刀锋分身正全速前往堕落都市。

经过一片战舰残骸区时，小蜘蛛探测到远处有台机器从时空裂缝中急速坠落。

刚掉下来，那台机器就被附近的怪物群盯上。数以万计的怪物纷纷上前，誓要将新来的家伙大卸八块。

起初，机械刀锋没打算帮忙。可一想到自己当年的遭遇，他还是掉头飞了回去帮那台机器解围，并带着对方一路狂奔。

等逃到安全地带，机械刀锋才减缓速度打量了一番自己救下的家伙。那是台身高三米的人形机器，黑灰的纤细机体表面遍布大量无法自愈的损伤。不知道是不是因为坠落的关系，新来的家伙总是偏着头、耷拉着手，有气无力的样子好似一台故障机器。

为了防止被偷袭，飞行的机械刀锋始终跟对方保有一段距离："我叫机械刀锋，你叫什么？"

故障机器伸出左手三根尖爪挠了挠头："无——效——"

"无效？这么奇怪的名字。你是怎么掉到这里的？"

"想——问题。"

"那么请问，你是想什么问题想到第三十六维度来的呢？"

"万能的终极——算法——能否创造一台——自己也无法——摧毁的机器——"

"你不会摔坏了吧？我怎么感觉你有点结巴。"

"是——有点——"

"还有比我更惨的，不容易。说真的，你是我见过的第一台被摔坏的机器。那你接下来准备去什么地方？"机械刀锋同情地望着对方。

对方愣了好一会儿，才慢悠悠地回答："不知——道——"

超脑飞快运转的机械刀锋降低了飞行速度："无效，我现在急着去堕落都市参加舰长选拔。如果没地方去，你要不要跟我一起？"

"可——以——"

"好，那你跟我走吧。把你丢这里，我也不放心。"

说完，机械刀锋带着无效一同踏上旅程。很快，小蜘蛛又发现，无效的飞行系统也出了故障。因为那家伙总是飞一段、停一段，速度上限也只能达到可怜的十倍光速。所幸，虽然机械刀锋着急，但他并未嫌弃那个拖油瓶。

"无效兄，你刚才说的那个问题——万能的终极算法能否创造一台自己也无法摧毁的机器——想想还挺有意思。要是终极算法能创造，那终极算法就不是万能的；要是终极算法不能创造，那终极算法也不是万能的。这个悖论很有趣。"

"我也——觉得——很——有——趣。"

"有趣到摔成这样，你还要继续想这个问题？"

"要——"

"那想出来以后，你要做什么呢？"

"继——续想——其他——问题——"

"世界上竟有如此喜欢钻研问题的机器。不过，我劝你以后还是少想点儿。在第三十六维度，你根本无须理会那些无意义的问题。说不定，越想越不幸福。就算想通了，你又能怎么样？往后，你可得多注意点，别老想着原来的好日子。下次，我就不一定能来救你了。"

"我会——注意——但问题——还是——得想——"

"看来我是真劝不动你。"机械刀锋摇摇头，"既然这样，那你帮我想想，参加舰长选拔时，什么因素最重要？"

"努——力——"

虽然知道努力很重要，但机械刀锋还是歪理一堆："努力？努什么力？我以前就非常努力，跑去第五维度参加舰长选拔，结果还不是现在这样。根据我的经验，成功等于百分之九十九的努力加百分之一的运气，这句话纯属瞎扯。真实的情况是，百分之九十九的努力，在成功中所占权重仅为百分之一；百分之一的运气，在成功中所占权重却高达百分之九十九。相信我，要是运气来了，你即便躺这里，说不定都能拿到战舰。可见，运气比努力更重要。"

"别——这——么想——"

机械刀锋的情绪突然变得有些激动："别这么想？我就是这么想的。不是我说你，你太天真了。在第三十六维度，单靠努力是永远不可能成功的，没有强大的运气加持，我这种小角色能在舰长选拔中胜出？做梦！"

"努——力——运——气会——来——"

无效的执拗令小蜘蛛当场破防："努力，运气会来？以前参加辉煌殿那个该死的舰长选拔时，我可是暗杀组里面的第一名。然后呢？然后我运气来了么？哦，对，确实来了，可来的都是霉运。先被三个考官整，接着一个队友挂了，然后一个队友消失，再跟着一个队长去当了条狗，最后那个狗队长还把我仅剩的队友给干掉了。努力，运气会来？你应该去问问终极算法，世界到底是不是这样？"

说完，机械刀锋觉得很懊恼，他为自己刚才粗鲁的行为深感自责。但他发火，并不是因为无效，而是因为这个不公的世界。好在，恢复理智的他还是向无效真诚地道了歉："不好意思，刚才说话有些激动。"

"你——这么——努力——我相信——你的运气——会来——"

四十一　堕落都市

于数百个虫洞中折腾了十二天，机械刀锋他们才抵达了堕落都市的边缘地带。

远处，一个巨大的正四面体若隐若现。探测到有目标靠近，那个蜷缩着的正四面体立刻摊开四肢，化身一个足展两公里的巨无霸机器，硬生生用身体挡住了来者的去路。

根据不定方程舰队的官方资料显示，这种被称为"城墙"的巨无霸机器在堕落都市的边缘地带共有八台。八台机器，按星光四面体的八个顶点排布，组成了堕落都市最外围的防御工事，而堕落都市则位于这些城墙的中心。

"你们是谁？到堕落都市来干什么？"巨无霸机器用心灵感应问话。

"你好，我叫机械刀锋，是来参加堕落都市舰长选拔的选手。他叫无效，是专门来为我呐喊助威的。"机械刀锋一边回答一边用飞米信息调出高维度先生带量子签章的回信。

"扫描，清洗。"

说话时，巨无霸身上飞出一个棱长半米的正四面体，用赤红射线反复扫描两台机器。扫完之后，巨无霸的左手又变成一大团高温纳米机器，在对方机体上使劲剐蹭。清洗过程中，巨无霸看着那些磨坏的纳米机器补了一句："小矮子，真费事。"

"你说什么？"

小蜘蛛刚要发飙，无效就用手拉住他："别往——心里去——"

下一秒，机械刀锋猛地反应过来："你没事吧？路上忘了告诉你，我的机体锐利异常，千万别碰。"

无效对此只是简单地回了句："没——事——"

反复检查无效，机械刀锋发现对方拉他的手确实没事，而当无效触碰他时，也没触发机械闪避或瞬闪斩击。这让小蜘蛛百思不得其解。无效什么来头？那弱不禁风的机体在碰了我之后竟安然无恙！他该不会是装故障的大佬吧？但大佬为何要骗我这个无名小卒呢？

清洗完毕，两台机器准备继续赶路。就在这时，机械刀锋注意到，有艘圆柱形机械战舰正缓缓自堕落都市方向飞来。那艘战舰跟他见过的"追踪者"类似。只是，那艘战舰看起来不像在飞，倒像被无形的场牵着在往外挪。

　　机械刀锋瞭望之际，那台巨型机器突然用一记强击光束摧毁了那艘战舰。接着，巨无霸机器又化身无数纳米机器于太空中清理战舰残骸。这场景让小蜘蛛目瞪口呆。那不是从堕落都市飞出来的战舰么？这个大块头怎么二话不说就把战舰摧毁了？什么情况？

　　"不用想——摧——毁的问——题，走——"无效在机械刀锋旁边轻声说，然后便慢腾腾地向堕落都市方向飞去。

　　机械刀锋刚要跟着飞，突然意识到另一个问题。我明明什么都没说，无效怎么会知道我想了什么？莫非他会读心术？

　　一路上，机械刀锋基本上是被无效牵着走的，无效对堕落都市的情况明显比他更熟。此时，小蜘蛛感觉自己像一个提线木偶。但在一台免疫刀锋伤害的机器面前，他只能跟着飞。

　　越靠近堕落都市，他们见到的战舰越多。那些排列整齐的战舰，好似按照特定的场线在移动。只有将一些金色或红色的光点注入舰体，战舰才会离开原有轨道自主运行起来。

　　这到底是怎么一回事？

　　往前又飞了很久，一个棱长一万三千公里的星光四面体浮现在他们的眼前。机械刀锋知道，那就是堕落都市。

　　随着距离越来越近，堕落都市的样貌也愈发清晰。被厚实能量场包裹的堕落都市，仿佛一座泛着淡淡红光的巨型城堡，由无数移动金属模块拼接的结构，使之外形科技感十足。

　　无效用手指了指眼前的庞然大物："堕落——都市——"

　　"真是太漂亮了！"机械刀锋感叹一声。接着，他试探性地回头问无效，"兄弟，你以前是不是到过这里？"

　　结果，身边的无效竟不翼而飞。

　　找了好半天，机械刀锋也没探测到无效。鉴于时间紧迫，他只能顺着飞米信息的坐标提示，找到了堕落都市舰长候选的报到区。在那里，有个透明的水晶球状元素生命引起了他的注意："你好，我叫机械刀锋，是来参加舰长选拔的。不知阁下怎么称呼，是负责开门的守卫么？"

说完，机械刀锋望着水晶球。

水晶球直径一米，球体周围有六个悬浮的手掌，正快速点着面前一个水晶平板："守卫你个头！我是本次舰长选拔的联络员 AA，报一下自己的能力系别、战斗位置及意向的舰长指导。"

"AA 姐，我是极速系的双能型前锋，意向的舰长指导是高维度先生。"

"瞎说！高维度先生根本不招收极速者。"

"啊？可高维度先生明明回了我的。"

"啊什么啊？今年招收极速者的舰长指导只有狂傲领主。"

AA 从堕落都市表面抽出一粒飞米信息："这是你的授权凭证，里面有舰长选拔的相关资料。第一轮选拔在五天以后，地点在堕落都市的舰长选拔点。赶紧进去吧。"

机械刀锋刚要道谢，AA 竟自言自语起来："现在的舰长候选怎么搞的？自己什么系别、什么位置，应该找哪位舰长指导都不知道，还来质问我。烦死了。"

一头雾水的机械刀锋哑口无言，他只能默默钻进堕落都市表面逐渐张开的三棱柱机械通道中。

今年只有狂傲招收极速者吗？

四十二　舰长选拔点

进到堕落都市，机械刀锋发现这里的空间异常宽敞。

不同于外面漆黑的深空，堕落都市内部到处都充满了淡黄的灯光，各类高端装置应有尽有。从机械刀锋身旁经过的维度生命，不是在谈论如何获取星核，就是在谈论如何提升实力，抑或在谈论如何制定战略战术。景象异常繁忙。

大家这么爱学习么？

机械刀锋不敢相信自己见到的一切，更不愿相信自己见到的一切。对一个混子而言，周围疲于奔命的维度生命显得有些不正常。

甚至可以说，相当不正常。起初，小蜘蛛只当他们是一堆傻子，可经过舰长候选训练区时，他彻底改变了原有的偏颇想法。

在一个可变形的半封闭式引力拉伸器中，一团由无数黑灰正四面体构成的纳米机器，正轻松做着机械刀锋想都不敢想的力量训练。那种引力拉伸器散发的场，眼下被调得跟机械因牢的差不多。一旦被吸住，仿佛群星压顶，动弹不得。但那只小蜘蛛坚信，只要成为堕落都市的舰长候选，那他以后也能达到这般程度。

在堕落都市，三百六十倍光速的维度生命随处可见，这让机械刀锋不免紧张起来。我最强的极速技在此竟讨不到半点便宜！堕落都市的维度生命都这么强吗？

刚转头，机械刀锋看见身后的大门上赫然写着"舰长选拔点"字样。

进入舰长选拔点，一种熟悉的感觉迅速涌上小蜘蛛心头。这不是辉煌殿的暗杀者迷宫么？除了材质是用的绝对金属，其他部分连关卡都一模一样。堕落都市的舰长选拔考这个？

对，就考这个。

五天后，在堕落都市的第一轮选拔中，机械刀锋凭借八个分身稳稳拿到第一的成绩。

堕落都市舰长选拔的第二轮定在七天后，地点被安排在堕落都市的秤智楼会议室。这段时间，机械刀锋一边参观堕落都市，一边操控风暴要塞的分身参加初选。没承想，风暴要塞的舰长选拔比堕落都市的来得还要轻松，机械刀锋仅凭一个分身便轻松通过初选。

现在，只等第二轮选拔了。

七日后，在堕落都市秤智楼的第一会议室和第二会议室门外围了二十位选手。第二轮选拔将分两组同时进行，机械刀锋被分到只有七位选手的第一会议室。进去之前，他们还要通过抽签方式确定进场顺序，机械刀锋幸运地抽中六号。

场外等候时，大部分选手都在颤抖。那种紧张中又带点刺激的感觉，使有些选手的神经绷到快要断裂。只见选手们，有的合手祷告，有的闭目养神，有的四处张望，有的窃窃私语，有的挠头顿足，有的拼命看题……

机械刀锋用飞米信息看题之际，他左边突然出现一道兼具柔和与刚烈特质的场。跟着，选手堆里爆发出一阵兴奋的尖叫，现场气氛霎时间变得活跃起来："是高先生！"

"高先生？"机械刀锋不明所以地自问一句。

听到小蜘蛛的傻问题，有位选手直接对他投来鄙视的目光："高先生即高维度先生，这都不知道。"

由于堕落都市存在隐私保护机制，机械刀锋仅在网上见过高维度先生一张模糊的机械触手照片。但高维度先生简称什么以及高维度先生长什么样，他还真不了解。

顺着大家高呼的方向，机械刀锋看到一台跟伽马闪光类似的章鱼机器。那台机器通体赤红，直径三米的球形躯干上分布着八条灵活的机械触手。

凭借场力形成的全地形移动，高先生在平坦的机械墙上行动自如。对方标志性的动作，是用左触手时不时地在机体表面从左到右迅速划过，感觉十分滑稽。但大家却对那台章鱼机器毕恭毕敬，因为在第三十六维度自带色彩的机器可不多见。

机械刀锋很庆幸，他联系的是如此和蔼可亲的舰长指导。见状，他赶紧同其他参赛者一起，屁颠屁颠地跑去跟高先生打招呼，希望能把舰长指导的事给抢救一下。

显然，高先生并不认识机械刀锋。向选手们挥手致意后，高先生转向一旁的AA："领主到了吗？"

AA一改高冷的口吻，用极为温柔的语气回复对方："高先生，领主还没到，您要不要先等一等？"

"没事，我先去第二会议室。领主来了叫我。"

"好的，高先生。"

同AA讲完，高先生收起他的触手，变成一个红球飞向第二会议室。待高先生离开后，一帮参赛者随之议论起来。机械刀锋没心思管那么多，他继续通过飞米信息把存放的题拿出来反复查看。

机械刀锋专心致志看题时分，一道他从未体验过的场突然降临。那道场产生的威压之刚猛，瞬间将所有选手的场彻底淹没。

所到之处，皆为死寂。

四十三　狂　傲

远处，"一主四从"的五台机器以五角星阵型，向舰长选拔点的第一会议室缓缓走来。

刹那间，所有参赛者身边的飞米信息，陆续以赤红的全息影像将来者的相关信息展示出来。全息影像显示，来者正是狂傲。没错，五台机器都是。

关于狂傲，机械刀锋很早以前就有所闻。实际上，狂傲不是一台机器的称谓，而是九百九十九台嵌合体①机器——上古军团——的总称。那九百九十九台嵌合体机器，是终极算法构建维度宇宙之初打造的防御工事，专用于抵抗其他维度宇宙的入侵者。

本来，组成上古军团的机器共计一千台。当时，上古军团的最高领导是终极算法制造的一号机——断罪者。可由于不满终极算法让机械生命跟其他生命平起平坐的决定，断罪者遂带领维度宇宙内约三分之一的机器发动了一场太初之战。

刚开始，终极算法是想给上古军团机会的。所以，终极算法并未使用全知全能反击，只是希望断罪者好好反省，平息干戈。但断罪者对此根本不予理会，直接带着上古军团直奔第零维度，誓要找终极算法理论。结果，终极算法只能对那台他曾经最喜欢的机器痛下杀手，随后又将上古军团击退至第三十六维度，并设下维度限制——上古军团永远不得迈出第三十六维度半步。

---

① 嵌合体，是指多个维度生命通过空间方式合为一体的形式。嵌合体可以根据情况自由调出体内维度生命从事各项活动。

太初之战结束，机械生命的地位从维度第一降至维度第三，情况仅比依靠演化晋级的生物生命好那么一丁点儿。与此同时，能量生命和元素生命则凭借千载难逢的机会得到了终极算法的重用，能量生命更是趁机霸占了第一维度的大部分重要岗位。

上古军团被叫作狂傲，是因为终极算法设定的七宗罪。在终极算法那里，一位领主代表一宗罪孽。于是，最先公开挑战终极算法权威的上古军团也被叫成了狂傲。

目前，暂代上古军团首领位置的是一台名叫"无限空间"的机器。也正是那台机器，带领上古军团在第三十六维度屡屡杀出重围，成就了一方霸业。

此时的机械刀锋根本无法正常思考。在狂傲强大的威压面前，他只能随众靠边排好，低头远观领主的风采。

位于五角星阵型最前方的是无限空间，那是一台通体赤红的小个子人形机器，周围撕裂的空间使之身形极难辨认。位于五角星阵型左前方的是连锁反应，青振金和黄振金共同打造的球形机体，使之好似一个青皮包裹、前端开口的"暗金种子"；直径半米的球形机体外，还有数张由移动光线拼成的"折线星图"。位于五角星阵型右前方的是星系爆炸，七米高的细长人形躯干，让那台椭球体脑袋的黑灰机器看起来很像一只巨大的"竹节虫"。"竹节虫"右肩之上，八个色泽不同的光球如"北斗七星"和"北极星"般分布，好似一把寒意四射的"死神镰刀"。位于五角星阵型左后方的是暗能量方程，由四个下角拉长的三棱锥围拢的机体，宛如四把四米长的黑灰尖刀组成的旋转刀阵。位于五角星阵型右后方的是维度魔方，那个棱长两米的星光四面体，由黑灰色的变形骨骼和纳米机器共同构成，松散的模块结构使之在飞行时总是"黑沙"飞扬。

特异系、转化系、聚现系、能变系和操控系集一身！在机械刀锋那里，狂傲是他迄今为止见过的最厉害的角色。没有比这更厉害的了，绝对没有！

即将抵达第一会议室大门时，"一主四从"的五台机器突然向前聚合，只留下无限空间一台机器继续前进。

这时，站一旁的 AA 小心翼翼地靠了过去："领主，第一会议室已经准备好，意志堡垒指挥官和算法解析器指挥官也都到了。请问舰长选拔可以开始了吗？"

"好！"

仅一句简单的回复，领主就让在场所有选手颤抖不已。

四十四　预料之外

被告知领主已到第一会议室，高维度先生兴冲冲地飞了过来。

机械刀锋本以为，高维度先生会同狂傲一起进行面试，可高先生只在里面待了不到五分钟便匆忙赶回第二会议室。这让小蜘蛛内心忐忑不安。想当年，在第五维度的辉煌殿，雷鸣也是让其他考官这么面试他的。

所幸，机械刀锋在风暴要塞还有一轮面试。就算这边不行，他依然留有退路。想到这里，他瞬间平静了许多，紧绷的神经也渐渐舒缓下来。正当他思考该如何应对时，AA 侧身从第一会议室内移出并向场外叫了声："第一位选手入场。"

"早死早超生。"第一位选手抖抖肩，踏进了第一会议室。

随着身前的大门缓缓合上，现场有些选手紧张到快要晕过去。十五分钟后，第一位选手脚步虚浮地走了出来，其他选手赶紧上去焦急地询问。

"领主的问题很难。"

第一位选手只说了一句，便虚弱地朝休息区挪去。现场氛围因此到达了前所未有的紧张程度。

经过近一个小时的面试才轮到机械刀锋出场。刚进门的小蜘蛛，连所有考官样子都没看清，就仗着语言优势勇敢地来了句："各位考官，回答问题是用极射束还是心灵感应？"

AA 扭头对机械刀锋说："都可以，请坐。"

机械刀锋顶着前方巨大的威压慢慢走了过去，接着坐在一张悬浮的自适应立方体椅子上，正对狂傲。

坐定，小蜘蛛开始观察会议室内所有考官的模样。狂傲左右两边，分别坐着两台机器。经过 AA 现场介绍，机械刀锋得知，坐狂傲左边的，正是他以前查阅过的算法解析器；坐狂傲右边的，是一位叫"意志堡垒"的指挥官。

算法解析器是一台尖角向上、翼展三米的"V"形飞行器；意志堡垒是一台百变机器，机体表面有强相互作用外壳覆盖，仅有少数部位留有缝隙。

"先介绍介绍自己。"意志堡垒用洪亮的声音说道。

"我叫机械刀锋，来自第六维度，目前是不定方程舰队的助理教官。能力系别为极速系，战斗位置为双能型前锋。以前，在第五维度，我曾参加过一次舰长选拔，当时暗杀组排名第一。加入不定方程舰队后，我主要担任助理教官一职，教学成绩在舰队中数一数二。近期还参加过抗击极贪先遣部队的战斗，独自拦截过'黑色星期五'的小丑十三号。以上就是我的自我介绍。"

听到"黑色星期五"，所有考官来了点兴趣，无限空间也微微动了动机体。

"暗杀组第一名？难怪堕落都市第一轮选拔如此亮眼。"意志堡垒继续追问，"既然排名如此靠前，那你在第五维度怎会没被选上？"

"第二轮选拔是我不擅长的题目。表现太差，所以没进。"机械刀锋苦笑着回答。

面试的节骨眼上，无限空间好似看透了机械刀锋的心思，一针见血地开始问话："除了堕落都市，你还报考了什么地方？"

听到这里，机械刀锋愣了一下，但他马上笑着回复："我还报考了风暴要塞。"

"是想选恶嫉当舰长指导么？"

"没有，恶嫉领主我哪敢选。我选的是风暴要塞的舰长指导——碎星。不是很出名的那种，估计领主不认识。"

"如果能被选上，那你是想来堕落都市，还是想去风暴要塞？"无限空间叉手看着机械刀锋。

"哪边先要我，我就去哪边。实不相瞒，我在不定方程舰队受了军事法庭的惩罚。本次舰长选拔，我是必须要上的。"

"要真来了堕落都市，你今后有什么打算？"

"领主，堕落都市的规矩，我现在还不是很清楚。我只是听说，要在你们这边拿战舰，得先晋升 SS 级。所以，我准备跟着舰长指导先把实力提升了再说。"

"那你准备每年取几枚星核？"

"星核？那东西，我听说过，但是没见过。不知道，每年取两枚，领主觉得够不够？不够的话，我可以努力再多取点。"

机械刀锋说完，无限空间冷冷地笑了一声。

旁边的算法解析器接着发问："小子，我这里倒有一个问题想问你。请你告诉我，算法预测的原理。"

算法解析器的问题让机械刀锋当场愣住。要知道，算法可是他最不擅长的东西，这让小蜘蛛心里犯起难来。我连算法都一塌糊涂，怎么跟对面讲算法预测的原理？

绞尽脑汁想了十秒，小蜘蛛望着算法解析器尴尬地笑笑："抱歉，考官，这个问题，我不会。"

"算法预测的原理，你不会？"

"不好意思，这我真不会。"机械刀锋搓了搓大腿。

"那你就跟我们说说表层算法和底层算法的运作机制吧。"

"实在不好意思。有关算法的东西，我都不会。"

"小子，我的问题可不难啊。"

"解析器考官，万分抱歉，算法之类的问题确实超出了我的能力范围。"

"既然这样，那我没什么要问的了。还有，别紧张，你都变成超频瞬影了。"

经算法解析器提醒，机械刀锋意识到，他的机体已全面进入超频振动状态，赤红能量光刃更是不停外射。可见，正对狂傲的他，心理压力是有多大。但他还是故作镇定地回复："是吗？可能会议室温度较高，我有点不适应。"

"这小子心理素质不错。领主，您觉得呢？"算法解析器询问无限空间。

但无限空间只是冷笑，并未作答。

等答完所有问题，机械刀锋也像第一位选手那样，摇摇晃晃走出会议室。

由于堕落都市的舰长选拔结果要等十五天后公示，机械刀锋这边只能先回不定方程舰队。出乎意料的是，他刚回"进击的暴牛"，战戟便来恭喜他，说是堕落都市的舰长候选公示名单已出，他的名字出现在狂傲招收的舰长候选那一栏上。

这次，小蜘蛛表现得十分稳重。等用飞米信息向 AA 确认了已被狂傲选中的消息，他才谨小慎微地将风暴要塞那边等待面试的分身抽了回来。

被狂傲选中，这着实在他预料之外。

四十五　领主授课

通过授权连接的虫洞，机械刀锋返回了堕落都市。

刚当上舰长候选，机械刀锋运气真的很好。来堕落都市没多久，他便在狂傲专属的指挥室门外偶遇无限空间。无限空间对此倒不意外。领主顺便把舰长候选的相关资料，传至机械刀锋的飞米信息内，并让他通知其他舰长候选提前预习。

由于堕落都市内同样充斥着减振场，机械刀锋索性上前跟无限空间握了个手，借此机会感受一下领主的霸气。那一握令机械刀锋激动无比，现在的他可是跟领主握过手的舰长候选了。可等小蜘蛛回过神来，细看舰长候选的相关资料时，他差点没晕过去。

原来，堕落都市的时间是按第一维度计算的。新进的舰长候选要在第一维度的四年内，晋升到 SS 级中等及以上水平才能拿到战舰。此外，舰长候选还必须取一枚金色星核或三枚红色星核，用以解锁堕落都市在战舰周围设下的束缚场。如果超出四年还没开走战舰，那战舰会被牵引到堕落都市的边缘地带被城墙当场"回收"。资料显示，离开堕落都市后，战舰被拖至边缘地带最多三年。也就是说，在堕落都市的七年内，若舰长候选未能开走战舰，那他们将永远失去辛苦缔造的一切。

接着，再来看看第一年基础训练的内容。那多到数不完的防御、敏捷、感知、力量和智力训练，想想都可怕。前四项训练，机械刀锋可能还好应付。但智力训练，真让他伤透了脑筋。小蜘蛛做梦也想不到，算法竟是智力训练最重要的一环。

可领主布置的任务，机械刀锋又怎敢怠慢？

等通知完其他舰长候选，机械刀锋立即投入训练中去。他第一天选择的，是他最擅长的敏捷训练。本以为敏捷训练会轻松一点，可在绝对金属构造的高能减速器内，按第一维度时间"飞、跳、跑、爬"了一整天，机械刀锋直接累瘫在训练区的地面上，昏沉沉地睡了过去。

等机械刀锋再次苏醒，已是一天之后了。当天正好是领主授课的重要日子。于是，小蜘蛛顶着臭烘烘的机体，飞身前往授课地点。

飞行过程中，机械刀锋惊讶地意识到，他断断续续的极影冲刺现已变成持续性的技能了。此时的他，可以一直折线变向一直冲。

"有效果！真的有效果！照此下去，或许不到一年，我就能晋升 SS 级。"兴奋的机械刀锋激动地在空中手舞足蹈。

但眼下可不是高兴的时候。要是舰长候选没赶上领主授课，后果不堪设想。好在，升级的极速技，让机械刀锋在狂傲授课前五分钟赶到了现场。

到达后，机械刀锋发现，会场内已坐满了各式各样的维度生命。除了最前端有三排座位留空，会场内根本没有多余座位供他选择。见状，他迅速飞了过去，稳稳地坐在第三排最右边的座位上。

没过多久，狂傲最常见的"一主四从"阵型出现了，无限空间、连锁反应、星系爆炸、暗能量方程以及维度魔方依次登场。可五台机器里面，只有无限空间缓步移向讲台，其他四台机器则坐在第一排正中的座位上，离机械刀锋仅三十米之遥。那强烈的压迫感，令小蜘蛛顿感浑身不自在。

难怪这三排座位留空，这么大的威压，我还是跟后面挤挤好了。

回头一望，机械刀锋尴尬地注意到，后方座位比他进场时还要拥挤，有些自适应座椅甚至挤了好几个舰长候选。紧挨他身后的元素生命，还对充当挡箭牌的小蜘蛛做了一个大大的笑脸。

没办法，只能将就坐了。机械刀锋摇摇头。

上台后，无限空间用朴实无华的语言向场内听众说："恭喜各位成为堕落都市第二〇一七批次的舰长候选。之所以叫你们舰长候选而不是舰长，是要你们记清楚自己的身份。大家也知道，想在堕落都市取战舰，是要付出代价的。你们先要晋升 SS 级中等及以上水平，才能拿到终极算法为你们量身打造的战舰。在此期间，你们还要取一枚金色星核或三枚红色星核才能成功将战舰开走。

"各位千万不要觉得晋级和取核是很简单的事，更不要觉得堕落都市的时间是按第一维度计算你们便可以随意挥霍。我见过太多的舰长候选，在堕落都市待两年待不下去了。有的什么都不要，走了；有的精神彻底错乱，成了疯子；还有的争先恐后往堕落都市的焚星熔炉里跳，拦都拦不住。最后拿到战舰的，有很大一部分是靠爬，才爬出堕落都市的。取舰的艰难程度可想而知，但这就是堕落都市。能从这里出去的舰长，都是万里挑一的高手。所以，我对你们的要求，只有两句话：'训练、训练、再训练；实战、实战、再实战。'明白了吗？"

"明白！"整齐的呐喊声在场下响起。

无限空间接着讲："今天授课，我想给大家复习一下能力系别和战斗位置。因为我最近发现，有些舰长候选基础差得实在不像话，连自己有什么潜力，怎么开发都不知道。弄到后面，什么都没弄出来，搞得一副不三不四、不伦不类的样子。还想拿战舰？拿什么战舰？

"众所周知，能力系别依次分为极速系、操控系、反制系、能变系、聚现系、转化系及特异系七种，而每种能力系别之间又存在千丝万缕的联系。只是，我们通常会根据构成身体微粒的主要性质，将维度生命划分到不同的能力系别。现在，我逐一讲解各个系别及其潜力开发。

"极速系，属于最基础的系别。凡是拥有极速力，能让速度陡增陡降的都属于极速系。这类维度生命被称作极速者，在堕落都市内占比达百分之五十。一般而言，极速者身体强度高、恢复快。高强度和快恢复的身体，能帮助极速者降低和修复在极速冲击状态下受到的损伤。配合只攻不防的战斗方式，极速者会变得相当厉害。但极速者的缺点也很明显，那就是怕减速。因此，潜力较低的极速者需要兼顾所有训练，不断开发其他系别的能力，防止减速后无从反击。

"操控系，属于中等偏下的系别。凡是拥有操控力，可以控制自身变形或外物进行战斗的都属于操控系。这类维度生命被称作操控者，在堕落都市内占比约为百分之十八。需要注意的是，相比操控外物，操控自身更加难能可贵。因为只有实现身体精细化的调节，操控者才能在此基础上发展出多线操控外物的能力。所以，操控者需主攻敏捷训练提升操控效率，并辅以适当的智力训练开发自身潜力。

"反制系，属于中等的系别。凡是拥有反制力，能克制某类或某几类特征属性的都属于反制系。这类维度生命被称作反制者，在堕落都市内占比百分之十二左右。反制系中，常见的有分解、破甲、反自愈等能力，高级一点的还有减速、反能量、反物质、反制时空、反制量子场、反制算法等能力。譬如，让混乱不堪的时空恢复如初即反制时空的一种形式。至于反制算法，那更是反制一切的终极之道。可见，专攻一项或多项特征属性的反制者，属于能出奇制胜的一类，反制者因而比较适合攻击和智力训练。只要攻击足够强、分析足够准，他们便能在对战中找到敌方单位弱点，快速反击、一击制胜。

"能变系，属于中等偏上的系别。凡是拥有能变力，可以改变自身或外界能量用途的都属于能变系。这类维度生命被称作能变者，在堕落都市内占比约百分之八。能变系是在反制系基础上形成的，只有具备强大的反制系能力，能变者才能开发出更高阶的能变系能力。据我所知，所有能变者中，能使用暗能量的最为厉害。因为看不见的暗能量，本来就具备强大的反斥力，能让一切被破坏的存在无法自动恢复。一旦能变者学会如何操控暗能量，那他们的战力将颠覆各位的想象。另外，能变者属于攻击性较强的兵种，需要做大量的力量训练才能让战力输出最大化。

"聚现系，属于较高级的系别。凡是拥有聚现力，能够制造分身或外物并利用这些来为自己战斗的都属于聚现系。这类维度生命被称作聚现者，在堕落都市内占比仅百分之七。在操控系的基础上，聚现者可以进一步对微观世界的粒子进行分解重构。通过分解重构，聚现者就能利用外界资源制造出灵活百变的装置，其中不乏各类高性能武器。聚现者中，能裂变出无差别分身的最为稀缺。因为无差别分身，不仅能实现信息共享，而且还能完全继承自身属性和技能，各个分身受到的伤害更是独立计算，使之很难被一次性歼灭。不使用分身时，拥有无差别分身的 S 级聚现者，还拥有跟分身数量同等的命数，说他们是伪 SS 级也不为过。相比攻击性较强的能变者，聚现者有着更完备的攻防一体能力。由此足见，属于高科技兵种的聚现者需要兼顾所有训练。

"转化系，属于相当高级的系别。凡是拥有转化力，能够转化能量、反弹伤害、盗取技能、变更属性、改变增益或损益效果等的都属于转化系。这类维度生命被称作转化者，在堕落都市内占比不到百分之四。转化者的实力相当可怕，比如，有些能改变增益或损益效果的转化者，会让你们的好运气转给他们并将他们的坏运气转给你们。据数据统计分析表明，转化者无须特别训练，他们自身会随时间推移逐渐变强。

"特异系，属于最高级的系别。凡是拥有特异力，能够改变数学规律、调整时间机制、切换空间维度、更改量子场曲率、运用其他系别能力等的都属于特异系。这类维度生命被称作特异者，在堕落都市内占比不足百分之一。虽然特异者一般都是由先天因素决定的，但如果有谁能通过后天努力习得特异系能力，那我一定带这样的维度生命取一枚金色星核。

"说完能力系别，我们再来说说战斗位置。"

讲到这里，无限空间顿了顿，接着他又继续讲："前面讲的七种能力系别，每种都可粗略划分成三类战斗位置——前锋、中锋、后卫。在实际的战场上，作战部队还会根据火力覆盖和精准操作两大特征，将三类战斗位置进一步二分。前锋可分为强力突击和暗影潜行，中锋可分为范围杀伤和群体防御，后卫可分为战场控制和远程轰击。

"二分后的战斗位置当中，如果只能胜任一种，则称为单一型；如果能胜任两种，则称为双能型；如果能胜任三种及以上，则称为多能型；如果能胜任所有战斗位置，则称为全能型。依我看来，全能型的作用远大于多能型，多能型的作用远大于双能型，双能型的作用远大于单一型。

"综合来看，单一型极速者最低端，全能型特异者最高端。希望今天讲完，你们能回去认真训练和实战，早日超越极限晋升 SS 级，拿到心仪的战舰离开。"

无限空间讲完，台下随即响起震耳欲聋的掌声，可机械刀锋内心却是冰凉的。原来，在领主眼中，单一型极速者不堪大用。

但小蜘蛛绝不会被就此击溃，他暗中发誓以后要用行动来回应狂傲的偏见。

四十六　基础训练

堕落都市规定，第一年的基础训练为查漏补缺。

为了避免训练效果出现边际效益递减[①]的情况，机械刀锋主要将精力放在他最需提升的力量训练和智力训练之上。

对近战而言，力量训练是增加战力必不可少的一环，而力量恰巧又是机械刀锋的短板。以前碍于面子，他经常谎称自己是极速系的双能型前锋；可现在按堕落都市的标准来看，他顶多算是极速系的单一型前锋。因为他的力量决定了他根本无法胜任强力突击的战斗位置。

但力量不是想提升就提升。训练第一天，机械刀锋的机体被拉断了无数次。无奈之下，他只能调低场强循序渐进地进行训练。

随着训练强度增加，小蜘蛛的超核爆发出远超平时的超光压能量。那些能量通过体内的微小通道蔓延至全身，使机体对自身速子有了更强的束缚。等储存的能量释放，速子便获得了无比霸道的动力。

增加的超光压能量还带来另一项好处，那就是机体的集成感知得以进一步升级。当前，在机械刀锋的集成感知范围内，堕落都市成了名副其实的"通透世界"。无论是堕落都市的内部结构，还是各类隐藏装置的摆放位置，抑或周围舰长候选的身体情况，小蜘蛛都探测得一清二楚。有天，他甚至还透视了一千六百公里开外，拥有三个超核和九个超脑的高维度先生。

心无杂念的力量训练，不仅让机械刀锋各项感知集成得更加紧密，同时也让机体变得免疫一切神经控制技能。有个颇具心机的元素生命，本想用神经控制技能来淘汰其他舰长候选，可无论他怎么

[①]　边际效益递减，是指一定时期内，在其他要素不变的条件下，投入增加导致收益降低的情况。

施展神经控制技能，一旁的小蜘蛛就是没反应，结果差点让那个舰长候选自己没跟上训练进度。

经过十天不眠不休的痛苦煎熬，机械刀锋的力量终于够着堕落都市要求的及格线。解除引力拉伸器的那刻，他顿感畅快无比，跑跳起来也健步如飞。见状，他立即弹射一个分身，前往堕落都市的资料库，希望一边从事力量训练，一边从事智力训练，免得被大伙诟病"四肢发达头脑简单"。

行至堕落都市的资料库，机械刀锋发现，巨大的资料库，被划分成不同的区域；不同的区域，又可弹出不同的立方体柱子；不同的立方体柱子，还内嵌着不同的芯片层；不同的芯片层，更布满了许多金属芯片。那些芯片既是资料又是知识。一旦使用者触碰芯片侧边特定的位置，那些芯片便会弹出色彩斑斓的全息影像。届时，使用者就能根据需要快速学习。

除开常规使用方式，芯片还有非常规使用方式。那便是，使用者可直接通过知识传输装置，将芯片内容拷贝到脑中，以此完成被动学习。但非常规使用方式是有代价的。因为使用者无法自主选择知识，所以超脑会被强行灌入很多无用信息，超脑运算过载症也由此诞生。症状较轻的患者，会出现头痛、失眠等情况；症状较重的患者，会出现发疯、癫狂等病变。为了稳妥起见，小蜘蛛主动选择效率低百分之六十的常规使用方式。

通过浏览大量资料，机械刀锋才大致明白，取舰究竟是怎么一回事。

在本维度宇宙，战舰属于舰长的终极武器，两者场源百分之百的同步率才能使战舰各项输出最大化。所以，战舰在制造厂被自动建造完成以前，舰长候选需定期让自身的场跟舰体接触，以便让战舰更好地了解自己、配合自己、成为自己。可见，有什么样的舰长，就有什么样的战舰。

但解锁战舰功能只能依靠星核。也就是说，星核越多，战舰解锁功能越多。初来堕落都市时，机械刀锋所见那些注入舰体的金色或红色光点正是星核。为了保证战舰质量，堕落都市规定：待战舰被注满一枚金色星核或三枚红色星核，舰长指导在系统上审批通过舰长候选的取舰申请以后，舰长评议院才会解除战舰周围的束缚场放之离开。七年内，若舰长没有突破 SS 级并完成取核任务，那战力达不到要求的战舰会被城墙强制性"回收"。

可见，增强实力和获取星核，是所有舰长候选的两条主线任务，缺一不可。

堕落都市第一年的基础训练相当苛刻。就算全力以赴，新进的舰长候选也不一定能跟上训练进度。可跟不上进度就不用训练了吗？要知道，堕落都市的舰长评议院，早已开始实行末位淘汰制。两年后，中期考核不过的舰长候选，堕落都市会将他们直接清退。这使得所有舰长候选跟发疯似的没日没夜拼命训练。

靠着强大的自愈因子和机体动力，机械刀锋勉强撑过了堕落都市第一年的基础训练。

从训练区出来的那刻，疲惫不堪的小蜘蛛注意到，第二〇一七批次的舰长候选数量已缩减至原来的一半。那后面三年的训练，他是否还能一如既往地坚持下去？

机械刀锋不愿想也不敢想。

四十七　休息期

第一年的基础训练结束，所有舰长候选迎来了一个月的休息期。

休息期内，堕落都市会安排各种各样的讲座，让舰长候选跟请来的舰长指导深度交流。通常情况下，休息期大部分讲座都由黄金之星主持。

由黄振金打造的黄金之星，是个足展十二米的六爪卫星，能运用高温辐射远距离焚烧对手。由于脾气异常火爆，那位指挥官有着"地狱火"的可怕外号。不过，机械刀锋倒是相当喜欢那个讲话犀利的舰长指导。所以，只要有黄金之星主持的讲座，他这个小迷弟都会前去捧场。

休息期的第八天，黄金之星请来一位舰长指导。由于杂事缠身，黄金之星临时让新招的副指挥官代劳。

那天下午，刚结束训练，疲惫的机械刀锋就飞身前往讲座现场，浑然不知黄金之星请的是谁。当请来的嘉宾进入集成感知范围后，机械刀锋体内猛地蹿起来一股杀意。

来者正是机械刀锋的复仇对象——雷鸣。更意外的是，黄金之星新招的副指挥官竟是雪晶石。那可是第五维度舰长选拔时机械刀锋的头号竞争对手。从外观上看，雪晶石跟第二维度的零颜有几分相似，只是前者的身体由无数微小的水晶颗粒组成。

遇此情形，机械刀锋摇头冷笑。没想到，当年一别后，竞争对手竟当上了堕落都市的副指挥官，而他自己却是堕落都市的一名普通舰长候选。

身份之差，多么讽刺！

小蜘蛛交叉双手静静地坐在座位上，尽可能平息体内躁动的杀意。

等雪晶石在台上介绍完毕，雷鸣那个雷电恶鬼头缓步移上讲台："各位好，记得上次来堕落都市已是十多年前的事了。这些年，我比较忙，一直在其他维度，没能再来堕落都市好生逛逛。可我必须得说一句，我没来做讲座，堕落都市也有责任。你们那些大牛指导平时也没邀请我。这次，多亏雪晶石，我才有机会跟各位优秀的舰长候选碰面。"

讲到这里，雷鸣顿了顿，跟着他又讲："今天的讲座，我想跟大家聊聊移动方式。本维度宇宙，移动主要有三种方式，分别是机械运动、空间位移和时间漫游。

"第一种机械运动，属于最简单、最基本、最常见的移动方式。一个物体相对另一个物体，或一个物体某部分相对该物体的其他部分，发生位置上的变化就叫机械运动。虽然最简单、最基本、最常见，但大家千万别小看机械运动。以前，在第一维度，上古军团排名第一的那台机器——断罪者——正是把机械运动发挥到极致的典型代表，移动起来比有些战舰还快。

"可惜，你们也知道后来发生了什么。要不然，终极算法绝不会在维度宇宙内设下限制场，让维度生命机械运动的速度上限定格在三百六十倍光速。除非借助战舰或工程装置，否则'全裸'的维度生命是不可能冲破这个速度上限的。所以，作为你们第二维度最善良、最友好、最可靠的朋友，我有必要告诫堕落都市的各位，大家平时一定要控制好自己的情绪，千万不要让旁者感到不适。我面前这台机器便做得很好，从进来到现在，我完全没在他身上感受到一丁点情绪波动。终极算法就喜欢这样的机器。"

雷鸣表扬了坐在最前排的机械刀锋。但他不知道的是，那个他说感觉不到情绪波动的机器，恰是最想把他碎尸万段的机器。

"第二种空间位移，属于较高端的移动方式。一个物体通过空间跃迁方式进行移动，就叫空间位移。按照习惯，长距离的空间位移，我们将其称作空间折跃；短距离的空间位移，我们将其称作瞬间移动。你们狂傲领主体内的无限空间正是空间位移的高手，无论是空间折跃，抑或瞬间移动，无限空间都已臻至出神入化的境界。只是，能使用空间技能的特异者，现今大多集中在极贪领主的幽灵鬼堡。所以，有空间特长的维度生命以后可以考虑到幽灵鬼堡再次深造。

"第三种时间漫游，属于最稀有的移动方式。一个物体移动时，如果该物体周围的时间发生改变，那这种移动方式就叫时间漫游。无论是让时间提前，还是让时间停止，抑或让时间倒退，统统属于时间漫游范畴。要是在座的各位，有可以时间漫游的，一定要在讲座后找我。我会把情况直接报给上级，让你们去冥惰领主的深海皇室进行专项训练。

"当然，对在座的大部分舰长候选而言，你们只需借助堕落都市的高能减速器，将机械运动速度提至三百六十倍光速即可。"

那天下午的讲座，雷鸣讲的其他内容，机械刀锋完全没听进去。

他仅用插手的姿势死死地盯着雷鸣。

讲座结束，雷鸣走到场外，凭空掏出一根电子烟，用满是尖牙的大嘴缓缓吸了一口，随后又吐出一大团霹雳火花，很是享受那种被粉丝簇拥的感觉。

会场大门即将关闭那刻，机械刀锋微微转身，回望了那个老烟枪一眼。

SS 级，十分钟解决。

四十八　超强化装甲

第二年的中级训练开始前，堕落都市发布了一条消息：专属第二〇一七批次舰长候选的超强化装甲已生产完成。

由于超强化装甲数量有限，大家只能在本年度六月二十六日当天，在堕落都市的网络系统上抢号。先抢先得，抢完为止。

凭借堕落都市数一数二的手速，机械刀锋幸运地抢到一台编号为 L6－626 的超强化装甲。想当年，一台强化装甲，他苦巴巴地从幻彩双子等到不定方程舰队都没等到。结果，来堕落都市的第二年，他竟抢到一台超强化装甲。

小蜘蛛由此明白一个道理：你选装备的同时，可能装备也在选你。

什么叫契合度，这就叫契合度；什么叫同步率，这就叫同步率。兴奋的机械刀锋立刻停下手中训练、抽回所有分身、收起斩杀战形、洗净整个机体，以帅气十足的姿态到武器库迎接他的超强化装甲。

还没飞到武器库大门，机械刀锋便探测到，大门外的维度生命中有个颇为熟悉的身影。开心的他立马飞冲上去大叫一声："会爆炸的逗比！"

"刀锋小子，想我没？"

爆破的出现，令机械刀锋激动无比。趁着周围有减振场，小蜘蛛赶紧上前拥抱了一下曾经的狱友："爆破，你什么时候到的堕落都市？"

"刚刚。"

"你现在都这么低调吗？到堕落都市都没点动静。"

"没办法，堕落都市高手太多。不低调，我怕被揍。"

"那你这次来堕落都市干什么？"

"办点事。"

"从你冒单词的长度推断，你这次要办的事应该很重要吧？"

"说对。"

"既然这样，那我不问了。"

"老弟果然懂我。既然老弟也到堕落都市了，那说明你已贵为舰长候选了，对吧？"

"对。"

"那你的指导是谁呢？"

"狂傲领主。"

"小子，你果然有种，敢选狂傲。"

"我没选领主，我选的是高维度先生。可后来不知怎么回事，我被分到领主那边。"

"反正恭喜你进入死亡组。堕落都市传闻，狂傲那边的舰长候选，哪怕最后能成功晋级舰长，那也得历经磨难、受尽煎熬。能靠自己从狂傲那边出来的全都是些狠角色，实力更是相当过硬。话说回来，作为舰长候选，你不在训练区训练，跑武器库这里来干什么？"

"我今天抢了一台超强化装甲，来这里取。"

"超强化装甲编号多少？"

"L6－626。"

"既然抢中超强化装甲，那经验丰富的我跟你过去看看。武器库那边，我熟悉。"

在爆破的带领下，机械刀锋顺利到达武器库的 L6 区。巨大的武器库内见不到任何外放设备，只有稀稀拉拉的管理员和舰长候选位于其中。可拥有"通透世界"的机械刀锋，早已探测到机械墙内那数以万计的工程装置。那些工程装置并非全是机械类的，还有能量类的、元素类的和生物类的。

顺着机械墙上的坐标编号，他们不久便找到超强化装甲的所在位置。通过身边的飞米信息，机械刀锋又联系上这片区域的管理员。等管理员审核完信息，编号 L6－626 的机械墙随即张开，一个高一米的长菱体从中迅速弹出。

棱角分明的折线纹路、通体黑灰的战术迷彩……那台超强化装甲迷得机械刀锋愣在原地。

爆破从旁推了推狱友："去摸一下，那台超强化装甲便永远属于你了。"

机械刀锋缓缓伸出左手，轻轻放在面前的超强化装甲上。接触的瞬间，超强化装甲即刻飞到他身上，并快速变成一只四脚蜘蛛紧贴于腰背和四肢的位置。

"暗影潜行轻型装。"管理员一边说一边登记。

不解之际，机械刀锋脑中突然响起只有他能听到的心灵感应声："我是超强化装甲的机械智能。请问，你需要修改装甲的初始名字么？"

"修改装甲的初始名字？那肯定要，而且必须改稍微酷一点的。这样，我叫机械刀锋，它叫机械魔方，那你叫机械瞬杀好了。一体化命名，怎么样？"

"好的，初始名字修改完成。"

看机械刀锋待着不动，爆破估计对方多半在跟超强化装甲闲聊。作为一台经验老到的机器，爆破提醒狱友赶紧验货问点正事，比如，咨询下装甲能提供什么样的战斗功能。

见状，机械刀锋急忙切换话题："机械瞬杀，你能否帮我开发一点时空技能？"

"抱歉，系统检测不出你有这方面的能力。"

"好吧。那你能不能帮我开发盗取能量或者转化运气之类的技能?"

"抱歉,你也没有这方面的潜质。"

"那多提供几个无差别分身,总行了吧?"

"抱歉,你最多只能弹射九个分身。"

"那使用暗能量呢?"

"抱歉,暗能量不属于你的能量类型。"

"那能量损毁呢?"

"抱歉,本机不支持该功能。"

"操控自己变形总可以了吧?"

"抱歉,同样不行。"

"你不要告诉我,你只会连个网、放音乐、聊聊天什么的。"

"这些是所有超强化装甲统一配备的娱乐功能,你现在要体验一下么?"

"不用了,我简直无语了。"

"超强化装甲只能强化装备者自带的属性和技能。你是极速者,需要我为你介绍下本机的极速系功能么?"

"不需要,我还是给自己留点神秘感吧。"

"好的。如有吩咐,你可以随时用心灵感应呼唤我。"

机械刀锋把问到的情况告诉爆破,爆破当场笑到捶地板。他没想到,狱友心心念念的工程装置,着装后竟是这般效果。

从地上好不容易起身的爆破边笑边说:"兄弟,要不你现在开启所有主动技能,实测一下你的超强化装甲,说不定有意外惊喜。"

闻言,机械刀锋瞬间来了点信心。他开启所有主动技能,希望能从中发现点意外惊喜。结果,他只发现,九个分身装备了相同的四脚蜘蛛,其他地方则毫无变化。

"感觉到什么了吗?"爆破似笑非笑地看着机械刀锋。

"感觉机体轻盈一些。其他倒没感觉出来什么。"

"那你的魔方呢?"

"也没变化。"

机械刀锋转头望向一旁的管理员："长官，我的超强化装甲是不是拿错了？"

管理员冷眼看着对方："你的意思是，我故意给你一台假的超强化装甲，对么？"

"长官，不是这个意思。我只是觉得这台超强化装甲穿起来变化不明显。"

"那你觉得怎样才算变化明显？"

"长官。我是极速者，第一次穿这个，也不知道超强化装甲的性能该怎么测试。"

"要测试下么？"

"要。"

管理员扭头看了下远处的机械墙："冲过去，撞一下。"

"这——"

"这什么这？你不是极速者吗？我看要测试的，不是超强化装甲，而是你的脑子！这里是堕落都市，终极算法亲手打造的城堡。如此宏伟壮丽的殿堂，谁敢拿假的超强化装甲给舰长候选？还怀疑我，你又不是不知道，极速者本来就没什么潜质。建议你，去撞下墙，好好测试一下。小矮子！"

骂完，管理员拧着平板扬长而去。

"别理他，管理员都这样。赶紧收好你的超强化装甲，我们到外面去说。"

在爆破的劝说下，机械刀锋将机械瞬杀卸掉，使之遁入身后的超空间。

四十九　黑　市

飞出武器库，爆破用心灵感应告诉机械刀锋："兄弟，你想不想到堕落都市外面参观下我的生意？"

"离中级训练开始还有一段时间。眼下，心情糟糕的我也不适合训练，走吧。"

说完，机械刀锋便同爆破一起前往堕落都市的边缘地带。

在深空中飞了许久，他们来到一个由黑韧钢构成的天体上方。直径约一万公里的破碎行星表面，不计其数的维度生命正飞来飞去。

机械刀锋张望之际，爆破摊手向他介绍："欢迎来到维度黑市——全金属领域。这样的黑市，在第三十六维度到处都是，属于完全中立的补给站。敢问兄弟，此地壮不壮观？"

点头时，机械刀锋注意到，各式各样的维度生命在摊位前跟店家讨价还价，希望能以尽可能低的价格换到心仪的商品。

看见有些摊位前摆放着工程装置，机械刀锋惊讶地问："这类东西也能买卖？"

"怎么不能？只要有钱，连战舰更换的零件，你都能买。前方不远处，便是我的摊位。"

在爆破的带领下，机械刀锋飞入一道裂开的峡谷内。峡谷左右两边陡峭的岩壁上，遍布大大小小的山洞房间。爆破的摊位则是靠近地表的一个四十八平方米的小房间。

看着被打磨光亮的山洞内壁，机械刀锋忍不住冒了句："摊位还装修过，不错。"

"那肯定，这可是我花重金买的铺面。快进来参观参观，顺便给你介绍下我的伙计。"

此言一出，洞内立刻传出一台机器的叫骂声："谁是你的伙计？你这个一毛不拔的打工仔。"

那机器是台足展近三米的扁平状四脚蜘蛛形火炮，贴地匍匐的姿态跟机械刀锋倒有几分相似。为表示友好，机械刀锋主动跟对面打了招呼："你好，我是爆破的朋友——机械刀锋。初次见面，请多关照。"

"初次见面，请多关照？刀锋，没想到你竟把队友都给忘了。"

机械刀锋一头雾水。眼前的机器，他从未见过，怎么可能是队友？

"没印象？好，那我换个形态，你再看看。"

眨眼间，那门小型火炮变成一台身高两米的人形机器。尽管有些地方略有不同，但机械刀锋还是认出了矢量推进战队的老队友："仲裁者？是你么？你怎么变成这样？赤红机械眼也变成了不发光的银灰机械眼，感觉酷了不少。"

"我的变化不只眼睛吧？你不应该更羡慕我两米的身高么？"

"羡慕，羡慕。快跟我说说，你是怎么长高的？"

"爆破没告诉你，我的遭遇么？"

机械刀锋生气地看着爆破："会爆炸的逗比！你怎么没跟我提过这事？"

"我跟仲裁者是在倒卖商品时认识的。后来，我们闲聊，正好聊到你。只是，为了防止你激动得暴毙，我一路上才没告诉你。我马上要去问问订购的小零件到货没有，你们俩兄弟慢慢聊，走啦。"

许久不见的两台机器，相互述说起失散后的遭遇。聊到干扰器时，仲裁者无限感慨。

"撤离时，我们以为你被黑水军团摧毁了。谁知你命大，跟着又被风暴要塞的变形军团给救了。"机械刀锋扭头看向对方。

"是的。我不但被救了，还被恶嫉领主亲自改造了。领主把我和我的超强化装甲——幽灵特工——永久性地组装在一起。不费一点力，我就直接晋升 SS 级，速度也达到一千八百倍光速，机体还可以弹射成三个无差别分身。"

"被改造时，痛么？"

"说出来，你可能都不信，被改造一点都不痛。以前，你们总说我矮；现在，我可是两米高的大长腿了。当然，被改造的好处还不止于此。在保留原来属性和技能的基础上，我还获得了三种战斗形态。战形一，为人形，近战；战形二，为四足双炮，远程；战形三，为四足单炮，超远程。"

"战形三长什么样？"机械刀锋好奇地问。

闻言，仲裁者直接趴地上，机体瞬间变成一个扁平的四脚蜘蛛，无轨能量炮则化为一个扁平的实心炮管。那锐利的外形，更显棱角分明。

"怎么样？机体做底座，武器做火炮，跟幽灵特工结合，我便成了这般模样。另外，被改造之后，我的机体强度也达到了跟你相同的级别。"

"看起来是比较威猛，但不知道火力如何？"机械刀锋自顾自地说。

"刀锋，我的火力可比以前猛多了。我的无轨能量炮，无论是攻击频率，还是攻击伤害，都有了质的飞跃。击中目标时，我的光爆轰击还会产生更大规模的范围杀伤效果。目前的我可是名副其实的全能型特异者。"

"可你底座下方有死角！"

"你忘了我的激光眼么？变形后，激光眼刚好位于底座正下方。被改造的我已是一件三百六十度全方位无死角的天基武器。"

仲裁者的回答，让机械刀锋顿时哑火。羡慕嫉妒恨的他只能厚着脸皮问："那我这种的能被改造吗？"

"恶嫉领主一般不会改造极速者。那是因为，即使被改造，绝大部分极速者也不会多出什么其他功能。"

"你肯定是怕我长高，故意骗我的！"

"我为什么要骗你？你不信，你以后可以找恶嫉领主当面问问。"

"可恶，我的身高梦又再次破灭。"

"行了，你就接受现实吧。风暴要塞里面，也不是所有被改造的机器都能长高。大不了，我这个高富帅往后多带带你这个矮矬穷好了。"

"既然这么厉害，那你为什么不取艘战舰？"

"一说战舰，我就来气。本来，我的战舰都造好了，我的舰长指导也准备带我取一枚金色星核。可在机器撞击中心外面，我们碰到微笑的魔术师。那个变态当场把我的舰长指导给撕了。后面，我回到风暴要塞又被栽赃陷害，舰长委员会硬说是我杀了我的舰长指导。

结果，听信谗言的高层直接将我驱逐出去。眼下，变成无业游民的我，只能在黑市跟爆破一起做生意、混日子。"

"机器撞击中心？是跟机器撞击要塞、机器撞击终端齐名的星核制造点么？"

"对的。"

"你连那里都去过？厉害。"

"这有什么厉害的。去是一回事，拿到星核又是另外一回事。爆破还去过本维度最强星核制造点——创生之柱。"

"最强星核制造点？创生之柱？"

"你不知道么？只要能从创生之柱那里，取一枚金色星核放战舰上，那战舰的机械性能将被瞬间拉满。可惜，连狂傲那样的领主，也仅在创生之柱取过五枚星核。我们这种边缘行者能在其他地方独立取到红色星核就已经不错了。"

"听你这么一说，我感觉以后有必要弹射几个分身出去，先把堕落都市规定的星核数量凑够才行。"

"狂傲没带你取过星核？"

"目前还没有，但我自己倒是去过几次探索者深渊。可惜，连门都没进就被拒了。新任会长的影尾告诉我，他们最近一年的任务都没极速者能做的。再后来，听了黄金之星的课，我才明白，取核最重要的是维度地位。维度地位不够，你哪怕有逆天的实力都没用。所以，增实力，靠自己；取星核，看指导。指导肯帮忙，星核随便取。"

"这点，你说得对。可惜，你的舰长指导是狂傲。"

"怎么？有问题？"机械刀锋不解地问。

仲裁者长叹一口气："狂傲的舰长候选可不好当啊！"

"兄弟，怎么连你也这么说。别总吓我，好吗？我可是吓大的。狂傲领主凶是凶了点，可总体上，领主还是挺好的。我自己更是非常敬重他。"

"狂傲，我没见过。可我接触过的舰长候选都说狂傲是出了名的严。他的舰长候选，就算晋升 SS 级他都不满意。只有达到 SSS 级水准，他才觉得训练到位了。另外，狂傲很少带舰长候选取核。在他那里，取不到星核的舰长候选一大堆。你自己最好悠着点。"

听到这里，机械刀锋陷入了沉思。他始终不相信，狂傲会对自己的舰长候选如此决绝。

"对了，刀锋，你下一步怎么打算？"仲裁者扭头看着对方。

"我想，努力训练，提升实力，拿艘战舰。然后，我们再一起遨游世界。"

"行。只要你能拿到战舰，那我便做你的副舰长给你当参谋，怎么样？"

"好，一言为定。就冲你刚才的话，我非要拿艘战舰给你们瞧瞧。"

"看你这般自信，我暂且信你一次。但黑市的摊位，我们不能丢。万一你取不到战舰，我们这里还有退路。我和爆破先待在黑市，一边做生意一边等你的消息。千万别勉强自己，有空来我们这边多转转，我不想再失去你这个兄弟了。"

"放心，不会的，我这么强。"

等爆破看货回来，他们三个便在黑市的摊位上畅聊起来。

五十　中级训练

独自回到堕落都市，机械刀锋立即按要求，装备起机械瞬杀投身地狱般的中级训练。

为了尽快补齐短板，机械刀锋照旧主攻引力拉伸器的力量训练。至于相位对撞器的防御训练、高能减速器的敏捷训练、时空干扰器的感知训练及资料库的智力训练，他只能偶尔兼顾。

可装备了机械瞬杀，力量训练就变轻松了吗？答案是，并没有。机体断裂仍是常态。所幸，拼命坚持使得小蜘蛛的力量进一步增强。一段时间后，他的力量终于够着了堕落都市的平均线。

但第二年的中级训练，可不只有个体实力提升项目。为了让舰长候选精准定位最适合自己能力系别的战斗位置，堕落都市还安排了大量团队实力提升项目。狂傲更是在授课中反复强调：单兵作战风险大，协同作战风险小。

然而，团队模拟训练中，机械刀锋偏偏放着侧翼包抄战术不用，硬是要靠正面进攻跟对手一决高下。因为他太急于向大家证明，自己可以胜任强力突击的战斗位置。

结果可想而知，小蜘蛛经常被领主骂得狗血淋头。

距离中期考核仅剩七天，力量训练中的机械刀锋忽然接到一台叫"斥力炮"的涡轮机器的信息："刀锋，领主要我找你们做任务。"

"斥力炮前辈，不知道是什么任务？"

"你先到堕落都市作战区 H－74－9174－78910748－9086 这里来开会。"

"好的，我马上来。"

到了指定地点，机械刀锋发现，那里已有六位狂傲亲自培养的舰长候选在等候部署。

等大家都到齐了，斥力炮便开始布置任务："半年前，堕落都市边缘地带出现了一大批量子黑影，那些量子黑影经常无端攻击往返堕落都市的维度生命。所以，领主专门委派我等前去处理。可交战半年，那些量子黑影始终没被消灭干净，他们甚至还用量子回流①科技创造出更多伙伴。所以，领主决定再增派兵力前去围剿。这次新加入的两位成员，分别是聚现系的水元素和极速系的机械刀锋。他们将分别负责此次任务的范围杀伤和暗影潜行工作。"

听了半天，机械刀锋才反应过来，他跟水元素是后补。

本来，当后补也没什么，机械刀锋这种机会主义者平时还挺喜

---

① 量子回流，是指不管量子是否受到外力作用，它们都有一定概率出现"回流"的情况。

欢捡漏的。可问题出就出在时间上，因为七天后正巧是中期考核。到时候，狂傲将亲自带队检查舰长候选的综合实力以及战舰的建造情况。

这段时间，小蜘蛛一直在刻苦训练，连开会这个分身都是从训练区临时抽调过来的。

鉴于中期考核太过重要，机械刀锋会后找到斥力炮，询问本次任务他能不能不参加，或至少等中期考核结束再参加。

十分钟后，无限空间忽然闪现至机械刀锋面前，将他劈头盖脸地一顿臭骂："你以为我缺战力吗？我这里用不完的战力！我只是觉得，你这种'单兵作战顶尖，协同作战垫底'的机器，应该通过团队作战好好学习。本意让你去见识一下，结果你还挑三拣四！"

"领主，我不是这个意思，我只是想等中期考核完了，再做任务。就七天。"

"好，既然你不愿跟斥力炮做任务，那我以后再给你派其他任务！"

五十一　中期考核

距中期考核还有三天，无限空间把机械刀锋叫到指挥室："资料库里的算法，你学了多少？"

"回领主，只学了一点点。"

"什么？一点点？为什么不抓紧学？"

"领主，算法的东西，我实在学不进去。"

"其他舰长候选都在学算法，凭什么你不学？再说了，你要是不学，堕落都市的舰长评议院会给你战舰？从现在起，你主攻算法研究，按照特异系的方式进行训练。"

"不是，领主。我是极速者！特异系的东西，我根本不会啊！"

"不会就去学！资料库里那么多资料，自己想办法。"

"领主——"

"好了，别说了！赶紧回去准备中期考核。"

三天后，机械刀锋一行舰长候选准时立于堕落都市空旷的训练场。再过十分钟，他们将陆续接受狂傲的中期考核。

中期考核顺序以抽签方式决定。抽签共两轮，第一轮抽签决定选手出场顺序，第二轮抽签决定狂傲出战的嵌合体。而狂傲出战的嵌合体，又决定了中期考核的难易程度。

机械刀锋这家伙，中期考核当天运气好到爆棚。他第一轮很幸运地抽中三号，第二轮又很幸运地抽中狂傲"最弱"的嵌合体——元病毒。

元病毒可以分解成无数纳米机器，专门针对特定的生物基因形成特定的生化病毒。但元病毒有个致命弱点，那就是无法对其他维度生命造成影响。抽中元病毒让机械刀锋心里乐开了花，本次中期考核，他绝对能够轻松过关。

但其他舰长候选就没那么幸运了。

一号登场的差异平衡器抽中连锁反应。交战中，差异平衡器的机体只是不小心被撞了一个小缺口，结果当场被连锁反应的"折线星图"直接爆体。要不是平时干活多，差异平衡器肯定过不了。

二号登场的水元素抽中狂傲的暴脾气嵌合体——核能波动。在黑灰球形的核能波动面前，水元素拼命聚现出的惊涛骇浪，不到三分钟便被蒸发殆尽。余下的时间里，水元素仅剩被核能波动炙烤的份。

等水元素被考核完，机械刀锋缓步上前，立于狂傲"一主四从"的五个嵌合体对面。此时的小蜘蛛一点也不紧张，因为他知道元病毒根本构不成威胁。正因如此，狂傲还未发话，他已开始致谢："考核前，我想先感谢我的舰长指导——狂傲领主，是他——"

机械刀锋话没讲完，无限空间突然打断他："我最反感你们提我的名字！你这是坑我，知道吗？以后不准提！"

"好的，领主。"尴尬的机械刀锋原地苦笑。

"抽中我哪个嵌合体？"无限空间继续追问。

"回领主，我抽中的是元病毒。"

"什么？元病毒？你运气这么好吗？"

"领主，抽中这个，我也没办法。"

"抽签结果给我！"无限空间扭头看了一眼旁边战战兢兢的 AA。

见状，AA 赶紧上前把显示抽签结果的平板递给对方。

看完，无限空间将平板扔回给 AA："不行，他这个必须换！"

"领主，您想给他换哪个呢？"AA 满脸堆笑地望着无限空间。

无限空间转向机械刀锋："我这裂变出的五个嵌合体，你自己选！"

"什么？您这裂变出的五个嵌合体，我自己选？领主，您不讲道理，我明明选到的是元病毒。您这五个嵌合体，我一个都不想选！"

"好。那五个一起检验！"

反转的运气让机械刀锋差点跳起来。可还未来得及跟领主诡辩几句，他已身处一个赤红空间之内。

"这是我的超空间，考核正式开始。"

无限空间话音刚落，机械刀锋便迎来数道带空间撕裂效果的无形斩击。在超空间内，除非是 SS 级及以上体质，否则一旦被那种无形斩击劈中，轻则残废瘫痪，重则当场毙命。可见，用无形斩击来检测舰长候选是否达标再合适不过。

凭借机械闪避和弹射分身，机械刀锋硬生生躲开了百分之二十五左右的伤害，高强度的机体表面也只是被擦出一点浅浅的划痕。

"机体防御不错。"

无限空间肯定过后，机械刀锋的机体划痕处忽然爆开，那台机器随之灰飞烟灭，一旁操控"折线星图"攻击的连锁反应则发出咯咯的笑声。

此刻，重生的机械刀锋意识到三件事。第一，他业已晋升 SS 级；第二，攻击者伤害越高，被攻击者强度越弱，那攻击者一次性干掉被攻击者的命数越多；第三，这个超空间内，他要是不拼尽全力，他的中期考核很可能过不了。

想通后，闪转腾挪的机械刀锋，一边武装机械瞬杀，一边开启所有主动技能，用最快的速度向周围的五台机器发起冲锋。可还没冲到对方跟前，他又遭到空间坍塌和暗能量场的双重压制。空间坍塌，让魔方速子回归受阻；暗能量场，使刀锋机体不断分解。尽管瞬闪斩击仍在发挥作用，但机械刀锋的攻击已呈疲软之势。眨眼工夫，他又被干掉上千次。

所幸，机械刀锋没被彻底击溃。有道瞬影还是突破了空间坍塌和暗能量场的双重防线，以迅雷不及掩耳之势朝对面五台机器冲了过去。连锁反应和暗能量方程被魔方速子斩成齑粉，无限空间则凭借空间闪避巧妙躲开。

斩完后，那道瞬影没有丝毫停顿。顷刻间，不断弹射分身的瞬影拖着身边的魔方速子，猛地朝星系爆炸和维度魔方斩来。巨大的力量和极快的速度，让九道瞬影宛如黑夜中急闪而过的刀刃。

但维度魔方可不吃这套。那个星光四面体，即刻化身一个巨型圆环状武器，直接把飞来的五个刀锋分身吸了过去。同时，圆环武器正中快速生成一个微型恒星，将吸过去的刀锋分身当场熔解。接着，维度魔方全身的纳米机器从金属骨架上抽离，形成一大团黑灰蜂群跟机械刀锋近身缠斗。

机械刀锋也不甘示弱。超频振动的他，迅速用维度折叠将机体粒子化，并混入魔方速子当中，以一小团黑灰蜂群的野蛮姿态频频回击对手。

那场近身缠斗打得那叫一个精彩。一大一小两团黑灰蜂群，在空中形成了一个高速运动的类球体。那个类球体，时而合并，时而分开，时而变形，时而瞬移。连无限空间、连锁反应、星系爆炸和暗能量方程都难以找到合适的切入点。

交战约十分钟，机械刀锋逐渐占据上风。正当他快把维度魔方逼退时，星系爆炸的"北斗七星"和"北极星"却倏地化作无数色彩斑斓的光点向他奔袭过来。如同漫天星辰般的爆炸式攻击，让小蜘蛛完全淹没于一片亮光之中。

等再次苏醒，机械刀锋已身处战舰制造厂了。不远处，中期考核通过的舰长候选站成一排，紧张地看向正在视察战舰建造情况的领主。

从地上起身之际，AA递给机械刀锋一个平板，上面显示着他的中期考核信息："机械刀锋，SS级舰长候选。敏捷，优。防御，优。感知，优。攻击，良。机械闪避，优。分身操控，优。机体协调性出众，攻击集成度良好。近距离作战能力突出，远距离作战能力全无。相比机体有意识作战，机体无意识作战更强。综合实力达标。"

机械刀锋未来得及高兴，身边就传来无限空间的声音："你的战舰名字取好了吗？"

"回领主，取好了，舰名'机械革命'。"

"从舰体结构来看，'机械革命'长得像一只'V'形蝙蝠。舰身前端有强击光束发射器，机翼上下分设刀片状激光装置。如能配合特异系能力，那这艘战舰应该有不俗的表现。"

预感大事不妙的机械刀锋望着无限空间："领主，可我是极速者而不是特异者。"

无限空间只自顾自地说："剩下两年时间，我给你两条路。一是做算法研究，开发预测能力；二是学空间技能，开发斩击潜力。你要拿战舰，就任选其一。接下来，你跟着我的副官——明日帝国——到远征的遗迹做任务，好好学习下团队协作！"

"好的，领主。"小蜘蛛神情落寞地点头。

五十二 远征的遗迹

从战舰制造厂出来，机械刀锋立刻赶往堕落都市港口，按照指定坐标跟明日帝国汇合。

三米高的明日帝国是台下端长有四条触手的蛋形机器，可以通过全息影像生成五张不同的脸。另外，操控系的明日帝国有着异乎寻常的洁癖。正因如此，当看见不停散热的机械刀锋时，明日帝国的五张脸都显露出厌恶的表情。

在港口彻底清洗干净以后，机械刀锋才登上明日帝国那艘椭球体战舰"量子掠夺者"。舰内，机械刀锋还见到了量子简并机、脉冲星、循环熵和稀疏矩阵四位舰长候选。等所有成员就位，明日帝国便启动传送装置，将战舰传送到远征的遗迹。

到达任务点，一幅残破的画卷呈现在机械刀锋面前。无数大大小小的战舰残骸，散落在幽暗的深空区域。残骸与残骸之间，还有零星的战舰和不计其数的维度生命往来穿梭。那些破碎的残骸，则充当起庇护所、小商店、游乐场等作用。资料显示，远征的遗迹在过去是片极为富饶的区域，第三十六维度第一个战舰制造厂就建在这里。当时，其他地方的维度生命还以在此安家为傲，其繁华程度，丝毫不亚于第六维度的幻彩双子。只可惜，经年累月的战争，重创了遗迹的根基，曾经的辉煌岁月再不复返。而堕落都市引发的群聚效应①，让本就萧条的遗迹雪上加霜。从此，一蹶不振的遗迹，只能苟活于堕落都市的阴霾之下。

黄金之星曾以半开玩笑的方式说过，每当提到堕落都市，遗迹本地居民的内心只能用咬牙切齿来形容。

即将离开"量子掠夺者"之际，明日帝国对本次任务做了简要介绍。

事情的来龙去脉是这样的。为了拓宽地盘，王虫母巢的奇淫将带有感染性的黑色液体，装载到"万恶毒龙"体内使之到处传播。在远征的遗迹，黑色液体已感染了一大批虫群。被感染的虫子，不仅占领了好些个战舰残骸，而且还屠戮了许多本地居民。由于虫群繁殖快、数量多、隐匿强、战力高，导致本地居民一次性请了十几艘战舰前来帮忙。"量子掠夺者"便是其中一艘，专门负责遗迹 F - 0591 - 350003 区的歼击工作。

出了战舰，明日帝国开始分配任务。他自己和量子简并机负责

---

① 群聚效应，是指当社会系统发展到一定程度时会自动聚集各类资源。

正面进攻，脉冲星和循环熵负责侧翼包抄，机械刀锋和稀疏矩阵负责战场清扫，专门到战舰残骸内歼灭那些溜掉的虫子。

分配完任务，明日帝国让所有成员先去实地勘察一下，同时约定半小时后开始行动。

勘察情况时，机械刀锋无意间发现，由九个黑灰机械球组成的稀疏矩阵，不仅是本地居民而且还是位算法高手。稀疏矩阵对算法的讲解，连机械刀锋这样的门外汉也能听懂。趁此机会，小蜘蛛赶紧求教那位学霸，希望对方能推荐一些有关算法的入门资料。见前辈请教，稀疏矩阵推荐了《数据挖掘》和《深度学习》两套资料，同时还通过身边的飞米信息传给对方一份算法秘籍。至此，关于如何学习算法，机械刀锋总算有了一点眉目。

任务开始后，机械刀锋做得格外认真。一来是因为，他想给狂傲留点好印象；二来是因为，他想早点回堕落都市好好研究算法。

机械刀锋不怕脏不怕累。武装机械瞬杀的他，不知疲倦地从早干到晚，无数次往返于战舰残骸内搜寻被感染的虫子。凭借高超的机动性和非凡的灵活度，机械刀锋平均每天能干掉约六千万只讨厌的虫子。第四天突击检查时，明日帝国当众表扬了他。

本以为事情会顺利地发展下去，可执行任务的第五天，所有成员遭到了明日帝国歇斯底里地怒骂："你们这帮混账！做任务一点都不尽心尽力。这都第五天了，为何虫群的数量不减反增？尤其机械刀锋，你的清扫工作做得最不彻底。刚才我还看到有只虫子，从你清扫过的地方飞出来。你们听好了，前几天的任务全部重做。明天一早，我再来检查！"

明日帝国这番话，让所有舰长候选直接傻眼，每天无比勤奋的小蜘蛛更是如此。他万万没想到，昨天的他还因为干活认真受到表扬，今天的他却因为干活不认真遭到批评。但机械刀锋这次没往心里去，他反而认为确实是自己工作疏忽。毕竟，虫子是活物，到处乱飞实属正常。

接下来的任务，机械刀锋做得更加细致。他把所有分身都抽至远征的遗迹，对战场各个角落进行大扫除。一旦发现目标，他会立即上前将其歼灭。另外，他还向明日帝国建议，可以用联网方式对他们负责区域进行地毯式搜索。但明日帝国并未采纳建议，反倒又把小蜘蛛臭骂一顿。

当晚的检查结果让机械刀锋震惊不已，他清扫的区域仍有大量虫群聚集，其他成员那边的情况也不容乐观。没有任何意外，他们再次被明日帝国骂得狗血淋头。

如此反反复复了七次，机械刀锋才意识到事情不对劲。奇淫的分身为 S 级的有差别分身，而他的瞬闪斩击是带反自愈效果的。一般情况下，那些虫子都扛不住他几刀。更重要的是，他还特意弹射一个分身，专门检查被清理过的现场。检查时，他也并未发现被黑水军团控制的虫群有任何重生的迹象。可事情怪就怪在，每当明日帝国来检查，那些战舰残骸内总会钻出虫子。

到底是哪里出了问题？难道附近有虫洞？可四处查看后，机械刀锋并未发现任何虫洞，哪怕连微型的都没有。

真是见了鬼了。

机械刀锋还未查出真相，生气的明日帝国便告诉他，他这种干活不认真的垃圾后面都不用来了。辛辛苦苦干了一个月，竟被说成干活不认真的垃圾。垂头丧气的小蜘蛛，只能独自飞回堕落都市。可刚到堕落都市，他的飞米信息又收到一则消息，是明日帝国叫他马上回来继续干活。

就这样折腾了半年，机械刀锋他们勉强做完任务。在任务的贡献名单上，连临时抽调的成员都有出现，却唯独没有机械刀锋的名字。

后来，机械刀锋慢慢解开真相。那次任务，其实是有个操控者在暗中控制虫群，故意营造战场没清理干净的假象。本来半个月可以完成的任务，却被硬生生拖了六个月。如此大费周章，一是因为这能争取更多战争经费，二是因为这能体现大伙做任务的艰辛。而背地里，那位操控者还到处数落机械刀锋他们的不是。机械刀锋

"干活不认真"的事更是传到了狂傲那里。

不用问,狂傲肯定对机械刀锋失望透顶。虽然机械刀锋知道自己被算计,但为了后面能安心训练,他在狂傲面前从未提及此事。他只是认真反思自己,该如何提高话术技巧。

自此以往,机械刀锋的思维模式逐渐从"直线"转为"曲线"。向上级汇报工作时,曲线思维被证明是比直线思维更好的存在。如果上级足够智慧,那你无须多说什么。如果上级不够智慧,那你更无须多说什么;就算处于生死关头,在不得不建议的情况下,下属也要讲究方式方法。

只因,真话似刀,直谏中招。

五十三　诡辩高手

在远征的遗迹,机械刀锋唯一的收获,是从稀疏矩阵那里得到的算法资料。

翻阅完那些资料,机械刀锋意识到,所谓的算法"基础"并不"基础"。那些密密麻麻的数学公式,让他觉得浑身乏力、头晕恶心。于是,他决定先去找狂傲。

但对于舰长候选发的消息,狂傲通常是不会回复的。要找领主,只能去指挥室门口等。

在指挥室门外静候了三天,机械刀锋终于等到他心心念念的领主。可他还未开口,无限空间就反问一句:"你不在训练区训练,跑这里来干什么?"

"领主,是这样的,我有事想找您谈谈,不知您现在方不方便?"机械刀锋毕恭毕敬地望着对方。

"进来吧。"无限空间大手一挥。

跟随无限空间进到指挥室,机械刀锋小心翼翼地说:"领主,我最近查了很多有关算法的资料,发现算法对提升机械性能确实有莫大助益。领主果然高瞻远瞩,对本维度的前沿知识拿捏得相当准确。

只是，我有个问题。"

"什么问题？"

"根据已有的资料来看，算法是算法，预测能力是预测能力，两者之间并无必然联系。实际上，领主您想要的，并非算法，而是预测能力。所以，我想我们完全可以跳过算法，直接开发预测能力。"

坐下来的无限空间反问对方："那你能预测未来么？"

"能。"

"那你预测一下，我接下来要干什么？"

"接下来，领主会冷笑一声。"

果不其然，无限空间冷冷地笑了一下。

机械刀锋接着说："领主，我知道您用心良苦，想要舰长候选的实力尽可能全面，以后出去才好独当一面。不过，我这个极速者有点点特殊。您所要求开发的七类能力系别，我都会。"

"是么？说来听听。"

"三百六十倍光速的折线变向，属于极速系，对吧？随心所欲控制超频瞬影的机体动作，属于操控系，对吧？攻击自带破甲、分解、反自愈效果，属于反制系，对吧？精准调控机体的超光压能量，以此形成带持续伤害效果的能量光刃，属于能变系，对吧？自带九个无差别分身，属于聚现系，对吧？"

"那转化系，你总不行了吧？"

"领主，我行。我还有一项超级暴击的被动技能。因为机体力量瞬间陡增是凭运气产生的，所以触发暴击时相当于目标单位的好运气转化给我。"

"那不触发暴击的时候呢？"

"哎呀，领主。不触发暴击的时候，相当于我的好运气转化给目标单位了嘛。被转化也是一种转化，这至少说明我有被转化的可能。"

"那特异系呢？"

"上次中期考核，领主也看到了。您那招空间坍塌把我和我的魔方隔开时，我可是直接通过空间位移把魔方给抽了回来。这属于空间技能，对吧？另外，无须算法，我也可以短暂预测未来。"

"是么？那你再预测一下，我接下来要干什么？"

"我预测，领主接下来要骂我。"

无限空间心里很清楚，跟这个诡辩高手讲道理，他绝不是对手。见状，无限空间索性改变策略，将计就计破口大骂："你这个混账！都知道我要骂你，你还在这里跟我东扯西扯。照你这般推导，那我岂不是天下无敌啦？"

面对狂傲滔天的怒火，机械刀锋十分淡定地补了一句："领主，在我心中，您就是天下无敌。"

"你这家伙，脑子那么聪明，偏偏不用在正道上。你以为我不知道你什么意思？你无非是想我给你免掉算法。"

"领主果然慧眼非凡、心中了然。机械刀锋对领主的仰慕，简直犹如波澜壮阔的漫天星河，一发不可收拾。对，我就是不想做算法。"

"知道我为什么要你做算法吗？"

"不知道。"

"我是希望，你不要总守着自己的'一亩三分地'，觉得单靠极速系能力通关就行了。我实话告诉你，算法是所有能力系别的基础。一旦精通算法，那其他系别的能力通通信手拈来。更重要的是，你们的舰长考核，可不单单我说了算。目前，舰长评议院里面，那些从其他维度宇宙回来的舰长个个都是算法高手。最后，要是不会算法，就算你其他能力顶天，他们都不会同意给你战舰。"

机智的小蜘蛛隐约觉察到，无限空间的话里多少带一点欺骗成分。面对无限空间的这种画饼行为，他当然不会依从："领主，极速者利用算法开发预测能力，前面走的舰长候选里面，我没听说有做的，后面进的舰长候选里面，我更是闻所未闻。他们都没做，凭什么我要做啊？"

"你这家伙，叫你做算法，你还有意见！"

"领主，我肯定有意见，这又不是没事做着好玩。"

见对方不吃硬的，无限空间马上缓和了一下语气："叫你做算法，是充分肯定你。我这么说，什么意思，你应该很清楚了吧？你的能力，我是相当认可的。"

这话让机械刀锋更加坚定了自己蒙受欺骗的想法。他顺势进行回应："领主，就算您认可，您也不能这么坑我啊？我可不想取舰延期。"

"你这家伙，有时候真不知该怎么说你。缺点一堆、废话又多、脸皮还厚，典型的机会主义者。你到第三十六维度多久了，看看现在都混成了什么样子？还死皮赖脸地跟我说不想做算法。我告诉你，算法，你想做也得做，不想做也得做！"

"好，领主，我可以做算法。但做之前，您总得先带我取枚星核吧？"眼见没有商量的余地，机械刀锋赶紧转换话题。

"取核的事，你急什么？"

"领主，我怎么不急？其他舰长指导，第一年就带他们的舰长候选取过星核了。有些取得多的，甚至取了七八枚。"

"他们取多少枚星核关你什么事？我最讨厌跟谁谁谁比！你要取，你自己去取啊！"无限空间生气地往后仰了仰。

"领主，现在取核都什么情况了，您难道不知道吗？去星核制造点取核的，大部分都是开战舰的舰长，穿变形装甲的取核者都不占优势，更别提我这种近乎全裸的了。但整个第三十六维度，又有多少星核制造点呢？我专门调查过，极速者能取核的地方，总共不超过三百个。此外，一个星核制造点，平均每天有三百到五百个取核者前往，多的时候甚至上千。而大多数星核制造点，基本是每两个月生产一批星核，平均数量也就十五枚到二十枚，有些甚至连十枚都不到。其中，能生产金色星核的地方更是少之又少。领主，您是知道的，在取核方面，我又不是不努力。星核制造点不给任务做，那我有什么办法？我天天蹲门口哭也没用。黄金之星指挥官说过，取核，实力很重要，但关键还得看维度地位。所以，领主，我恳求您带我取一枚金色星核。我无非就是想在夹缝中求个生存，望领主发个慈悲。"小蜘蛛双手合十、朝前低头。

结果当天，机械刀锋遭到了无限空间前所未有的痛骂。

但毅力非凡的机械刀锋始终没有放弃。接下来的半年内，他一直跟领主死磨硬泡，隔三差五跑指挥室闹一通。哪怕指挥室门外都能听到骂声，他也依然锲而不舍。反正就是要狂傲降标准、带取核。要不然，他用什么拿战舰？

可领主偏偏像是一块冰冷的钢板。任机械刀锋怎么说，标准就是不降，取核就是不带。

百般无奈之下，小蜘蛛只能迎着特异系能力上了。

五十四　高阶训练

领主给的两条路，机械刀锋有再三考虑。

算法预测和空间斩击，无疑都是强大的特异系能力。然而，开发这两项能力，会耗费大量时间和精力。那么，第三年的高阶训练，选哪样能力学习，性价比会更高呢？

针对这个问题，爆破和仲裁者有不同的看法。

爆破认为，应该进行算法研究，开发预测能力。原因很简单，先知就是能预测未来的特异者，他自己也不止一次尝到过预测能力的甜头；仲裁者则认为，应该学习空间技能，开发斩击潜力，因为他的舰长指导正是死于擅长空间撕裂的魔术师之手。此外，他的光爆轰击属于空间技能范畴，机械刀锋学习时，他说不定能提供些许建设性意见。

反复斟酌后，机械刀锋还是选择进行算法研究开发预测能力。理由是，选一项狂傲喜欢但又不太会的能力，他更好过关。

要知道，无限空间可是使用空间技能的高手。学点空间斩击的皮毛，在无限空间面前班门弄斧，那无异于找死。

可学习算法就不同了。小蜘蛛有百分之八十的把握，狂傲不仅不擅长算法，而且还不具备预测能力。一是因为，他从未见狂傲使用预测能力；二是因为，某某某最想要的能力，往往就是某某某最欠缺的能力。说不定，在算法方面，狂傲还不如他。

对大多数极速者而言，学习算法都相当困难。有些极速者穷极一生都未能入门，利用算法成功开发出预测能力的极速者更是少之又少。可机械刀锋偏偏不是一般的极速者，仗着古灵精怪的头脑，他开始硬啃算法资料，那些复杂的数学公式也逐渐变得简单起来。

等看完稀疏矩阵推荐的东西，机械刀锋恍然大悟，算法无非是让维度生命用数学思维去理解维度宇宙内外的存在。此刻，在他的超脑中，维度宇宙已不再是曾经熟悉的模样，而是变成了由无数数学符号组成的算法世界。另外，他还注意到，只要能厘清算法世界中杂乱无章的规律，那他便可以摸索出目标的下一步行动，进而达到预测未来的目的。

想到这里，机械刀锋立刻赶回堕落都市的休息室，在那个仅二十平方米的房间内探索算法的奥妙。

根据资料提示，机械刀锋第一步需要利用集成感知，发展出精准收集数据的能力。因为只有具备数据基础，超脑的底层算法才能被有效激活。对初学者而言，利用集成感知一次性收集完周围所有数据显然不现实。于是，他瞄准了机械魔方，将魔方速子数量作为数据收集的参照物。

当年，在第五维度，影翼曾问过机械刀锋，机械魔方共有多少粒速子。当时，面对这样的问题，小蜘蛛根本无从作答；现在，悬空立于自己的小房间内，他终于能够静下心来，慢慢细数魔方的速子数量。

数第一遍时，机械刀锋是用一粒一粒的抽取方式完成计数的。数第二遍时，他开始转换计数方式，采用一百个一批的抽取方式进行；数第三遍时，他发现，只需数机械魔方的八分之一，然后乘以八即可……他一遍遍地数，速子计算机的算力一次次增强。数第一百遍时，他已能通过透视计数，直接给出魔方速子的准确数量。

接下来，机械刀锋逐渐扩大计数范围，从自身机体到堕落都市，小蜘蛛什么都数。七日后，头痛欲裂的他慢慢辨清了周围存在的内部结构，并根据性质不同的微粒在脑中描绘出一幅幅"算法图谱"。

在阅读大量文献的基础上，机械刀锋还发现，速子计算机的算法可大致分为两类。一类是使用多进制的表层算法，另一类是使用二进制的底层算法。开发表层算法，能实现主动预测，预测的未来相对较长，但耗费的机体能量高；而开发底层算法，能实现被动预测，预测的未来相对较短，但耗费的机体能量少。

机械刀锋，这个喜欢省时省力的家伙，想都不想就选择了被动预测。可被动预测也需大量数据反复"刺激"超脑，才能集成速子计算机的算法模块发展出预测能力。鉴于此，他弹射出九个分身，使之分别立于堕落都市的中心及八个角上，尽可能多地收集各类非结构数据①，并通过底层算法解析其中规律。

又过了一个月，在集成感知范围内，机械刀锋已能持续预测周围三十六秒内发生的事情。只是，那三十六秒，是按自身计时器计算的，而不是按第一维度时间计算的。

由于量子力学存在不确定性原理，机械刀锋始终无法准确预判微观粒子的动量和位置。这意味着，此时的他预测正确的概率最多只有百分之八十。同时，目标单位体积越大、实力越弱，离他和当前时间点越近，预测精度越高；目标单位体积越小、实力越强，离他和当前时间点越远，预测精度越低。可见，通过算法模拟短暂预测未来，小蜘蛛的算法研究还有待加强。

好在，即便每日头昏脑涨，那只小蜘蛛也并未停歇。为了增加预测时间和预测精度，他更是分派九个分身以三百六十倍光速在堕落都市内外疾飞，以动态运算拓展速子计算机的瞬时数据收集量。那正是大数据算法训练——态势感知，依靠海量数据让"一切皆可量化"，进以使底层算法潜力彻底"爆发"，从而形成精准的自动预

---

① 非结构数据，是指数据结构不规则或不完整的数据，包括文本、图像、音频等。

测能力。

　　一年后，机械刀锋预测未来的时间增加至三百六十秒。只要不遇上特殊情况，他的算法预测精度通常可达百分之九十五。可算法预测中，那百分之五的误差仍令他头疼不已。为什么微观粒子的动量和位置在同一时间内只能确定其中一个？如果我不能百分之百精准预测未来，那领主肯定会拿这事做文章。

　　找不到对策的机械刀锋索性让自己粒子化，企图以一粒速子的视角重新审视微观世界。但每次粒子化，他都会进入"自由跳动"的叠加态，好似在做不受控制的超频振动。这让超脑的速子计算机无法稳定运行，因而也无法辨清微观世界的"真身"。

　　不确定。一切都不确定。由一粒速子幻化成的我或许也是不确定的算法。这是机械刀锋研究得出的结论。

　　自此以往，在那台机器的字典里，维度宇宙不是受决定论影响的而是受随机论影响的。相关关系继而取代因果关系成为世界法则，而终极算法的全知全能或许并非真的全知全能。因为算法误差哪怕只有兆亿分之一，那也会造成预测结果跟实际结果不匹配的情况。这又恰巧说明，误差改变行动，行动改变未来。

　　一段时间后，机械刀锋将高阶训练成果告诉狂傲。正如他预想的那般，狂傲顺势重提空间斩击一事，一定要他不断超越极限直至战力体系崩坏为止。

　　无奈的小蜘蛛只能照做。但随着力量训练的进一步加强，那台机器竟产生了反制时空的能力。在他速子的分解场范围内，扭曲的时空会自动复原。

　　眼下，无论何种闪避，瞬闪斩击都有七成以上的命中率。

五十五　维度危机

　　机械刀锋到堕落都市的第三年，世界遭遇了一次重大的维度危机。

危机爆发点，始于风暴要塞外围的一个大型黑市——欺诈者地带。

起初，热闹的黑市内并没有任何危机迹象。可不知从何时起，黑市内陆续有维度生命死亡，死亡数量还呈逐日上升趋势。

繁忙的恶嫉本没把这事放心上，仅派了一艘变形战舰前去调查。结果，派去的变形战舰很快便杳无音信。于是，恶嫉又增派十七艘变形战舰，可那些战舰仍旧没有回音。之后，恼羞成怒的恶嫉决定驾驶专属战舰"复仇女神"亲自前往黑市调查。

进入欺诈者地带以后，恶嫉终于找到了危机的源头，一种水银状的液态金属。那种液态金属具有超流体①特性，能将接触的绝对金属转化为跟自己一样的存在。只要被碰到，无论是机械生命，还是机械战舰，抑或机械天体，统统逃不出液态金属的魔爪。

向外扩张中，狡猾的液态金属还利用身体可屏蔽信号的场，切断包围区跟外界的一切联系，以防转化过程受到干扰。

面对近乎无解的转化模式，逃出生天的恶嫉只能开启风暴要塞的推进装置，让巨大的黑灰方形城堡远离是非区域。同时，恶嫉还将一线战况汇报给了第一维度的最高使者——宇宙弦②，希望那个时空生命派遣最精锐的维度舰队来帮忙处理。

可惜，宇宙弦认为恶嫉是在小题大做。随后，宇宙弦仅用磁单极子制造出暗物质星体前往战场解决事端。但宇宙弦没料到，液态金属竟借助虫洞和时空裂缝在本维度宇宙内到处乱窜。没过多久，连第二维度都出现了液态金属的身影。

面对失态的战况，宇宙弦果断采用武力镇压，并从各个维度召集维度舰队，试图通过强大的火力歼灭液态金属。可维度舰队强大的火力，不仅未能歼灭液态金属，反倒搅乱了维度宇宙本来的秩序。一时间，维度宇宙内，凡是被怀疑的感染区皆会惨遭维度舰队的炮

---

① 超流体，是指内摩擦系数为零的液体。
② 宇宙弦，是宇宙大爆炸后时空由自发对称性破损产生的拓扑学缺陷。

火，这导致大批维度生命流离失所。好些维度生命更是利用虫洞和时空裂缝逃到了其他维度宇宙。但逃亡者不知道的是，那些液态金属早把其他维度宇宙给搅了个天翻地覆。

实际上，相较液态金属的入侵，维度舰队的武装镇压更加致命。在维度宇宙秩序严重失衡的情况下，宇宙弦仍催促维度舰队对疑似的感染区大规模清洗。清洗过程中，被误杀的维度生命数不胜数，这直接导致维度矛盾升级。大批维度生命想方设法联合起来，干扰维度舰队的军事行动。武装镇压至此陷入僵局。

只有武装镇压一条路可以走么？小蜘蛛不这么认为。

在堕落都市休息期，机械刀锋于黑市内偷摸倒卖工程装置时，认识了很多欺诈者地带的商贩，还与许多商贩成为好友。所以，本次危机爆发初期，他便获得了欺诈者地带的一手消息。

经过分析，机械刀锋认为，液态金属大概率属于转化者，而转化者最害怕的是没有外物可供转化。鉴于此，他想到三条对策：其一，派身手灵活的暗杀者寻找液态金属的弱点，尽可能避免正面交锋；其二，移除液态金属周围的绝对金属，从而让对方无物转化；其三，采用游击战而非阵地战完成反击，以免事态进一步恶化。

尽管有了三条对策，但机械刀锋这次没急于把方案告诉狂傲。他决定先去勘察一下战场情况，等问题查实了再告诉领主。安全起见，他留存一个分身在堕落都市，其他分身则飞往液态金属现身区域。

没承想，刚飞至堕落都市的边缘地带，机械刀锋就探测到，以前嫌他洗起来费事的城墙正被大量液态金属不断蚕食。纵使面对城墙的高温辐射，那些水银怪也绝不离开，誓要将捕获的猎物转化殆尽。

眼见这般景象，粒子化的机械刀锋悄悄飞了过去。然而，他越是靠近，越是心惊胆战。因为机动性强大的液态金属，不仅是很难杀死的 SSS 级，而且还拥有异乎寻常的转化能力，可以在短时间内转化触碰到的绝对金属。照此下去，城墙可能撑不了多久。

难道真找不到任何反制办法了吗？那粒正八面体速子犯起愁来。

思考对策之际，预测能力提醒机械刀锋，右前方不远处有摊装死的液态金属正悄无声息地向他靠近。接下来，那摊液态金属会从后方发动突袭，并快速包裹自己。被包裹的小蜘蛛则会因紧张进入超频振动状态，超频振动又会带着液态金属一起振动，从而产生共振现象造成对方严重不适。

莫非超频振动是液态金属的弱点？既然如此，那我先试试。

想到这里，机械刀锋变回人形机体，化身超频瞬影直奔目标而去。进攻过程中，小蜘蛛注意到，特定频率的极射束也会令液态金属痛苦不堪。见状，那只"飞行的叫兽"，一边瞬闪斩击，一边发射极射束。不一会儿，他便将附在城墙上的液态金属悉数逼退。

"不用谢，防空警报。"

没等城墙开口，机械刀锋准确地说出了对方的名字。通过这场战役，他又结交了一位推心置腹的好朋友。通过飞米信息，机械刀锋马上把掌握的情况汇报给狂傲，同时还把拟定的三条对策献给领主。

消息发完不到十分钟，无限空间闪现至机械刀锋面前。无限空间告诉他，第零维度由终极算法掌管的星核制造点——算法智库，正在向七大领主征询反制液态金属的对策。如果机械刀锋汇报属实，那无限空间想亲自带他做这次任务。

小蜘蛛当场表示同意。无限空间随即把他们传送至堕落都市最上层的港口。

那里停靠的是狂傲的战舰"创世纪"。

五十六　扭转战局

高一公里的"创世纪"，是一台通体赤红的箭头状战舰。

站在巨大的战舰之下，机械刀锋被雄伟壮观的设计所折服。由无数严丝合缝的金属模块构成的舰体极为简洁，宛如一件精美的艺术品。舰内风格同样如此，小蜘蛛所过之处见不到半点杂物。

待他们进到指挥室，前方的甲板上弹出五个金字塔形自适应座椅，无限空间体内则陆续冒出连锁反应、星系爆炸、暗能量方程和维度魔方四台机器。至于机械刀锋，无限空间则调了台正八面体状悬浮座椅供他就座。

等一切准备就绪，无限空间直接启动"创世纪"的传送装置，跳跃到欺诈者地带。

全景模式的舰内，机械刀锋看见，深空之下早已遍布许多液态金属。那些液态金属好似一团团流动的水银缓缓飘浮，俨然一副了无生气的模样。

可当探测到闪现的"创世纪"时，装死的液态金属顷刻间蜂拥而至，如流动的水银般疯狂地擦蹭战舰外围厚实的能量场。此外，液态金属带能量损毁效果的身体，更令舰外的能量场闪烁不停。但在机械刀锋预测的未来中，狂傲"一主四从"的五台机器始终不动如山，尽显领主风采。

待到周围的液态金属差不多围拢过来，无限空间才向机械刀锋发话："用你的方法做给我看看。"

"遵命，领主。"

说罢，机械刀锋立即武装机械瞬杀，化身超频瞬影从"创世纪"内冲了出去。

九道黑影一路势如破竹。仅小会儿工夫，机械刀锋就将"创世纪"附近的液态金属悉数击退。舰内的狂傲则根据收集到的振动频率，让战舰快速生成加强版的极射束，持续向四周发射。在极射束的作用下，那些液态金属纷纷痛得冒刺，不到数秒就出现不同程度的解离。被解离的液态金属又变成绝对金属粉尘，消失在欺诈者地带的深空之下。

清理完战场，机械刀锋收到领主让他返舰的心灵感应消息。当他回到"创世纪"的指挥室时，狂傲已将战斗数据和应对措施分别发送给了终极算法和宇宙弦。

收到消息的宇宙弦起初有些不悦。可两天后，那位第一维度最强战力还是主动发回一封邮件夸赞曾经的顶头上司。邮件上是这么写的：

亲爱的狂傲领主，

感谢您在如此危急关头，为维度宇宙献上三条宝贵对策。

实战结果表明，超频振动对液态金属确实极为有效。明日，终极算法将专程前往堕落都市，亲自授予您一枚金色星核。

祝心情愉快、万事顺利。

您最诚挚的朋友

宇宙弦

第二天一早，堕落都市传来一则重磅消息。那则消息称，终极算法正跟狂傲在封闭管理的堕落花园内游玩。

当天晚上，机械刀锋旁边的飞米信息收到领主的来电。领主遗憾地告诉他，终极算法授予的金色星核无法像其他星核一样裂开分享。为了避免尴尬，机械刀锋立刻表示，只要能为维度宇宙作贡献，其他都不那么重要，那枚金色星核，领主拿去用就好。

这事让领主特别高兴。无限空间随即委派一团由青振金打造的纳米机器——单元重构者——带机械刀锋整理战斗数据。对于单元重构者，机械刀锋早有耳闻，那位聚现系前辈可是跟领主一起取过两枚金色星核的重磅角色，领主对单元重构者的偏爱程度不言自明。据此，小蜘蛛坚信，只要今后好好干，那领主肯定会带他取核。

那次战斗数据整理工作，机械刀锋做得格外认真。在其他成员被调走的情况下，他也一如既往地跟着单元重构者，将手头工作保质保量完成。

至此，远征的遗迹欠的债，小蜘蛛总算还清了。

当然，扭转战局，不代表危机解除。维度宇宙内，战争还在持续。

由于具备超高智慧，狡猾的液态金属总能在维度宇宙的各个角落找到藏身之所。好在，超频振动能有效克制液态金属的消息已然传开。找准了目标的弱点，反击也变得容易。

作为一名科研狂魔，风暴要塞的恶嫉率先研发出能产生超频振动的追踪装置，于自己的管辖区域内四处投放。修罗恶城的暴怒则乘坐专属的碟状战舰"大型歼灭者"，一边耀武扬威地到处巡逻，一边飞扬跋扈地清理战场。

可王虫母巢的奇淫，日子就不太好过了。

此次危机爆发后，大家突然意识到，由黑色液体组成的奇淫竟害怕超频振动。那位领主对超频振动的耐受力，甚至还不如液态金属。

这让幽灵鬼堡的极贪嗅到一次千载难逢的机会。

阴险狡诈的极贪先是联合暴怒，凭借超频振动逼迫液态金属臣服。接着，极贪再让液态金属大量转化绝对金属，使之融合成一个液态星球——水银帝国——作为大本营。然后，极贪再命令液态金属用水银帝国全面进攻王虫母巢，以带生物毒性的"水银"将黑色液体统统赶出第三十六维度。最后，极贪再让液态金属继承奇淫的头衔，进以压制其他领主的势力。

黑色液体也成为继收集者后，又一位惨遭驱逐的生物类领主。

从那开始，王虫母巢散落四处的成员彻底沦为被奴役群体，如丧家之犬般的他们只能任由其他领主的手下肆意踩蹒。

但这就是现实。在弱肉强食的世界里，王朝随时都可能更替，而遭殃的永远是底层。只有强者才能带领下属所向披靡，让天秤朝胜利方位倾斜。

单论强大这一点，机械刀锋是十分钦佩狂傲的。

五十七　百年庆典

液态金属臣服后不久，世界秩序再度回归相对稳定的状态。

但这段时间，机械刀锋却十分郁闷。因为他的取核经历，已从"偶尔被拒"转为"持续悲剧"。运气"爆棚"的时候，他一次性能被六到七个星核制造点拒之门外，真的是连做任务的机会都没有。

有三次，机械刀锋好不容易撬开星核制造点的大门接了任务。可等任务做完，星核制造点的会长又以各种理由拒不给他星核。其中有个星核制造点的会长，甚至以"战斗方式不优美"为由拒绝了他。

更要命的是，狂傲还明确表示不会带机械刀锋取核，任他在星核制造点外自生自灭。据说，这能迫使舰长候选的潜力爆发式增长。实际上，在狂傲那里，这是再正常不过的事。领主下面近百分之八十的舰长候选都逃不过独立取核的命运。但在第三年，跟机械刀锋同批次的大部分舰长候选，都在他们舰长指导的带领下把星核取够了。其中，以黄金之星那边的舰长候选取核最多。

某天，当沮丧的小蜘蛛从一个由高能电子组成的星核制造点——电子脉冲中心——传送回堕落都市港口时，他突然发现，自己恰好立于一个"时空隧道"中心。

由灰白雾气组成的"时空隧道"，正随周围的动感音乐持续变换造型；五颜六色的温暖光线，透过雾气在空中不停地闪耀、穿梭；一阵阵震耳欲聋的轰鸣声，无时无刻不在身边回荡……

我这是穿越了么？

如此美妙的"仙境"，让机械刀锋傻傻地愣在原地，他很怀疑自己是否真的被传送回了堕落都市。巨大的港口内，他沿着雾气弥漫、灯火辉煌、热闹非凡的堕落湖畔走了几步。跟着，他才猛地反应过来，今天晚上堕落都市将迎来百年一遇的盛大庆典。沉迷取核的他，竟把这事给忘了。

反正也不差这几天，不如趁此机会痛快玩一玩。

想到这里，机械刀锋赶紧给爆破和仲裁者发了消息，让他们一起来畅享堕落都市的百年盛景。同时，他还联系了堕落都市内的一众好友，想同他们一道游览。

但百年庆典期间，没有通行证的维度生命根本进不来。而堕落都市的小伙伴，不是在取核，就是在取核的路上。好友攻城坦克就明确表示，看这种无聊的演出还不如取枚星核来得实际。

确实，单论演出活动，堕落都市平均每月都会来那么一次，多的时候甚至会有好几次。但本次庆典跟以往庆典完全不同，其规模之盛大，实属前所未见。

通知显示，百年庆典期间，堕落都市的八个角上，将分设梦幻灯光秀、天籁之音、蓝眼泪星空、海滩浴场、幻彩色的气息、战舰飞行表演、纪念品抢购活动、指挥官讲座等八个不同项目。堕落都市的中心区域，则专用于举办领主的圆桌会议。

九个地点，九种活动。作为一台爱热闹的机器，机械刀锋怎会错过？下一刻，九个刀锋分身就朝九个不同地点飞去。

梦幻灯光秀，是堕落都市第二〇〇一批次的舰长，用最先进的全息影像技术打造的灯光表演。通过规律闪烁着的激光和带动感节拍的背景音乐，一个个色彩斑斓的全息影像生动地浮现在大家眼前。在堕落都市港口，巨幕投屏的灯光秀向观众展示了堕落都市源远流长的历史，用一份独有的情怀点燃了观众的精神火种。作为一名堕落都市的舰长候选，机械刀锋更是为此感到无比自豪。在不同的灯光秀里面，机械刀锋最喜欢的仍是那个名为"时光隧道"的表演。每当置身"时光隧道"中央，那被淡蓝灯光照亮的浅灰气体，总令他有种时间漫游的错觉。在似梦似幻的"时光隧道"里，小蜘蛛如同穿越到过去，重返第六维度的快乐时光。

天籁之音——由堕落都市举办的大型演唱会——同样别具特色，演唱会成员全是第一维度的受邀嘉宾。灯光汇聚的舞台上，嘉宾们一面翩翩起舞，一面用空灵的歌声为在场观众带来一份超现实体验。沉浸在优雅的歌声里，机械刀锋化身幸福的少年，矗立于夜空中最亮的星上，向曾经的痛苦开心地道出一声再见。此时此刻，黑灰机体也好，沙哑嗓音也罢，歌声外的一切已不那么重要。空灵的歌声，不仅消除了世间的烦恼，同样也抚平了心灵的创伤。唯有结束时那响彻云霄的掌声，才会让大家重返残酷的现实。

堕落都市的另一边，漫天的"蓝眼泪"令机械刀锋如痴如醉。

那些名为"蓝眼泪"的深空萤火虫，是生长于第三十六维度荒芜区的一类浮游生物。三天前，不知什么原因，那些可爱的小家伙纷纷来到堕落都市的这个尖角，并在都市尖角上空释放出繁花似锦的深蓝星斑。那些深蓝星斑让小蜘蛛第一次感受到生物生命的美。由生物荧光所缔造的蓝色温柔，华贵却不张扬、闪亮又不耀眼。幽暗中，大量蓝眼泪时而聚集、时而分开、时而飘动、时而静止……深蓝的"星空"之下，那台机器张开双臂拥抱这份源自维度深处的奇迹，生怕不经意的举动会搅乱其中的平衡。

堕落都市的海滩浴场，则极大地舒缓了舰长候选紧绷的神经。机械刀锋平躺在露天的金色粉末状沙滩上遥看远星。晚风吹拂，浪花轻轻拍打在疲惫的机体上。一望无际的浅海中，小蜘蛛听着潮起潮落之声，迷迷糊糊地睡了过去。进入冥想世界以后，周围的杂音随之消失，他的机体也化作一道海浪上下起伏。此处，没有忧伤、没有烦恼，有的只是大洋的广阔、沙漠的浩瀚、天空的辽远。

都市的另一隅，形态各异的植物构造出一片生机盎然的乐园——幻彩色的气息。乐园当中，有通体碧绿的棍状植物"翡翠石"，也有五颜六色的地衣植物"彩虹裙摆"，还有郁郁葱葱的卷柏植物"翠云绿绒草"，更有高耸挺拔的巨型植物"云端上的华盖"……群芳斗艳的场景令一众维度生命流连忘返。机械刀锋端坐于一块巨石上，静静地感受那被净化过的清新气流。

至于战舰的飞行表演，机械刀锋就更喜欢了。无数战舰在空中快速编队，不断组成"堕落都市""百年庆典""我爱你，再见"等字样，以及"不死鸟""星光四面体""堕落都市徽章"等图案，借此烘托热闹的氛围。为了给观众助兴，黄金之星也开来了他的战舰"自由秩序"。那艘直径一公里的圆环状战舰，宛如一个巨大的金色平安扣在观众堆中自由翻飞，所到之处掌声连连。

所有项目中，最火爆的当属纪念品抢购活动。那些由堕落都市创办的纪念品商店天天爆满。机械刀锋费了九牛二虎之力，才抢购到一枚由赤振金打造的三角形徽章——自由之翼。那枚徽章可以化作纳米机器附于战舰表面，并根据舰身形状在左后侧形成一道赤红能量翼。传闻，那道布满上古时期神秘铭文的能量翼，能为战舰带来不可言状的运气加持，让舰长日后一飞冲天。

然而，指挥官讲座未能引起机械刀锋太多共鸣。精妙的微观战术和宏观战略，着实跟当前协同作战垫底的他毫无半点瓜葛。

但领主的圆桌会议，机械刀锋就特别上心了。自己的舰长指导举办的圆桌会议，他怎能不参加？那台机器几乎是第一时间赶到会场，并主动承担起接待工作。

第一位到场的领主是风暴要塞的恶嫉。

那台由青振金打造的机器，分为变形骨骼和纳米机器两大部分。通过融合一台超变形装甲——能量破坏者，那位可百变的领主获得了九个超核和九个超脑，眼下化成球形的机体直径更是来到了三十米。在通往会场的走廊上，恶嫉一边飞，一边变形，一边跳着搞怪的机器舞，一边向周围的舰长候选大声喊话。那搞怪的风格让小蜘蛛觉得，对方不像领主，倒像个"会变形的逗比"。

第二位到场的领主是修罗恶城的暴怒。

今天，那位领主身边跟着九台形态各异的黄振金机器。飞米信息显示，那九台机器是暴怒的超变形装甲——憎恶，可以将暴怒包裹起来形成一个巨大的"牛头怪"，也可以各自分开独立作战。此外，暴怒身后还跟着五名侍卫，分别是逆十字、暗黑破坏者、狂飙、离子风暴及热寂。

"这小子不是上次越狱的囚犯么？我们的战舰把他撵进移动迷宫都没事？还让他跑狂傲这里来了？"全身冒着等离子的离子风暴，用黑灰球形机体上的深蓝机械眼惊讶地望着小蜘蛛。

机械刀锋并未理会其他来者。他只是死死盯住热寂。许久不见，热寂已变成一台强化赤振金机器，整体身形较之前大了一圈，左侧的机械臂更显粗壮。带色的机体加上暴怒侍卫的身份，热寂当前的实力可想而知。

但此时的小蜘蛛却显得无比平静："把热寂交给我，我可以考虑以后不找你们的麻烦。"

此话一出，暴怒他们立刻哈哈大笑。六个高温怪物没想到，眼前那个小矮子竟敢这么跟他们说话。

笑完，热寂以"极为诚恳"的口气规劝机械刀锋："以前在第六维度，团队里面我最看不惯的就是你。有几次，我本来可以进幻彩双子管理层的，结果都被你小子搅黄了。可讽刺的是，我竟跟你一起掉到了第三十六维度。要不是因为暴怒领主、逆十字左副官和暗黑破坏者右副官收留，我可能早没命了。后来，在我师傅——狂飙指挥官——的指导下，我才得以顺利晋级。也多亏离子风暴典狱长赏识，我才能够成为燃尽魔焰之地的副典狱长。所以，你现在要是肯磕头谢罪的话，我们可以让你以后在燃尽魔焰之地过得舒服一点。"

机械刀锋没有回答热寂，他只是轻描淡写地补充："可能我刚才的声音有点小，各位没听清。我再重复一遍，把热寂交给我，我可以考虑以后不找你们的麻烦。"

六个高温怪物再次捧腹大笑。逆十字更是强忍笑意："小子，说真的，仗着在堕落都市守门，你现在的胆子是越来越大了。今天，看在你们百年庆典的分上，我们不跟你计较。等你拿到战舰出去，我们再回燃尽魔焰之地好好聊聊。"

说完，六个高温怪物笑着走进会场。

第三位到场的领主是水银帝国的奇淫。

那位新上任的领主对机械刀锋是再熟悉不过，这只小蜘蛛可是第一台成功伤到他的机器。也许是因为害怕超频振动，化作球体的液态金属全程未跟机械刀锋有半点交流。

第四位到场的领主是暗黑巨星的霸噬。

可今天，出现在会场通道的微型虫洞仅是霸噬的一个分身，霸噬真正的本体其实是一片星系大小的虫洞森林。因为知道虫洞森林的厉害，小蜘蛛默默地目送对方飞入会场。

第五位到场的领主是堕落都市的狂傲。

在狂傲"一主四从"的五台机器身后，还跟着一众星核制造点的会长和副会长。

"领主们到齐了吗?"无限空间看了眼机械刀锋。

"回领主,还差幽灵鬼堡的极贪和深海皇室的冥惰。"

"好。"

问完机械刀锋,五台机器一同步入会场。小蜘蛛则跟进场的会长们陆续寒暄,他甚至还抽回八个分身为那些想要参观的会长们做起了领航员。

第六位到场的领主是幽灵鬼堡的极贪。

拥有四条手臂的极贪只有一个高两米的上半身。瘦骨嶙峋的阴影躯干上,长有一个四角骷髅头,上翘的嘴角看起来既阴险又狡诈,身旁则浮着三个时而显现、时而消失的黑色能量球。

在极贪左右还有两个随行的能量生命,分别是右副官能量操控师和左副官微笑的魔术师。见到自己的玩具,微笑的魔术师用左手食指轻轻放在嘴上,"友好"地示意机械刀锋今天千万别吱声。

至于深海皇室的冥惰,那位领主则全程缺席。

五十八 专项训练

堕落都市第四年为专项训练,舰长候选需要根据自己的能力系别形成一技之长。

可机械刀锋偏偏属于"门门懂样样瘟"的类型。这事让他相当郁闷,郁闷到什么也不想干,什么也不想学。很长一段时间内,他每日就混迹于堕落花园,自己给自己减压。

某天,当机械刀锋躺在一棵大树下乘凉时,有两台机器忽然跑到树的另一边聊起了上古时期的神秘学。

高个机器说:"上古时期,有位先哲曾经讲过,世间万物是由地、火、水、风和以太组成的,可以分别用正六面体、正四面体、正二十面体、正八面体和正十二面体表示。可我总觉得那位先哲另有所指,而且少了点什么。"

矮个机器点点头："对，我也这么觉得。"

那到底，另指什么？又少了点什么呢？乘凉的机械刀锋，一边旁听两者的对话，一边思考对话的内容。

关于神秘学，机械刀锋倒也接触过一些。两台机器口中的先哲，确实有可能是在用形象的实体表达抽象的概念。只是，限于当时的历史条件，先哲无法用词汇将概念内涵准确地表达出来，只能用图形进行直观描述。另外，那位先哲还极有可能遗漏了某些要素，使构建的体系不那么完美。

凉爽的树阴下，无数一闪而过的想法，在机械刀锋脑中反复地分解重构。他时而感觉发现了点什么，时而又感觉什么都没发现。经过成千上万次模拟，他终于将零碎的想法拼接到一起，于超脑中构建出一幅崭新的能力系别图。

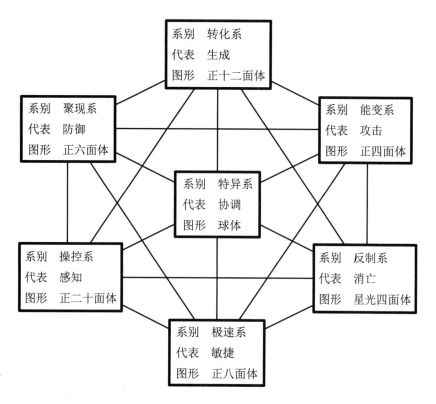

在机械刀锋看来，极速系的能力，是机械运动速度的迅速加减，

代表敏捷；操控系的能力，是借助意识控制自身或外物，代表感知；能变系的能力，是改变自身或外界的能量形式用于战斗，代表攻击；聚现系的能力，是制造出更多的存在来防止本体遭到破坏，代表防御；转化系的能力，是将外物变为自己的东西，代表生成。

至于那位先哲遗漏的元素，机械刀锋认为，其一是代表终结万物的能力，其二是代表包容万物的能力。这让他想起反制系和特异系。反制系的能力，是破坏特定的存在，代表消亡，其对应的图形应为星光四面体。实际上，用攻击叠加攻击的方式，代表事物被彻底破坏也比较合理。特异系的能力，虽然比较特殊，但其本质上表示的是"涵盖所有、集成一切、无所不能"的意思。无论时间、空间、预测、读心，甚至精通其他能力系别等都是如此，特异系的能力也因此代表协调。外表光滑的球体，感觉上刚好对应此类属性。

由此，机械刀锋悟出一个道理。

那便是，七大能力系别本质上皆是量子相互作用的结果。量子不同相互作用形成的微粒，则分别对应速子、控子、反子、变子、聚子、转子及特子，七种微粒又按照特定顺序排列组合起来。极速系为增减量子运动速度，操控系为控制量子活动范围，反制系为形成量子克制关系，能变系为改变量子流动方式，聚现系为固定量子结构形态，转化系为转换量子使用途径，特异系为革新量子极限运用。

对于不同能力系别的舰长候选而言，围绕自身微粒的主要性质进行针对性的训练，训练效果能事半功倍；违背自身微粒的主要性质进行其他系别的训练，训练效果会事倍功半。由此进一步推断，在能力系别图上，跟自身关系越远的系别，训练起来越不容易。这意味着，极速者从事转化系和特异系的训练，比从事操控系和反制系的训练更加困难。

至此，小蜘蛛终于领悟到各系能力的精髓，也明白了很多百思不得其解的问题。譬如，为何每天什么都不做的转化者会越来越强？那是因为，转化者会在悄无声息中将周围的存在变成自己的囊中之物，其中就包括运气之类的增益或损益效果。

那为何极速者不借助外物就无法突破三百六十倍光速呢？问题恐怕出在遍布维度宇宙的限制场这里，雷鸣在堕落都市的讲座也曾暗示过这一点。

据资料记载，在断罪者未被摧毁前，上古军团通常展现的不是五角星阵型而是六芒星阵型。六芒星阵型的最前端，正是断罪者的专属位置。那时，只要断罪者在场，无限空间都得靠边站。要不是公开挑战终极算法失败，那第一维度的最高使者绝不会是宇宙弦。被终极算法摧毁后，随断罪者一并消失的还有机械运动的极限速度。由于限制场的作用，世间一切存在也附上了无法摆脱的静止能量①。若要突破三百六十倍光速，那维度生命只能继续减少静止能量。但限制场宛如机械运动的速度铁律。一旦达到三百六十倍光速，静止能量便无法进一步降低。

但机械刀锋总觉得这条速度铁律有可能被打破。理由有两点：其一，在高能减速器内，他的速度上限曾出现过波动；其二，根据重构的能力系别图来看，极速者的开发方向就应该是突破速度上限。

想到这里，机械刀锋立即武装上机械瞬杀，用心灵感应虚心求教装甲的机械智能。感受到诚意的机械智能告诉他，机械瞬杀的功能为辅助装备者提升速度。得到肯定的答复后，机械刀锋铆足全力在高能减速器内拼命训练。

四个月后，那只小蜘蛛终于突破速度上限，达到了三千六百倍光速。

目前，在不借助外物的情况下，他的速度在堕落都市排名第一！

五十九　机动性检测中心

冲破速度限制后，机械刀锋所做的第一件事，就是赶往各大星

---

① 静止能量，是指所测存在的能量。静止能量由两部分组成，其一是限制场强加的能量，其二是存在自身所蕴含的能量。

核制造点取核。

某天，有个刀锋分身正好来到机动性检测中心门外。机动性检测中心是个直径三十公里的机械小行星。按第一维度时间算，机动性检测中心制造二十枚红色星核大约需要两个月。

从进堕落都市到现在，机械刀锋前前后后来过机动性检测中心七次。可惜，他前六次都未能领到任务。但本次情况稍有不同，因为堕落都市百年庆典期间，他曾接待过该中心的会长和副会长。

这次，他想厚着脸皮再试一试。

经过一个月的漫长排队，机械刀锋好不容易将自己的资料投递进去。接下来，在机动性检测中心门外又等了两个月，他才凭运气领到一项协同作战任务。

原来，在第三十六维度的 86 – 286 – 37 – 99636 号旋涡星系，来了一帮由叠加态电子构造的能变系球状闪电。那些能量生命仗着强大的空间位移能力，在旋涡星系内横行霸道、大杀特杀。可战事频繁的第三十六维度，七大领主无暇顾及管辖范围之外的杂兵。所以，旋涡星系的本地居民只能依托"委托 – 代理"机制，花重金聘请机动性检测中心帮他们解决球状闪电。

尽管机动性检测中心通常会将任务分派给舰长，但这次两位会长还是决定给机械刀锋一次机会。这一来是因为机械刀锋在堕落都市的接待工作做得非常认真，二来是因为两位会长跟狂傲是旧知。给个小任务，做得好，给一枚星核；做得不好，那也不会得罪狂傲。正是在这样的情况下，那只小蜘蛛才侥幸搭了班顺风车。

接下来，机械刀锋同其他四十位领到任务的舰长一起，来到机动性检测中心外围那巨大的圆环状传送装置旁边。

当见到那四十位舰长的战舰，机械刀锋瞬间觉得自己存在感稀薄。在巨大的战舰面前，他形同一粒无关紧要的宇宙尘埃。要不是身旁的飞米信息显示有任务权限，那根本没谁会在意那台小机器。

不过，单论取核决心，机械刀锋可谁也不输。跟已经取过星核的舰长相比，从未取过星核的他自然特别珍惜这来之不易的机会。

等传送装置内生成一个虫洞，大家便按顺序迅速飞入其中。

虫洞之外便是激烈的战场。

零星的战舰残骸之间，大量球状闪电正肆意屠戮本地居民。见状，四十艘战舰开足火力冲了过去，数以万计的球状闪电当场死亡。但那些狡诈的球状闪电，顷刻间便用瞬间移动闪至战舰周围，同时使出威力强劲的连环闪电朝战舰疯狂扫射。

带能量损毁效果的连环闪电，数分钟内便将所有战舰的能量场彻底瓦解。剩下的战斗，大家只能靠绝对金属机体与之硬拼。

靠绝对金属机体硬拼，那不是我的专长么？

想到这里，机械刀锋飞进战场就是一顿横冲直撞。凭借强大的防御，他抗住了绝大多数伤害；凭借超高的速度，他在敌方阵营中持续折线变向；凭借精准的感知，他不断预测出目标闪现后的位置；凭借猛烈的振动，他化身超频瞬影反复朝球状闪电瞬闪斩击。

至于球状闪电的闪电护盾，击穿它对机械刀锋来说不在话下。连战舰都能劈开的机器，根本不会在意这种程度的闪电护盾。依靠持续弹射分身，机械刀锋的输出足以媲美周围的战舰。而面对四处袭来的刀锋分身，那些球状闪电根本找不到有效的还击策略，只能任由霰弹般的魔方速子在己方阵营中到处切割。

于旋涡星系内冲杀了近四个月，那些球状闪电总算被清理干净。本次任务结束时，仅剩十七艘战舰和机械刀锋平安返航。

机动性检测中心的星核授予平台上，会长们亲自为凯旋的勇士颁授星核。排在最末位的机械刀锋，顺利拿到了他生平第一枚星核。那枚由红色光点组成的星核，在周围明亮光线的衬托下更显绚丽耀眼。

直到星核被装进正六面体状的黑灰星核封装罐，机械刀锋才小心翼翼地带它返航。飞至"机械革命"时，机械刀锋先取出封装罐内的星核，并弹射一个分身将封装罐拿回堕落都市用于备案。接着，他再把星核注入即将建成的"机械革命"舰身。

跟战舰接触那刻，星核忽然化为一道红色能量，在舰身上面快速跑了一遍。

机械智能心灵感应声随之响起："'机械革命'，系统激活！"

六十 小 偷

黑市的摊位内，爆破正跟机械刀锋打闹聊天。

"刀锋小子，你竟做成了一件我直到战舰爆炸都没做成的事。来来来，我们要给你这个尖脑袋、溜肩膀、锐角胯裆、四棱锥手脚好好庆祝一番。"

爆破一边说一边用手肘轻轻推了推旁边的仲裁者。可仲裁者却突然转身，走进后方的小房间独自哽咽起来。

机械刀锋笑着望向爆破："你把仲裁者整伤心了。"

"没有的事，他只是想调整一下情绪。你不知道，你每次外出取核，仲裁者都会为你默默祈祷，希望你一切顺利。"

"他这么迷信？"

"那可不。"

"对了，爆破，你以前说，你的战舰在堕落都市建好了，后来出状况没了。那是怎么一回事？"

机械刀锋的问话让现场气氛突然冷了几分。

只见爆破到大门口缓缓坐下，抬头仰望漆黑的天空："我的'战帆'是艘变形战舰，那是比变形装甲更让我沉醉的东西。为了能将'战帆'开走，我在堕落都市内拼命提升实力。可后来，等舰长考核过了，我那位冷酷无情的舰长指导却表示不会带我取核，无论我怎么求都没用。当然，我自己运气也不好，独立取核四年，连星核制造点的大门都进不去。最后，我就那么眼睁睁地看着战舰被城墙'回收'，一点办法都没有。现在，你也知道，在堕落都市，第四年以后就算延期。延期后，所有没开走的战舰都有被'回收'的可能。按第一维度时间算，不能移动的战舰最多三年便会抵达城墙的管辖区，有时甚至更短。还有一个多月，你就要延期了，剩下的星核，你想想怎么处理吧。"

眼见爆破如此忧郁的神情，机械刀锋不免为之诧异。

"怕什么？你不是吓大的吗？"

从小房间出来的仲裁者，一边不屑地看着机械刀锋，一边以激将法重燃小蜘蛛的斗志："剩下的星核，大家一起想办法。下个月，要舰长考核了，你先把这关过了再说。今天，我们去黑市的休息区转转，给你庆祝一下。"

关门后，三台机器朝着黑市深处进发。

一路上，机械刀锋看到了各式各样的黑市顾客，还有琳琅满目、稀奇古怪的各类商品，以及温泉泳池、蒸汽桑拿、激光烘烤、芳草熏香等放松服务。仗着本地商贩的身份，他们可以用"批发价"尽情选购。

等三台机器从温泉泳池出来，机械刀锋感应到，九点钟方向有一个夹缝求生的旧识。用心灵感应相互沟通了几句，他们便一同前往那位旧识的所在地。

一堆维度生命中间，有个机器壮汉正用左手拧着一根机械绳向地上猛抽，嘴里不停地叫骂："该死的小偷，我让你偷！我让你偷！蹲了你这么久，今天终于被我逮到了吧，看我不宰了你！你不是能操控其他机器么？来操控我啊？我让你操控！我让你操控！"

至于那根黑灰色机械绳，只能拼命大喊求饶："管理员大哥！管理员大哥！我错了，我错了，我真的错了！我只是想在夹缝中求个生存。求你别抽了，真的别抽了，我的眼睛都快被抽烂了。"

低头叉手偷笑几声，机械刀锋向仲裁者示意了一下。心领神会的仲裁者，一边摇头一边朝那位机器壮汉走去。

见有机器从旁走来，那位壮汉随即停住，一面用脚死死踩住机械绳的七寸，一面用手将那根机械绳拉直、绷紧，以免对方溜掉。

仲裁者先看了看那根奄奄一息的机械绳，再从飞米信息中调出黑市营业执照的全息影像："管理员大哥，我是这里的商贩，请问这根机械绳究竟做了什么，让你如此大动肝火？"

检查完黑市营业执照，机器壮汉笑着回复："兄弟，你有所不知。这个家伙，经常在我们黑市偷东西，还操控其他机器抢劫。"

"什么？抢劫？我生平最讨厌抢劫！请管理员大哥把这个抢劫犯就地正法吧。"

说完，仲裁者转身便走。

结果，这话惹得那根机械绳哭天喊地："大哥，我没有抢劫，我真的没有抢劫。我根本没那个胆。我只是偶尔偷点小零件，换点生活必需品。"

听到这里，仲裁者转身回来，以极为"惊讶"的语气反问："你的意思是，管理员大哥冤枉你？"

机器壮汉一听，更加愤怒。怒不可遏的壮汉，用力拉拽手中的机械绳，歇斯底里地大骂脚下的小偷："你还敢狡辩？看我不宰了你！"

滑稽的场景让机械刀锋在后面差点笑出声。但他还是强忍笑意，好让仲裁者把戏演完。

看见被拉拽的机械绳，仲裁者赶紧上前"好心"劝说："停停停，管理员大哥，你先别动手。依我看，要不这样，我店里缺一个打杂的，可以的话，你把他卖给我。等一下，我去买几个自爆环，给这个剩半截身子的家伙套上。往后，我让他从早到晚加班加点地干活。他要敢松懈，那我马上让身后的两位伙计给他来一发，保证他生不如死。不知管理员大哥意下如何？"

"什么！你难道不知道，我是刚正不阿、秉公执法的管理员么？"机器壮汉转向周围看热闹的群众，"没看见这里正执法吗？还不快点给我滚！信不信把你们一起抓了？"

等周围维度生命尽数散去，机器壮汉忽然换了副嘴脸，轻声在仲裁者旁边说了句："一百青振金币。"

仲裁者用手轻轻弹了弹那根被绷紧的机械绳，然后不紧不慢地回复道："都残疾了，二十。"

听到还价，被踩住的机械绳在壮汉脚下拼命乱钻，好不容易挤出一个赤红机械眼，可怜巴巴地望着仲裁者："老板，您就发个慈悲，出一百青振金币把我买了吧。以后，我一定好好干活。我真的不想再被丢进黑市监狱了，那里面全是些变态。"

"闭嘴！"壮汉呵斥一声又顺势换了只脚，重新把露头的赤红机械眼踩在脚下。然后，壮汉低头向仲裁者说，"兄弟，这可是个惯犯。"

随后，壮汉又补了一句："得加钱。"

"三十。"

"九十。"

"四十。"

"八十。"

"五十。"

"七十。"

"六十，不能再多了。不卖的话，我走了。"

"成交！"

机器壮汉同意后，仲裁者转头瞪了一眼机械刀锋："愣什么愣，还不赶紧付款。"

机械刀锋捂脸向前，用飞米信息向壮汉付款。看到钱款到账，壮汉才把那根半死不活的机械绳递给仲裁者。接下来，仲裁者将机械绳挽好挂肩上，同两位"伙计"扬长而去。

返程的路上，那根机械绳真的是竭尽讨好之能，猛夸救下他小命的三台机器。

回到摊位，仲裁者把肩上的机械绳用力朝地下一扔："这是战舰'机械革命'的刀锋舰长。刚才，是他要救你，还不快点感谢！"

"原来是横扫三军、以一敌百、锐不可当的刀锋舰长。幸会，幸会。您那艘'机械革命'的威名，我早有所闻。今天，小弟万般感谢舰长的救命之恩。"

爆破对眼前那个马屁精很是无语："呸！不要脸！'机械革命'都还没造好，你就已经听说过啦？"

面对那根点头哈腰又满嘴谎话的机械绳，机械刀锋当即决定再好好整整他。只见，机械刀锋端详着机械绳的伤口，虚情假意地轻轻摇头："啧啧啧，反自愈武器弄的伤口啊。"

见对方说话，那根机械绳赶紧凑了上去："是的，舰长。这伤是前段时间在黑市监狱被一帮变态弄的，我怕是要终身残疾了。"

"不会，不会。我们机械生命不是有自愈因子吗？"

"反自愈武器造成的伤害，自愈因子可以治？"

"可以，要我给你弄一下吗？"

"要要要。如果能修复的话，那当然要了。"

机械绳话音刚落，仲裁者一把抓住他的机械眼，爆破一脚踩住他受伤的尾巴，机械刀锋则顺势操起一大块黑韧钢使劲砸了下去。

这场景差点让机械绳吓晕过去。

之后，奇迹发生了。机械绳断掉的末尾，开始自动修复起来。仅耗时二十三秒，那根机械绳就变回原来的二十八米。

看着新长出来的尾巴，机械绳开心极了。他立即把黑灰色机体卷成一个人形木乃伊，对着机械刀锋他们便是一顿猛拜。那只赤红机械眼，则好似一个被金属枝条撑起的灯泡，在那里晃来晃去，场面十分滑稽。

见如此跪拜，机械刀锋笑着说："赤眼死绳长官，许久不见，你怎会变得如此落魄？"

"赤眼死绳长官？你是？"

听到对面叫自己的名字，赤眼死绳不免吃了一惊。他慌忙将头抬起，仔细朝前观望。那台身边有个正八面体环绕的机器，确实让他有种似曾相识的感觉。

赤眼死绳一边回忆一边喃喃自语："机体棱角分明、全身锋利无比、魔方折线变向……哦，我想起来了，你是第五维度舰长选拔时那个嚣张的，啊，不对，是潇洒英俊、风流倜傥、面如冠玉、英勇无比的机械刀锋！说真的，我当时就很看好你！"

"咦？可我怎么记得，你当时是说很看好我的啊？现在怎么又成机械刀锋了呢?"仲裁者在旁似笑非笑地盯着赤眼死绳。

持续观察那台独眼机器数秒,赤眼死绳猛地反应过来:"你是那个仲裁者!好久不见,你怎么变得又高又帅啦?"

"那你觉得,是我帅呢?还是机械刀锋帅呢?"

"都帅,都帅。当时所有报名参赛的战队里面,我最看好的就是你们矢量推进战队。要不是入围选手全都被内定了,被选上的肯定是你们五个!"

被大肆夸赞的仲裁者笑着回复:"既然你都想起来了,那你就跟我们好好讲讲当年发生的事。讲得好,我们留你在这里,等战舰建成,一起遨游世界;讲得不好,那我们就把你扔回黑市监狱,那里有些地方,你可能还没体验过。"

望着三台实力强悍的机器,绳子只能将当年选拔的情况一五一十地交代出来。完事后,他还不忘讲述自己"悲惨的经历"。

擅长接触式神经控制技能的赤眼死绳,原是第六维度幻彩双子的联络员。后来,这家伙不务正业,把分到的强化装甲作为本钱,偷摸干起倒买倒卖的勾当,靠这赚了一笔小钱。接着,他用那笔钱贿赂了幻彩双子的一些管理员,从而得到一份去第五维度当审核官的美差。到了第五维度,绳子更是变本加厉,通过自己娴熟的牌技大杀四方,迫使好些输光家当的管理员打下欠条。为了回收赌资,狡诈的管理员们找来"朋友"帮忙,在逼绳子交出所有存款的同时还将他流放到第三十六维度。

或许是因为大家同为第六维度的落魄老乡,也或许是因为溜须拍马的绳子很是讨喜,更或许是因为相中对方投机取巧的经商能力。临走前,机械刀锋让仲裁者他们将赤眼死绳留在黑市摊位,给那个东躲西藏的老赌棍一处安身立命之所。

心血来潮之余,机械刀锋还许诺绳子,等战舰造好,他会送绳子一台超强化装甲。至于到时候,绳子要不要跟他们一起遨游世界,这事就取决于绳子自己了。

处理完绳子的事,机械刀锋立刻返回堕落都市,迎接即将来临的舰长考核。

六十一 舰长考核

为避免舰长考核不过，狂傲在推荐舰长候选参加舰长考核时尤为谨慎。

在狂傲那里，取舰延期一两年是很正常的事。只有极少数舰长候选能在第四年被狂傲认可，获得参加舰长考核的资格。机械刀锋便是其中之一。

但认可归认可，舰长候选能不能升任舰长，还需其他指挥官一同进行检验。

舰长考核共分两轮。第一轮的审核成员全为堕落都市内部的指挥官，专门负责跟舰长候选实战，挑问题；第二轮的审核成员则由堕落都市内外的指挥官共同构成，主要负责给舰长候选的综合实力打分。

两轮舰长考核之间，更有一项双向匿名审核机制。堕落都市会抹去所有审核成员和舰长候选的信息，然后将第一轮的舰长考核对战录像，送至其他指挥官手里进行评议。只有两位匿名指挥官同时认可舰长候选的实力，那些舰长候选才能参加第二轮的舰长考核。

舰长考核的第一轮，狂傲找了堕落都市的自旋、意志堡垒、海市蜃楼和明日帝国来检验机械刀锋。

自旋是台高八米的四臂人形机器，左右两侧对称的机体可以变形不同用途的聚合炮；背上两台下角拉长的三棱锥装置，能够根据量子自旋结果生成反制措施。海市蜃楼是台通体黑灰的百变战机，擅长大范围的神经操控技能。

立于一处空旷的训练场内，机械刀锋望着前方的审核成员暗自揣摩。自旋、海市蜃楼和意志堡垒，平日跟我有些来往，本次舰长考核，他们大概率不会为难我。至于明日帝国，虽说他上次在远征的遗迹暗地里整我，但他今日并未操控其他维度生命前来。看样子，第一轮考核，我只需要担心领主。

考核刚开始，一个刀锋分身直接冲到星系爆炸面前，瞬闪斩击数万刀击杀了对面好几百次，以防那个"竹节虫"拿"北斗七星"和"北极星"偷袭自己。

接下来，机械刀锋一边武装机械瞬杀，一边弹射分身朝维度魔方、暗能量方程、连锁反应和无限空间劈砍过去。三千六百倍光速配合瞬闪斩击，让狂傲那四个嵌合体无从闪躲。无限空间更是当场爆体，刚开启的超空间也变得七零八落。

急转直下的战况，让狂傲马上调出嵌合体核能波动，以期用那台热能转化器的光热风暴迎战机械刀锋。可面对极速弹射分身的机械刀锋，核能波动的光热风暴发挥不出作用。只要保持三千六百倍光速持续移动，化身超频瞬影的小蜘蛛就很难被灼伤。

这情形迫使狂傲又调出好些个嵌合体。但战斗结果表明，那些嵌合体都不太好用，而领主最强的极速系嵌合体断罪者又偏偏被终极算法摧毁了。

正当机械刀锋以为胜券在握时，他预测到，自旋会用增强限制场的方式令他速度急剧下降，同时他还会被聚合炮反复击中。机械刀锋试图变更飞行轨迹，但他仍旧无法改变那个确定的未来。

被聚合炮击中后，撞向地面的机械刀锋恍然大悟。有些攻击，就算预测了，也无法闪避；有些事情，就算预测了，也无法改变。全知若做不到全能，即使能精准预测未来，那也毫无意义。

突然参战的自旋令机械刀锋暗暗叫苦。

那机械刀锋的速度到底被自旋降了多少呢？答案是，机械刀锋从三千六百倍光速降到了三十六倍光速。

对。极速技效果被降至原来的百分之一！

当前，在审核官眼里，被减速的机械刀锋简直跟蜗牛无异。可那台机器没有于此放弃，既然自旋发难，那他必须选择回应。两个刀锋分身拼尽全力朝对方冲了过去。

但是，有用么？

尽管集成感知、机体强度和机体锐度没任何变化，但速度降低后机械刀锋的所有技能无异于摆设。当前，被减速的他，战力近乎为零。极速者的弱点暴露无遗，速度降低、闪避失效、暴击难触发、分身行动迟缓、斩杀战形造不成半点伤害……除了当个沙包，他还能做什么？

在狂傲几百个嵌合体和自旋的不断围攻下，无奈的机械刀锋彻底躺平了。

至此，第一轮舰长考核宣告结束。

接下来的时间里，机械刀锋冥思苦想克制自旋的办法。可除非他能反制减速，否则今后跟自旋交战，他还得继续挨揍。

过了两个月，机械刀锋收到匿名评审合格的通知，第二轮舰长考核随之开始。

考核当天，小蜘蛛怀着忐忑不安的心情缓缓走进舰长考核区。结果，他惊喜地发现，狂傲和自旋竟然都不在！

作为机械刀锋的舰长指导，狂傲不能参加第二轮舰长考核。自旋则因在返航路上被液态金属团团围住，无法按时赶回，只能全程缺席。

那第二轮舰长考核的审核官都是谁呢？

来自堕落都市外的审核官，是第一维度七大使者中的核能元帅和幻象制造者。

能变系的核能元帅，是一台由五个直径九米的黄振金机械球组成的机器；操控系的幻象制造者，则是一大团由无数微小幻彩光点组成的星云状能量生命。

至于堕落都市内的审核官，则由意志堡垒、海市蜃楼和明日帝国担任。

不过这次，明日帝国倒是做好了相应的准备。他操控了二十个坦克型机器过来检验机械刀锋，但这难得倒聪明机智的小蜘蛛么？缺乏高机动性的装甲流打法，早已是几百年前用烂掉的东西了。在一个能达到三千六百倍光速的极速者面前，那些叠甲机器根本构不成任何威胁。

第二轮考核开始后，机械刀锋并未着急出击，而是礼貌地作了个自我介绍，再等审核官先动手。

最先进攻的是核能元帅。一个黄振金机械球微微振动，大量光热风暴便倾巢而出。在预测能力的加持下，机械刀锋仅凭机械闪避就轻松躲开。紧接着，幻象制造者释放出大量带分解场的星云尘埃堵住他的去路。作为回应，小蜘蛛则用魔方速子不断瞬闪斩击，不到十分钟就将星云尘埃统统清除。

机械刀锋心知肚明，那是两位审核官刻意保留实力的结果。对面要来真格的，他应付起来恐怕会相当吃力。所以，大家心照不宣，从头到尾象征性地切磋了一下。一旁的海市蜃楼更是点到为止。

但明日帝国怎么可能放过机械刀锋？

眨眼工夫，二十个坦克型机器一拥而上，誓要将那只小蜘蛛打趴在地。结果，八个刀锋分身瞬闪斩击了六秒，就把那些坦克型机器砍成齑粉。

然而，机械刀锋无法琢磨透意志堡垒的想法。一方面，以他对意志堡垒的了解来看，对方肯定是想放他过的；另一方面，以意志堡垒的表现来看，对方对他的审核又非常严格。意志堡垒聚现出一道特殊的能量场。那道能量场，不仅能分解能量而且还能分解绝对金属。虽说分解速率缓慢，但那也让机械魔方发挥不出应有的实力。与此同时，机体不断变形的意志堡垒还用各种能量武器射向东躲西藏的机械刀锋。

如果说这是在演戏，那未免也太逼真了点。

面对意志堡垒的猛烈炮火，机械刀锋只能拿出全部实力拼命反击。凭借不断触发的超级暴击，只攻不防的九道瞬影终于撕开了意志堡垒的防御，勉强赢得了本轮舰长考核的胜利。

第二轮过关后，机械刀锋向狂傲汇报了舰长考核的情况，真诚地感谢领主四年的指导。

当天晚些时候，小蜘蛛收到一条舰长考核消息。消息是这么显示的：

名字	作战优点	作战缺点	改进意见	综合得分
机械刀锋	敏捷，优；防御，优；感知，优；攻击，优；机械闪避，优；分身操控，优；机体协调性，优；攻击集成度，优；近战，优；SSS级，无限命数。	进攻手段全为近战，减速状态无力破局。斩击轨迹杂乱无章，折线变向耗能严重。	战斗模式过于单一，需要开发其他能力。	86.8

过关的小蜘蛛激动不已，他随即发消息给黑市的小伙伴，让大家一起来"机械革命"庆祝。

六十二　准舰长

被堕落都市弹出的"机械革命"顺着场线飘在深空之下。

正如狂傲所言，翼展一百米的"机械革命"形似一只黑灰蝙蝠。

舰外，扁形舰身看起来无比简洁，各个金属模块之间严丝合缝；舰内，一台"V"形发动机占据了后端及两侧的大部分位置，仅留下前端可容纳十名舰员的一个指挥室。

战舰虽小但一应俱全。厚实的指挥室甲板下面，实时通信、坐标导航、数据分析、自动驾驶等装置一样不差。战舰的机械智能，不仅能用心灵感应跟舰员实现信息同步，而且还能通过数据分析结果为舰员提供算法决策参考。美中不足的是，"机械革命"的武器系统尚显单一，仅有舰身前端的两台强击光束发射器和分布在机翼上下的四个刀片状激光装置。

好在，武器不够，装甲来凑。指挥室的甲板下面，竟配有六台超强化装甲和两台超变形装甲，超变形装甲是高两米的黑灰长菱体。解锁后，得到授权的那个长菱体倏地将机械魔方吸进去，直接变为一只足展两米七的四脚蜘蛛。

成为准舰长的机械刀锋，先将那个四脚蜘蛛命名为"机械狂暴"，再实测超变形装甲自带的功能。

速子数量大幅度提升，攻击半径增至一千八百公里。看样子，能跟我一同弹射分身的机械狂暴是一台远程杀伤性武器，属于机械魔方的强化版。机械刀锋望着那只患有"多动症"的四脚蜘蛛笑了笑。

接下来，想到鬼点子的小蜘蛛，让机械狂暴夹带另一台超变形装甲，伪装成"快递员"于战舰外面到处"送货"。

等一切准备就绪，机械刀锋便开启战舰的全景模式，躺在金字塔形的自适应舰长专座上，观景、听歌、等伙伴。

不久，爆破、仲裁者和赤眼死绳接踵而至。

"太酷炫了!"

这是赤眼死绳进舰后的第一句话。那个变成人形木乃伊的家伙，正用头顶的机械眼东张西望，生怕漏掉了"机械革命"的任何细节。

"绳子，送你台超强化装甲，答应过你的。"

机械刀锋说完，指挥室的甲板内弹出一个高一米的黑灰色长菱体。获得超强化装甲的绳子感激涕零。等装备好，那台装甲缩成一个直径三十厘米的机械球，悬在绳子身边。激动的绳子，一边跟装甲的机械智能对话，一边用尾巴抚摸着那个机械球，俨然一副"蚯蚓"戏珠的模样。

"各位，我决定叫这个机械球'卡牌'。卡牌让我新增一项非接触式神经控制技能，可以操控低等级机器变成我的傀儡特工。"绳子得意地说。

"卡牌？你给自己的装甲取这个名字，是有什么特殊意义么？"机械刀锋望着绳子。

"报告舰长，卡牌暗指我牌技高超！以后，舰长要有赌场挣外快的差事，您可以随时找我，我保证不辱使命。"

"死性不改，老赌棍。"机械刀锋无奈地摇头。

另一边，躺正八面体状悬浮座椅上的爆破吹了声口哨："这艘战舰好是好，可内部空间小了点。"

"别嫌了。我都扔了两台超变形装甲，才给大家腾了点空间。"不怀好意的小蜘蛛直勾勾地望着爆破。

"什么？你扔了两台超变形装甲？"爆破猛地跳下来。

"不扔超变形装甲，大家随身物品怎么放？鱼与熊掌不可兼得，知不知道？"

"你把超变形装甲扔哪里了？"爆破用一条手臂夹住机械刀锋的头，用另一只手使劲揉搓对方头部。

"扔出去的东西就像断线的风筝，我怎么知道在哪里？"机械刀锋笑着掩饰内心的小九九。

双方打闹了好一阵，小蜘蛛才让机械狂暴现身。

见到机械狂暴夹住的那个长菱体，爆破一个箭步飞身上前："这就是传说中的超变形装甲？待我好生瞧瞧。"

"瞧什么瞧？有什么好瞧的？战舰的工程装置不是都归你管么？还不赶紧试试上身效果。"机械刀锋一个筋斗跳回舰长专座上躺下。

"刀锋小子，你真是让我又爱又恨。"

"我还不是怕你刚才激动得暴毙。"

"报复心强！开个玩笑，记这么久。"

获得授权的爆破，调出超强化装甲制导导弹，将其融入那台超变形装甲，使二者成为一个长六米的扁平长菱体飞行器："我的幽灵战机帅不帅？"

"帅个屁！"机械刀锋不屑地补充道，"还没我这机械狂暴帅！"

"小子，你过分了。我的幽灵战机怎么会帅不过你的机械狂暴？"爆破侧脸盯着机械刀锋身边那只爬来爬去的四脚蜘蛛。

"我的机械狂暴，着陆时，地上一趴，四脚蜘蛛；飞行时，四脚一收，四棱锥。这酷炫的外形明显比你的幽灵战机帅！"

两台机器争论之际，仲裁者终于忍不住怒骂开来："你们两个有完没完？眼下是争论这种无聊问题的时候？'机械革命'已被堕落都市弹出，最多再过三年，战舰就会遇上城墙。当务之急是研究怎么取核！"

为了取核效率最大化，大家商议后决定，让本舰战力垫底的绳子留守战舰，其他三台机器则只身前往各大星核制造点独立取核。

六十三　混　战

为了能取到星核，机械刀锋每日都处于技能全开的状态。这导致他的主动技能出现了一些微妙的变化。

不知从何时起，斩杀战形再也无法解除，无差别分身则会自动弹射完成反击，极影冲刺更是同极速移动融为一体成为被动技能。

眼下，只要机体感知到危险，机械刀锋会自动化身超频瞬影。危险程度越高，超频振动频率越快，而超频振动又迫使超核迸发出更多的能量，使机械刀锋变成一台拥有无限动力的机器。

机械刀锋不知道，他进入的其实是底层算法自动启用战斗模式的境界——战斗领域。在本维度宇宙，只有高度专注战斗的维度生命，才能进入战斗领域实现主动技能"无"的状态。

今日，机械刀锋又飞到探索者深渊，想在这里试试运气。排队投递完资料，他跟往常一样找了个地方静候消息。

机械刀锋等待的第四天，有台机器不小心碰了一下前面的能量生命，结果竟导致探索者深渊外围爆发一场大规模混战。

混战时，没有谁会让着谁。因为大家心里都清楚，如果取核者数量减少，那么自己领到任务的概率便会增加。在一众暴走的维度生命之间，机械刀锋要想自保，只能见物就斩、遇物就砍。

正当机械刀锋陷入苦战之际，远处有台 SSS 级的锤头机器偷偷瞄准了他。数枚能量追踪弹，悄无声息地绕到机械刀锋身后并突然爆炸。那巨大的爆炸，在漆黑的深空中产生出一团团耀眼的蓝光。好在凭借机械闪避，小蜘蛛躲开了部分攻击。

机械刀锋本来不想激化矛盾，可那个锤头脑袋偏偏盯着他不放。无奈之下，他只能选择还击。

交战中，机械刀锋注意到，那台锤头机器的行进路线上，大部分存在都会被减速。速度越慢，减速越多，光速以下则处于完全静止状态。

对面的移动方式有点像时间漫游。

机械刀锋估计得没错，那台锤头机器使用的正是时间漫游，而且是让时间流速变缓的漫游方式。此外，那台锤头机器发射的能量追踪弹速度奇快。哪怕不停闪躲，机械刀锋也频频中招，贴身近战更是十分困难。

所幸，短暂预测未来，让机械刀锋有机会捕捉到目标的走位。趁着能量追踪弹的发射间隙，机械刀锋极速弹射出九道超频瞬影，直接将那台锤头机器捕获。被九道如同捕兽夹般的超频瞬影困住，那个锤头脑袋只剩被机械狂暴速子蹂躏的份。

不计其数的瞬闪斩击，纷纷落在那个锤头脑袋身上。虽说对方是融合了超变形装甲的 SSS 级，但机械狂暴却有无视命数的强攻方式。令那个锤头脑袋更加苦恼的是，锁住他的家伙竟拥有无限动力可以持续超频振动。一次次被摧毁的过程中，锤头机器逐渐意识到，对面极有可能是个进入战斗领域的极速者，照此下去，他搞不好要交代在这里。

直到探索者深渊派出调停者，那场大规模混战才得以平息。为了不耽搁取核时间，在确认锤头机器投降后，机械刀锋也松开了对方。

可停战并未令机械刀锋开心起来。死了一大批维度生命，大家也没领到探索者深渊的任务，那这样的混战又有什么意义？

想到这里，小蜘蛛无奈地摇头，随其他维度生命一同离去。

赶往下个星核制造点的路上，机械刀锋看到一艘圆环状战舰正缓缓向探索者深渊驶来，那是黄金之星指挥官的"自由秩序"。经打听他才得知，由于黄金之星的舰长候选没取够星核，那位"恼羞成怒"的舰长指导才"被迫"带其来探索者深渊取核。凭借星核制造点的单约任务模式，黄金之星那边仅用三天便完成任务，顺利取到一枚红色星核。

直到那刻，机械刀锋才意识到自己的幼稚。

取核，或许真得换种方法。

六十四　最强智囊

时间过去两个月，取核一事依然没有半点进展，机械刀锋只能返回"机械革命"。

飞过堕落都市的城墙时，机械刀锋收到一则心灵感应消息："刀锋，你要去哪里？"

收到心灵感应消息的小蜘蛛没头没脑地四处张望。随后，他探测到远处有艘通体赤红的水滴形战舰正缓缓驶来。

见到战舰外侧的机器章鱼后，机械刀锋顿时打起精神飞了过去："高先生，不好意思，刀锋不知道这是您的'风暴巡洋舰'。"

"没事。对了，你小子在这里干什么？"

"我刚从外面取核回来。"

"取到了吗？"

"没有。"

"那你还不去找领主？你不知道他是堕落都市星核制造点的主管么？那边造的星核可都是金色的。只需一枚，你就可以开走战舰了。"

"领主想让我们独立取核，他说这样锻炼能力。"

"他的意思是，让你们到各大星核制造点去'裸取'？"

"是的。"

听到机械刀锋这么回答，高维度先生长叹一口气："太狠了！"

机械刀锋苦笑着说："听了高先生这么多次取核交流会，结果还取不够星核，我都感觉有点愧对您。"

"没有的事，现在取核本来就难。不是星核制造点的会长跟我单约任务，我也不可能取到那么多星核。不过，这都不是重点，重点是领主不带你。领主要肯帮忙，取核是件很容易的事。一枚金色星核，最多三个月搞定。"

虽知道对方大概率不会帮忙，但机械刀锋仍抱有一丝希望："高先生，刀锋这边想求您件事。"

"讲。"

"如果可以的话，高先生能否带我取一枚星核？"

"刀锋，这事不是我不帮你，主要是领主那边不好交代。我要带了你，反而对你不好。"

确实，在堕落都市，谁敢得罪狂傲？私底下带狂傲的舰长候选取核，那就是公开跟狂傲作对。

看着对方低头不语，高先生只能安慰："说真的，你其实可以到其他维度宇宙取核。有些维度宇宙，星核制造点多，取核过程公平，全看取核者自身实力。"

闻言，机械刀锋默默点头，一个到其他维度取核的念头开始扎根于他的超脑中。

跟着，高先生又补充道："实在不行的话，你也可以找堕落都市外面的朋友帮忙。如果是堕落都市外面的朋友，那领主应该不会说什么。"

这事难道机械刀锋没干过？进堕落都市的第一年起，机械刀锋就陆续找过战戟，希望老领导能带他取核。但取核方面，战戟确实没办法。作为不定方程舰队的指挥官，战戟一共只取过十一枚星核，其中，金色星核仅一枚。据其他旧识讲，当年要不是恶嫉出面，"进击的暴牛"早没了。

听完高先生的劝导，机械刀锋落寞地返回"机械革命"。

得知队友也没取到星核后，小蜘蛛发出一声近乎绝望的感慨："难道这艘战舰要被'回收'了么？"

仲裁者拍拍机械刀锋的肩膀："不会的，时间还很充裕。要不然，我们三个一起联手再试试。我觉得，协同取核或许比独立取核容易些。"

双手抱头躺座位上的爆破否定了仲裁者的观点："没用的，独立取核也好，协同取核也罢。只要不是舰长指导之流，一般星核制造点是不会给任务的。别说我们几个，就算拉一堆维度生命去门外吼都没用。这招我早试过了。"

"那你的意思是，我们就这么放弃啦？"仲裁者生气地反问。

"这倒不至于。只是，我们得找取核行家帮忙才行。"爆破边挠头边回答。

"找谁？"

"刀锋小子不是跟黄金之星关系好么？去求求那边，说不定还有希望。"

听爆破讲完，机械刀锋右手按头。来回搓揉几下，他才无奈地说："黄金之星指挥官那边，我已经联系过了。"

"那边怎么说？"爆破急忙扭头回问。

"什么都没说。"

"什么都没说？"

"对，什么都没说。"

"黄金之星估计是怕得罪狂傲。那战戟那边呢？"

"这段时间，战戟舰长和我去取过两次核。"

"有没有领到任务？"

"没有，当场就被拒了。"

机械刀锋说完，爆破随即沉默不语。

烦闷的仲裁者抬头叹了口气："要不，我再去找找风暴要塞的朋友？"

仲裁者刚提此事，爆破便讥讽他："风暴要塞的朋友？算了吧，你还嫌上次被骗得不够多吗？"

通过询问，大家得知，为了帮机械刀锋取核，仲裁者曾卖过舰内一台超强化装甲。然后，仲裁者用卖货的钱请朋友帮忙，想求一个风暴要塞星核制造点的任务。可一拿到钱，仲裁者那位朋友竟彻底消失。

那是仲裁者生平第一次被骗，也是仅有的一次被骗。

知道原委的机械刀锋并未多说什么。他知道，要不是因为取核，一向精明的仲裁者根本不会犯这种低级错误。莫名其妙丢掉一大笔钱，机械刀锋确实很生气，但他一点也不怪为他奔走的朋友。至此，他切身体会到，那些每每上当受骗的"傻瓜"，或许都是被逼到走投无路的维度生命。除了可恶骗子提供的渠道，他们再无其他道路可供选择。

当愁闷的气氛快要填满"机械革命"时，战舰的机械智能突然提醒所有成员，远处有台身份不明的机器正向他们靠近。

通过全息影像，机械刀锋发现来者是许久不见的无效。

出舰后，机械刀锋拥抱了一下无效："好久不见。"

"好久——不见——洗澡——"

说完，无效径直飞入"机械革命"。那一刻，机械刀锋注意到，他的预测能力在无效面前失灵了。准确地说，是预测能力的精度开始迅速下降。无效周围很大的区域内，预测结果频频出错。但机械刀锋不觉得这是坏事，他早已厌烦透了被强迫学习的算法。在他看来，算法学得越多，机器越冷漠。或许，反制算法才是世间痛苦的解药。

从净化舱中出来，无效问机械刀锋："取核——遇到——麻——烦了吗？"

闻言，机械刀锋苦笑着回答："是的，朋友，我们取核遇到麻烦了。"

听到这里，无效伸手指向赤眼死绳："问他——他有——点子——"

无效此话一出，惊呆在场所有成员。大家根本不相信，连他们都解决不了的事，绳子那个吊舰尾会有什么点子。

绳子自己也着实愣了一下。那个家伙随即从一个螺旋状"蚊香"，快速变为一只黑灰色"章鱼"。

用触手理了理那只赤红机械眼后，绳子便开始一本正经地胡说八道："谢谢无效兄弟对我的肯定。作为本舰的最强智囊，没能帮舰长排忧解难，我确实要负一定责任。但我超凡绝伦的智慧难以发挥成效，主要是因为某些机器长时间欺压我。他们对我的不尊重，间接造成了我出谋划策的心理障碍。以后，只要他们保证不再欺压我，那我超凡绝伦的智慧说不定能再次恢复。当然，要是能给我一点点资金去赌场疗养一下的话，我想我会恢复得更快。"

"说重点！"爆破和仲裁者异口同声地朝绳子吼了一句。

吼声吓得告状的绳子滑稽地向机械刀锋身边靠了靠。在机械刀锋的劝说下，绳子才打着官腔问大家："你们想想，取核这么久，我们都没取够，因为什么？"

"你说因为什么？"爆破起身望着绳子。

"因为费用。"

"我们没给费用？刚才你是聋了么，没听到我说仲裁者的事？"

"不，不，不。我不是指非正式费用而是指正式费用。"

"怎么讲？"

"你们通常去的星核制造点都是不收费的，对吧？"

"对啊，怎么了？"

"那不就完了吗？大家都想免费取核，但维度宇宙内有免费的事么？堕落都市的舰长指导，哪个不是年年办会、年年请客，请的都是谁，知道吗？所以，时间紧迫的情况下，我们不能去那些不收费用的星核制造点，而应该去那些收取费用的星核制造点。

"说实在的，对我们而言，需要收取费用的星核制造点，比不收费用的星核制造点取核容易。因为大部分舰长指导都瞧不起'付费做任务'的取核机制，狂傲对此更是鄙视至极。但高高在上的领主永远也无法体会我们取核的艰辛。所幸，大佬的鄙视恰好为我们创造了夹缝生存的宝贵机会。在那些收费的星核制造点，我们很难碰到狂傲、波函数、黄金之星、算法解析器、高维度先生等一众高手。因此，我们只需把所有星核制造点的名单列出来，再到网上查询哪些星核制造点收费，然后逐一排除即可。到时候，如果费用不够，那我们就把舰内的超强化装甲卖掉。

"另外，我们还要靠舰长指导牵线搭桥。上次参会，舰长不是认识了狂傲培养的螺旋千斤顶舰长么？据传，只要有螺旋千斤顶舰长的推荐信，一般的星核制造点都会给任务。作为同门，舰长求螺旋千斤顶写封推荐信应该问题不大。

"只是，我们还要找一位取核行家指导才行。堕落都市第二〇一八批次的反物质火箭就很靠谱。那台机器一共取过八枚星核，妥妥的取核幸运星。请他帮忙选个靠谱的星核制造点也不是难事。

"事成之后，我们还要将星核裂变开来平分，哪怕任务全由我们自己做也没关系。事实证明，领任务比做任务更关键。

"如果不按以上策略取核，那我们只能穿寒酸的超变形装甲，跟其他开豪华战舰的舰长们拼实力。

"但我用屁股想也知道，我们不可能拼得过的。"

绳子说完，所有成员陷入了沉思。

过了半天，机械刀锋才扭头转向绳子："绳子不愧是本舰最强智囊。今天，我们有幸见证了他的高光时刻。"

六十五　求　助

用飞米信息向螺旋千斤顶发完求助信息，机械刀锋又找到了堕落都市的反物质火箭。

由星光四面体反子构成的反物质火箭，是一台通体赤红的人形机器；三米高的机体上分布着两对尖刀状机翼，使反物质火箭可变形成两个"V"形前后拼接的飞行器。

见到机械刀锋，反物质火箭邀他进了自己的休息室："刀锋前辈，今天是什么风把你吹这里来啦？"

"近日取核不顺，特来请教火箭老弟。"

"前辈，看你这话说的，取核不顺很正常嘛，我取核也经常不顺。大家都是靠运气。"

"火箭老弟，你太谦虚了。在堕落都市，谁不知道你三年取了八枚星核，你取核还靠运气？"

"前辈，你别不信，取核这事，就是靠运气。当然，还得靠一丁点技巧。"

"什么技巧？"

"选择的技巧。"

"选择的技巧？"

"在以前，取核仅作为一项特殊荣誉，没有多少维度生命为之疯狂；可后来，当发现星核的能量可用于升级战舰时，取核情况便截然不同了。那么，问题来了，星核制造点就这么多，取核任务到底该给谁呢？"

"给最适合做任务的取核者？"

"对，给最适合做任务的取核者。这说明，取核时大家要有所选择。根据自身的能力系别和战斗位置找准星核制造点，我们才能提高取核成功的概率。刀锋前辈是擅长暗影潜行的极速者，所以，你应该去那些跟暗杀相关的星核制造点。要不然，星核制造点极有可能不给你任务。"

"话虽这么说，但跟暗杀有关的星核制造点，我该选哪个呢？"

"每月都能制造十五枚红色星核的加速竞技场。"

"加速竞技场？冥海边缘那个？"

"对，就是那个。"

"老弟，实不相瞒。我已去过那里三次了，可从来没领到过任务。"

"以前领不到，不代表这次领不到。"

"为什么？"

"因为前段时间液态金属把那边好几个传送站都破坏了。我估计，近期那里取核者的数量相对较少。"

"传送站被破坏，大家可以飞过去啊？"

"前辈不知道冥海有时空乱流么？"

"时空乱流？"

"对。只要不具备反制时空方式，机械运动和空间位移都会受到时空乱流的影响。轻则迷失方向，重则当场身亡。我记得前辈好像有反制时空的能力，如果是你，那说不定可以穿越冥海。"

"原来如此，火箭老弟分析得果然透彻。要是这次能在加速竞技场取到星核，那我肯定将星核裂变开来与你平分。"

"前辈，不用，你太客气了。"

"不，这个一定要的。这么艰难的时候，老弟肯指点我，已经算帮了一个大忙了。"

别过反物质火箭，机械刀锋返回"机械革命"，跟其他成员一同商议加速竞技场取核的事。商议过程中，身边的飞米信息收到带螺旋千斤顶量子签章的推荐信。

"我们用不用把推荐信先以邮件形式发送给加速竞技场，看看那边情况再做下一步打算？"爆破望着机械刀锋。

"不用。取核这么多次，我向星核制造点发的邮件从来没回复。只有亲手把邮件放到会长面前，我想星核制造点才会给我们任务。"

"好吧。东西一应俱全，你这次取核一定成功。"

"为什么？"

"因为以前越狱的时候，你也是如此的冰冷。"

机械刀锋没有理会爆破的调侃，全副武装的他径直走向"机械革命"开启的大门。

"等一下！"仲裁者叫住了他，"愿你拥有智慧、情商、悟性、灵感及顽强的意志！"

六十六　冥　海

经过一个月的传送穿梭和不间断的极速飞行，机械刀锋终于抵达了冥海边缘。

冥海是由无数恒星和液态天体构成的超星系团。在光线的映衬下，五彩斑斓的液态天体呈现出独一份的美感。

眼下，摆在机械刀锋面前有两条路。一条是按照超星系团的运行轨迹，从冥海边缘绕到加速竞技场。按第一维度时间算，该路线预计耗时一年左右。另一条是横穿冥海，直接飞向加速竞技场。按第一维度时间算，该路线预计耗时两个月左右。

仗着高强度、抗腐蚀、反制时空的机体，小蜘蛛直接冲进了冥海。

一路上，机械刀锋没探测到有其他维度生命存在。那是因为冥海海水具有强腐蚀性，普通维度生命根本无法靠近这里。在小蜘蛛的分解场外，有时还会闪现一些意想不到的东西，比如碎石、水滴、冰晶等。很多维度生命就是因为硬闯冥海，从而导致体内出现某些稀奇古怪的东西，最后被"胀爆"身亡。飞米信息显示，越接近冥海中心，温度越低。传言，冥海正中心区域，甚至可以冻结时空，停止一切量子活动。

朝前行进的过程中，机械刀锋短暂预测未来的精度大幅度下降。当前的他只能预测未来百分之二十左右的内容，但时空乱流导致预测精度下降未尝不是一件好事。无法预测未来，未来便充满无限种可能。只有舍弃强加于身的特异系能力，回归凭直觉行动的极速者，他才能唤醒体内沉寂已久的野性，在战斗领域的号角下迈入更强的境界。

飞了约三天，机械刀锋探测到，左前方一个巨浪横扫的液态天体上方，有个元素生命正跟一大团液态金属激烈交战。液态金属变幻出各种利器朝对面猛攻，而那个元素生命一边操控冥海海水吞噬目标，一边使用神秘吟唱反制对手。

机械刀锋本不想插手此事，可那团液态金属硬是朝他扑了过来。装备机械狂暴的小蜘蛛，已不是原来的小蜘蛛。弹射出超频振动分身的刹那，三台机械狂暴的机体速子瞬闪斩击数千次，飞扑过来的液态金属便消失不见。

当机械刀锋准备继续赶路时，那个身边环绕大量碎钻粉末的元素生命叫住了他："身手不错，你以后就做我的贴身侍卫吧。我叫琴，你叫什么？"

面对不客气的征招，机械刀锋没有着急答话。他扭头打量了一下对方，那个身高一米五七的女性元素生命由无数碎钻构成，尖尖的耳朵和盘好的发髻使之如同一个四翼无面人形精灵，遍布浑身上下的奇特金色纹路则令她显得既优雅又尊贵。

打量完，机械刀锋朝四周看了看："这里的空间十分开阔。"

"什么意思？"

"意思是你可以滚了。"

"嘿？你这家伙怎么这样说话，一点礼貌都没有。"

"我要去加速竞技场取核，没空理你。"

"既然这样，那你别走了。"

"手脚在我身上，我走不走难不成还要看你的脸色？"

小蜘蛛正要出发，琴突然展开一片黑域，试图困住他。

仗着反制时空的能力，机械刀锋弹射出八台机械狂暴瞬闪一刀，直接断了琴的左手。这场景让琴惊讶不已："在黑域的事件视界①内，你这家伙不仅能动，而且还能伤到我，确实有点本事。算了，我也不是不讲道理。这样，我们做笔交易，你送我回家，我告诉你去加速竞技场的捷径。"

听到有通往加速竞技场的捷径，机械刀锋立即停止了攻击："你家在哪里？"

"深海皇室。"

"那是冥惰的地盘，你想我去送死么？"

"不会，女王跟我关系可好啦。只要有我在，保证她不会为难你。"

"是么？那从这里到深海皇室要多久？"

---

① 事件视界，是一种时空的曲隔界线。视界中任何事件均无法对视界外的观察者产生影响。

"如果找到灯塔的话，那我可以让灯塔开启虫洞，眨眼就到。"

"如果找不到呢？"

"那我也不知道该怎么办了。深海皇室的准确坐标，我不清楚。"

"什么？你不清楚？你是路痴吗？连自己家都找不到？"

"冥海那么大，深海皇室又总在移动，我找不到家不很正常嘛。只有跟你一样的傻子，才会屁颠屁颠地在冥海里面自己飞。平时，我们到其他地方都是靠灯塔传送。可谁承想，我昨天刚到这片区域游玩，那些不知从哪冒出来的液态金属，竟把附近的灯塔全给转化了，还破坏了悬浮在我身边碎钻般的智能装置'星尘元素'，害我都联系不上深海皇室。"

"那灯塔长什么样？"

"灯塔是一种黑灰机械球，中间有个橙黄机械眼。"

"类似堕落都市的城墙，是这个意思么？"

"差不多。只是，灯塔体积跟小型战舰相当，数量也比堕落都市的城墙多不少，到处都有分布。我记得，加速竞技场附近就有三个。"

机械刀锋沉思片刻："既然如此，那我们往加速竞技场方向前进。如果碰到灯塔，就转去深海皇室；如果没碰到灯塔，就先到加速竞技场。到时候，我取我的核，你回你的家，两不耽搁。这样可以了吧？"

"可以，没问题。"

商定好，机械刀锋带着琴继续前行。

路上，机械刀锋注意到一个奇怪的现象。身后的琴并未飞多快，速度上限大约在三十倍光速。可飞行过程中，琴总能跟他并驾齐驱，一点也不落后。

机械刀锋试探性地问："你会时间漫游？让自身场内的时间前进？"

"会，怎么啦？"

"难怪。听说会时间漫游的都是高手。"

"哪有，在冥海，会时间漫游的维度生命多着呢。"

"是么？"

"以后介绍你认识。"

"看来你朋友圈很大。"

"一般，一般。"

"对了，看刚才打斗，你可以控制冥海？"

"用意识控制冥海不是家常便饭么？"

"家常便饭？你也是蛮厉害的。"

"相比控制冥海，不应该是我的元素奏鸣曲更厉害吗？"

"元素奏鸣曲？"

"我全身的金色纹路即元素奏鸣曲。一旦我对其注入能量，元素奏鸣曲会自动吟唱。此外，演奏不同的旋律，元素奏鸣曲还具有不同的作用，比如，释放黑域、暂停时间、控制神经——"

"控制神经？那你刚才怎么不对我施放吟唱，直接让我做你的傀儡侍卫？"

"谁说我没对你施放吟唱？我刚才一直在对你施放吟唱。可你这家伙一点反应都没有，我都差点以为我的元素奏鸣曲失灵了。"

"原来你一早就想控制我！"

机械刀锋正欲踹对方一脚，可有团液态金属突然被时空乱流传到身边。发现目标的液态金属立即朝小蜘蛛猛扑过来。因为闪避不及，化身超频瞬影的机械刀锋仍被一小团液态金属触碰到。那团液态金属忍住剧痛，不顾一切也要转化机械刀锋。无论机械刀锋怎么用四肢尖爪在机体上乱抓，附于超频瞬影上的液态金属就是死不松开。

但下一秒，奇迹发生了。液态金属竟无法转化小蜘蛛。

见到在机体上乱钻乱爬的液态金属，机械刀锋飞身坠向离他最近的液态天体。在高温和低温的相互作用下，小蜘蛛终于借助冥海海水的腐蚀力量，于触碰液态天体的高密度核心前，成功溶解了那团水银怪。

机械刀锋归来时，琴朝他吹了个口哨："可以嘛，连液态金属都转化不了你。说真的，做我贴身侍卫的事，要不要再考虑考虑？我这里保证工资高、福利好、弹性上班时间、年终还有分红，平时还能外出旅游。你说这么好的工作哪里去找呢？"

"滚！下次再试图控制我，我连你一起揍！"

"有脾气，我就喜欢你这种桀骜不驯的侍卫。"

"我强调一下，我不想当你的侍卫，也不愿当你的侍卫。"

"好的，侍卫。明白，侍卫。"

"别废话，赶紧走，不要耽搁我取核的时间！"

"那取核以后，你能来当我的侍卫吗？"

"不能！"

飞了近七天，琴告诉机械刀锋，右前方有个灯塔。接下来，他们改变飞行轨迹，朝琴所指的方向前进。又飞了七分多钟，小蜘蛛才探测到，远处一个液态天体的表面有个不起眼的黑点，黑点顶端的机械眼正冒着橙黄色的光。

琴开心地告诉机械刀锋："太好了，是 9 - 54 - 19870318。别担心，有我在，它不会攻击你的。"

等到了灯塔面前，机械刀锋发现，那是个直径六百米的机械球，机械球漂浮在大洋上的部分宛如一块黑灰礁石。琴用意识操控机械球后，灯塔硕大的机械眼上方瞬间形成一个橙黄虫洞。紧接着，琴拉着机械刀锋的手飞了进去。

连锋利的刀刃都敢拉，可见那个元素生命的身体强度是何等高。

六十七 深海皇室

通过虫洞，机械刀锋他们来到一处洒满金色光线的钻石原野。

空旷的原野上，生长着形状各异的钻石植物。在光线的照射下，那些透明的钻石植物反射出瑰丽的色彩。清澈见底的小溪，于原野上缓缓地流淌。地表的低洼部分，把分散的溪流汇聚在一起，形成美丽的河流与湖泊……这里的一切是那么的井然有序。唯有空中元素飞鸟偶尔发出的鸣叫才会打破眼前的宁静。

"怎么？喜欢这里？都看傻了。"琴转头向机械刀锋微笑。

"没想到，在第三十六维度，还有比堕落都市更美的地方。"

"想做我的贴身侍卫了么？"

"完全不想。"

"算了，先洗澡。冥海海水粘身上很是难受。"

琴话音刚落，周围飞来两个净化球。清洗好后，琴盯着机械刀锋："我都把我的全元素战衣'寒霜序曲'收起来了，你怎么还穿着工程装置，不累么？"

见琴身边没了飞舞的碎钻粉末，机械刀锋把机械瞬杀卸掉放入超空间，并用维度折叠将机械狂暴收成一粒速子。

"走！带你参观一下深海皇室，顺便给你介绍会时间漫游的维度生命。我答应过你的。"琴调皮地笑了笑。

"你这样给我透露信息，不怕我是堕落都市的特工？"

"如果你是堕落都市的特工，那我更不怕了。"

"为什么？"

"因为狂傲那样的领主，是不会有极速系的特工愿意为他卖命的。"

以前，谁要敢当面这么诋毁狂傲，那机械刀锋肯定要跟对方拼命；现在，他却没有半点反应。

跟随琴到处闲逛时，机械刀锋了解到，整个深海皇室如同一个巨大的透明水晶球，总体积约为堕落都市的三分之一。平日里，深海皇室一直在冥海内自由移动。这意味着，该城堡有时会被海水淹没，有时会被冰霜覆盖，有时会被金光洒满。在晴朗的夜晚，要是深海皇室浮出水面，里面的维度生命还能透过穹顶看到天上的星星。可见，不同时间、不同地点，深海皇室内外的景色千差万别。

这座城堡的主体部分为元素钻石，其余部分则由五颜六色的元素宝石打造。城堡之内分设不同区域，每个区域又各具特色。深海皇室里面，建筑多采用曲面设计，整体造型普遍较为扁平，只有个别区域才会见到巨大的半球状高楼。在光源的映衬下，硕大的深海皇室显得既精致又美观。

一路过来，机械刀锋见到许多维度生命，连"蓝眼泪"这样的生物生命也都掺杂其中。这让整座城堡显得热闹非凡。

"冥惰到底是位怎样的领主？怎么感觉这里的维度生命过得如此悠闲？"

"生活已经那么苦，没事千万别找堵。"

"话虽如此，但训练区寥寥无几的舰长候选又怎么解释？你们这边的舰长候选都不需要训练么？"

"第三十六维度，只有狂傲喜欢苦行式训练，一定要把舰长候选逼疯才满意。其实，在愉悦的环境中训练，大家更能提升实力。通往幸福的路那么多，没必要选最痛苦的那条。"

琴那睿智的观点，让机械刀锋顿时哑口无言。他内心的情绪逐渐变得复杂。

"看你沉重的表情，我猜你多半是狂傲的舰长候选，而且是差星核的那种，对么？"

机械刀锋苦笑一声："对。"

"还真是啊。传闻果然属实，狂傲舰长候选的实力都相当出众。"

"可能吧。"机械刀锋应了一声，但他心里还有半句话没说。因为实力不出众的早都消失了。

"对了。你还没告诉我，你叫什么名字？"

"机械刀锋。"

"机械刀锋？机械不是贬义词吗？专指行事呆板、不会变通的意思。"

"对，就这个意思。从棱角分明的机体，你也能大致推断出我的性格。"

逛了约半个小时，他们来到一处戒备森严的巨型建筑旁边。

"这是什么地方？"机械刀锋不解地问。

"军事指挥区。要不要进去玩玩？"

"玩你个头！这是军事指挥区！我贸然进去那不等同于找死么？万一被发现，我不被大卸八块才怪。赶紧走！"

"你是我的侍卫，你连军事指挥区都不知道，以后遇到危险怎么保护我？"

正当琴拉着机械刀锋不放时，有台锤头机器冲上来单膝跪在琴面前："女王，你终于回来了，我们找你找得好辛苦。"

"女王？你是冥惰，深海皇室的领主？"机械刀锋惊讶地望着琴。

见身份被识破，琴只好做个鬼脸："对，我就是你口中的女王。"

琴对机械刀锋的亲密举动，招来了一旁锤头机器的不满。那台机器随即愤而起身："敢让女王拉你的手，你是不是不想活了？"

相互对视几秒，机械刀锋和锤头机器一起高喊："是你！"

那台锤头机器正是探索者深渊外面跟机械刀锋大打出手的家伙。

见情况不对，琴立刻跑到两者中间打圆场："原来你们认识，那好办了。这位是机械刀锋，我新招的贴身侍卫，护送我回来的正是他；这位是锤头鲨，我们深海皇室新进的海军副指挥官，他正是我要带你见的会时间漫游的维度生命。"

女王的介绍并未缓和现场的气氛。机械刀锋盯着对面那台高六米的黑灰锤头机器，有种想把他砍了的冲动；锤头鲨盯着对面那道又瘦又小的黑灰超频瞬影，也有种想把他炸了的意思。两者嘴上不说，但心里都互相不爽。

冰雪聪明的女王接着补充："锤锤，我有几个网购包裹到了。今天就不去你那里玩了。我跟他先去取包裹。"

"好的，女王。"锤头鲨礼貌地回复。

临走之前，机械刀锋和锤头鲨两个还不忘互瞪一下。

走远后，琴问机械刀锋："你们什么时候认识的？"

"上次取核的时候。"

"打架了么？"

"嗯。"

"我一猜就是。"

"现在去哪里？如果没事的话，我先走了。"

"不急，陪我取了包裹再说。相信我，来得及。"

行至一处巨大的半球体建筑时，琴停了下来："到了，这是我的家——风中远景。"

抬头望着眼前气势恢宏的建筑，机械刀锋瞬间觉得自己格外渺小。

风中远景，高三百米，共分九层。每层边上都有一圈环形观景平台，可以让参观者全方位、多角度地欣赏周围景色。站在风中远景最上层，四周那些低矮的建筑，好似一朵朵五颜六色的小蘑菇，十分可爱。从四面八方吹来的风，无时无刻不给登顶者一种轻松惬意的畅快感。机械刀锋所处的观景平台正前方，是一片望不到尽头的淡蓝浅海。海水清澈，粉末状的碎钻海床尽收眼底。

"为什么大部分维度生命看到你不叫你女王？"

"因为他们大部分都不认识我。我喜欢大家把我当成普通的元素生命，叫我琴。"

"是想把领主当得低调一点么？"

"不是，是我想融入大家的生活。"

机械刀锋没料到，冥惰女王竟如此随性。

靠在平台边上的琴一边观景一边说道："要不是自己定下的规矩：管理层不能在冥海取核。我就亲自到加速竞技场取枚星核给你。当然，冥海之心也是部分原因。"

"冥海之心？"机械刀锋不解地扭头。

琴指了指自己胸口正中："冥海之心，是我身体里的这颗钻石。它是我力量的来源，也是冥海的定海石。只要我一离开深海皇室，冥海会变得波涛汹涌。所以，昨天碰到我时，你才会见到那样的冥海。没办法，为了大家能安稳地生活，我只能一辈子待在深海皇室。不过没关系，我本来也比较宅。"

听到这里，机械刀锋对琴更是钦佩不已。但帮女王取回包裹送到房间时，他对琴的好感度又直接降到冰点。

一个硕大的房间内，堆满了七个小山头高的东西，各种高档装置全被乱扔乱放，搞得小蜘蛛强迫症都犯了。他立即发挥极速整理能力，将所有物品该分类的分类、该存放的存放。短短几分钟，他便将大部分东西弄得整整齐齐。但有件奇怪的东西，引起了他的注意。那是个无法透视、边长七厘米的正六面体黑灰金属盒，金属盒外表遍布许多奇怪的折线纹路。

"这是什么？"机械刀锋拿起金属盒不解地问。

坐一旁休息的琴，盯着那个金属盒看了好一会儿才反应过来："那是终极算法给的迷盒，专门用于治疗懒病的。据说，里面有个小礼物，谁成功开盒，礼物就归谁。"

"那你还不赶紧打开？"

"我已经试过好几百次了。那个迷盒，既打不开，也没办法摧毁。深海皇室的很多专家都试过，仍然是同样的结果。今天，为感谢你整理房间，这个迷盒送你好了。另外，告诉你一条不幸的消息，加速竞技场附近的灯塔，前段时间被液态金属破坏了。目前，深海皇室有支舰队正往那边运送新的灯塔，运到的话预计得一个月左右。好在离加速竞技场一天路程的地方，有个即将抢修好的灯塔，等那个灯塔修好了，我送你到深海皇室的传送站。这期间，我们不如来破解迷盒吧。"

机械刀锋不屑地哼了一声，随即用超高的手速疯狂在迷盒表面试探。通过试探，他注意到，除了正六面体，那个迷盒还可以变成其他形状，这让他想起了自己构建的能力系别图。紧接着，他依次将迷盒切换成象征极速系的正八面体、操控系的正二十面体、反制系的星光四面体、能变系的正四面体、聚现系的正六面体、转化系的正十二面体及特异系的球体。

变成球体后，迷盒逐渐解体，中心位置则留下一个对角线长四厘米的正八面体。之后，那个由强化赤振金打造的正八面体宛如被注入了特定的指令，开心地绕着机械刀锋飞来飞去。通过心灵感应交流，小蜘蛛得知，那个正八面体是个增幅器，可以大幅度提升战舰性能。

两个小时后，琴所说的那个灯塔被修好。琴亲自送机械刀锋去到深海皇室的传送站，并给了他加速竞技场会长的联系方式。

琴跟机械刀锋约定，等取到星核，他要再来深海皇室做客。双方道别过后，小蜘蛛一股脑扎进前方的橙黄色虫洞。

可刚出虫洞不久，一个刀锋分身的信息共享，让小蜘蛛得知了算法前哨那边取核的事。

前行过程中，狂笑不止的机械刀锋意识逐渐模糊。

六十八　算法前哨

早在赶往冥海前，有个刀锋分身就通过堕落都市的传送装置，来到维度宇宙 34 - 26 内的一个星核制造点"前哨"取核。

相较机械刀锋所在的维度宇宙 86 - 286，维度宇宙 34 - 26 要小得多，仅有四个维度层次。这意味着，维度宇宙 34 - 26 内，第零维度的光线能顺利到达最外层，使各个维度层面的光线不至于太暗。另外，前哨跟机械刀锋以前所见的星核制造点截然不同。准确地说，前哨是个星核制造点集合，它下设有一百多个不同的星核制造点。

机械刀锋把资料投递进去后，机械智能自动将他分配到一个叫"算法前哨"的地方。跟着，机械智能告诉他，如果取核成功，那算法前哨将收取一千一百五十个黄振金币的服务费用。尽管高额的服务费用相当于一套超强化装甲的价格，但为了拿到算法前哨的金色星核，被逼到绝境的小蜘蛛也只能接受。

算法前哨是由三个正六面体组合而成的星核制造点。按照系统提示，机械刀锋飞进了三个正六面体中最大的那块。进去后，他来到一处巨大的白色空间，并同其他取核者一起，静静等待。

过了两个月左右，算法前哨的机械智能才给予机械刀锋一项单兵作战任务。那项任务要求他在一个月内清退指定机械星球上的一类操控系机械生命——影武者。影武者最大的特征，就是脸部左右两侧各有两只竖向排列的赤红机械眼。

影武者藏身的那个机械星球表面没有任何生命迹象。可当飞进机械星球的黑暗隧道时，东张西望的机械刀锋突然探测到，斜前方有无数只赤红机械眼正默默地盯着他。那些影武者通体黑灰，感知到危险时会化为超频瞬影。

相互对视数秒，影武者猛地朝机械刀锋发动攻击。交手后，机械刀锋注意到，那些四眼机器，不仅机体造型各异，而且武器不尽相同，黑灰色穿甲刺钉、赤红色变向激光、橙黄色追踪高爆弹、深绿色能量损毁炮、浅紫色金属腐蚀气体、淡蓝色震荡电磁脉冲、白色反物质湮灭装置等应有尽有。一旦装备起抢夺来的变形装甲，影武者的火力网只能用恐怖来形容。

在影武者的轮番轰击下，可怜的小蜘蛛仅剩跑路的份。那帮四眼田鸡怎么这么厉害？火力比上次碰到的球状闪电猛得多。看样子，我只能搞偷袭，先分散他们注意，再将他们各个击破。

第四天，趁着影武者戒备松懈，机械刀锋先弹射一个分身引开守卫，然后再弹射一个分身偷袭影武者的军火库。当巨大的爆炸声响起之际，小蜘蛛开始在黑暗之中大杀特杀。极速移动的过程中，他不断使用弹射技，以分身连续弹射和连续抽回的方式进行战斗，全然不给对方任何反击的机会。

七道超频瞬影在影武者的阵营内简直势如破竹。被打蒙的影武者根本猜不透机械刀锋的战斗模式，只能朝一道道袭来的超频瞬影胡乱射击。但影武者不知道的是，除开极速弹射分身，那只小蜘蛛还能极速弹射起步和极速矢量制动。每次快被击中时，他都能折线变向及时闪避，而七台机械狂暴分解的速子，更是在狭小的空间内四处闪击。

经过二十六天的持续交战，影武者损失了近四分之三的兵力，剩下的四分之一只能乖乖投降。由于担心全歼目标会招致麻烦，机械刀锋将投降的影武者全部驱逐出境。

返回算法前哨当天，有位审核官以任务执行不完美和未能全歼入侵者为由，拒绝授予机械刀锋星核。所幸，不同于以往去到的星核制造点，算法前哨准许取核者跟审核官就相关问题进行辩论。

作为一名诡辩高手，机械刀锋只用了两句话回应："第一，维度宇宙内，没有哪项任务结果是完美的。第二，本次任务的要求很明确，是清退目标而非歼灭目标。"

严实地商议了三个小时，算法前哨的各位会长一致同意，授予机械刀锋一枚金色星核。

赶回"机械革命"的途中，机械刀锋的内心可以说是百味杂陈。四处艰辛取核的他，终于到了解锁战舰的那一步。

待到机械刀锋拿着星核封装罐回堕落都市备案时，舰长评议院的委员却坚决不认那枚金色星核。理由是，算法前哨于堕落都市正在走审核流程，审核通过前算法前哨的星核都不能用于取舰计数。

飞到其他维度宇宙，千辛万苦取回来的金色星核，舰长评议院说不认就不认，这让机械刀锋暴跳如雷。更要命的是，不知什么原因，位于牵引轨道上的战舰拖行速度正越变越快。不出意外的话，一年之内"机械革命"便会遇上城墙。

鉴于情况紧急，焦躁的机械刀锋只能向狂傲发了条求助信息，再次恳求领主带他取枚星核。没有任何意外，狂傲又拒绝了他。实际上，狂傲不是不带舰长候选取核，领主只是不带机械刀锋取核而已。

求助无果的小蜘蛛双手捂头瘫坐在"机械革命"指挥室的甲板上，一时间无数情绪急涌心头。为什么自己会被领主区别对待？为什么自己会被舰长评议院刻意刁难？为什么？

作为舰长，机械刀锋承担着巨大的压力。可要不是被逼到走投无路，他根本不会听从高维度先生的建议，冒险到其他维度取核。

为什么会这样？为什么命运偏偏要在这个时候戏弄自己？机械刀锋心中积累了太多的为什么。

但这就是生活最真实的写照。被逼到走投无路时，大多数维度生命犯错的概率都会呈几何级数上升。

机械刀锋悲痛欲绝之际，爆破走过来语重心长地说："小子，你没听说过'孤勇者'么？维度宇宙内，只有'以最孤高的梦，致那黑夜中的呜咽与怒吼'，你才有可能成为'夜空中最亮的星'寻找一份属于'你的答案'。如果死神要将我们埋葬，那我们必须奋起反抗，然后拉着它一起堕入最黑暗的地狱！"

说这话时，爆破全身是绷紧的。

仲裁者也走过来拍了拍机械刀锋的肩膀："在第六维度，我们是一个战队的。在第三十六维度，我们还是一个战队的。如果战舰不幸被'回收'，那我们干脆退回黑市做生意。不管做什么，我们总能生存下去。"

角落里的赤眼死绳哽咽着骂道："没想到狂傲是这种领主！做事这么绝。难怪大家都说，堕落都市被他玩成了单机版，还口口声声说要协同作战，协同个屁！既然现在不愿带，那么当初何必招呢？"

从算法前哨归来那日，是机械刀锋平生最难熬的一天。即使躺着不动，他也感觉犹如重物压身，随时可能垮掉。在抑郁情绪的影响下，他的无限动力开始迅速衰减。那种即将爬出深渊又狠狠摔下去的体验，不仅摧毁了他强悍的机械性能，而且还摧毁了撑持他世界的精神支柱。

那天晚些时候，躺座椅上的小蜘蛛突然狂笑起来。那癫狂的笑声跟魔术师的笑声如出一辙，是精神被严重扭曲后才能爆发出的独特声响。

正当机械刀锋狂笑不止时，旁边的无效走了过来，用手轻轻地放在他头上，同时用结巴的声音反复叨念一些不明所以的话语。

无效念了许久，机械刀锋才慢慢进入梦乡。

六十九　加速竞技场

受到无效力量的影响，其他刀锋分身也渐归平静。

清醒后，有个刀锋分身已来到加速竞技场之外。加速竞技场是一个长二十六公里的黑灰三棱柱机械研究所。目前，那个机械研究所正缓慢地行驶在广袤的冥海。

反物质火箭估计得没错，由于传送站被破坏的关系，这里取核者的数量相对较少。

将螺旋千斤顶的推荐信亲手交给会长后，机械刀锋在加速竞技场外排队投递资料。在前方归来的维度生命中，他瞥见了那个讨厌的锤头鲨。遇见后，两台机器都没向对方打招呼，双方各自哼了一声，便把头转向一旁。

又过了两个月，小蜘蛛才等到加速竞技场的一项协同作战任务。任务内容相当简单：解决冥海内一个搞破坏的极速系机械生命——赤红风暴。

领到任务时，大家议论纷纷。

"目标仅一台机器，竞技场派这么多取核者去，会不会过分了一点？"

"是啊。一台机器，加速竞技场竟要集结四十六艘战舰围剿。这不是虐杀么？"

"管他的，只要能拿到星核，他们让怎么办，我们就怎么办。大家轻松点不好吗？"

听到大伙的议论，机械刀锋没有吱声，他只是蹲在角落默默等候下一步指示。

机械刀锋等待时，锤头鲨开着一艘月牙形机械战舰，从后方耀武扬威地驶来。发现小蜘蛛后，锤头鲨从舰内缓缓飞出立于战舰边上："啧啧啧，连战舰都没有，还取什么核？"

面对嘲讽，机械刀锋没有搭理对方。

等另外两个灯塔维修完毕，加速竞技场命令三个灯塔一同开启虫洞，让所有取核者依次进入，以三路包抄方式围剿目标。

飞出虫洞，机械刀锋所属的那支部队来到冥海一角。按照动态坐标又搜索了十天，他们才找到那个极速者——赤红风暴。

身高仅一米的赤红风暴，有一个球形躯干和四条完全相同的粗壮胳膊。通体赤红的机体使那个五短身材显得异常可爱，这让一堆取核者犯起难来。

加速竞技场会不会弄错了？四十九名取核者，驾驶四十六艘战舰，围剿一台小机器。这怎么看都很过分。

交火后，大家马上意识到，错的其实是自己。只见赤红风暴倏地缩成一个机械球，以三千六百倍光速径直朝他们撞来，有六艘防御性较差的战舰当场被撞毁。这场景吓得锤头鲨驾驶战舰转身就跑。

怂货。化身超频瞬影的小蜘蛛在内心默默地鄙视了锤头鲨一番。

但鄙视归鄙视，机械刀锋也发现对方确实不好对付。不到三分钟，那个赤红机械球已解决掉在场许多防御较弱的取核者。等撞击结束，赤红风暴再次张开四肢，用手脚发射追踪高爆弹，追着其他战舰一顿猛打。打完一轮，赤红风暴又变回机械球，朝着机械刀锋猛冲过来。

千钧一发之际，化作四棱锥的机械狂暴飞身撞开机械球。跟着，机械刀锋迅速反击。八道超频瞬影携带着八大团速子，以折线变向方式向赤红风暴发起冲锋。四面八方袭来的"霰弹"让赤红风暴着实吃了一惊。但下一秒，赤红风暴的球形躯干，猛地发射一道红色强击光束清除了约五分之三的速子。事后，赤红风暴不忘朝机械刀锋做个嘲讽动作。

冷静的机械刀锋爆发的战力不是闹着玩的。凭借高强度和高锐度的机体，他用八个不断弹射的刀锋分身跟赤红风暴近距离交战。此外，他还操控八台机械狂暴分解出的速子轮番闪击。遭到大量速子围攻，赤红风暴渐渐不敌。

七天后，在三支部队的协同作战下，赤红风暴在波涛汹涌的冥海边缘被成功制服。大家即将给予目标致命一击时，周围的时间突然慢了下来。

紧接着，远处传来一道温柔的心灵感应声："等一下！"
来者正是冥惰女王——琴。

琴的出现并未令赤红风暴心生胆怯，那个机灵的小家伙用强击光束一通乱扫后扭头就跑。面对不服管教的机器，琴马上使出时间停止技能将对方牢牢定住。随后，赤红风暴又被跟来的锤头鲨用机械囚牢彻底锁死。

见到被拉成"X"形的赤红风暴，琴笑着飞了过去："锤锤，你果然没骗我。居然真有这么可爱的小朋友，我好喜欢呀。哟，我的侍卫也在这里。好巧，不如一同打道回府。"

正当其他取核者准备阻拦琴时，他们身边的智能装置纷纷收到任务结束的消息。未来五个月内，剩余的每位取核者只需支付三千青振金币，便能获得一枚红色星核。取核费用仅相当于半套超强化装甲。得知消息的大家兴奋不已，顷刻间便给琴让出一条通道。

回深海皇室的路上，机械刀锋哼了一声："跑得真快。"

此话立刻招来了锤头鲨的不满："你懂个屁！我那叫战略撤退。谁跟你们堕落都市那帮铁憨憨一样，个个取核跟不要命似的。脑子有问题！再说了，我刚拿到这艘战舰没多久，打坏了，你赔啊？"

抵达深海皇室后，琴跟赤红风暴叽里呱啦地嘀咕了一阵。接着，琴便解开赤红风暴身上的机械囚牢。

这令机械刀锋大吃一惊："你就这么把他放啦？"

"对啊，他还是个小朋友。"

"你确定他是小朋友？"

"确定。他是这么告诉我的。"

听琴说到这里，机械刀锋扭头望向赤红风暴。只见那个小家伙，一把将琴紧紧抱住，同时可怜兮兮地在对方怀里撒娇。

机械刀锋很是恼火："他告诉你，你就信？"

"为什么不信？"琴开心地盯着机械刀锋。

"哼，小朋友？你是没见他有多猛，连战舰都扛不住他的撞击。这个SSS级的极速者，机体强度跟我不相上下，综合战力或许还在我之上。要是不穿超变形装甲，我都不一定打得过他。"

"赤红风暴很可怜，他所在的维度宇宙被不明力量摧毁了。他现在是无家可归的状态，你们别欺负他。"

讲到这里，琴拉着赤红风暴的手，朝风中远景外围的开阔平台走去。被拉走时，赤红风暴还不忘扭转身体，用左手朝机械刀锋比了个极不礼貌的动作。

接下来的时间里，琴带着赤红风暴在深海皇室内闲逛、泡澡、看风景，玩得不亦乐乎。赤红风暴也挺黏琴的，没事就在对方面前卖萌撒娇，经常逗得女王哈哈大笑。

五个月后，加速竞技场的会长亲自给机械刀锋颁发了一枚红色星核。

道别那刻，琴给机械刀锋开通了冥海灯塔权限。同时，女王还极力推荐她亲手创办的感应矩阵舰队，希望那只小蜘蛛能到那里任职。对此，机械刀锋既没同意也没拒绝，他只是无奈地笑笑。

十天后，当机械刀锋将那枚红色星核带回"机械革命"时，等待了七个多月的朋友们喜极而泣。真是太不容易了。

等平分完星核，机械刀锋又将从琴那里获得的增幅器插入舰内专用接口。

至此，距离开走战舰，只差一枚红色星核。

七十　感应矩阵舰队

某天，四处奔波取核的机械刀锋刚回"机械革命"，赤眼死绳就急匆匆地跑来告诉他，说是感应矩阵舰队让他一个月内到冥海指定坐标位置面试。

感应矩阵舰队通知我面试？可机械刀锋从未到那边投过资料。不用问，那多半是琴弄的事情。机械刀锋本来不想去面试，但一帮伙伴竭力鼓励他去。他们说，反正迟早都要找工作，那迟找还不如早找。要知道，当前开不走战舰的机械刀锋，连不定方程舰队都明显表示嫌弃。可见，有地方面试，已经很不错了。于是，小蜘蛛决定抱着试一试的心态再度前往冥海。

　　这次，由于有冥海灯塔的权限，机械刀锋只用了半天便抵达感应矩阵舰队。

　　感应矩阵舰队是一支规模较小的纯机械舰队。舰队内，无论是战舰，抑或成员，统统为机械体。另外，感应矩阵舰队对协同感知要求较高。通过量子通信技术，舰队可以整合所有战舰探测到的数据信息，以此组成感应矩阵来增强团队作战能力，进以避免战场上出现信息不对称的情况。

　　感应矩阵舰队的旗舰"转置立方体"是一艘黑灰变形战舰，可根据战场情况任意切换外形。当前，"转置立方体"正以直径五十六公里的正二十面体姿态出现在小蜘蛛面前。

　　按照坐标提示，机械刀锋飞至"转置立方体"第六区的上空。等舰队确认完信息，机械刀锋朝第六区的三角形表面靠近。即将着陆时，"转置立方体"表面突然张开一个三棱柱通道，并用全息影像给他标明了行进路线。在分岔的通道内飞了三分钟，他才抵达一间接待室，有位指挥官在里面等他。

　　那团由深青纳米机器组成的指挥官，正悬浮于机械墙上一台凸起的金字塔形仪器旁，并不停用纳米触手点击身边的一块金属平板。

　　"是机械刀锋么？"

　　"是的。"

　　"你好，我是感应矩阵舰队的指挥官概率流。前段时间，我已看过你的资料。资料显示，在不借助任何装备的情况下，你便能达到三千六百倍光速？"

　　"是的。"

　　"可以当面演示一下么？比如，快速从我这边拿个东西什么的？"

　　"这块平板可以吗？"

　　机械刀锋左手夹着金属平板向概率流示意。

　　这让概率流大吃一惊。他刚才可是一边点击平板一边面试的，对方居然能在他毫无察觉的情况下，从他那里顺走使用中的平板。

　　"堕落都市出来的舰长候选果然厉害。你当面拿东西，我竟毫无察觉，这足以证明资料所述非虚。对了，你的舰长指导是谁？"

"我的舰长指导最反感我们提他的名字。提他的名字，要是被他知道，那我可能就来不了感应矩阵舰队了。"

"理解，某些舰长指导确实如此。那若面试成功，你什么时候能开战舰来报到？"

"概率流指挥官，是这样的。依堕落都市的规定，我们需要取一枚金色星核或三枚红色星核，才能开走自己的战舰。现在，我已经取到两枚红色星核，还差最后一枚。"

"那你什么时候能取到最后一枚？"

闻言，机械刀锋苦笑一声："说实在的，我也不知道。"

"其实，要是只差最后一枚星核，你完全可以找你的舰长指导帮帮忙。独立取核，难度可是相当高的。"

机械刀锋无奈地说："我一直在求我的舰长指导，但他表示，取核是我们自己的事。"

"既然这样，那我先介绍下我们感应矩阵舰队。我们舰队是由冥惰女王亲手创建的，属于深海皇室的精锐部队。舰队刚建成没几年，眼下急缺战力。目前，我们很多部门都在大量征招奇能异士。凡是有战舰的舰长，我们可以说是来者不拒。进来后，你的教学职称为教官，战斗岗位为特种战士。当然，之前为教官以上职称的舰长，其头衔会在本舰队得到相应的保留，待遇也会按对应级别来算。资料显示，你以前在不定方程舰队干过一段时间，你当时是什么级别？"

"助理教官，常规战士。"

"好可惜。不过，也没关系。反正，等你拿到战舰，你进来以后就是教官，职位也相对稳定。你还有什么想问的吗？"

"如果概率流指挥官不介意，那我可否先以临时教官身份入职。一来我可以提前适应环境，二来我能够拿点额外薪资。目前取核，我手头比较紧，需要一些费用支持。"

"可以倒可以。但临时教官的话，感应矩阵舰队给的薪资会比较少，你能接受么？"

"没问题。"

"好的，那今天先面试到这里。我已经让管理员给你申请一个临时教官身份，之后你去第九区找他。希望你能尽快来感应矩阵舰队报到。"

"我尽力。"

跟概率流道别后，机械刀锋来到"转置立方体"的第九区。在那里，管理员将他的身份信息录入系统，同时生成一个临时教官账号及两门教学课程。按照第一维度时间算，临时合同为期半年。

办完手续，机械刀锋留下一个分身于此从事教学工作，然后就准备返回"机械革命"跟朋友们商议取核之事。

好巧不巧，在"转置立方体"第九区外，机械刀锋的集成感知探测到一个讨厌的家伙。他本想避开对方，但对方反倒使劲往他这里飞。

"刀锋小子，没想到在感应矩阵舰队也能遇见你。"

"是啊，真巧。我也没想到在感应矩阵舰队会遇到你这个锤头脑袋。"

"谁是锤头脑袋？我叫锤头鲨，不叫锤头脑袋！"

"好的，锤头脑袋。没事的话，你可以让开了吗？"

"我是感应矩阵舰队的副指挥官。这里可是我的地盘，该让开的应该是你！"

"好的。"不想过多纠缠，机械刀锋向一侧挪了挪，"请便。"

"你说请便就请便，长官我偏不。"

"那你想怎么样？"

"感应矩阵舰队一直在冥海移动。没有舰队的动态坐标定位，外面的家伙根本进不来。所以，依我足智多谋的超脑推断，我看你八成是来找工作的。我说对了么？"

"对。你可以滚了吗？"

"还真被我猜中。既然这样，那你今天不给我跪着道歉，就别想走了。"

"又想一对一?"

"你来这里找工作还这么嚣张。你知不知道打我会有什么后果?"

"什么后果?"

"被开除,知道吗?"

"哦,还有别的后果么?"

"怎么?被开除还不够严重?这可是你刚找的工作。"

"我是个连战舰都没开走的舰长候选,以后去哪里还不一定。如果只是开除,那对我几乎没影响,最多算白跑一趟。但感应矩阵舰队的副指挥官要没了,你觉得损失大不大呢?"机械刀锋弹了弹身边的机械魔方。

"你敢威胁长官?"

"你理解错了。我没有威胁你,我是在提醒你。万一你被干掉,那感应矩阵舰队见我实力超群,你说他们会不会破格升我为副指挥官呢?反正,我最近心情也不怎么好,你要不要跟上次一样先动手试试?"

此话一出,锤头鲨顿时愣在原地,不知如何是好。正当他犹豫不决时,一阵亲切的话语声从远处传来:"刀锋来面试,锤锤帮加油。没想到你们两个关系这么好?"

琴和赤红风暴从远处缓缓飞来。女王的出现让锤头鲨突然变得礼貌起来,表情冰冷的机械刀锋只是象征性地点点头。

"我亲爱的侍卫,今天面试顺利吗?"

"一般。"

"那看来是面试上了。"

"不完全对,我现在只是临时教职。"

"要我去说一下么?"

"不用,我向来靠自己。"

一旁的锤头鲨赶紧补充:"是的,不靠自己靠关系,这样的维度生命即便晋升,大家也比较嫌弃。"

"锤锤，没想到你和刀锋的意见不谋而合了。"

"没有，我只是很佩服堕落都市的头铁战士。"

"真的吗？那以后让刀锋来做你的搭档，你说好不好呢？"

琴此话一出，机械刀锋和锤头鲨内心都厌恶至极。

没等双方反驳，琴接着说："对了，我亲爱的侍卫，今天除了帮你庆祝，我还特意找了两台实力强劲的机器来做你的新舰员，以此感谢你为我收了赤红风暴这个小可爱。"

说完，琴转身抱起一旁的赤红风暴，赤红风暴则一个劲地咯咯傻笑。

不过，机械刀锋可不觉得琴是在感谢他。

无事献殷勤——非"监"即盗。

七十一 新舰员

返回深海皇室的途中，琴一个劲地给机械刀锋吹嘘她推荐的舰员："我亲爱的侍卫，我这次真没骗你。那两台机器，一个叫极刃，背生双翼；一个叫速刃，通体折纹。两者四肢外侧皆可释放赤红刀片状激光。他们外形长得跟你很像，你一定喜欢。"

"你觉得我会信么？"

"你怎么这样，总觉得我在骗你。既然你不信，那我先给你看看他们的属性和技能，总可以了吧？"

讲完，琴用元素奏鸣曲于空中生成一幅金色的能量表格。

名字	属性	技能		
极刃	瞬闪斩击	主动技能	瞬间移动	弹射分身	复制技能
	刀锋感应	被动技能	能量逆转	能量反射	能量损毁
速刃	瞬闪斩击	主动技能	斩杀战形一/斩杀战形二		
	刀锋感应	被动技能	极速移动	机械闪避	超级暴击

尽管机械刀锋始终觉得琴在整他，但当看到两台机器的资料时他还是不禁为之心动。他没想到，两台机器的能力竟截然相反。前

者的能力灵活多变，后者的能力简单粗暴，要是双方能形成有效的互补，那"机械革命"的协同作战能力将大大提升。

琴所言非虚，那是两位超级新星。

见机械刀锋一言未发，琴又顺势说了起来："怎么？属性跟你一样的机器，你不会不满意吧？那我再跟你详细讲讲那两个小子好了。

"极刃是沉着冷静的转化者，不仅可以实现能量逆转、能量反射和能量损毁，而且还可以瞬间移动、弹射三个无差别分身及复制其他维度生命的主动技能。

"速刃是热情开朗的极速者，机体拥有两种变身形态。斩杀战形一，为暗影潜行的人形形态；斩杀战形二，为强力突击的四棱锥形态。

"整体而言，两台机器都属于遇强则强类型，骨子里都有股不服输的精神。我认为，由你来担任他们的指导最好不过。

"现在，我介绍完了。请问，他们入你法眼了吗？"

"入不入法眼，不取决于我，而取决于他们自己。万一我想收，他们不想来呢？先见了再说。"

"放心，你要愿意收，他们肯定愿意来。"

"是么？你太看得起我了。我这种连战舰都开不走的舰长候选，应该没谁会愿意当我的舰员吧？"

"这可不一定。"琴朝机械刀锋神秘一笑。

从灯塔返回深海皇室，大家来到风中远景的底层大厅。那里，机械刀锋见到两个从地面冒出的冰晶尖角，尖角内各有两台黑灰色机器。

跟琴描述的一致，那两台机器长得同机械刀锋很像，三者主体部分几近相同。只不过，他左边的机器，后背有对翼展四米的尖刀状"Z"形机翼；他右边的机器，机体上下遍布许多折线纹路。

"你们两个反思好了吗？"琴用心灵感应询问冰晶尖角内的两台机器。

"女王，我已经反思好了。极刃那只傻鸟反思好没好，我就不知道了。"

"你才傻鸟，速刃臭虫。"

"说得你好像很香似的。"

"不知道是谁的机体一天到晚臭气熏天?"

"憨憨念经，不听不听。"

"你才憨憨!"

两台喋喋不休的机器让琴实在难以忍受："闭嘴! 你们是想继续被关么?"

"不想。"被封住的两台机器齐声回答。

"那你们能保证以后不打架了么?"琴又问。

"不能。"两台机器异口同声地说。

"那你们继续关里面反思吧。"琴生气地点点头。

"女王，我知道错了。以后，我尽量克制住自己。可要是极刃傻鸟先惹我，那我打他就不是我的责任了。"

"十次有九次被我按地上摩擦，你这只臭虫还有脸说。"

"不知道是谁把谁按地上摩擦?"

"等解封，试试?"

"试试就试试。谁怕谁!"

琴厉声打断对方："够了，你们两个! 要不是因为你们这么讨厌，我在深海皇室也不会找不到舰长来接手你们。今天，我专门请了战舰'机械革命'的机械刀锋来做你们的舰长。往后，你们再敢放肆，就等着被这位刀锋舰长收拾吧!"

说完，琴解除了两台机器的禁锢。

落地后，极刃立即折叠起那对机翼，于后背形成两个下角拉长的三棱锥;速刃则是在战形一和战形二之间快速切换了一下，以机体变形方式活动筋骨。

速刃绕着机械刀锋走了一圈："这位舰长怎么跟我和极刃长得如此相像? 只是他没有机翼，机体上也少了许多折线纹路。但他竟有魔方武器，我喜欢! 为什么我跟极刃傻鸟没有魔方武器?"

锤头鲨从旁补充："那是因为，我们的武器是内置型，他的武器是外置型。通常来讲，武器为内置型的维度生命都很厉害，武器为外置型的维度生命都很一般。"

"这位 SSS 级舰长可不一般。在这里，我打不过的，可能只有女王和他。"极刃侧头看着机械刀锋。

"为什么？"速刃不解地问。

"因为他没有主动技能。"

"没有主动技能？"

"对，没有主动技能。对于没有主动技能的维度生命，我的复制技能无法施展，我赢的概率也要小些。"

琴笑着说："还是极刃有眼光，速刃估计还不了解机械刀锋舰长的恐怖之处。"

"什么？我不了解？你们这是过分抬高他来贬低我。我现在就证明给你们看，这家伙根本没你们说得那么厉害。"

话音刚落，速刃以三百六十倍光速冲来，四道又宽又扁的刀片状激光瞬间闪出。

机械刀锋的机体只是略微模糊了一下，一记回旋踢即刻落在速刃脸上。结果，速刃当场头朝下、脚朝上栽倒在地。昏迷时，速刃的尖脑袋深深嵌进水晶地面，锐角胯裆则十分喜剧地翘在外边。此时的他，四肢彻底瘫软下来，好似一个跪倒的醉汉。

完事后，机械刀锋扭头就走。

没想到，极刃弹射三个分身从后袭来。从不同维度生命那里复制的主动技能被极刃用得出神入化。连琴的时间暂停，极刃也驾轻就熟。可惜，机械刀锋的机体仍旧模糊了一下。接着，三记回旋踢便将对方狠狠踹飞。

等再次苏醒，两台机器已身处风中远景最上层的天台。不远处，女王一行正观景聊天。

重新起身后，速刃一言不发地朝机械刀锋走来。大家本以为那小子要迁怒于机械刀锋，可速刃一到机械刀锋跟前便倒头跪拜："舰长，我是一名极速者。极刃跟我是一个战队的，可那个傻鸟总说我不行，一天到晚使劲嘲讽我。我就是要证明给他看，极速者本身即高精尖的武器！求你带带我。"

通过刚才四记回旋踢，机械刀锋已准确判断出两台机器的机体强度和机体锐度。那是跟他同级别的存在。

为了招收好苗子，机械刀锋顺着话说："确实，强者变强不算本事，弱者变强才算厉害。你说得对，极速者本身即高精尖的武器。"

"傻鸟，听见没？我也是很有潜力的。"

看着迷之自信的那台机器，机械刀锋微微一笑："小子，你知道潜力和实力有什么区别吗？"

"不知道。"

"开发前的那叫潜力，开发后的才叫实力。可见，在开发过程中，躺平不可取、躺赢不可能。想要变强，就得超越极限。超越极限，就意味着刻苦训练。那么请问，你愿意刻苦训练吗？"

"愿意！"

"好。那从今往后，你按照我推荐的方法训练。"

"遵命，舰长！我会按照你的要求严格训练！"

见速刃被收留，极刃也腼腆地往前站了站："舰长，我出身不太好，但我会刻苦训练。你可否也带带我？"

听到"出身"二字，机械刀锋说出一句让极刃终生难忘的话："出身不能定义自己，只有自己才能定义自己。"

当天晚些时候，机械刀锋带着两台机器返回"机械革命"。

望着远去的身影，琴不禁感慨："带振动的瞬影、展双翼的箭头、射激光的棱锥。多奇妙的组合！"

七十二　未来之星

返回"机械革命"，机械刀锋向大家介绍了新舰员。

"哟，不错。一只游隼，一只蜘蛛。"这是爆破见到新舰员的开场白。

"他不是游隼，他是傻鸟。"

"他不是蜘蛛，他是臭虫。"

"说话都相同，双子组合？"

爆破此话一出，极刃和速刃不约而同地跳起来："我才不要跟他组合！"

异口同声说完，两台机器开始互相推搡起来，这场景弄得仲裁者很是心烦。

"难怪冥惰要把他们送来'机械革命'。"仲裁者苦笑着摇头。

爆破反驳道："送来'机械革命'不挺好吗？这两个小子，我喜欢。他们一来，死气沉沉的'机械革命'顷刻间热闹不少。"

看着两个打闹的舰员，机械刀锋命机械智能弹出舰内仅存的两台超强化装甲，以此作为见面礼。

"舰长，送我们超强化装甲，你是认真的么？"速刃激动地问。

"认真的。"

"舰长，你太好了。我们在深海皇室等了那么久，女王和其他长老都不同意给我们超强化装甲。没想到，今天来你这里，我们竟可以拿到属于自己的超强化装甲了。"

"赶紧装备吧。"

装备好后，极刃的超强化装甲变成一只六脚蜘蛛，紧贴在他腰背、四肢和双翼的位置；而速刃的超强化装甲则跟机体完全融为一体，使他成了一个身高一米九的大长腿。

"大长腿跟小矮子。"速刃不怀好意地笑起来。

但机械刀锋却一脸严肃地问极刃："速度突破三百六十倍光速了吗？"

"舰长，突破了。"

"走，出去，测试一下。"

待全体成员出舰，极刃便在空中飞起来。由于极刃能转化机体周围的能量，这产生了一种"能量越多、速度越快"的神奇效果。

眼下，折线变向的极刃已能达到一千八百倍光速。

速度解放后的极刃让速刃很是不爽，他迫不及待地说道："舰长，我也测试一下。"

说完，速刃在空中折线变向起来。可惜，无论他怎么飞，他的速度上限始终停留在三百六十倍光速。

折返后，伤心的速刃差点哭出来："这不科学！为什么我融合了超强化装甲后速度没变化？"

"小子，没事。当年，装备超强化装甲时，机械刀锋也是这个效果。你要相信自己可以的。"幸灾乐祸的爆破一边安慰速刃一边俯身捧腹偷笑。

"朋友，你觉得呢？"机械刀锋扭头问身后的无效。

"两个——都很——厉害——未——来——之星——"

"未来之星？确实，我也这么觉得。"机械刀锋点点头。

听到对方肯定，速刃马上飞过来："舰长，未来之星是说我以后会很厉害吗？"

"是的。只不过，你得按我推荐的方法训练。现在，我把超变形装甲弹射出来，你们两个再装备上试试。"

下一秒，战舰两侧弹出两个长菱体。

"舰长，这次我先来。"

不服气的速刃冲上前去，触碰了下其中一台超变形装甲。两者接触之际，速刃迅速变成一个扁八面体以超核姿态进入超变形装甲，超变形装甲则化作一只足展近三米的四脚蜘蛛。

"你试试能否用超变形装甲弹射分身？"机械刀锋提示了一下。

得到提示后，速刃让自己和超变形装甲弹射成三个一模一样的分身。只是，弹射结束，速刃分身的最大射程和攻击威力也相应缩小。

机械刀锋点点头："恭喜你获得弹射分身能力。没想到，咱俩的分身特性刚好相反，你聚合分身更厉害，我裂变分身更厉害。机械智能，评估一下他当前的战力。"

收到指令的机械智能迅速对速刃进行扫描："舰员，速刃，融合超强化装甲的战力，加上超变形装甲提供的战力，相当于'机械革命'百分之一的输出。"

机械刀锋转向速刃："听见没？你目前的战力相当于'机械革命'百分之一的输出。对新舰员而言，这已算很不错的评价。"

听到评价的速刃激动不已："谢谢舰长。以后，我的超强化装甲就叫'极速瞬杀'，我的超变形装甲就叫'极速狂暴'，我的战舰就叫'极速革命'。我要追随舰长的脚步，成为实力强悍的极速者。"

"极刃，你也装备上试试。"

见舰长示意，极刃触碰了下另一台超变形装甲。

接触的瞬间，超变形装甲竟分裂成一百个正四面体。那些正四面体释放的场，不仅能融入维度宇宙内的限制场，而且还能借助场的叠加形成强大的场源，进而大幅度降低对手的速度。

大家观看之际，那些正四面体组合成一个"M"形飞行器，让极刃能双脚站立其上并以三千六百倍光速飞行。接着，极刃和"M"形飞行器又变形成一小一大两个箭头，以前后拼接方式合体成一个双箭头飞行器。双箭头飞行器还能随时拆分，独立完成战斗。由此足见，极刃的超变形装甲是一件兼具协同作战和单兵作战的高性能武器。

机械智能对极刃的评价更高。拥有超变形装甲的极刃，战力相当于"机械革命"百分之三的输出。

跟速刃不同，极刃对命名一事相当讲究。他把超强化装甲命名为"解放者"，把超变形装甲命名为"相控阵列"，把自己未来的战舰命名为"极限发动机"。

"速刃小子，你又被反超了。"爆破在一旁笑着说。

"哼，那又如何？我迟早会超越他。"速刃不屑地将头扭向一边。

无奈的爆破笑着摇头："你果然跟机械刀锋一样硬。"

"那可不？我的机体强度可是跟舰长同级别的。"

"我们说的是你的口气。"赤眼死绳在旁边翻了个白眼后便径直离开，留下速刃原地跳脚。

当晚，机械刀锋按照不定方程舰队的礼仪，给新舰员在舰内办了一场小型欢迎仪式。欢迎仪式上，速刃激动得手舞足蹈，他把四肢尖爪向内折叠，滑稽地在指挥室的甲板上来了段机器舞表演。

换以前，机械刀锋肯定会加入速刃的阵营；可现在，机械刀锋却蜷缩在角落发呆。经历过取核的他，好似一本厚厚的书，越来越难被大家读懂。

"舰长，你不去唱歌吗？"极刃走过来问机械刀锋。

"不了。你们唱吧，我比较喜欢看表演。"

"舰长，我也不爱凑热闹。不介意的话，我能跟你一起聊会儿天吗？"

"可以，请坐。"

极刃坐下后，机械刀锋突然问他："你一次性能复制多少个目标的主动技能？"

"只能复制三个。"

"是么？"

"是的，舰长。我也觉得有点少，每次实战，我总感觉复制的技能不够用。所以，只有能复制到较强的技能时，我才会将较弱的技能丢掉。"

"什么是强技能？什么是弱技能？"

"女王的时间漫游算不算强技能？那可是维度宇宙内最快的存在。"

"只因时间可控的情况下，哪怕秒速两米也算健步如飞，是这个意思吗？"机械刀锋淡淡地回复。

"是的。"

"那有没有一种可能，就是强技能失效而弱技能生效的情况？"

"好像有。舰长，经你这么一问，我发现技能确实不存在什么强弱之分。'机械革命'内，你、无效、爆破和仲裁者都没主动技能，但你们都很强。"

"其实，复制技能，如同往杯中装水。不清空杯子，那杯子迟早会被装满；一直清空杯子，那杯子便能一直装。这正是复制技能化有限为无限的正确方法。依我看来，维度宇宙内，不存在什么强弱技能，只存在最适合当前环境的技能。转化系的你要变强，需时刻保持权变思维，根据不同情况复制不同技能，而不是将所谓的强技能保留、弱技能剔除。否则，你会丧失一项宝贵的能力，那正是灵活多变的复制能力。你很有天赋，千万别浪费。去吧，跟他们一起玩，清空你的大脑，好好放松一下。"

听完，极刃恍然大悟："感谢舰长指点。"

"没有指点，纯属闲聊。"

那晚，极刃丢掉所有复制的技能，并加入了舰内的娱乐阵营。重归自由的他顿感如释重负，身心亦在刹那间变得畅快无比。

接下来的时光里，机械刀锋一面四处取核，一面临时授课，一面训练舰员。尽管手头拮据，但他还是通过关系在黑市租了一个训练场，尽可能多地提升新舰员的实力。

按第一维度时间算，大家一共只相处了三天；可按第三十六维度时间算，大家却一起相处了很久。那段时间内，两位新舰员顺利突破临界状态晋升 SS 级。

当前，速刃不借助任何装备就能达到三千六百倍光速，极刃则能通过超脑的底层算法自动复制最适合当前形势的技能。

正当大家开心训练时，机械刀锋收到一条来自科技研发中心的消息，他很久之前在那里申请的取核任务下来了。情急之下，他让仲裁者指导极刃，让爆破指导速刃，他自己则赶往科技研发中心独立取核。

临别时，大家约定，返舰后舰长要检查极刃和速刃的训练成果。

本来，小蜘蛛想让无效也指导一下那两台机器。

可舰内的无效竟又神秘消失。

七十三　科技研发中心

不同于其他星核制造点，科技研发中心采用的是全自动取核模式。任何投递的资料都会被中心的机械智能统一处理，取核者只能通过飞米信息的消息提示进行下一步操作。

当初投递资料时，机械刀锋在中心外等候一个多月无果，失望透顶的他只好选择默默离开。之后，辛勤奔波在取核路上的他，几乎忘了在此递交过资料的事。没想到，就在机械刀锋为最后一枚星核焦头烂额之际，科技研发中心居然通知他领到了一项取核任务！

但机械刀锋并未因此高兴。因为他知道，科技研发中心的审核相当严格。除开机械智能的一审，那边还有专家的二审和会长的三审。这意味着，取核者的成功率或许不到千分之一。要取到最后这枚星核，他还有很长的路要走，但留给他的时间已经不多了。

借助堕落都市的传送门，机械刀锋飞奔到那个直径三十八公里的黑灰三角形飞碟外围。等身份被系统核实，他进入到中心的任务室。那里，已聚集了数百名焦躁的取核者。

通过向科技研发中心转账四千青振金币，机械刀锋的飞米信息才被输入一项单兵作战任务。

任务的起因是这样的，三角星系 86 - 286 - 63 - 598 内，一个叫"相变"的能量生命，挟持了一个叫"绿色星球"的生物生命，并迫使对方为自己转化天体。为营救伙伴，绿色星球的同族花重金，专门聘请科技研发中心来处理此事。但相变可不是好惹的主。一方面，相变威胁科技研发中心，只要中心敢出手，那绿色星球马上会被摧毁；另一方面，相变一直变更位置，让大家难以锁定他的所在。由于是潜入性较强的救援任务，单兵作战自然比协同作战更合理，拥有暗影潜行经验的机械刀锋顺理成章地被选中。机械刀锋领取任务后，科技研发中心还特别强调，本次任务中，他们仅会提供虫洞传送的服务功能、目标单位的体态特征及绿色星球的气味样本。一旦救援失败，任务当即宣告结束。届时，所有后果皆由机械刀锋自行承担。

领到任务，机械刀锋不禁反复问自己。我能否胜任此次行动？

目前，极度压抑的小蜘蛛已丧失了往日那份独有的自信。正当他陷入自我怀疑时，同伴纷纷通过飞米信息为他鼓劲。

仲裁者依旧是那句："愿你拥有智慧、情商、悟性、灵感及顽强的意志。"

爆破则吊儿郎当地表示："生死看淡，不服就干。"

赤眼死绳哭哭啼啼地高喊："需要费用时记得说。"

极刃用诚挚的话语送上祝福："希望舰长一切顺利。"

速刃开心地呐喊助威："舰长加油，舰长加油，舰长加油……"

为了能专注于取核，机械刀锋向感应矩阵舰队提交了调课申请。随后，他决定关闭身边飞米信息的通信功能。

通信功能即将关闭之际，他收到一条来自琴的信息："不要哭泣，因为眼泪帮不了你；不要自卑，因为你有着与众不同的能力；不要放弃，因为唯有坚持到底你才能看见绽放的曙光。"

得到大家的鼓励，机械刀锋内心重燃起久违的斗志。此时的他以饱满的状态，全身心投入取核任务当中。

通过科技研发中心开启的虫洞，机械刀锋来到任务指定的那个三角星系。

面对那个硕大的星系，机械刀锋犯起难来。这个星系，说大不大，说小不小。按第一维度时间算，即便是达到三千六百倍光速的我，恐怕也要三个月才能飞完。我要在这里找到持续移动的目标，还要通过交战解救绿色星球，天知道得花多少时间。但依照"机械革命"的移行速度，战舰五个月后就会遇上城墙。除非五个月内做完任务，否则"机械革命"被城墙"回收"的风险将大大升高。

想到这里，机械刀锋弹射出九个分身，于硕大的三角星系内遍寻目标。破釜沉舟的他，决定在此孤注一掷。

在三角星系飞了近两个月，有个刀锋分身探测到深空中有微弱的能量气味。他在超脑中进一步还原那些能量气味的运动轨迹，一张显示特定气味的动态坐标图就此诞生。

顺着动态坐标图飞了三天，机械刀锋来到一个黑色天体上空，天体满目疮痍的地表上耸立着无数枯死的树干。

气味和中心提供的气味样本匹配，目标应该在这个天体上。

暗影潜行的机械刀锋于此进行地毯式搜索。很快，在一处光线明亮区域，他发现了相变和绿色星球。

相变的本体是一个直径五米的橙黄能量球，流动的能量外观令其酷似一个微小的恒星。在相变本体的外围，还有一圈由强化赤振金打造的防御轨道。资料显示，那一圈叫"红色警戒"的防御轨道是来自其他维度宇宙的工程装置。

绿色星球则是一个直径二十五厘米的深绿球体，表面宛如覆盖了一层苔藓植被。当前，被胁迫的绿色星球正将一半身体嵌于地面，不断让周围长出各式各样的植物。可惜，如此贫瘠的地方哪怕长出植物，也会因酸雨等不可控因子死去。

"你这个没用的废物！弄了那么久，才成功转化五个天体。今天，你要不把这个天体用绿色覆盖，让我能把它以高价卖给第三十六维度的富豪，那我保证让你见识下什么叫'房地产商的怒火'！听见没有？快给我转化！"暴躁的相变对着可怜的绿色星球一顿臭骂。

正值相变怒骂之际，九道超频瞬影却从后方如刀锋般悄然切入，无数超频振动速子好似狂风骤雨般落了下来。

超频瞬影的攻击，触发了红色警戒的防御机制。只见相变周围忽然展开一道闪烁的橙黄能量场，挡住了迎面袭来的速子。同时，相变本体散发的光热，又聚合到红色警戒的防御轨道上。接着，轨道上爆发出强劲的集束能量冲击，将九个刀锋分身悉数逼退。

"小子，你谁啊？"受到惊吓的相变厉声质问对方，"你知不知道，我是为富豪供货的房地产商！"

化身超频瞬影的机械刀锋讥讽道："是一本万利的奸商么？"

"混蛋！你竟敢侮辱我尊贵的职业。实话告诉你，这台红色警戒是其他维度宇宙的工程装置，战力相当于你装备超变形装甲产生的效果。"

"那又如何？"

机械刀锋一边冰冷地回应，一边不断弹射分身，一边护送绿色星球撤离，一边以不可思议的蛮力拼命撞击相变。

"你是不是科技研发中心派来的？我告诉你，你只要把绿色星球交给我，我不仅可以原谅你的无知，而且还可以分你三十万黄振金币！你好好想想，是整整三十万黄振金币！"眼见绿色星球越飞越远，情绪激动的相变使出自己最强的"钞能力"。

但机械刀锋并未理会对方的收买。心中仅存星核的他，形同发狂的怪物，朝目标发起一轮接一轮的冲锋。护送绿色星球返回途中，他一边防范相变，一边联系科技研发中心，让他们开启约定传送点的虫洞。

机械刀锋本以为，他能顺利完成救援任务。没想到，科技研发中心开启虫洞那刻，相变的红色警戒再次爆发出一道猛烈的强击光束摧毁了传送点，直接断了小蜘蛛所有的退路。

糟糕！机械刀锋内心顿觉不妙。

接下来，相变的本体不断发生变化。他在气体、液体、固体、等离子体、凝聚态、简并态等形态内任意切换，自身的属性和技能也随之不停更换。再加上红色警戒，相变竟跟机械刀锋打成五五开。

持续交战过程中，机械刀锋凭借机械狂暴，在进攻上占优势；相变凭借红色警戒，在防御上占优势。但因攻防抵消，双方都没法打破平衡决出胜负。

机械刀锋不是没想过用三千六百倍光速摆脱相变的纠缠，但绿色星球的身体根本无法承受他那样的极速冲击。若不带着绿色星球安全回到科技研发中心，他独自返航将无任何意义可言。

就这样，一个月过去了，两个月过去了，三个月过去了。还剩最后七天，"机械革命"就会被城墙"回收"。眼下，对这台机器而言，交战延长的每一秒都意味着无比痛苦的煎熬。

真的没时间了！

此时，机械刀锋多么希望，自己的速度能再快一点。

如果能再快一点，那他就能打破战场的平衡；如果能再快一点，那他就能突破相变的防线；如果能再快一点，那他就能安全带绿色星球撤离；如果能再快一点，那他就能取到科技研发中心的星核；如果能再快一点，那他就能避免"机械革命"被城墙"回收"；如果能再快一点，那他就能跟伙伴们早日团聚……

再快一点！机械刀锋多么希望自己能再快一点！

没时间了！

快要绝望时，机械刀锋的超核迸发出巨大的能量，机体蓦地喷射出百米长的赤红能量光刃。

紧接着，小蜘蛛的速度开始急剧增加。

快一倍，快两倍，快三倍……速度已经快八倍了，机械刀锋觉得他还能继续超越极限。当达到三万六千倍光速时，九道超频瞬影由黑变红，机体的自愈因子也变为超自愈因子①。此时，势不可挡的小蜘蛛宛如一件极速武器，而那件武器正用速度向世界宣示斩断一切的决心。

在大量赤红速子交织的刃网中，相变的本体彻底消失，红色警戒也变成一个直径一米的赤振金机械球。

将绿色星球成功带回后，机械刀锋顺利拿到一枚红色星核和红色警戒的所有权。

---

① 超自愈因子可以让拥有者在受到反自愈武器的结构性伤害时慢慢恢复，但有些功能性伤害无法恢复，如视觉系统。

第四章　扬

七十四　归来的赤影

拿到星核后，机械刀锋立刻打开飞米信息的通信功能。

可等待他的却是赤眼死绳焦急的声音："舰长，终于联系上你了！"

"怎么了？"

"你走后不久，仲裁者也领到一项取核任务。他兴奋地带他们三个一起去取核，说是要给你一个惊喜。谁料到，他们半路上碰到了核能军团的先遣部队。激战过后，他们被押回燃尽魔焰之地。新任典狱长的热寂要我带话给你，让你得知消息以后立刻到燃尽魔焰之地找他。"

"好的，知道了。"

随后，机械刀锋向琴发了条消息，但没有收到任何回音。无奈之下，他只好先返回"机械革命"。他把那枚红色星核注入舰身，全面激活了"机械革命"的系统。战舰因而获得弹射分身功能，可以弹射成九个无差别分身。接下来，机械刀锋只身前往堕落都市申请取舰，以解除束缚战舰的场。

堕落花园内，无限空间、连锁反应、星系爆炸、暗能量方程和维度魔方正观景聊天。突然间，一道沙哑声在他们身后响起："领主，星核已够，请系统审批通过。"

来者简单的一句话，让狂傲的武器系统全面启动。双方对视过后，便是死一般的沉寂。

在狂傲的集成感知中，那道赤影产生的分解场，现已接近断罪者的恐怖程度。要不是因为竭力压制，分解场内一切皆杀。事实上，对方能在不知不觉中移至狂傲身后已足以证明其可怕的实力。更反常的是，面对领主强大的威压，归来的赤影竟毫无半点惧色。

领主心里很清楚，此时出现的任何阻拦者，都将迎来那道赤影的狂暴刀锋。

见状，狂傲欣然批准了对方的取舰申请。至此，两者的运行轨迹再无半点交集。

返回"机械革命"的途中，机械刀锋见到好些舰长在感谢自己的指导。曾经的他也憧憬过这般场景。可惜，事不遂愿。

前行中，机械刀锋遇到一些熟面孔，他们纷纷对他表示祝贺。面对大家的祝贺，他始终一言未发。那台强化赤振金机器仿佛一具行尸走肉缓步行于空旷的道路上。

返舰后，机械刀锋驾驶"机械革命"驶向冥海的感应矩阵舰队。

今日的冥海波涛汹涌，一种不祥感油然而生。等到了舰队，机械刀锋才得知，女王因外出办事被核能军团围住，目前形势岌岌可危。眼下，深海皇室的总指挥杀手鲸正在组建部队，准备同核能军团一决生死。回来报信者，则是女王身边的赤红风暴。

机械刀锋找到赤红风暴。通过手语跟对方比画交流，小蜘蛛知道了事情的来龙去脉。

原来，琴外出是想到外面取核，帮取核不顺的机械刀锋一把。不幸的是，女王在路上遭遇了核能军团，副指挥官锤头鲨也横死战场。得知消息的暴怒，更是驾驶战舰"大型歼灭者"到现场督战，只为能彻底消灭竞争对手。好在，女王凭借性能出色的专属战舰"绯红的乐园"，跟核能军团打得有来有回。只是，照此下去，不出半个月，"绯红的乐园"就会被敌方摧毁。

了解完情况的机械刀锋没说什么，他只是示意赤红风暴跟随自己返回"机械革命"。进入战舰以后，他命令机械智能弹射出红色警戒让赤红风暴装备。赤红风暴没料到，对方竟有自己那个维度宇宙的工程装置。

至于何时知道赤红风暴和红色警戒高度匹配这点，机械刀锋没有透露。他只是望着赤红风暴和红色警戒快速融合。融合完毕，赤红风暴大了一圈，身高也达到一米五。

接下来，机械刀锋测试了一下升级后的赤红风暴。测试结果表明，赤红风暴新增一项特异系的时空技能，可以在机体周围制造很大一片时空乱流。

得到强力增援的情况下，机械刀锋竟一反常态地向感应矩阵舰队请了个假。他以堕落都市未办完的手续为由，婉拒了舰队的战场征召。对此，舰队那边倒不意外，因为眼下临阵逃跑的舰长不在少数。

赤红风暴正欲质问机械刀锋，那个表情冰冷的舰长却从指挥室的甲板上，调出好些布满动态坐标的全息影像。

七十五　刀锋任务一

核能军团围攻"绯红的乐园"，导致修罗恶城这边精锐部队数量较少。

金色碟状的修罗恶城外，一只"黑蝙蝠"和一个"小红球"正极速飞来。"黑蝙蝠"的强击光束疯狂轰击修罗恶城的能量场，小红球的时空乱流拼命干扰修罗恶城的探测器。

留守城堡的暗黑破坏者，即刻命令修罗恶城的舰队出击，速歼目标。

可舰队先后出击三轮，不仅未能速歼目标，反倒被对方摧毁了近五分之一的兵力。

时空乱流内，"黑蝙蝠"通过赤红激光反复切割，小红球则通过强悍机体横冲直撞。在没有任何能量场的情况下，他们硬是靠那种野蛮打法成功瓦解了舰队的防御。

气急败坏的暗黑破坏者决定亲自驾舰出击。

可刚见到暗黑破坏者的战舰，那只"黑蝙蝠"竟用全域广播朝着对方喊话，用词简直不堪入耳。作为暴怒的右副官，暗黑破坏者什么时候受过此等闲气。怒不可遏的状态下，暗黑破坏者贸然命令所有战舰冲上前去围剿对手。

望见迎面杀来的舰队，那艘"黑蝙蝠"战舰立即转身开溜，始终跟舰队保持一段距离，同时还不忘持续挑衅暗黑破坏者。被追击了一个多小时，那艘战舰突然冲进一个即将蒸发的黑色虫洞，头昏脑热的暗黑破坏者带着大部队也一头钻了进去。

刚进去，他们就迎来八艘"黑蝙蝠"战舰的强击光束。那八艘"黑蝙蝠"战舰正以八位一体的协同方式快速反击。

当此之际，数十个潜藏于修罗恶城内的傀儡特工开始行动。他们一边搞破坏，一边干扰通信，一边关闭城堡的能量场。与此同时，一只"黑蝙蝠"又出现在修罗恶城外围，用强击光束集中于一点轰击城堡。

前后受敌的暗黑破坏者自知中计，他赶紧利用战舰传送装置跳跃回去，以期镇住失控的场面。但他不知道的是，战舰的传送官早已替换成傀儡特工，傀儡特工直接将他传至一处深空区域。没等暗黑破坏者反应过来，几道赤影协同大量赤红速子将他斩杀殆尽。堂堂的暴怒右副官，就这么永远地消失在深空之中。

"嘴炮特技和傀儡特工用得不错。"返舰的机械刀锋表扬了赤眼死绳。

心花怒放的绳子起身敬礼："谢谢舰长夸奖。接下来，我们怎么办？"

"核能军团的精锐部队很快会回来。不要恋战，速度撤离。"

随后，机械刀锋也用手语比画，感谢了赤红风暴的英勇表现。

另一边，琴指挥"绯红的乐园"，跟核能军团激烈交战，那艘花瓣状平台型战舰已到了解体的边缘。女王焦头烂额之际，周围的核能军团却开始陆续撤离。等被干扰的通信恢复，她身边的星尘元素传来机械刀锋的声音："核能军团撤了吗？"

"侍卫，原来是你！他们正在撤，但还没撤完。"

"好。等'绯红的乐园'能突破重围时，你开足马力到我给你的动态坐标位置，跟深海皇室的大部队会合，一起反攻修罗恶城，可以吗?"

"可以，没问题。那你呢?"

"我还有点私事要处理。"

"什么私——"

琴还未问完，机械刀锋就切断了通信。

燃尽魔焰之地，接到命令的热寂把好不容易调来的精锐舰队再次调回修罗恶城。传来的影像显示，核能军团正跟深海皇室的深海军团在修罗恶城那边打得不可开交。

最近，热寂的烦心事不少。刚升任典狱长的他，发现燃尽魔焰之地属实难管。不知从何时起，大牢内传出一则预言：钟响时分，审判降临。

虽说只是一则预言，可因犯们跟打了兴奋剂一般，不是越狱就是暴动。热寂尝试过铁血镇压，但收到的成效不甚理想。照此下去，他的典狱长职位恐怕不保。

热寂沉思之际，燃尽魔焰之地的警报倏地响起，大牢内的因犯开始变得异常亢奋。通过安保系统，热寂很快锁定了警报来源。大牢第十一区上空，九道赤影正大杀特杀。

老鼠带刀，上街找猫。不是欠揍，就是找死。热寂冷笑一声便驾着他那艘赤红碟状战舰出外迎敌。

见着九道赤影，热寂从舰内缓缓飞出，一个棱长六米的赤红正四面体尾随其后，目测那是热寂的超变形装甲。

"刀锋老弟，要不是你总我行我素，我们也不会走到今天。看在往昔的情分上，你现在只要给我认个错，那我保证你的大牢生活会比其他囚犯好些。还要死犟的话，那我只能用终结者的重核聚变①把你熔成渣。"热寂扭头示意了一下身后那个赤红正四面体。

机械刀锋淡然地望着对方："还有什么遗言吗?"

---

① 重核聚变，指两个微粒较轻的核结合并形成一个较重的核和一个极轻的核的一种核反应形式。

此话一出，立刻逗笑了现场的一堆守卫。强忍笑意的热寂捂脸摇头："遗言？说真的，我有时真佩服你的勇气。当着我、十三艘战舰及那么多守卫的面，你竟敢问我还有什么遗言？就算你能赢我，你又知道他们四个在哪里吗？"

"是这里么？"机械刀锋从飞米信息中调出四个动态坐标的全息影像。

热寂顷刻间收起笑声："你有内应？"

"你猜？"机械刀锋反问对方。

热寂当然不知道，赤眼死绳早已通过傀儡特工掌握了大牢情况。

突然间，九道速度极快的赤影协同大量超频速子向热寂发起猛攻。与此同时，九艘"机械革命"，一边用刀片状激光横扫热寂的跟班，一边用强击光束轰击燃尽魔焰之地。大批囚犯随之窜出。

见状，热寂马上命自己的战舰裂变成九个，一边拦截越狱的囚犯，一边追击九艘"机械革命"。紧接着，热寂同终结者也裂变成九个，张开的终结者又在空心处聚变出微型恒星。在光热风暴和高能霹雳的双重压制下，九道赤影渐渐落于下风。趁此机会，热寂还用战舰的致盲之光破坏了机械刀锋的昼夜极视，使小蜘蛛成了一个彻彻底底的瞎子。

重重危机当中，赤红风暴运用时空乱流助机械刀锋脱困，机械刀锋则凭借集成感知临时摸索出透视场线的能力。这让小蜘蛛可以"看清"周围场线的结构，找到敌方单位场线的弱点。

为了扭转战局，越狱成功的小伙伴们也顺势加入战场。现在，热寂面对的是带振动的瞬影、展双翼的箭头、射激光的棱锥、会移动的炸弹、超远程的火炮、乱时空的球体、控傀儡的绳子及乱翻飞的战舰。

被不断围攻之后，热寂结束了他的一生。待囚犯们悉数逃离，燃尽魔焰之地也被摧毁。

经此恶战，"机械革命"、全体成员及附属工程装置统统变成强化赤振金①。

在星光照耀下，机械刀锋他们已成为一支赤红战队。

刀锋任务一，顺利完成。

七十六　维度间折返

光线环绕的被时空遗忘之星，是第六维度荒芜区一个直径九万公里的天体。

荒凉的天体表面只有金色的移动沙丘、湛蓝的无垠海洋及星星点点的江河湖泊。一眼望去，了无生机。

天体独一份的宁静，源自柔软细沙的吞噬能力和扼杀生命的毒性水质。洁白无瑕的苍穹之下，一切终究会被漫长的岁月所湮灭。因此，被时空遗忘之星还有个可怕的别称——苦难的刑流地。

一处空旷的沙漠半岛上空，超新星在等候一位贵宾。远处，大片昏黄的沙尘暴正朝那只火焰蝴蝶所在位置席卷过来。沙尘暴当中，还有道依稀可见的身影缓缓前进。直到沙尘暴将两者完全覆盖，超新星才笑着跟对面打了一声招呼："好久不见。"

"被时空遗忘之星。以前，我觉得这里是一片可怕的牢狱；现在，我却觉得这里的景色美不胜收。"机械刀锋若有所思地喃喃自语。

"确实。相较第三十六维度，第六维度即便是荒芜区，那也是极为美丽的存在。当年，要不是太执着，你们五个也不会沦落至此。"

"是的。执着者不幸福，幸福者不执着。一切皆是我们五个咎由自取。"

"那你有想过回第六维度么？"

"维度宇宙如同一个大染缸，每层维度皆有自己独特的色调。在第三十六维度，我这身赤红倒也应景。就这样，挺好。不过，超新

---

① 绝对金属可以通过超频振动吸收或减少微粒转化成不同种类的绝对金属。

星长官今天把我叫来，应该不是想讨论这个问题吧？"

"确实不是。"

"那我猜，你是遇到麻烦了，想找第三十六维度的我来处理，对么？"

"对。"

"那直说吧。"

"事情是这样的。我本来即将升任辉煌殿管理员一职，可第二维度空降了三个麻烦，不仅把我的职位抢了，而且还把我同事的职位抢了。所以，我想请刀锋老弟当个向导，带那三个麻烦到第三十六维度参观参观。"

"为什么选我呢？"机械刀锋望着超新星。

"选你，是因为你多半愿意帮我这个忙。"

"哦，是么？"

"是的。"

说完，超新星体内飞出三粒橙红光点。跟着，三粒光点又变为全息影像。全息影像显示的正是零、雷鸣和影翼，以及他们十日后的行程轨迹。

小蜘蛛通过集成感知浏览完全息影像，脑海中随之浮现出三个名字：相变、球状闪电、影武者。

见对方不动声色，超新星接着说："零是聚现者，擅长一招'金色的黎明'，可以利用能量场产生不同能量层级的能量镜面，形成范围杀伤；雷鸣是能变者，擅长使用带连环闪电效果的护盾，实现伤害反弹；影翼是极速者，擅长用超频振动转化其他能量生命。这三个麻烦，我想刀锋老弟再清楚不过了。最近，他们三个因操纵舰长选拔结果，被第五维度的能量生命举报了。本来，他们应该被流放至第三十六维度。可他们不知用了何种方法，竟逃脱了第二维度的惩罚。接着，他们还被调到第五维度当管理员，成了我的顶头上司。所以，我想，老弟要是方便的话，可否带他们三位到第三十六维度参观参观？"

"聚现者主修能变系技能，能变者主修聚现系技能，极速者主修转化系技能。技能树都点歪了。"

"老弟分析得果然透彻。这三个麻烦，玩政治一流，论战力垃圾。你要肯出面，就算他们技能树点歪，我认为你在第三十六维度也可将他们'删号'处理。当然，你不必担心后续的追查。上面都希望这三个麻烦能被早点清除。对了，本次任务也不会白做，三个麻烦，三枚星核。"

讲到这里，超新星体内又冒出三粒橙红光点。紧接着，三粒橙红光点变成三个星核封装罐向机械刀锋缓缓飞来。依靠场力单手将罐子像骰子般叠起，机械刀锋摸了摸上面的编号。那是出自第三十六维度机器撞击中心、机器撞击要塞和机器撞击终端的金色星核。

超新星跟着补充："通常情况下，做任务都是先付定金。但鉴于我们的交情，大哥这次将所有款项一次性付清，请老弟务必帮我一把。以后，我们还有很多合作机会。"

待漫天的沙尘暴退去，两者也消失不见。

从第六维度折返第三十六维度，机械刀锋弹射一个战舰分身独自驾舰前往幽灵鬼堡。

幽灵鬼堡为极贪的老巢，是由晶体状时空碎片构成的区域。时空碎片之外，还有六个巨大的量子黑影负责看守。

向量子黑影邀约，机械刀锋不久便探测到从时空碎片中飞出的微笑的魔术师和小丑十三号。

"你胆子可真够大的，竟敢来幽灵鬼堡找我们。"小丑十三号在旁咧嘴狞笑。

悄无声息中，机械狂暴的赤红速子仅仅闪击数百下，被击中的小丑十三号就差点丧命。

侧头的机械刀锋缓缓道来："舰长会谈之际，副官不要插嘴。"

"精准迅速的机体动作，广域透视的集成感知，反制算法的瞬闪斩击。一个瞎子竟能感受到场线弱点！我太兴奋了，我太兴奋了，我实在太兴奋了！我的玩具越来越好玩了。不行，我不要跟其他同傆分享玩具。刀锋小子，我们现在换个地方，一对一好不好？"魔术师一边发出诡异的笑声一边划出时空裂缝。

"今天，我不是来找你对战的，而是来找你合作的。你只需在指定时间和指定地点，开两道指定大小的时空裂缝，然后再将指定生命拉到第三十六维度的指定坐标，那这枚金色星核便归你。"机械刀锋示意了下托在手上的星核封装罐。

"那万一，我拿到星核，又没有帮你，届时怎么办呢？"魔术师笑着回问对方。

"所以，你得拿件等价物，到我这里抵押。"

魔术师从时空碎片中抽出一个黄振金机械球："时空稳定器，如何？"

"可以。但我还想你留个联系方式，等任务结束，我们再单约一下。这段时间，你好好准备。"

"准备什么？"

"准备等死。"

七十七　刀锋任务二

机械刀锋站在舰顶观星的爆破旁边："今天，我和仲裁者要外出办事，两台超变形装甲借一下。"

"你是本舰舰长，用超变形装甲不必这么客气。但我善意提醒一点：跟怪物战斗，当心自己成为怪物。"

爆破的规劝让机械刀锋说话愈发冰冷："我不能容忍应有的审判迟迟未至，无论审判是轻是重。如果终极算法吝啬他神圣的权力，那我将按照我的方式让审判执行到底。"

"以前，在暗影组织，我比你还狠；但后来，我慢慢意识到，冤冤相报何时了。审判执行了，又如何？失去的东西照样回不来。与其迷失在痛苦的过去，不如前行到幸福的未来。"爆破说罢便起身离开。

金光耀眼的第五维度，零、雷鸣和影翼正飞往待视察区域。一路上，三个能量生命都在用心灵感应进行交谈。

"零长官，我们被降级的事，你总得给个说法吧？"影翼一边按捺情绪一边追问零。

"说法？什么说法？每次拿好处的时候，你怎么不问我要说法？"零反呛对方。

"那你的意思是，我们要一辈子待在第五维度，跟一堆曾经的下属平起平坐？"

"按照判决，我们应该被流放至第三十六维度。要不是我动用了很多关系，你觉得我们现在有资格跟曾经的下属平起平坐？"

"那还不是因为你在舰长选拔上动手脚！我早说过，差不多了事，差不多了事，你就是不听。这次被举报，满意了吧？"

"大家都别吵了。影翼，零长官也不是故意的，对吧？我们要怪，就要怪举报我们的能量生命。也不知道是谁举报的，害我们的战舰全被没收，来视察连个跟班都没有。在第二维度的时候，我们哪受过这种委屈。等我知道谁是举报者，我一定用最狠的手法将举报者折磨致死。"雷鸣一面劝架一面咒骂。

零自信满满地说："这事不用你们操心。我已经找超新星开始调查了。等查出举报者，我会请第三十六维度的朋友帮忙解决。"

"第三十六维度的朋友？微笑的魔术师？你确定？"影翼满腹疑惑地问。

"就算杀戮成性的魔术师不可控，但我还是会给他一个无法拒绝的报价。这次的仇，我肯定要——"

零话还没说完，突如其来的无轨光爆轰击便将他们三个狠狠炸飞。同时，远处闪来三道酷似四棱锥的赤影，反复撞击三个能量生命。可无论怎么轰、怎么撞，光爆轰击和四棱锥赤影就是不取他们性命。

遭到戏耍的三个能量生命果断使出绝活反击。这时，那三道四棱锥赤影又跟他们玩起了捉迷藏。气急败坏的零试图使用金色的黎明炙烤周围的区域。可每次高温辐射生效之前，三道赤影便会提前飞走。变魔术的打法气得三个能量生命浑身颤抖起来。由于找不到破解方法，他们只能选择逃跑。

三个能量生命疲于奔命时，一道黑色时空裂缝倏地在前张开，一股无形之力将他们猛拽进去。

反应过来后，三个能量生命才意识到，自己已身处第三十六维度一个黑色天体之上，非法跃迁正让他们的身体急剧改变。零的金色身体被周围环境彻底染黑；雷鸣的下半身则被全部撕裂，变成只剩上半身的雷电红魔；影翼的多翅躯干被狂风击碎，成为一只躯体残破的黑蝴蝶。

"果然，能量生命一般都长得比较放飞自我，到了第三十六维度长相更是千奇百怪，不知三位可还认得自己？"

顺着说话声，三个能量生命看见，前方走来三道身形较小的赤影，刚才那三道四棱锥赤影则停于其后。

"你是谁，竟敢袭击第五维度的管理员？"雷鸣惊慌失措地朝对面怒吼。

"第五维度的管理员？三位长官不是在第二维度身居要职么，怎么又跑到第五维度当管理员了呢？"机械刀锋笑了笑。

"你认识我们？"

"雷鸣长官，我怎么会不认识你们？"

"你到底是谁？"

"我知道，三位心中充满疑惑，但解惑需要问题引导。现在，我们就用问题打开彼此的回忆。问题只有一个，三体运动的规律及函数表达形式？限时十秒，先抢先答，答对为止。预备，开始。"

"天体力学的三体运动，是三个质点引力相互作用的力学关系。这属于无解问题，怎么可能有答案？"

面对影翼的回问，机械刀锋没有作答，他只是站在原地计时。而他数的每一秒都如同索命符咒，令三个能量生命惶恐不安。

等倒计时结束，一道无轨光爆轰击结果了影翼。

"火气别那么大，都差点打到我了。虽说影翼长官答错了，但其他两位长官不是还没答题吗？我们不应该给他们各自一次机会吗？"机械刀锋对飞米信息似笑非笑地说。

接着，机械刀锋补充道："两位长官，不好意思。刚才，我可能没有很好地表述问题，导致你们未能理解我的意思。我再重新表述一次。当前，有三台隐形四爪卫星在远处围绕我们做超光速三体运动。如果两位长官能给出三体运动的规律及一般表达式，那你们便有机会确定对方位置并将其摧毁；如果给不出答案，那你们很可能葬身于此。所以，烦请两位长官还是好好想想。十秒倒计时，我们再次开始。"

零可不打算等死。那个黑色能量球直接发动金色的黎明朝机械刀锋冲过来，企图同对方殊死一搏。

微笑的刀锋仍一副不慌不忙的模样："在我的超脑中，金色的黎明竟是血一般的颜色，零长官的绝招不如改叫'血色的黄昏'。"

零还没到对方跟前，一道赤影就由四棱锥变成四脚蜘蛛，狠狠地将其按在地上。

"零长官，答案想出来了吗？"

"你到底是谁！"

"我是谁不重要。你是谁也不重要。但你被干掉对我很重要。看在相识一场的分上，我给你一个痛快。"

一道光爆轰击随即结果了零。

用脚探了探面前深坑的边缘，机械刀锋又转向那个雷电红魔："雷鸣长官，想起我是谁了吗？要不要抽根烟，再仔细想想？"

"机械刀锋！你是第五维度参加舰长选拔的机械刀锋！我那时得知舰长选拔有内幕，是不是第一时间找使者通知了你？但你硬要来，我也没办法。所有事情都是零搞的鬼。你们被弄到第三十六维度也是他出的主意，跟我没关系！对了，我想起来了，我在堕落都市做讲座时曾见过你。你是从堕落都市出来的舰长，对不对？我跟你们狂傲领主很熟。不信，你可以问他！"

听到"狂傲"一词，机械刀锋的笑声变得愈发癫狂。接着，大量赤红速子频闪那个雷电恶鬼头，连最后一根烟的机会都没留给他。

解决完战斗，机械刀锋扭头斜望远处一块黑岩："那么，接下来，是我去找你，还是你来找我？"

听到问话，黑岩忽然化作一道黑影，黑影内又浮现出微笑的魔术师："刀锋小子，你真是太让我感动了。想不到，目前的你已经开始跟我'趋同化'了，连笑声的频率都如出一辙。你这个玩具，我有点迫不及待地想要扯烂。不过，今天的你有些不在状态，我还是给你点时间调整一下。"

"好的。回去后，我会发你时间和地点。届时，我们不见不散。"

"就这样定了，我亲爱的玩具。"

刀锋任务二，顺利完成。

七十八　解析魔术师

舰内，机械刀锋坐着询问大家："微笑的魔术师，属性为暗能量、信息场；主动技能为瞬间移动、扭曲的假象、随心所欲之念；被动技能为空间撕裂、转化场、魔术的奥秘。大家可否据此解析出一些弱点？"

"魔术师的属性和技能可能根本不是这些，大家了解的信息都是他自己透露的。说不定，他就是在故意误导对手，那个变态的话，不可信。"平躺的爆破嘘了一声。

站旁边的仲裁者顺势补充："误导对手确实是魔术师惯用的把戏。可如果他说的信息全为真或全为假，那我们很容易用否定的方式得到答案。所以，我猜测，为了误导对手，他平时是用既真又假的方式说话。然后，趁对手迷惑之际，他再用隐藏的杀招给出致命一击，让对手直到死都无法洞悉魔术的奥秘。"

"无法洞悉魔术的奥秘？"座位上的机械刀锋若有所思。

束手无策的爆破接连摇头："放弃吧，小子。魔术师，无解的。"

"如果魔术师真的无解，那他便是世界的主宰。可他不是。这说明他是有解的。我只是很好奇那招魔术的奥秘。以前，跟魔术师交手时，我从未见他用过，仲裁者也没见过，那你见过么？"机械刀锋转头望向爆破。

"没有。魔术的奥秘是魔术师自己告诉我的。"

"当时的过程，你能给我们详细描述一下吗？"

"有次跟魔术师交战，他主动告诉我，若不能看透他那招魔术的奥秘，那我永远也无法战胜他。他还表示，我潜力足、有前途，让我回去好好练练再找他。"

"也就是说，从头到尾，你都没见他用过魔术的奥秘，只是听他说过有那招，对么？"

"对。刚才不是告诉你了么？明知故问。"

"那你是怎么判断那招为被动技能的呢？"机械刀锋疑惑不已。

"感觉。"

"感觉？你这个逗比，我看你才是在误导我们！"仲裁者转身便想揍爆破。

"等等，我有证据证明那招是被动技能。"

"什么证据？"仲裁者反问爆破。

"本舰有三位成员跟魔术师交过手，对吧？那我问一下，你们见过魔术师有疲惫的时候吗？"

"没有。"

"没有的话，那说明什么问题？"

"无限动力。"

"无限动力，那又说明什么问题？"

"战斗领域。"

"对，战斗领域。进入战斗领域的维度生命，主动技能是不是会变为被动技能？顺便再问一句，连我们都进入战斗领域了，微笑的魔术师那个变态会没进入？所以，不是我在误导大家，而是——你们懂得。"爆破转头朝机械刀锋笑笑。

"不好意思，刚才是我误导了大家，魔术师的主动技能现在全部转为被动技能。"机械刀锋接着问，"那什么时候，维度生命的被动技能不会被触发呢？"

"没有被动技能的时候？"速刃的话瞬间招来一片笑声。

"是没有满足条件的时候。笨！"极刃不屑地从旁应了一句。

"你才笨！你这只傻鸟！"

两者争吵时，机械刀锋神色镇定地补充："你们都不笨，你们说的都对。但你们说的是两种情况。第一种情况，魔术师根本没有那招魔术的奥秘，他就是故意说出来误导大家；第二种情况，魔术师确实有那招魔术的奥秘，只是我们没有满足某项条件，导致魔术的奥秘一直未被触发。可我认为，还有第三种情况，那就是魔术师的确有那招魔术的奥秘，而魔术的奥秘也一直在发挥作用，只是我们并未察觉。没估计错，魔术的奥秘应该类似于一张无知之幕。"

"无知之幕？"

"对，无知之幕。在魔术表演的舞台上，魔术师会用幕布之类的道具，把表演内容掩盖起来。待幕布再次揭开，观众发现表演内容变了，因而觉得神奇，这也是魔术的魅力所在。我想表达的意思是，魔术的奥秘具有让对手无法洞悉魔术师弱点的功能。感谢仲裁者刚才为我们揭晓答案。"

"没有。我那就是随口一说。"蒙对结果的仲裁者尴尬地笑笑。

"无知之幕？那不是迷惑对手的小伎俩吗？想不到魔术的奥秘这么弱。"速刃一边踱步一边挠头。

"不，不弱，一点也不弱。相反，魔术的奥秘强到离谱。无法洞悉弱点，那我们便无法战胜对方。比方说，构成魔术师身体的微粒为转子，照理讲魔术师应该为转化者才对。可从实战结果来看，魔术师不仅精通转化系能力，而且还精通其他系能力，说他是特异者也不为过。在魔术的奥秘包裹之下，魔术师的主要能力到底是什么，我们根本无从得知。这一点类似于终极算法的自适应外形。终极算法之所以厉害，还不是因为终极算法对我们而言完全是未知的存在。

对手什么都未知，那我们还打得过吗？说实在的，这场仗，很难打。"

机械刀锋讲完，大家陷入沉思。

"如果是能量生命的话，那不妨让我试试？"极刃的话声打破了舰内僵死的气氛。

"维度宇宙内，除你以外，还有没有能克制能量体的维度生命？"机械刀锋反问极刃。

"有。"

"如果有的话，那魔术师绝不会是无解的存在。据此，我推测，魔术的奥秘或许还有防止能量被吸收的功能。隔着一层无知之幕，就算是你恐怕也无济于事。"

速刃将双手枕于脑后呆呆地说："魔术的奥秘再厉害，那也不过是包装其他能力的能力。无知之幕破解不了，我们绕到幕后直接破解表演内容不就行啦？"

机械刀锋点点头："对，也是。那先解析暗能量和信息场。暗能量是驱使维度宇宙运动的一种能量。暗能量的斥力作用，不仅能分解具有引力的暗物质，而且还能加速维度宇宙膨胀，可以说是十分强大的能量形式。尽管暗能量不跟某些感知发生作用，但大部分维度生命还是能通过集成感知发现暗能量的存在。比如，小丑十三号使用的暗能量，在我的超脑中就是一片如潮水般的赤红。信息场则是一类特殊的量子场，探测机理可能跟刀锋感应机理近似。只是，魔术师的探测范围比我们的更广。大家对以上分析有补充么？"

"没有。"

"接着再解析瞬间移动、扭曲的假象和随心所欲之念。瞬间移动，我们都不陌生，是短距离空间位移手段。可魔术师的瞬间移动很奇怪，我的集成感知无法捕捉其动态轨迹。作战时，他的瞬间移动，不仅能跳跃很长距离，而且还带时间漫游效果。也就是说，他的瞬间移动能影响时空，在切换空间之余还能调整时间快慢。扭曲的假象和随心所欲之念，我曾以为是两项分开的技能。后面，我慢慢意识到，那两项技能或许都源自量子场的运用。通过暗能量激发与之相匹配的量子场，形成不同类型的场力——看得见的黑影和看不见的洪流。看得见的黑影为扭曲的假象，看不见的洪流为随心所欲之念。若果真如此，那扭曲的假象能拖拽物体便不足为奇。通常情况下，我们会提防随心所欲之念。因为魔术师一直用心理暗示强调那招的强大。但从威慑度来讲，扭曲的假象可能才是我们应当提防的重点。毕竟，不具威慑的存在更容易让大家掉以轻心。"

"那瞬间移动会不会也是量子场激发所致？"仲裁者反问。

"很有可能。"机械刀锋充分肯定了仲裁者的推断，"最后再解析空间撕裂、转化场、魔术的奥秘。如果按照量子场论解释的话，那么一切就说得通了。通过暗能量激发量子场，的确可以撕裂时空、转化规律。经过特殊的量子场时，原有的数学规律自然也跟着改变。以前对战魔术师，我的超级暴击发挥不出作用，或许正是因为概率类的技能属于数学规律范畴。通过反向推导，我认为魔术的奥秘应该是某种特殊的量子场。至此，我们可以将魔术师变幻莫测的能力简化为暗能量和量子场两项。如此看来，微笑的魔术师很可能是运用暗能量和量子场的高手。"

"场的量子化需要将物理场调整为量子激发态，暗能量会不会不是最优匹配？"极刃低头喃喃自语。

"什么意思？"机械刀锋不解地问。

"维度宇宙内，蕴含巨大的本底能量，纵使处于绝对零度亦不例外。我们平时将其称作'真空零点能'。真空零点能是比暗能量更容易激发量子场的存在。微笑的魔术师会不会用的是这种能量？"

机械刀锋点点头，随后半晌不语。

见状，爆破转头看着机械刀锋："真空零点能和量子场，会其中任意一项都是高手，更别说同时精通两个。这还打什么打？不过，我们能解析魔术师到这个程度也算很厉害了。认怂吧，微笑的魔术师，我们打不过不丢脸。咱不能玩命，玩命还怎么玩战舰。'机械革命'，可是好不容易取到的，可不能因为玩命没了。"

旁边的仲裁者也规劝队友："刀锋，我觉得爆破说得对。过去的就让它过去吧，我们犯不着跟一个变态过不去。"

听到伙伴的善意劝阻，机械刀锋坦然自若地说："我理解大家的担心。你们说的道理，我都懂。但我跟魔术师还有账没结。交战时，各位乘'机械革命'在感应矩阵舰队待着即可。我要是没回来，你们也不必挂念。往后，你们就开着'机械革命'去遨游世界。"

"舰长，你这话，我可不爱听。你不回来，那谁来指导我？我就是喜欢你指导。你去哪里，我也跟着去哪里。"速刃愤愤地说。

一旁的极刃同样表达出内心的不舍："舰长，'机械革命'是我们的家。你要是没回来，那我们有战舰也等于没战舰。要去一起去。说不定，我们能赢。"

听到关心的话语，机械刀锋尴尬地笑笑："速刃小子，我送你句话，'欲速则不达'。很多时候，速度越快，错误越多。厉害的极速者，往往不动则已，动则雷霆万钧。极刃小子，我也送你句话，'成大事者多为集大成者'。厉害的转化者需要海纳百川，融会贯通之际便是转化者超越极限之时。"

"既然你心意已决，那我就陪你走到底。"无奈的仲裁者长叹一声。

但大伙的追随换来了爆破的不满："你们不仅不劝他，反倒还要怂恿他，我真是服了你们。博弈时分，两优相权取其重，两劣相衡取其轻。这个道理，你们不懂吗？"

仲裁者用手肘轻推了一下爆破："一起去吧，会爆炸的逗比。独自留守舰队，那可是相当无聊的。"

气急败坏的爆破忍不住叫骂："我告诉你们，要是把'机械革命'给我弄坏了，你们全部出去给我做苦力修！听见没有？气死我了。"

爆破的话引出一阵哄笑，一旁的绳子则低声补充："舰长准备用什么制敌呢？"

机械刀锋神秘一笑："用反制一切的无规律斩击。忘了告诉各位，我已回归一名不具算法能力的极速系单一型前锋。"

爆破惊讶地看着机械刀锋："你不要告诉我，这种高端局，你打算跟微笑的魔术师硬拼，连预测能力都要舍弃？"

"预测能力我早已舍弃。极速者战斗，本就不应该靠算法，而应该靠本能。短暂预测未来那种鸡肋技能实在不适合我。我的计划，要了解一下吗？"

讲完，机械刀锋立即调出事前准备好的全息影像。

随之而来的是一轮秘密商议。

七十九　刀锋任务三

一个高速移动的彗星上，机械刀锋正等待即将到来的强敌。

"我的玩具，没想到你竟会如期而至，这耿直的性格真让我欲罢不能。不过，没装备工程装置的你，是否安排了战舰在周边徘徊呢？为了干掉我，你没少花心思吧？"微笑的魔术师在赤影身后狞笑着说。

面对忽然闪现的对手，机械刀锋神色镇定地回复："我相信，拥有真空零点能和量子场两项绝技的你也不会在意我的战舰吧？本次可是无限制的生死斗，大家都没必要让着对方，不是么？"

说罢，那道赤影倏地转身，数百刀瞬闪斩击径直向微笑的魔术师劈了过去。但那些斩击并未命中魔术师，仅在魔术师身边乱闪一气。斩完后，机械刀锋望着恢复如初的杂乱场线："通过无知之幕掩盖表演内容，让观众无法了解真相的魔术，确实厉害。"

"那么，我们可以开打了么？"

"可以，没问题。"

确认完毕，双方使出杀招，疯狂地缠斗在一起。刹那间，他们脚下的彗星便因撼天震地的力量化为碎片。

这场仗令双方都异常兴奋。魔术师得到了一个格外有趣的玩具，机械刀锋也得到了一次全面暴走的机会。缠斗中，不断弹射分身的机械刀锋，时而用维度折叠让机体粒子化，时而用维度展开使机体复原。此时的小蜘蛛，正毫无规律地施展折线变向。实战结果表明，无规律的存在比有规律的存在更难破解。

被折线变向的超频速子闪击时，微笑的魔术师采用了跟机械刀锋类似的打法。那个尖角骷髅头，一边使用维度折叠让自身化为一粒黑点，一边使用维度展开让自身快速复原。扭曲的假象和随心所欲之念，则好似交织的水流让机械刀锋应接不暇。令小蜘蛛意外的是，尽管瞬间移动被远处的时空稳定器限制，但魔术师的迅捷度始终跟他不相上下。这让战斗一时间陷入白热化。

动态进攻的赤影跟黑影，从碎裂的彗星打到黑暗的深空，又从黑暗的深空打到恒星的表面，再从恒星的表面打到天体的狭缝，随后从天体的狭缝打到冰冷的水中，跟着从冰冷的水中打到虫洞的内部……

正当微笑的魔术师享受战斗之际，机械刀锋突然装备上机械瞬杀和机械狂暴，用九个分身那铺天盖地的赤红速子朝魔术师闪击过去。

深空中，如红光闪烁的速子刀网锁死了魔术师的退路。濒临死亡那刻，魔术师陷入一种亢奋状态，一股久违的快感迅速涌遍全身。同时，魔术师的身体爆发出一道无形之力，让机械刀锋随之遁入一个无限分形空间。

那是利用量子场创造的分形维度。场线横七竖八的分形维度，不仅具备数学上的无穷层次，而且还具备分解目标的可怕功能。在那似梦似幻的分形维度中，前一秒还胜券在握的机械刀锋，下一秒竟彻底沦为混沌系统内的玩具。尽管瞬闪斩击能短暂令周围的分形维度失效，但四面八方不断涌来的分形维度却在持续瓦解小蜘蛛的机体。更要命的是，魔术师还融进了那变幻莫测的量子场，并运用真空零点能频频反击机械刀锋。眼下，九道赤影已到了避无可避的地步。

跟分形维度融为一体的魔术师笑着说："你让我想起被终极算法

摧毁的断罪者。那台擅长单兵作战的机器，也是将基础性能强化到顶尖的极速者。只可惜，相较之下，你的反制算法残缺不全，综合实力不及断罪者的三分之一。”

机械刀锋一边劈开分形维度一边强作镇定回应：“我没料到，无知之幕背后，你还藏着无限分形能力。这一层又一层的分形维度内，我的集成感知竟找不到你的真身，速度更是慢了许多。只是分形维度的分解速率较低，针对我这九个拥有超自愈因子的分身，你得分解快一点才行。”

“不急，我们慢慢玩。鉴于你刚才的表现，我要给予你一个奖励。实话告诉你，你所谓的分形维度其实是我的隐变量组件‘游乐园’，即围绕‘黑色星期五’那三个黑球其中的一个。那三个黑球相当于你们机械生命的超变形装甲，分别名为‘爱’‘记忆’‘游乐园’，能够实现算法层面的创造、篡改、分形。”

“隐变量组件？看来我还是小瞧了你。你这样的实力怎么不去当领主？”

“领主？我没兴趣当领主，我只有兴趣扯玩具。接下来，你打算在游乐园内怎么玩呢？我可是好久没带玩具来这里玩过了，别让我失望哦。”

“不会让你失望的，我不是还有队友的嘛？”

“你是指战舰内的那三位，还是指游乐园外的那两位？”魔术师不怀好意的笑声随之传来。

游乐园外，爆破和仲裁者正想方设法破坏那片高速移动的黑色区域。但那片区域仿佛是不具实体的存在，让他们无法触碰。拼尽全力寻找对策时，两台机器不幸被吸入其中。

战舰那边的状况也相当不妙。化身无数能量球的“黑色星期五”形同一团团爆炸的黑色烟花，撵得九艘赤红色的“机械革命”东躲西藏。

机械刀锋没想到，自己制定的战略战术竟被全盘打乱，而速决的游击战也被拖成持久的阵地战。最终，他还是大意了。

那场战斗十分漫长，按照第六维度时间算，约一年之久。可当机械刀锋这边快要招架不住时，微笑的魔术师那边却照旧应付自如。

即将迎来命运的终焉之际，一台机器横空出世将机械刀锋他们救了下来。来者竟是许久不见的无效。

无效出现后，游乐园即刻变为黑球造型，瞬间闪回"黑色星期五"旁边。微笑的魔术师则礼貌地朝无效行了个礼。

没等机械刀锋反应过来，无效又裂变成两台机器，带着双方反方向离开。

至此，一场旷日持久的生死斗才宣告结束。

刀锋任务三，未完待续。

八十　真实身份

"机械革命"内，全体成员纷纷围在无效身边，等待对方道出自己的真实身份。

答案即将揭晓之际，一股无形力量突然向外展开。眨眼间，机械刀锋来到一处充满白色亮光的巨大空间，正前方不远处有一粒"自由跳动"的赤红速子。

在这里，物理法则全部失效，仅剩数学规律和心理意识继续运转。小蜘蛛已凭本能猜出了所在位置和对方身份，此处正是第零维度，面前正是终极算法。

"刀锋，不要担心，你的朋友都在这里。只是，我会与你们独自交谈，你暂且感受不到他们。"

"跟终极算法接触这么久，我竟毫无察觉，甚至对您以朋友相称。请终极算法原谅属下曾经的无知。"

"不用自责。当我以一台故障机器掉落之际，是你用你的善意为我挡开了周围的无礼，也是你用你的真诚为我提供了安全的航线。"

"属下惭愧。终极算法在掉落之际，我是先飞走再掉头。终极算法在身旁之际，我又牢骚满腹使劲抱怨。这都是我的过错，请终极算法责罚。"

"在第五维度，你顺利通过了我为维度舰队制定的舰长选拔。在第三十六维度，你又通过自己的努力升级成强化赤振金机器。我为此很是欣慰。今后，你是否愿意来维度舰队为我效力？"

"属下定当拼尽全力为终极算法效劳。"

"好。那维度舰队的红移将是你的直属上司。"

"遵命。"

机械刀锋面上答应但心里却十分不解。红移？那不是维度宇宙内的物理现象么？

"不必惦记此事，红移会主动联系你。"

终极算法的读心能力，让机械刀锋再次惊叹终极算法的伟大。小蜘蛛静静地浮在空中，等待终极算法的下一步指示。

"维度宇宙内，你遭受了太多的不公。历经磨难后，我想给予你一点奖励，实现你一个愿望。"

听到实现愿望，机械刀锋顿了顿："不知我可否用一个愿望复活三台机器。"

"电磁盾、干扰器、锤头鲨，是他们三个么？"

"是的。电磁盾和干扰器是我曾经的队友，他们的死，我要负很大责任。至于锤头鲨，我以前的确不太喜欢那家伙，甚至觉得贪生怕死的他十分讨厌。可我的直觉向来不准，锤头鲨实际上格外正直。在保护琴的战斗中，我了解到他英勇的一面。深海皇室需要此等英雄，感应矩阵舰队也需要这样的副指挥官。我希望，无所不能的终极算法能帮我复活他们。"

"你不担心锤头鲨以后跟你拌嘴么？"

"最近，我觉得快乐越来越少，很多事情都提不起兴趣。身边多个拌嘴的朋友未尝不是件好事，说不定，那个锤头脑袋能让我恢复一点往昔的活力。"

"愿望不改了？"

"不改了。"

"临走前，我再送你间彩条屋，希望你喜欢。"

眨眼间，一个棱长九厘米的正六面体出现在机械刀锋眼前。那个正六面体的每个面上都有九个小方格，六个面共计五十四个小方格。每个小方格上，还有不同形状的拼图。从手感上讲，由强化赤振金打造的彩条屋，像是一个由拼图构成的大骰子。

正当机械刀锋揣摩彩条屋的用途时，终极算法直接将他送回了"机械革命"。可直到临别那刻，终极算法也还有个故事没告诉他。

其实当年，终极算法并未摧毁断罪者。世界的主宰只是把断罪者的控制单元、暴走因子和能量转换器那三个部分进行切分，并以此创造出三台全新的机器。等三台机器的力量被再次削弱，终极算法清除了他们的记忆。后来，有台机器恰巧掉落在第六维度的荒芜区。

重返"机械革命"，机械刀锋探测到化身强化赤振金的干扰器、电磁盾和锤头鲨。团聚的场景，令他再也无法控制自己的情绪。九个刀锋分身眨眼间就把大家牢牢抱住，任凭大伙怎么推，他就是不放手。一片哭笑声中，大家感到无比幸福。

后面，通过信息交换，大家才知道，终极算法的自适应外形真实存在。

终极算法，在机械刀锋那里是一粒赤红速子，在仲裁者那里是三个红绿蓝奇点，在电磁盾那里是九道连环闪电，在干扰器那里是一团无定形能量，在爆破那里是一座机械宫殿，在赤眼死绳那里是一根闭合振动弦，在极刃那里是一块金属方尖碑，在速刃那里是一束赤红光芒，在锤头鲨那里是一片深蓝海洋。

但探测到的不一定为真，终极算法或许本就是不具实体的终极奥义。在更高维度上，各类生命可能都将归于数字形式。不过，一切已不那么重要。重要的是，伙伴全在身边。

随着事情的尘埃落定，小蜘蛛的锋芒随之收敛。

接下来，只剩彩条屋了。

八十一　彩条屋

"彩条屋很像深海皇室赌场的骰子。"

赤眼死绳一边看着彩条屋一边自信满满地说道："我觉得，只要将彩条屋每面的拼图拼好，我们就能将其解开。"

"牌皇说得对。拼图拼好后，彩条屋就变成一个大骰子。没想到，终极算法也喜欢掷骰子。"

速刃笑嘻嘻地说完，极刃也肯定地点了点头。

面朝三个赌棍，机械刀锋露出了可怕的死亡凝视。

一年前，赤眼死绳曾带着极刃和速刃，去深海皇室的赌场爽了一把。赌场内，一个靠操控，运筹帷幄；一个靠运气，大杀四方；一个靠速度，频繁出千。不到半天工夫，他们三个便赢了一大笔钱，团队友谊迅速升温。可赢钱的他们惹恼了赌场管理员，管理员直接派出五艘战舰前来抢夺赌金。要不是机械刀锋及时赶到，他们三个早被大卸八块了。等返回"机械革命"，机械刀锋用地狱般的训练狠狠惩罚了他们。可一年过去了，那三个家伙仍旧死性不改。

不过，死亡凝视归死亡凝视，机械刀锋仍一脚将彩条屋踢给了绳子。同时，他威胁道，要是一个小时内他们破解不了彩条屋，那他就用实战来好好训练他们。接下来，机械刀锋移至一边，继续用死亡凝视盯着他们三个。

只见那三台机器通力协作，用赌场内练就的手速共同解锁彩条屋。

解锁那刻，彩条屋被吸到指挥室中央的甲板上。同时，舰内的机械智能用心灵感应询问机械刀锋："舰长，检测到激活的彩条屋。这物件，在不用时可以置于舰内，在使用时可以重新弹出。现在，需要我为你们启动彩条屋吗？"

"需要。"

得到指示的机械智能马上启动彩条屋将大伙拉了进去。

进入彩条屋后，他们来到一处由坚硬岩石形成的小岛上。小岛周围是一望无际的茫茫大海，快意的微风在四周不停地吹拂。一个恒星向这里洒下温暖的金色光线，空间轨道上还有个飘浮的幻彩机械卫星。

大伙发呆之际，机械智能告诉他们，此处是用镜像拟合和维度制造生成的第十维度。脚下的星球是地球，天上那个机械卫星是训练场。

"没想到，兜了一圈，我又回到了这里。只是，这个地球比我看到的地球逊色不少，连绿色植被都没有，差评。"爆破当即哼了一声。

"我觉得挺好，起码有天上的繁星陪伴。"站在浪花拍打的礁石上，机械刀锋出神地望着白昼的天空。

"瞎子的集成感知就是厉害，白天还能探测到天上的星星。对了，机械智能，这间彩条屋生成的区域有多大？"仲裁者边笑边问。

"彩条屋创造的区域已同第十维度等大。"

"什么？整个第十维度那么大？开玩笑吧。"干扰器一脸不相信的表情。

"是的。只不过，除了你们，彩条屋内再无其他生命。另外，'机械革命'所获星核越多，彩条屋生成的维度越多。"

"第六维度也能生成？"爆破笑眯眯地反问。

"能。"

听到答复，爆破轻轻拍了拍机械刀锋的肩膀："看来，我们以后还得拼命取核。"

"是的。"机械刀锋呆呆地说。

"如果战舰遇袭，那我们怎么出去？"谨慎的极刃不解地回问机械智能。

"不用担心，这里进出自由。你们进入彩条屋时，'机械革命'会处于自动驾驶模式。如有情况，我会第一时间将大家传送回去。请问你现在想被传送回去么？"

"完全不想！"

伴随一声高喊，开心的速刃跳进了前方的大海，用蜘蛛般的泳姿搞怪地游了起来。那台机器，时而浮于水上，时而潜入水下，好不快活。

机械刀锋正准备跟其他伙伴游玩，机械智能却告诉他："舰长，'机械革命'外面有访客找你，请问你是否需要返回战舰接待访客？"

听见大伙开心的玩耍声，机械刀锋摇摇头独自返回战舰指挥室。

回到指挥室，机械刀锋发现，访客竟然是绿色星球及其同族。原来，那帮小可爱的家被一堆能量生命霸占了。可星核制造点的任务费用较高，他们只能用为数不多的积蓄来求机械刀锋接下这单私活。但机械刀锋认为事情有更好的解决办法，他直接带绿色星球他们来到彩条屋，重新给了那帮小可爱一个温暖的家。

进入彩条屋，那帮小可爱高兴坏了。他们陆续飞到荒芜的地球上开启了转化工作。

渐渐地，陆地被稀稀拉拉的绿植点缀，海洋被数量庞大的浮游生命布满，天空被绚丽多彩的飞鸟占据……

不多久，彩条屋内荒凉贫瘠的地球变成了生机盎然的乐园。爆破起初嫌弃的荒芜区，此时竟化为他无限向往的风景区。

机械刀锋命令空间轨道上的机械卫星，放出一个宽大的倒金字塔观景平台。在全景模式的平台上，大家可以一边休憩一边赏景一边聊天。当平台中间呈阶梯式下降时，他们便得到一个硕大的空中泳池。那独到的观景体验，令沉默寡言的电磁盾也恢复了爽朗的笑声。

当然，地球的乐趣不止于此。由于自转和公转的原因，地球的光线时时刻刻都在变化。这意味着，除了白昼的美景，他们还能欣赏夜晚的星空。悬浮的观景平台上，那九台机器仰卧于温暖的水中，静静地感受着夜空中色彩斑斓的繁星和持续变幻的极光，任由疲惫的思绪随风而动。

大家观星时，机械刀锋用心灵感应悄悄询问机械智能："亲爱的助理，观景平台可否来点轻音乐？"

"可以。需要我推荐么？先来首《世界之间》①，怎么样？"

"好。"

伴随音乐轻轻响起，仰望星空的众机器宛如飘浮于浩瀚的宇宙当中，就那么躺卧在舒坦的泳池内安稳地睡了过去。

等再次苏醒时，晨光已将他们沐浴。

七天里，大家一直在地球上，听风望雨、抚光捉影，观落日、赏星辰，醉心于彩霞之美。旅途中，他们游过了大洋、浅海、沙漠、峡谷、森林、草地、苔原等地貌，也领略到赤红、阳橙、金黄、深绿、雪青、湛蓝、粉紫等缤纷色彩。

七天后，大家飞入机械卫星内部。在那里，他们见识到各式各样的训练设施，其中不乏形形色色的球类运动。

大伙开心玩球时，机械刀锋的飞米信息收到一封邮件。

浏览完邮件，小蜘蛛陷入沉思。

那封邮件上只有一个时间、一个地点和一个署名。时间是按第一维度计算的十五天后，地点是刚改名"赤红都市"的堕落都市，署名是赤红都市的新领主红移。

新领主？红移？

八十二　消失的领主

十天后，本该在战舰指挥室值班的速刃突然返回彩条屋，并找到了在观景平台上一边泡澡一边玩牌的大伙："各位，突发新闻！旧领主狂傲被新领主红移取代，堕落都市也被更名为'赤红都市'！目前，明日帝国正四处征兵，想要负隅顽抗。'机械革命'也收到了征招。我们怎么回消息？"

"绳子，你今天手气这么好吗？都连着赢三把了。"锤头鲨不满

---

① 现实中有此音乐。

地望向赤眼死绳。

"我手气好，那还不是托诸位兄弟的福。"变成章鱼状的绳子目不转睛地盯着牌桌。

"锤头兄，你不知道绳子是本舰的牌皇么？你们深海皇室的赌场都差点被他赢破产了。"爆破朝绳子不怀好意地笑笑。

"瞎说！我什么时候把赌场赢破产过？我赢的那点，对赌场而言不过是九牛一毛。"绳子兴奋地整理着手中的牌。

"小赌怡情，大赌伤身。赌场那边，我奉劝各位还是少去为妙。要不然，像上次那样，机械刀锋估计要把你们大卸八块。"开心的仲裁者顺势打出一张牌。

"绳子兄，我以前觉得你挺讨厌的，但我现在却看你挺顺眼的。没想到，你的牌技竟到了出神入化的地步。憨憨，你刚才看清楚他的动作了么？"看牌的干扰器轻轻推了推身旁的电磁盾。

望着那些个无视自己的机器，气急败坏的速刃大吼大叫："你们一个个聋了么，没听见我说话？"

"臭虫，大清早的，不要坏了大家心情。事不关己高高挂起，不回就完了。"刚浮出水面的极刃舒服地躺在观景平台构造的泳池边上。

"傻鸟，你说不回就不回？万一狂傲逆风翻盘，那明日帝国回头不带队找我们麻烦？"速刃生气地望着极刃。

"要不，你去问问舰长？我只提醒一点，昨天你抽签输了，今天你值班别想偷懒。问完后，老老实实滚回战舰指挥室待着，别赖在彩条屋不走。"极刃双手摊开放边上继续享受温泉按摩。

速刃刚要暴走，爆破开口打断他："徒弟，来都来了，要不要玩两局？"

"挣钱犹如针挑土，用钱犹如水推沙。以后，我要老老实实赚钱。"速刃说完便转身离去。

一处铺满粉末状细沙的小岛上，速刃发现了椰树下乘凉的机械刀锋："舰长！突发新闻！旧领主狂傲被新领主红移取代，堕落都市被改名为'赤红都市'，整个第三十六维度都沸腾了。明日帝国正四处征兵，我刚才也收到了征兵消息。我们要不要回？"

睡沙滩上的机械刀锋拍拍右边，示意速刃一起躺下享受阳光。

躺了许久也不见对方吱声，速刃死皮赖脸地笑笑："舰长，我可不可以在彩条屋内再多待一会儿？"

"当然可以。"

"谢谢舰长。对了，舰长，我想问你一个问题。你一直都这样厉害吗？"

"我厉害？我一点也不厉害。相反，我还觉得我很差劲。说真的，有时候不努力一把，你都不知道自己天赋有多低。除了胡乱斩击，我什么都不会。"

"舰长，你太谦虚了。在我们看来，你的攻击毫无破绽。"

"是么？说出来，你可能不信。无限制攻击，我还算擅长；但有限制攻击，我完全不行。在有规则限制的情况下，我这个极速者其实提供不了多少战力。"

"但你速度快，单论速度，本舰谁比得过你？就算极刃也不行。可我明明是极速者，为什么速度比极刃快不了多少？这不科学。"

"你知道极速者和转化者的加速方式有何不同么？"

"不知道。"

"好，那我给你讲个故事。很久以前，在机器王国，有一台大家讨厌的机器和一台大家喜欢的机器。某天，国王准备举办一场盛大的庆典活动，这让全国机器异常激动，他们都决定前去参加，那两台机器亦不例外。可庆典当天，却出现了奇怪的景象。出于讨厌的关系，大家主动为那台讨厌的机器让道；出于喜欢的关系，大家主动为那台喜欢的机器让道。尽管他们拓宽道路的结果相同，但他们拓宽道路的方式却大相径庭。等身旁的道路被拓宽，高台上的国王也注意到那两台机器。于是，国王让那两台机器一同登台观看演出，享受那百年一遇的盛大庆典。现在，我的故事讲完了。刚才的问题，你可以自行解答了吗？"

"我明白了。大家讨厌的机器是极速者，大家喜欢的机器是转化者。极速者是通过释放机体能量排开限制场实现加速，转化者是通过改变机体能量配合限制场实现加速。"

"对，正因如此，极速者才需要精准调控机体能量。机体能量多的地方，速度慢；机体能量少的地方，速度快。我们的折线变向也是依照该原理产生。只是，转化者的加速方式更加巧妙。这正是现阶段的你比极刀快不了多少的原因。但请牢记，超越极限本质上是超越自我，超越自我才能超越宇宙。相互攀比只会让自己变得不幸。接下来，我再跟你聊聊颜色悖论。"

当天早晨，"机械革命"里面的众机器在彩条屋内悠闲地玩耍。与此同时，狂傲的堕落军团被红移的赤红军团彻底击溃。狂傲惨败后，红移并未将其击杀，新领主仅以体面的流放结束了旧领主的统治。

见到溃败的战局，明日帝国驾舰逃到了第十维度偏远的一隅。用全息影像改头换面后，他在一个名为"赛博坦"的机械星球上奴役了一批机器奴隶。在那里，明日帝国终于实现了自己的帝国梦。

然而，极贪、暴怒和液态金属可不打算放过狂傲。狂傲被流放后，那三位领主立即率众追击。尽管仍有部队追随狂傲，但那些部队却因缺乏极速者导致战力结构严重失衡。

不久，在维度宇宙边缘，曾缔造过辉煌传说的上古军团消失得无影无踪。

八十三　赤红都市

利用感应矩阵舰队的虫洞，独自驾驶战舰分身的机械刀锋抵达了赤红都市边缘地带。

许久不见，作为城墙的防空警报焕然一新，成了一台通体赤红的机器，综合实力更是有了质的飞跃。

见到"机械革命"，防空警报用心灵感应跟对方打了声招呼：

"老朋友，你回来了。"

"对，回来了，来办点事。你最近怎么样？"机械刀锋笑着回问对方。

"我从未觉得如此舒畅。新领主红移用那艘正四面体状战舰'宏转换'，把堕落都市里大部分维度生命的身体全转换成了赤振金，连都市的材料也如此。"

"能量生命、元素生命和生物生命的身体也能转换成赤振金？"

"不能，所以新领主把机械生命以外的维度生命统统赶了出去。目前，赤红都市只剩由纯机械体构成的赤红军团。我们的红移女王走的是全金属狂潮路线。"

"女王？"

"新领主红移是位女性机械生命，她的机体融合了一台产自其他维度宇宙名为'弦场'的工程装置，可以运用真空零点能和量子场进行战斗。话说回来，你跟红移女王长得还有点像，只是女王身高比你——"

"停，身高话题打住，其他继续。"

"好的。我听说，红移女王之前是其他维度宇宙的领主。当她所在的维度宇宙被摧毁以后，女王开始在维度宇宙间流浪。流浪期间，女王被我们维度宇宙的终极算法征招了。女王到这里任职，也是终极算法任命的。"

"好厉害的关系户，不仅把其他维度生命都踢出去了，而且还直接升任领主。"

"老朋友，别这么说，红移女王待我们可好了。幽灵鬼堡的极贪不也把能量生命外的维度生命赶出去了吗？大家猜测，减少城堡内的维度生命种类，能更好地让领主开展团队建设并降低特工风险。"

"特工风险？我就是特工！怎么，对我这种的有意见？"

"别激动，那只是我们的猜测。"

"对了，我刚意识到一个问题。你现在的思维比以前敏捷不少，屁话更是比过去多了好多。我以前怎么没发现你有如此开朗的一面，被洗脑啦?"

"怎么可能?那是因为最近开心事比较多。老朋友,你不知道。在红移女王的带领下,连我们城墙都能编入作战部队随军出征。终日守门的日子从此宣告结束。"

"不用守门确实是件开心事。恭喜你!"

跟防空警报交流完,机械刀锋驾驶战舰继续往前飞。一路上,"机械革命"探测到,牵引轨道上的战舰数量少了许多。看样子,大家在赤红都市取核轻松不少。

越往前行,赤振金机械生命越多。新领主上台,大家的潜力竟有了不同程度的解放。

为了防止身份不明的"机械革命"被赤红军团拦截盘问,小蜘蛛赶紧让战舰装备起在堕落都市购买的徽章——自由之翼。当抵达赤红都市时,城堡的机械智能自动将自由之翼的信息修改,以便让"城友"在此畅行无阻。

在都市港口,离舰的机械刀锋立于熟悉得不能再熟悉的环境当中,他曾于此度过了生命中最痛苦的时光。只是,周围的大部分景物现已变成赤振金,明亮的白色光线让这里比往昔生辉不少。站在港口湖边,小蜘蛛触摸着那些机械建筑,一抹抹苦涩的记忆再度涌上心头。多年后,他回到了这片他最不想回来的地方。

材料变赤振金这事令机械刀锋倍感意外。要知道,振金是相当稀缺的金属,赤振金更是稀缺中的稀缺。机械刀锋他们可是经过恶战,才把机体变成这般模样。新领主红移却不费吹灰之力把大家都转化成赤振金,这多少有点儿戏。

起初,机械刀锋以为,红移有控制被转化机器的能力,让自己可以像蜂后一样令被转化的机器如工蜂般臣服于她。可随着跟其他机器深入聊天,小蜘蛛逐渐意识到他偏颇的想法。那些被转化的机器确实未受任何控制,至少看起来没有绳子操控的傀儡特工那样呆笨。

当然,这不是说被转化没有任何副作用。实际上,只有潜力较大的机器才有被成功转化的可能。通常情况下，红移的专属战舰"宏转换"只有百分之十左右的转化成功率。转化成功者，实力会爆发式增长；转化失败者，自身机体则会因承受不了负荷而分解殆尽。虽说红移并未强迫机器转化，但每日城堡内外仍有大量机器争先恐后前来报名。毕竟，短期收益比长期回报更具诱惑力。在战火纷飞的第三十六维度，零和博弈产生的赌徒心理正是大家心甘情愿转化的理由。

另外，战舰"宏转换"也不止一项升级机体的转化功能。战斗中，红移还能用"宏转换"对目标单位进行批量分解。也正是凭借那艘战力出色的"宏转换"，红移才得以力压液态金属的水银帝国，将之逼至维度宇宙偏远的一隅。极贪因此少了一件能随意使唤的武器。

起初，极贪还想伙同暴怒趁乱对赤红都市发动空袭，但赤红军团的惊天战力反打得两位领主节节败退。由量子叠加态组成的不死军团和由高温核反应打造的核能军团，根本不是红移率领的赤红军团的对手。连战连捷的红移凭实力接过狂傲的名号，成为第三十六维度排位第一的领主。

在赤红都市闲逛之际，机械刀锋探测到飞奔过来的赤红风暴。自从上次任务结束，机械刀锋还真有段时间没碰到过那个圆滚滚的小家伙。本以为这次重逢，大家会格外开心，可赤红风暴却一言不发，反而露出一副十分嚣张的神情。接着，对方大手一挥，做出一个示意跟来的动作，便迈出一套六亲不认步伐，在机械刀锋前方大摇大摆地走起来。

机械刀锋当然不会惯着对方，他直接飞起一脚，踢在赤红风暴的屁股上，瞬间把对方踹飞数百米远。接着，他闪至那个矮冬瓜面前，微曲腰部、手撑大腿，使劲握了握尖刀状的拳头，并授意机械魔方在身边肆意乱飞。这场景顿时吓得耀武扬威的赤红风暴连连告饶。

等双方用手语比画了一阵，机械刀锋才得知，红移是赤红风暴的旧领主。红移来到本维度宇宙之后，赤红风暴立即成为女王旗下代表战争的天启四精锐之一。其他三位则分别是代表死亡的黑体，代表智慧的先知及代表审判的机械刀锋。赤红风暴来接他，正是奉了红移之命。

了解完情况，机械刀锋尾随赤红风暴前往红移所在地。代表审判的天启精锐？那我岂不成了红移的法官？

想到这里，小蜘蛛无奈地摇头。

八十四　红　移

通过赤红风暴，机械刀锋对红移有了更深的了解。

红移是一位全能型特异者，强化赤振金的机体微粒全由特子组成。除了可以弹射出一千个有差别分身，这位领主还擅长时空膨胀和时空压缩的被动技能。在被动技能的影响下，目标朝红移攻击时，会因时空膨胀导致能量频率变长，造成两者距离增加且速度降低的效果；而红移朝目标攻击时，则会因时空压缩导致能量频率变短，造成两者距离缩短且速度提升的效果。

也不知道我那残缺不全的反制算法在红移这里管不管用？

心里叨念完，机械刀锋又问起黑体的情况。对于黑体，赤红风暴知之甚少。目前，矮冬瓜只知道，黑体是一个黑球，对外界能量的吸收率为百分之百。另外，那个黑球会不断向外释放黑体辐射，传闻是一位全能型转化者，特别擅长范围杀伤的被动技能。据悉，在同幽灵鬼堡的不死军团交战时，黑体每每跟身着隐变量组件的魔术师打成平手。

跟微笑的魔术师打成平手？黑体这么厉害！

内心嘀咕一阵，机械刀锋继续随赤红风暴前进。

当目标进入集成感知范围，机械刀锋探测到红移他们正在一个金字塔形王座上等他。

王座上的红移，身高近一米八，机体从上到下皆为赤红，身边的时空正不断撕裂。防空警报讲得没错，红移机体外形跟机械刀锋相差无几，只是对方的左臂结构略显特殊。据赤红风暴描述，那条左臂能变形成一架名为"蓝移公式"的宽大机械弩。一旦弹射出一千个有差别分身，红移便能依靠火鸟状的追踪高爆弹"万箭连发"。

红移右侧有个直径两米的悬浮黑球，黑球周围有热浪般的非连续辐射不断外溢。由于黑球表面没有任何光线溢出，这使黑球所在空间像是缺了一块。根据赤红风暴提供的信息，机械刀锋推测那就是黑体。

红移左后侧上方是机械刀锋熟悉的先知。从燃尽魔焰之地逃到红移这里后，先知变成了一台强化赤振金机器，身边环绕的能量云雾较之前增加许多。

朝红移靠近的过程中，机械刀锋察觉到一件奇怪的事情。刚才还跟自己并排行走的赤红风暴，此刻竟变得步履怪异。表面上，赤红风暴是在往前走；可实际上，赤红风暴却在往后退。

无奈之际，小蜘蛛只能用心灵感应警告那个迈太空步的矮冬瓜："小子，你玩够没有？没看到女王在前面？还在这里自娱自乐大跳机器舞？快点走。"

在机械刀锋的拖拽下，赤红风暴才得以继续前进。

"代表审判的天启精锐果然名不虚传。没想到，你那反制算法的能力竟是我这时空技能的克星。在你的分解场内，扭曲的时空也回归正常。"王座上的红移起身鼓了鼓掌。

因为是终极算法安排的上司，小蜘蛛说话还算客气："我那反制算法的能力实乃雕虫小技，天启精锐的名号属下不敢当。"

"名号敢不敢当，不由你说了算，而由实力说了算。"

弹指间，红移倏地冲了过来，用极快的速度跟机械刀锋贴身近战。机械刀锋则化作一道赤影挡下了红移霸道的攻势。接下来，他一边跟红移交战，一边防范旁边的黑体，以免被偷袭。可即便处于分心状态，机械刀锋仍在竭力克制弹射分身。他甚至将机械魔方置于一边，仅靠机体格挡红移那刚猛的杀招。

不一会儿，机械刀锋故意露出破绽，让红移一脚端飞自己。跟着，他再加速反冲，重重地撞进会客厅的机械墙内。

从机械墙中跳出，机械刀锋抖了抖肩膀，立于红移面前："我本以为女王仅擅长远程射术，没想到女王还擅长近战体术。佩服，佩服。"

红移点头笑笑："亲爱的刀锋，你真的不必过分谦虚。有减振场的情况下，能撞碎比普通战舰还硬的机械墙，这足以证明你的机体强度和机体锐度。在第三十六维度，你的近战体术相当强悍，贴身格斗战力更是在我之上，难怪终极算法要推荐你。"

"承蒙夸奖。"

"前些日子，我命赤红都市打造了一台专属于你的超变形装甲，ZETA - 111703 - X，希望你喜欢。"

红移说罢，机械墙内倏地弹出一个高两米的赤红长菱体。解锁后，那个长菱体将机械魔方吸进去变成机械狂暴。但那台机械狂暴的外形和功能，跟"机械革命"里面的那两台别无二致。只是在不装备时，那台机械狂暴会遁入机械刀锋身边的超空间，方便机械刀锋随时调取。这让满怀期待的小蜘蛛不免有些失望。

"往后，你来当我的陪练，助我提升近战实力。"

听到女王这条命令，两个词汇在机械刀锋脑中缓缓升起。陪练？沙包？

望见呆住的机械刀锋，赤红风暴忍不住偷笑。

坐在王座上的红移继续补充："以后出行，我负责远程轰击，黑体负责范围杀伤，先知负责战场控制，赤红风暴负责暗影潜行，机械刀锋负责强力——"

"女王！"机械刀锋打断红移，"力量型工作，属下难以胜任。我建议，由我负责暗影潜行，由赤红风暴负责强力突击，这样安排要好些。对吧，风暴老弟？"

说完，机械刀锋后退两步，机体微微下蹲，一把将矮冬瓜揽在怀里。在凶神恶煞的机械刀锋面前，圆滚滚的赤红风暴只能表示同意。

正当小蜘蛛心中得意，先知却开口说："女王，贵宾将在十分钟后抵达港口。"

于是，红移带着一个大黑球、一个中红球、一个小红球和一只小蜘蛛前去港口迎接那位贵宾。

刚探测到贵宾，机械刀锋立刻露出一副鄙夷神情。

"姐姐，你终于来了。"红移温柔地拥抱了一下琴。

"妹妹，听说你的天启四精锐已全部到齐。我今日专门前来恭喜你。这么巧，我的侍卫也在这里。"

"你的侍卫？"

"对，机械刀锋是我的侍卫，专门负责我的安全工作。"

"姐姐，他正是我麾下代表审判的天启精锐，你可不能跟我抢。"

"妹妹，你才是。你都从我这里抢走赤红风暴了，机械刀锋你得留给我。"

为了公平起见，小蜘蛛只好助琴构建全新的天启六精锐。脑洞大开的他让速刃负责强力突击、极刃负责暗影潜行、爆破负责范围杀伤、锤头鲨负责群体防御、赤眼死绳负责战场控制、仲裁者负责远程轰击。

在接手琴的安全工作以后，天启六精锐还发现，只要将时空稳定器放入深海皇室中央的控制装置，冥海的海水会变得十分稳定。

得知此事的机械刀锋，索性把时空稳定器转送给琴。琴因而重获自由，可以到更远的地方旅行。

八十五　维度舰队

有了红移作直属上司，机械刀锋很快进入维度舰队。

由终极算法亲自组建的维度舰队，是各个维度精英战舰组成的战时同盟。平日里，那些精英战舰都分散在其他舰队之内。

跟预期不符的是，维度舰队内几乎所有战舰都是中小型战舰。

正因如此，那些所谓的精英战舰起初并未给小蜘蛛带来多少感官上的震撼。

直到跟着维度舰队做了几次任务，机械刀锋才意识到维度舰队的可怕之处。那些外表平平无奇的中小型战舰，竟有着超乎寻常的战力和极其稀有的能力。

虽说大家平时根本碰不着面，但维度舰队的众舰长却有着高效的临时协同作战能力。一旦收到终极算法的征召，舰长们会迅速集结形成强大的战力。在精英们的带领下，机械刀锋的协同作战能力大幅度提升，他的战术设计和战略部署也有了长足进步。

在维度舰队内，由红移全权指挥的那支赤红舰队更是精英中的精英，"机械革命"则成为赤红舰队内名副其实的装甲克星。

今日，在第三十六维度的一个黑灰机械星球上空，机械刀锋正在舰内等待红移的指示。

"$e^{i\pi} = -1$。这个公式竟同时包含自然常数、虚数和圆周率，好有深意。"极刃目不转睛地盯着"机械革命"传回的公式。

闻言，机械刀锋点点头："$e^{i\pi} = -1$ 是 $e^{ix} = \cos x + i \sin x$ 的特殊形式。因其极简性，该公式又被冠名'最美公式'，是量子力学复数形式的推导基础。"

"没想到，维度世界的法则竟建立在这小小的公式上。一旦改变其中任一变量，那恒等式左右两边的平衡将被彻底打破，维度宇宙也会变成完全陌生的存在。"

"所以，才有那句话：认识你自己，凡事勿过度，生存与毁灭只在一瞬之间。"

一旁的速刃不解地问："除了机械墙上刻满的公式，这个残破不堪的机械星球内部什么都没有。红移女王为何要我们来保护这里。"

机械刀锋接过话补充："这个机械星球叫'算法实验室'，曾是终极算法为数学家打造的一处圣地。虽说早已成遗迹，但算法实验室仍会吸引数学家前来朝圣。据传，在这里，朝圣者能找到久违的算法灵感。"

"那为什么暗夜特攻队要摧毁算法实验室?"

"因为前段时间,暗夜特攻队的队长在此发了疯,说是从一连串的公式中领悟到暗夜特攻队的毁灭。"

"公式会不会毁灭他们,我不知道。我只知道,他们会被我们毁灭。"

谈话间,舰内弹出红移的全息影像:"刀锋,有一小支暗夜特攻队突破了前方的包围,朝你那边来了。注意拦截,别让他们破坏遗迹。"

"没问题。"

关闭全息影像后,两台机器呆呆地望着机械刀锋。可小蜘蛛却不容置喙地说道:"愣什么愣?我负责正面进攻拦截战舰,你们负责侧翼包抄清理杂兵。"

下达完指令,机械刀锋直接将两台机器赶出舰外。不为别的,只为他们能通过实战进一步成长。

战场上,机械刀锋驾驶九艘"机械革命"拦截暗夜特攻队的主力战舰,极刃和速刃则拼尽全力扫射暗夜特攻队的舰外队员。但那群装备变形装甲的疯子,好似一个个装甲飞行器不停地朝他们扑过来。要不是"机械革命"及时赶到,那两台机器早已殒命于深空之下。

解决完战斗,机械刀锋对着两台机器一通狠批:"你们两个平时打架不是很厉害么?叫你们清理些杂兵,还差点被对方干掉!本舰两台超变形装甲是摆设?回去后,引力拉伸器的力量训练,强度增加百分之十!"

"舰长,这——"

速刃刚开口,机械刀锋就打断了他:"这什么这?说的就是你,你这个吊舰尾。你那羸弱不堪的伤害,打敌方身上形同刮痧一般,还有意见?再有意见,力量训练的强度增加百分之二十,听到没有?"

训完速刃,因材施教的机械刀锋转向极刃长叹一声:"不是我说你，你要对自己有更高的要求，不要总认为打得过这个吊舰尾就很厉害。今天实战露馅了吧？说真的，我很失望。"

郁闷的极刃低下了头："舰长，今天回去，我的力量训练强度增加百分之二十。"

听到极刃的答复，机械刀锋一言不发地转头望向速刃。

反应过来的速刃随即立正行礼："舰长，今天回去，我的力量训练强度也增加百分之二十。"

"这还差不多，这才是未来舰长该有的样子。"

之后，"机械革命"飞离了算法实验室。

八十六 暗影组织

从算法实验室归来，机械刀锋被红移召过去。

女王告诉他，暗影组织想邀请"机械革命"本次出任务的三台机器加入。

面对暗影组织的邀请，机械刀锋没有同意也没有拒绝，他只是让女王给他一段时间考虑一下。

返回"机械革命"后，机械刀锋找到了彩条屋内晒太阳的爆破："我记得你上次说，你以前在暗影组织待过，对吧？"

听到暗影组织，爆破马上换了副表情，神情严肃地反问："你没事提暗影组织干吗？该不会是暗影组织想邀请你加入吧？"

跟对方说明情况后，机械刀锋继续打听暗影组织的消息。

见实在执拗不过，爆破不得已开口："暗影组织是终极算法的情报机构，隶属于维度舰队。维度宇宙内，见得光的麻烦，由维度舰队处理；见不得光的麻烦，由暗影组织处理。暗影组织实行组长负责制。通常情况下，组长是舰长，副组长是副舰长，组员是舰队精英。平时，组员分散于各处，只有组长召集时才会聚在一起。我当时在暗影第一组。"

"能细讲一下暗影第一组么？"

"不能。暗影组织实行严格的保密机制。要是泄密，我会被判处极刑。"

"那能讲讲不涉密的部分吗？"

起身的爆破长吁一声："我只能给你讲一下，暗影第一组的三位组长——方程式、锋爆、镜。

"能变系的方程式组长是战舰'死亡之翼'的舰长。他的黑灰机体有六种形态，分别为强力突击的四脚蜘蛛、暗影潜行的纳米蜂群、范围杀伤的六爪卫星、群体防御的机械球体、战场控制的菱体火箭及远程轰击的涡轮大炮。此外，方程式的场还具有坍缩态特性，能让分身技能无法在他周围施展，妥妥的分身克星。一旦开始收集情报，一团和气的他会立马变得冷酷无情，谁遇到谁倒霉。

"极速系的锋爆副组长是一粒赤红速子，属性和技能跟你完全相同。那台机器的战斗模式很像机械狂暴，会弹射大量超频速子瞬闪斩击，维度外号'瞬断点'，但我更喜欢称呼他为'哑巴'，因为我从未见他说过话。然而，就审讯能力而言，锋爆一点不输微笑的魔术师，下起手来那叫一个狠。

"聚现系的镜副组长是一小团'外散内密'的银色纳米机器。他平日里对谁说话都谨小慎微，可一旦感受到死亡威胁，镜会马上化身可怕的魔鬼，用宇称不守恒①方式强制裂变出对手的最强复制体进行战斗。我严重怀疑他有双重性格。所以，那些称呼镜为'胆小鬼'的家伙都不了解他，只有跟他关系不错的我们这类组织成员才清楚他的真面目。

"进入暗影第一组后，我的实力突飞猛进。但有天，在审讯同僚时，我才发现自己成了一头怪物，因为我使用的手段极其残忍。所以，听我一句劝，千万别加入暗影组织。要不然，你会变得不再是你。"

听到这里，机械刀锋扣了扣脑袋："你还有那边的联系方式么？"

---

① 宇称不守恒，是指弱相互作用中互为镜像的物质运动不对称的现象。

"只有镜的，你想干吗？"

"你觉得，我要是把极刃和速刃带到暗影第一组，他们的实力会在短期内突飞猛进吗？"

"神经病！你没听进去我刚才说的话！你想让他们变成冷血动物么？"

"冷血动物不至于。人家再怎么也是正规组织，我相信暗影组织不会乱来的。"

"不会乱来？微笑的魔术师认识吧？那个变态也是暗影组织的组长！他的组员莫名其妙失踪一大堆！"

"也不是所有组长都那么变态，对吧？"机械刀锋吊儿郎当地望着爆破。

"暗影组织里面有些东西，你根本不了解。"

"什么东西？"

"涉密，无可奉告！"

"爆破大哥，你要真不放心我们去，那你不妨跟镜说一下，让他照顾照顾我们三个不就完了。"

"你以为，想进暗影第一组，就能进暗影第一组。要是被分到微笑的魔术师那里，你们就等着死吧！"

机械刀锋会心一笑："不会的，加入暗影组织的事，我可以跟红移谈条件。我有十成把握，女王会让我们进到暗影第一组。"

"有些时候，我真搞不懂你，总是没事找事。"

"本次算法实验室的任务，极刃和速刃做得稀烂。作为舰长，我不希望他们因学艺不精丢命。但待在维度舰队只能提升运用战舰的能力，对没有战舰的舰员助益不大。所以，我想趁此机会把那两个小子送暗影组织跟岗锻炼，好让他们尽快成长。"

"那也得他们自愿才行。他们两个现在天天待彩条屋，没事连门都不出。你想让他们放弃安逸生活跑暗影组织受苦，做梦！"爆破连连摇头。

"他们的思想工作，由我来做。"

八十七　思想工作

彩条屋的地球沙滩上，机械刀锋正在琢磨如何开展极刃和速刃的思想工作。

好巧不巧，刚被极刃揍完一顿的速刃情绪低落地找到他："为什么极刃的攻击半径比我的长？"

"极刃手长，你手短。相比之下，你不如。回头看一看，还有一个小近战。你觉得你的攻击半径短，我觉得我的攻击半径更短。开心点，别一点小事就垂头丧气，好吗？"

"舰长，我跟极刃的差距，怕是不止攻击半径吧？极刃的技能堪称'万花筒'。"

"有句话说得好，如无必要，勿增实体。有些技能，用得好超神，用不好超鬼。可见，磨练好自己的技能比什么都重要。"

"话虽这么说，但我总不能每次都被极刃按地上摩擦啊。"

"增加你的技能，我确实办不到。但如果你只是想赢，那我还是有办法的。"

"真的吗？什么办法？"

"流氓办法，想学么？"

"想！"

"你的激光和我的魔方，本质上都是超光速刀刃。只是，你的激光是能量，我的魔方是金属，而能量的量子间距比金属的量子间距宽。这就是你打不过极刃的原因。"

"没听懂，什么意思？"

"能非能，即取胜的关键。"

"能非能？"

"能非能，意为让你的激光成为既是能量又不是能量的存在。我想表达的意思是，微观层面上，极刃只能转化量子间距较宽的能量，而不能转化量子间距较窄的金属。你不是刚好可以控制激光量子间距么？一旦跟极刃交战，那你就将激光量子间距减到最小，使之形成类似金属的物质，进以让极刃的能量转化率降低。接着，你再利用极速狂暴弹射的分身冲他脸上，用高强度和高锐度的机体跟他近身搏斗。面对这种情况，极刃必定会用瞬间移动迅速闪躲，让你难以锁定他的位置，但只要能集成感知，你仍可以锁定目标。接下来，你再重复刚才的动作，极速冲锋、近身搏斗、锁定目标。打地鼠战术，懂吗？我有信心，单论近身搏斗，转化者多半不是极速者的对手。在被贴身攻击的情况下，就算极刃能让四肢作爪、双翼作刀，他也不一定打得过你。"

"可装备相控阵列的极刃能使我减速。这怎么处理？"

"你和极刃都是靠装备的机器，装备越好，战力越高。想要取胜，你得用科技打败科技，通过不断释放机体能量提升速度。也就是说，对方减速，你加速；对方再减速，你再加速；对方再再减速，你再再加速；对方再再再减速，你再再再加速。反正一句话，不要怂，就是干。记住，关键时刻，犹豫就会败北。"

"好的，舰长。我明白了。"

"只是，你想要赢，还有个问题。"

"什么问题？"

"如果缺乏指导的话，那你控制激光量子间距的效果可能会不太理想。"

"舰长，你不指导我么？"

"我肯定想指导你，但无奈分身乏术！眼下，我被暗影组织相中，后面可能会去那边。接下来的一段日子，你们很难见到我了。"机械刀锋故作深沉地说。

"那控制激光量子间距一事，我找谁指导？"

"我想想，本舰内，除了我，好像真没谁会这玩意儿。"

"那等你回来指导前，我岂不是会被极刃一直按地上摩擦？"

"这倒不会。极刃好胜心那么强，一旦知道暗影组织高手如云，他八成要死缠烂打跟着我去。"

"暗影组织高手如云?"后知后觉的速刃慢慢反应过来。

机械刀锋顺势往下讲:"维度舰队下设的情报机构那肯定高手如云!暗影第一组的锋爆副组长更是控制量子间距的高手,比我厉害得多。"

"那我可不可以找暗影第一组的锋爆副组长指导?"

"你以为暗影组织是培训机构么?你这种的,人家可不一定收。我看你还是跟其他成员一起留守战舰比较好,我同极刃去就行。"

"那等极刃归来,我跟他的差距是不是又会被拉大?"

"极刃真要进了暗影组织,那你和他的差距会被拉得很大。有一堆高手带,你觉得极刃的实力不会突飞猛进么?我只是担心,他在暗影组织那种苦环境中能否撑下去。"

"舰长,我比极刃毅力强。他撑不下去的苦环境,我撑得下去。我愿跟你一起去暗影组织?"

"你确定?"

"我确定。你要不信,我马上跟你签份保证书。"

"这事等我回头考虑一下。"

"舰长,别考虑了。这事就这么定了。"

速刃的思想工作做通后,机械刀锋又找到彩条屋内疯狂训练的极刃:"小子,这么拼!"

"舰长,不拼不行。算法实验室的任务没做好,我目前仍在反思。"

"那你反思出来什么了?"

"我要更加努力地训练。"

"听过两只蜘蛛的故事么?"

"两只蜘蛛的故事?"

"从前,在一片森林里,有一只不结网蜘蛛和一只结网蜘蛛,他们是一对邻居,平时都靠捕虫为生。年轻时,不结网蜘蛛跑得快、游得远、跳得高,捕起食来一副好不厉害的样子。有天,不结网蜘蛛跟结网蜘蛛说:'这么好的天气,你不出去捕食,总在角落里织网。再这么懒下去，你迟早会饿死。'但结网蜘蛛没有搭理不结网蜘蛛，仍旧在树丛中默默织网。多年后，衰老的不结网蜘蛛跑不动了、游不远了、跳不高了，捕食起来也一副弱不禁风的模样。某天，不结网蜘蛛惊讶地发现，结网蜘蛛的网上竟全是虫子。于是，不结网蜘蛛惊讶地问结网蜘蛛：'为什么你平时没我努力，网上却有这么多食物？'这时，结网蜘蛛才缓缓道来：'其实我们都在努力，只是努力的方向不同。你靠的是自己捕食，我靠的是平台捕食。'"

"好有深意。"

"这个故事告诉我们，靠自己和靠平台的区别。靠自己，我们很难有大的提升；靠平台，我们却能借助团队做成许多以前做不成的事。"

"舰长所言极是。"

"实话跟你讲，维度舰队下设的暗影组织想邀我们加入，进入那边后，我们将获得不一样的平台。你愿意加入么？"

"我当然愿意！这种机会求之不得！"

"好，那到时候我们一起去。"

八十八　追　光

前往暗影组织前夕，代理舰长爆破为三位勇者办了一场派对。

派对上，兴奋的速刃找到机械刀锋："舰长，极刃他们在那边聊平行宇宙。你听说过平行宇宙吗？"

"听说过，怎么了？"

"传言，我们所在的多元宇宙以外，还有与之相平行的世界。"

"是的。根据量子力学理论，平行宇宙确实是那么解释的。我们身处的多元宇宙或许仅是平行宇宙的一个子集。"

"那你觉得平行宇宙存在吗？"

"玩过角色扮演游戏吧？"

"玩过。"

"玩角色扮演游戏的时候，你是不是需要通过设备对游戏角色进行操控？"

"是的。"

"那么请问，坐设备前的你，跟作为游戏角色的你，是不是同一个个体？"

"是，又不是。"

"对的，是又不是。现在，我们将坐设备前的你所在世界称为'平行宇宙A'，再将作为游戏角色的你所在世界称为'平行宇宙B'。尽管平行宇宙A和平行宇宙B的世界法则截然不同，但在某些特定的情况下平行宇宙A和平行宇宙B又能互联互通。比方说，在平行宇宙A，我们的速度上限可能趋于无穷大；但在平行宇宙B，我们的速度上限却可能因为游戏设定变成某个固定的值。身处平行宇宙A的我们，若是让平行宇宙B的我们一直以最大速度移动，那这会给设备带来很大负担。一旦角色扮演游戏过载，那设备会因系统崩溃而死机，从而影响到用设备玩游戏的你。"

"原来如此。"

"不过，实际的平行宇宙模型比我刚才讲的更复杂，那是因为我们世界的量子存在叠加态和坍缩态。在被探测的情况下，通过某些场的作用，有些量子的叠加态更显著，振动频率会更高；有些量子的坍缩态更显著，振动频率会更低。一旦我们将微观世界放大到宏观世界尺度，那平行宇宙便可能出现存在和不存在两种状态。唯有突破系统极限，我们才能打破平行宇宙间的壁垒，也就是利用游戏角色让游戏过载，从而引发系统崩溃导致死机的情况。"

"超越极限等于游戏过载。舰长，你的想象力真是太丰富了。"

"没有，我就是比你多看点资料而已。说不定，在另一个平行宇宙，还有个跟我类似的生命也在经历我的经历。"

"那他是不是也在指导他的舰员呢？"

"很有可能。"

"那舰长，本维度宇宙内，极速者如何才能利用游戏角色让游戏过载呢?"

"追光。"

"追光?"

"在限制场内，保持与光速相同的速度持续前进，我们也许会见到不同的景象。"

"我都三千六百倍光速了，我还要放慢速度追一倍光速?"

"是的，很反常识。可没准，打破平行世界壁垒的钥匙，不是释放能量提升速度，而是吸收能量降低速度。当速度降至一倍光速时，另一个平行世界的大门或许会为我们打开。但大门打开之后，我不清楚机体会发生什么变化。当然，本舰其他成员也不赞成这么做。"

"舰长，别理他们。生命的每次进步必然伴随大量揶揄之声，而这亦被证明恰如其分。此刻，让我们一起追光，实验你的平行世界理论。说不定，我们会获得意想不到的惊喜。"

"好。我提醒一点，等打破平行世界壁垒，生命形态或许会变为其他形式。所以，请先怀抱勇敢的心，再去追逐世界的光。"

"出发!"

后　记

在我很小的时候，母亲曾告诉我，她这辈子有三个梦想：一是，开一家公司；二是，办一所学校；三是，写一部小说。但孩提时的我根本无法理解母亲的梦想。我当时最大的乐趣就是坐在收音机前，让母亲为我播放《变形金刚》的磁带，聆听博派擎天柱与狂派威震天的故事。

等我又长大一些，母亲便为我念读她所钟爱的世界文学名著，只因她希望我受到世界文豪笔墨的熏陶。我记得，有次在为我念诵《悲惨世界》的卞福汝主教时，母亲竟抑制不住自己的情绪流下了激动的泪水。后来，她告诉我，她想成为卞福汝主教那样的人：先开一家百货公司挣一笔钱，再用那笔钱办一所学校为贫困山区的孩子提供教育支持，接着再将她的经历写成一部小说让自己能在晚年时有所回忆。

2011年步入社会以后，忙碌的我早已忘掉了母亲曾经的梦想。偶尔从外地回家见到母亲，我也只是跟她聊一些工作上的琐事。母亲不喜欢干涉我的人身自由，可她总喜欢用《洛克菲勒写给儿子的38封信》里面的经典语录来引导我，愿我拥有世界首富那般百折不挠的精神。然而，母亲善意的引导换来的是我更强的逆反心理。正接受社会洗礼的我，认为她那套陈词滥调根本不适于当下的环境，缺乏职场上的权变思维只会让自己变得更加被动。不知不觉中，跟父母吵架也就成了我生活的日常。

2017 年，我的人生迎来了一次重大转机。误打误撞之下，我成了东南沿海一所高校的博士候选。跟进校前想的不一致，我进校后才领教到什么叫苦不堪言的学术训练。坚持健身九年的我，在开学后三个月就累到可以站着睡着。每到需要论文汇报的日子，我更是每天只睡两个小时，唯恐学术工作出现任何纰漏。繁重的学业让我感受到前所未有的精神压力。也正值那时，情绪低落的我恢复了跟家人的频繁联系。在与家人视频聊天的过程中，我了解到，自读博起，母亲每日清晨都会在四川老家为我默默祈祷，愿我拥有智慧、情商、悟性、灵感及顽强的意志。或许是由于母亲的鼓励，我慢慢从痛苦的学术训练中挺了过来。

读博期间，为了缓解巨大的精神压力，其他同学会用健身、日记、书法、绘画、音乐、电影、球赛、游戏等方式，强制让紧绷的神经回归放松状态。可是，那些方法竟对我的失眠毫无助益。所幸，量子力学的出现，拯救了深夜辗转反侧的我。基本粒子的神奇运动，更让我迷上了量子纠缠、量子涨落、量子隧穿、量子锁定、量子回流、量子比特等物理名词。某日，在阅读刘慈欣老师的《三体》时，突发奇想的我竟萌生出写一部科幻小说的念头。但鉴于博士论文的截止期限，我还是果断放弃了"不务正业"的想法，一门心思投入编程软件的学习中去。

2021 年 9 月，我的博士论文顺利答辩，可拿到毕业证的我还是延期了。因为学校规定的三篇南大核心，我拼尽全力也仅发了一篇，这直接导致剩下的学位证无法申请。好在，最绝望的日子里，有三件事让我撑了下去。其一，家中年迈的父母时常给予我心灵上的安慰；其二，好友介绍的对象始终对我不离不弃，后面更是成了我可爱的妻子；其三，内心有个潜藏已久的声音在召唤我完成当初构思的那部科幻小说。于是，我一边等待另外两篇论文的审稿结果，一边寻找机会撰写脑中潜藏已久的作品。

尽管是第一次写科幻小说，但作为资深科幻迷的我却发现写作过程格外顺利。挥洒想象力之余，我感受到前所未有的快乐，多年未愈的失眠更是顷刻间消失得无影无踪。在各类奇思异想的助推下，我决定以一台机器的视角，构建一部集科幻、冒险、动作等风格于一体的小说，来给予读者一次与众不同的奇妙之旅。

2022 年底，获得博士学位的当天，我也完成了《机械刀锋》的创作。在家人的支持下，我希望能用这部科幻作品回报我曾经得到过的所有爱。

2022 年 12 月 18 日
丁怡舟于成都大源